HEYNE <

WIL McCARTHY

ZEIT FLUT

ROMAN

Aus dem Amerikanischen
von Norbert Stöbe

WILHELM HEYNE VERLAG
MÜNCHEN

Dieses Buch ist im Original unter dem Titel ANTEDILUVIAN
bei Baen Books erschienen.

FSC
www.fsc.org
MIX
Papier aus verantwortungsvollen Quellen
FSC® C014496

Penguin Random House Verlagsgruppe FSC® N001967

Deutsche Erstausgabe 03/2021
Redaktion: Werner Bauer

Printed in Germany
Umschlaggestaltung: DAS ILLUSTRAT, München,
unter Verwendung eines Motivs von Serg036/Shutterstock
Satz: KompetenzCenter, Mönchengladbach
Druck und Bindung: GGP Media GmbH, Pößneck

ISBN: 978-3-453-32076-5

diezukunft.de

Für Evangeline. Für wen auch sonst.

antediluvianisch **(Adj.):**

1. alt
2. veraltet, antiquiert, überholt oder primitiv
3. (lit.) vorsintflutlich
4. aus der Zeit der biblischen Sintflut stammend oder diese betreffend
5. aus den Y-chromosomalen Erinnerungen von Harv Leonel stammend oder sie betreffend

Boulder Creek Apartments
Boulder, Colorado
– Gegenwart

»Bist du dir sicher, dass du das willst?«, fragte Tara Mukkerjee, als sie sich beide vom Bett erhoben, um den bedeutsamen Tag zu beginnen.

»Sicher?«, erwiderte Harv Leonel. »Was ist das denn für eine Frage. Was haben wir den ganzen Sommer über denn gemacht?«

Sie putzten sich die Zähne, duschten und zogen sich an, und noch immer schwebte die unausgesprochene Frage im Raum: *Bist du dir sicher, dass du heute in die Zeitmaschine steigen willst?*

Und die ebenfalls unausgesprochene Antwort war nicht minder laut: *Ganz sicher, Tara, mein Schatz.*

»Möchtest du Eier?«, fragte Tara. Für gewöhnlich kümmerte er sich ums Frühstück, doch heute war ein besonderer Tag – ein sehr besonderer Tag –, und das wollte sie irgendwie würdigen.

»Mmm«, machte er nachdenklich. »Und Toast. Die Kohlenhydrate können wir gut gebrauchen.«

Sie wechselten nur ein paar Worte, sprachen kurz über das Wetter (sonnig) und die Schlagzeilen (düster). Sie hatten das Gefühl, dies alles sei unwichtig, doch worüber hätten sie sonst reden sollen? Er hatte recht: Tara hatte ihm den ganzen Sommer über beim Bau der verdammten

Maschine geholfen. Da konnte sie ihm schlecht raten (ihn bitten, ihn *anflehen*), sie nicht zu benutzen.

Als sie das Geschirr in die Spüle stellten, packte er sie und küsste sie leidenschaftlich, und sie erwiderte den Kuss noch leidenschaftlicher, denn sie glaubte zu wissen, dass sie ihn liebte. Wie sonst wäre all das zu erklären gewesen? Sie hatte eine Postdoc-Stelle am Institut für Paläogenetik der Cornell University – ohne Frage eine renommierte Uni –, und er hatte ihr am letzten Vorlesungstag eine Frage zum Y-Chromosom gestellt. Er war zwar glattrasiert, doch sein schwarzer Haarschopf konnte dringend einen Haarschnitt gebrauchen, und wie viele der hellhäutigen Bewohner von Colorado war er sonnengebräunt und wirkte irgendwie wettergegerbt. Sein schiefes Lächeln aber war einnehmend, und später am Abend küsste sie ihn in einer Bar auf dem Hill, obwohl er nach Bourbon und Thic-Nic-Vape roch, und am Tag darauf ließ sie sich von ihm in seinem Jeep mit hundert Stundenkilometern durch die Berge kutschieren, die ganze Zeit über die Hand auf seinem Oberschenkel, und am Abend warf sie sich auf sein Bett und machte Sachen, die brave Hindu-Mädchen normalerweise nicht tun.

Und dann verbrachte sie auf einmal ihre ganze Freizeit in seinem Labor im Keller des Technikzentrums. Wieso auch nicht? Er war nicht besonders attraktiv oder charmant, doch er war *höllisch smart* und auch ein bisschen gefährlich und interessierte sich für Quantenrechner und die Quantenspeicheraspekte des menschlichen Genoms. »Quantom« nannte er das.

»Die potenzielle Anzahl der Speicherzustände in einem einzigen Chromosom ist drei hoch zwei Milliarden Mal so groß wie die Zahl der Gene«, sagte er spontan, als sie zum ersten Mal sah, woran er arbeitete. »Das ist zehn bis dreizehn Mal so viel wie die Zahl der Atome im bekannten Universum. Eine gewaltige Zahl! Aber wenn das Chromosom vier Arme hat, wird das Gleichgewicht gestört, und die kohärenten Zustände brechen zusammen.«

Taras Paläogenetik-Kollegen waren, vorsichtig ausgedrückt, skeptisch gewesen. Was wusste ein Professor der Elektrotechnik schon von Genen? Taras Spezialgebiet aber waren die Haplogruppen des Y-Chromosoms – sie untersuchte, wie weit sie sich von der ursprünglichen A00-Gruppe des Adams des Y-Chromosoms fortentwickelten, sich ausbreiteten, ausstarben und die Welt eroberten. Sie kannte das unförmige kleine Chromosom bis zur atomaren Ebene, und je mehr sie zuhörte und nachdachte, je kundiger sie sich machte und ihre Erkenntnisse mit Daten unterfütterte, desto stärker wurde ihre Überzeugung, dass Harv Leonel auf einer verdammt heißen Spur war. Seine Ähnlichkeit mit einem trinären oder *ternären* Quantencompiler, wie Harv es nannte, war anscheinend weder trivial noch zufällig. Hatte die Evolution kritische genetische Funktionen auf so kleinem, merkwürdig geformtem Raum untergebracht, weil diese Struktur eine besondere *Funktion* hatte?

Der Gedanke sandte ihr immer noch Schauer über den Rücken, und mehr als einmal hatte sie überlegt, dass sie sich vermutlich einen Nobelpreis mit Harv teilen könnte, wenn sie ihm half, seine These zu belegen. Doch das war nicht der Grund, weshalb sie ihm geholfen hatte. Nein, ganz bestimmt nicht.

»Vertraust du mir?«, fragte er, als er ihren Rucksack und die Schlüssel an sich nahm.

»Nein«, antwortete sie aufrichtig. »Aber ich möchte gern.«

Er war zweiundzwanzig Jahre älter als sie, so alt, dass er

bereits überall auf der Welt Alkohol trinken durfte, als sie zur Welt kam. Während sie in Indien zur Schule ging, hatte er vermutlich Pot geraucht und mit mehr jungen Frauen geschlafen, als sie sich vorstellen wollte. Sie wusste, dass er geschieden und die Trennung hässlich gewesen war und dass er sich geschworen hatte, nie wieder zu heiraten, bis er den Schwur irgendwann zurückgenommen hatte. Sie hatte ihn nie gefragt, was ihn dazu bewogen hatte und wann das gewesen war oder was es für sie beide bedeuten mochte.

»Bereit?«, fragte er von der Tür aus.

Nein, wollte sie sagen. Überhaupt nicht. Kein bisschen. Doch stattdessen lächelte sie gezwungen und nickte, denn genau davon hatte er immer geträumt, und sie wollte ihm nicht im Weg stehen. Vor allem wollte sie nicht herausfinden, dass ihm die Wahrheit mehr bedeutete als ihre Beziehung und dass er den Einschaltknopf notfalls auch in ihrer Abwesenheit drücken würde.

Wie immer steuerte er den Wagen, und obwohl der dichte Verkehr ihn daran hinderte, richtig Gas zu geben, spürte sie, dass er innerlich brannte vor Ungeduld und Tatendrang. Das Experiment wurde von der National Science Foundation, der Forschungseinrichtung des Verteidigungsministeriums, und aus der schwarzen Kasse des Instituts für Elektrotechnik finanziert, vor allem deshalb, weil Harv verschwiegen hatte, dass er plante, den Ausgang eines transkraniellen magnetischen Stimulators mit dem Hippocampus seines Gehirns zu koppeln.

»Das ist eine Art Zeitmaschine«, hatte er ihr beim dritten Date eröffnet. »Sie transportiert Informationen aus der fernen Vergangenheit ins aktuelle Gedächtnis. Wer weiß, vielleicht findet sich da drinnen ja eine ganze Bibliothek.«

Zu dem Zeitpunkt war ihr das nicht einmal verrückt vorgekommen.

Ach, Harv. Verdammt noch mal!

Das Labor – ihrer beider Labor – war ein Tohuwabohu aus Kabeln, Monitoren und Dewargefäßen mit flüssigem Stickstoff. Im Laufe des Sommers war das Chaos allmählich aus Taras Fokus geraten und zu einem Teil der normalen Unordnung der realen Wissenschaft geworden, doch heute hatte sie den Eindruck, es zum ersten Mal zu sehen. Stromleitungen und Glasfaserkabel schlängelten sich über den Boden, weder mit Kabelbindern noch mit Klebeband fixiert, sondern einfach hastig von einem grauen Kasten zum nächsten gezogen. Darin flossen Strom, Daten und Femtosekunden-Pulse dorthin, wo sie gebraucht wurden. An den Wänden und den Geräten klebten Comics und Cartoons: Die andere Seite, XKCD, Cyanide and Happiness, Calvin und Hobbes. Alles, was mit Zeitreisen zu tun hatte. Alles, was mit Quantenrechnern oder Gehirnstimulation zu tun hatte. Die Kontrollleuchten leuchteten bereits, und Gurdeep Patel war da, ging vorsichtig umher und überprüfte alles mit Hilfe eines Klemmbretts.

»Hallo, Boss«, sagte Patel und nickte.

»Sie sind früh auf«, bemerkte Harv.

»Sie auch.«

Patel war Harv Leonels *offizieller* Assistent – ein Doktorand, der noch weniger verdiente, als das Institut für Paläogenetik Tara bezahlte. Er war ein aufgeweckter junger Mann, aber zum Glück nicht sonderlich aufmerksam für das, was in seiner Umgebung vor sich ging. Soweit Tara wusste, hatte er keine Ahnung, dass das geplante Experiment weder begutachtet noch mit den zuständigen Stellen abgesprochen worden war. Harv hatte ein bisschen Blabla in den Förderantrag hineingeschrieben, das in diese Richtung wies – gerade so eben ausreichend, um sich später darauf berufen zu können, er habe seine Absichten offengelegt, jedoch nicht so viel, dass das Prüfungskomitee nachgefragt hätte.

Die Frage, ob ein Quantom mit dem menschlichen Gehirn interagieren oder ob es in die Lage dazu versetzt werden kann, sollte untersucht werden.

War Patel sich der Täuschung bewusst? Aber wäre er dann hier erschienen?

»Hallo, Mukkerjee«, begrüßte Patel sie.

»Hallo, Patel.« Ist dir bewusst, dass dein Doktorvater im Begriff ist, sich das Gehirn zu braten?

Mit erstaunlichem Geschick bahnte Harv sich einen Weg zum NMR-Gerät – dem Herzen der Zeitmaschine –, setzte sich auf den Rollhocker und fuhr nach und nach die Systeme hoch: Controller, läuft. Kühlung, läuft. Gyrotron, läuft. Ablenkgenerator und Verbindungskabel. Sonde. Detektor. Verstärker. Prozessor. Läuft, läuft, läuft.

Er ließ das Primärdiagnoseprogramm laufen, dann das komplette Diagnoseprogramm und schließlich das erweiterte. Danach überprüfte er die Signale eines Zieldummys – eines *richtigen* ternären Quantencompilers, zehnmal so groß und mehrere Tausend Mal so schwer wie das darunter befindliche Y-Chromosom.

»Geht das für dich in Ordnung?«, fragte Tara Patel leise.

Patel zuckte mit den Schultern. »Klar. Wieso nicht?«

»Ich habe so meine Zweifel.«

»Hm. Ein bisschen spät dafür.«

Sie nickte. »Ja. Da hast du recht.«

»Soll ich dir die Hand halten?«

Das war ein Scherz; Patel wusste genau, dass sie und Harv ein Paar waren. Sonst wäre sie nicht hier. Vergangene Woche hatte Harv endlich ein kleines, rückwirkendes Stipendium für sie ergattert, doch es lag nur knapp über dem Mindestlohn, und sie hatte ihn auch nicht darum gebeten. Nein, sie war wegen Harv hier, *zusammen* mit ihm, und sie hätte nicht einmal dann fernbleiben können, wenn sie es gewollt hätte. Und sie hatte es nicht einmal versucht.

»Ich bin versucht, Ja zu sagen«, antwortete sie Patel.

Das war ein bisschen stark, und sie bedauerte die Bemerkung augenblicklich. Dass Patel sich zu ihr hingezogen fühlte, war nicht ungewöhnlich – das galt für viele Männer, und in ihren schlimmsten Momenten hatte Tara den Eindruck, dass es für *alle* galt. Sie selbst störte sich an ihrer breiten Nase und ihren ausladenden Hüften, an ihren Aknenarben und ihrer zu tiefen Stimme, doch ansonsten saß alles da, wo es hingehörte, und das war den Männern anscheinend Grund genug, sich nach ihr umzudrehen. Patel aber – schüchtern, höflich, indisch bis ins Mark – verstand es, seine Gefühle zu verbergen.

Deshalb reagierte er auch nicht auf ihre Bemerkung und ging weiter die Checkliste durch.

Das NMR-Gerät maß die Spin-Zustände der Atomkerne des Y-Chromosoms, als handele es sich einfach nur um vier Milliarden Quantenbits. Nicht gerade ein Weltrekord des Quanten-Computings, aber doch eine der mächtigsten Maschinen, die je gebaut worden waren. Das hieß, falls »gebaut« der richtige Ausdruck war für etwas, das im Wesentlichen auf natürlichem Weg entstanden war. Möglicherweise war ja das Y-Chromosom der eigentliche Rechner, und das NMR-Gerät stellte lediglich den Zugang zu den Berechnungen beziehungsweise den darin gespeicherten Informationen her. Die Messung der stark verschränkten Zustände würde diese natürlich massiv stören, weshalb sich das Y-Chromosom in der Mitte eines mit flüssigem Stickstoff gekühlten Mikrochips befand; auf diese Weise wurde die Dekohärenz so lange verzögert, dass das NMR alle zwei Milliarden *Qubits* auslesen konnte.

Bei den Testläufen in den vergangenen Wochen hatte die Maschine störungsfrei funktioniert und bewiesen, dass sich das Y-Chromosom (im Unterschied zu allen anderen zweiundzwanzig Chromosomen des menschlichen Genoms) als Quantenrechner nutzen ließ. Was nicht bedeutete, dass es tatsächlich einer *war*, doch wenn nicht, war es jedenfalls eine erstaunliche Koinzidenz. Seitdem hatte Harv – wenn er nicht trank oder dampfte oder von Tara ins Bett gezerrt wurde – sein Augenmerk voll und ganz auf den ultrahoch auflösenden transkraniellen Magnetstimulator und Elektroenzephalografen gerichtet, im Laborjargon TMS/EEG oder Badehaube genannt.

»Der Hippocampus des menschlichen Gehirns spricht eigentlich eine ganz simple Sprache«, hatte er gemeint. »Der Informationsfluss ist im Wesentlichen unidirektional, wobei periodisch auftretende Hemm- und Erregungswellen den Morsecode unseres Gedächtnisses darstellen. In untergeordneter Hinsicht ist das auch ein quantenmechanischer Prozess, doch es ist eine andere Sprache als die des ternären Compilers, deshalb müssen die Signale aus der Frequenzdomäne in die sogenannte Zeitdomäne übersetzt werden.«

Zeitdomäne. Die Bezeichnung war sexy und hallte in ihr wider wie ein Gedicht.

Von der zugrunde liegenden Mathematik verstand sie jedoch nur wenig, außerdem hatte sie geglaubt, es würde

Monate oder sogar Jahre dauern, die Übersetzungssoftware zu schreiben. Tatsächlich hatte es nur fünf Arbeitstage gedauert, und Samstag und Sonntag hatten sie für sich gehabt. Selbst Harv war überrascht gewesen, wie mühelos sich alles zusammengefügt hatte. Und jetzt waren sie hier, und das Ganze ließ sich nur an einem menschlichen Gehirn testen.

»Alle Systeme arbeiten«, erklärte Patel. »Alles im grünen Bereich. Die Ratten haben die Kabel in der Nacht nicht angeknabbert.«

Wieder so ein Scherz; in diesem Kellerraum in der untersten Etage des labyrinthischen Technikzentrums gab es keine Ratten. Und auch keine Menschen. Wie immer waren sie hier ganz allein.

»Fehlerdiagnose bislang okay«, sagte Harv. »Wir warten nur noch auf die letzten Transformationen.«

Ein Hochleistungsrechner brauchte fast fünf Minuten, um die Signale in etwas zu verwandeln, was das menschliche Gehirn lesen konnte.

»Alles klar bei dir?«, fragte er mit Blick in Taras Richtung. Er klang so, als wollte er die Antwort wirklich hören.

»Alles gut«, antwortete sie wenig überzeugend.

»Findest du noch immer, dass wir das erst an Schweinen ausprobieren sollten?«

Auch das war ein Scherz: Schweine waren dem Menschen in neuronaler und genetischer Hinsicht ausgesprochen ähnlich, doch ihnen fehlten die tiefgreifenden Verbindungen des Frontallappens, die es ermöglichten, sich nicht nur zu erinnern, sondern über die Erinnerungen auch nachzudenken. Ohne diese Verbindungen konnte der Hippocampus die TMS-Signale nicht erkennen. Das wäre so gewesen, als wenn Schweine eine Software für die Verarbeitung von

NMR-Signalen schrieben und anschließend einen Artikel darüber verfassten.

»Ich finde wirklich, wir sollten überlegen, einen Arzt hinzuzuziehen«, sagte sie.

Harv schien einen Moment lang darüber nachzudenken, doch Tara konnte sich vorstellen, was in seinem Kopf ablief: Ein Arzt würde wissen wollen, was hier vorging, und darauf bestehen, das Experiment so lange aufzuschieben, bis irgendwelche komplizierten und schwammigen Sicherheitsvorschriften erfüllt wären. Aber wer war qualifiziert, Sicherheitskriterien für ein solches Vorhaben zu entwickeln? Harv Leonel – genau der.

»Es wird schon nichts passieren«, sagte er. »Mann, die Gebrüder Wright haben viel öfter als ich Kopf und Kragen riskiert.« Und dann: »Fouriertransformation abgeschlossen. Alles im grünen Bereich. Das TMS akzeptiert den Input.«

»Glückwunsch«, meinte Patel.

»Ebenso«, erwiderte Harv zerstreut, richtete sich auf, trat über die Kabel hinweg und ging zu Patel und Tara hinüber. Neben ihnen stand die Behandlungsliege, an der Harv einen Polygrafen angebracht hatte, damit man seine Vitalwerte während des Experiments überwachen konnte. Außerdem gehörte noch eine TMS/EEG-Haube aus Gummi samt dazugehörigem Kabelgewirr dazu.

Ohne weitere Umstände schmierte er alle Kontakte mit Elektrolytgel ein, setzte sich auf den Behandlungsstuhl, legte Brustgurt, Fingerbänder und Armmanschette an. Zuletzt setzte er die TMS/EEG-Haube auf und sicherte sie mit einem lächerlich wirkenden Kinnriemen.

Tara überprüfte die Sensoranzeigen und den Stimulator-Output – ein Vorgang, der fast zwanzig Minuten in Anspruch nahm. Mittels Schaltern aktivierte sie nacheinander jeden einzelnen der siebzig Elektromagneten in der Haube und speiste Rechteckwellen mit niedriger Amplitude in einen winzigen Bereich von Harvs Gehirn ein. Dann überprüfte sie, ob das Muster von den sechs EEG-Sensoren erfasst wurde, stellte den Schalter auf Off und vergewisserte sich, dass alle sechs Sensoren wieder normale Gehirnaktivität anzeigten. Klar, sie war Expertin für die Haplogruppen des Y-Chromosoms, nicht aber für Gehirnaktivität; das TMS/EEG war mit einem Rechner verbunden, auf dem eine Standardsoftware lief, die sich um die Details kümmerte. Nacheinander leuchteten immer mehr grüne Kontrollleuchten auf, und Patel konnte weitere Geräte auf seiner Liste als überprüft markieren.

Es war ein Segen, dass Harv Zeit und Geld in all die Status-LEDs investiert hatte. Er hatte ihr versprochen, den Versuch abzubrechen, wenn auch nur eine Anzeige gelb leuchtete, doch das war nicht der Fall, und bald darauf war die Überprüfung abgeschlossen. Dieses Durcheinander von Geräten – einige neu, andere überflüssig, manche von anderen Instituten geklaut – funktionierte tatsächlich wie geplant, und Tara musste anerkennen, dass auf der funktionalen Ebene alles in Ordnung war. Harv und Patel – und später dann auch Tara – hatten mit elegantem Design begonnen, waren aber gezwungen gewesen, alles auf dem beschränkten Raum mit der bestehenden Einrichtung und einer bestimmten Anzahl an Steckdosen zusammenzusetzen. Auf der Grundlage ihrer beschränkten Zeit, der zur Verfügung stehenden Geldmittel und der Tatsache, dass sich hier niemand um Arbeitssicherheit und Brandschutzbestimmungen scherte. Außerdem würden bald die Vorlesungen beginnen, und die Arbeit auf dem Campus würde zehnfach mühseliger. Deshalb hatten sie möglichst schnell gearbeitet, ohne sich Zeit zum Nachdenken zu nehmen.

Jetzt, da sie aus diesem sexbefeuerten Traum erwachte, musste sie sich eingestehen, dass sie mitverantwortlich war für das, was gleich passieren würde. Vielleicht würde sie ja den Nobelpreis bekommen und eine Titelgeschichte in *Nature*, der Großmutter aller renommierten Wissenschaftszeitschriften. Andererseits war nicht ausgeschlossen, dass man wegen grober Fahrlässigkeit gegen sie ermitteln würde. Wenn sie jetzt weglief, würde dies nichts mehr ändern, deshalb machte sie einfach weiter und bemühte sich nach Kräften, den Plan so fehlerfrei wie möglich umzusetzen.

»Ich fahre den Stuhl jetzt zurück«, sagte Harv. Ein weiteres Zugeständnis: Er würde liegen, wenn das TMS-Signal aktiviert wurde.

»Okay«, sagte Patel überflüssigerweise. Er saß an der anderen Seite des Raums neben dem Notschalter, leicht vorgebeugt, damit er Harv besser sehen konnte, während der Behandlungsstuhl langsam nach hinten kippte, bis er an den Gumminoppen zum Stillstand kam.

Harvs Rechte lag auf dem Schalter des TMS: ein weißer Handschalter ähnlich denen, mit denen Patienten in Krankenhäusern Schmerzmittel aus dem Infusionsschlauch anforderten. Tara berührte Harvs andere Hand und sagte: »Es ist noch nicht zu spät, einen Rückzieher zu machen.«

»Ich weiß«, sagte er.

Und betätigte den beschissenen Schalter.

Universität von Colorado, Technikzentrum
Boulder, Colorado
– Gegenwart

Harv spürte nichts, als er den Schalter herunterdrückte, und glaubte zunächst, das Gerät würde nicht funktionieren. Wie sollte es auch schon beim ersten Versuch? Sein zweiter Gedanke war, dass er froh sein konnte, im Hinblick auf diese Phase des Experiments keinerlei Versprechungen abgegeben zu haben. Andernfalls wäre dies ein Minuspunkt in seiner Professorenlaufbahn gewesen und hätte negative Auswirkungen auf Patel und vielleicht sogar Tara haben können, wenn er es nicht geschickt anstellte. Da sah man es wieder: Ein bisschen Heimlichtuerei konnte nicht schaden.

»Tut sich was?«, rief Patel an der anderen Seite des Raums.

»Bislang nicht«, antwortete Harv. »Ich weiß nicht ...«

Und

sein

dritter

Gedanke

war ...

dass Jack sich wieder das Handgelenk verbrennen würde, wenn er nicht Abstand hielt zum Feuerloch.

»Pass auf deine Hände auf, Bursche!«, knurrte Harv.

Jack schippte mit einer quadratischen Schaufel Kohle in

den Ofen, während Harv das schicke neue Manometer begutachtete, das er am Boiler angebracht hatte. Bei jeder Handbewegung streifte der Verband an Jacks linker Hand beinahe am Rand des Eisenrosts, bei dem nicht viel fehlte, um kirschrot zu glühen.

Harv aber hieß jetzt Clellan Malcom Leonel, und obwohl sie kein Hemd unter dem Overall trugen, war es höllisch heiß und stockdunkel in diesem gottverfluchten Backsteinhaus, und warum in Herrgottsnamen hatte er diese beschissene Halbhebelmaschine nicht draußen gebaut, zum Teufel mit dem Clyde-Wetter? Cunard sollte sich ja nicht einfallen lassen, den Entwurf zu kritisieren,

und

sein vierter Gedanke

war …

Was zum Teufel war das denn?

Er saß untätig da und schwieg sekundenlang.

»Harv?«, fragte Tara.

»Alles in Ordnung«, antwortete er, ohne zu überlegen.

Was zum Teufel war das *denn?*

»Spüren Sie etwas?«, fragte Patel. Der Stift über dem Klemmbrett in der Schwebe, bereit, Eindrücke jedweder Art zu notieren.

Harv schwieg noch immer. Was hätte er auch sagen sollen?

»Harv?« Wieder Tara, diesmal klang sie besorgt.

»Ja, ich spüre etwas«, sagte er, an beide gewandt. »Wenn man es denn so nennen will. Möglicherweise habe ich mir falsche Vorstellungen über das Wesen der im Quantom gespeicherten Informationen gemacht.«

Tara reagierte gereizt. »Herrgott, Harv. Würdest du das bitte erläutern? Ist alles in Ordnung?«

Das war eine berechtigte Frage, denn schließlich wirkten starke magnetische Felder auf das Zentrum seines Gehirns ein. Er nahm ein andauerndes Summen wahr, vergleichbar dem gedämpften Raunen an der Türschwelle des Vorlesungssaals, und er hatte einen Geschmack wie von in Apfelmost getauchten Pennystücken im Mund.

Mit einem nervösen Kichern sagte er: »Das ist der Grund, weshalb Wissenschaftler Selbstversuche durchführen. Tara, ich glaube, ich hatte soeben eine episodische Erinnerung. Kein impliziter Informationsabruf. Ich meine, ich war *da*. Einen Moment lang. In Schottland, glaube ich.«

»Im Ernst? *Tatsächlich?*« Tara hielt inne, dann setzte sie hinzu: »Verarsch uns nicht, Mann. Patel, bitte schalten Sie das Gerät aus, bevor wir ihn verletzen.«

Patel aber war eher neugierig als besorgt. »Das ist interessant, Harv. Ich habe immer geglaubt, episodische Erinnerungen wären eine Möglichkeit. Ich meine, der Hippocampus ist im Grunde nur eine Schalttafel. Er unterscheidet nicht zwischen unterschiedlichen Verbindungstypen. Was genau haben Sie gesehen?«

»Zwei Menschen«, antwortete Harv. »Die an einer Art Dampfmaschine arbeiteten. In einem Gebäude. Es war sehr heiß. Ich war … ich war ein, zwei Sekunden lang dort, aber die Eindrücke waren sehr lebhaft. Mir ist Schweiß den Rücken runtergelaufen. Es war erstaunlich.«

»Schalten Sie das Gerät aus«, wiederholte Tara.

»Ich fühle mich gut«, versicherte ihr Harv. »Nett von euch, dass ihr euch Sorgen macht, aber das Gefühl ist keineswegs unangenehm. Lasst uns weitermachen.«

Und so warteten sie mehrere Sekunden lang, und dann noch weitere Sekunden.

»Tut sich was?«, fragte Patel.

»Nein, ich glaube nicht. Wie hoch ist die Feldstärke?«

»Drei Komma fünf Tesla, genau so hoch wie vor fünf Minuten.«

Zu Tara sagte Harv: »Mein Urgroßvater stammt aus Dunbarton in Schottland, gelegen am Clyde. Hast du den Namen Cunard schon mal gehört?«

»Das ist ein britisches Kreuzfahrtunternehmen.«

»Hm. Ich frage mich … wann war das wohl? Meine Familie hat ziemlich lange in Schottland gelebt.«

»Aber sie stammt von woanders her«, sagte sie. »Dein Y-Chromosom gehört zur Haplogruppe D-M174, die sehr selten ist. Aber bestimmt nicht schottischen Ursprungs. Wahrscheinlich ist sie von Tibet oder Hokkaido oder dem Indischen Ozean dorthin gekommen. Harv, das gefällt mir nicht. Du glaubst, du …«

»Hm?«

Sie zeigte auf seinen Kopf. »Wir wissen nicht, was da drinnen vorgeht. Du hattest eine lebhafte … Du …«

»Ich fühle mich gut«, sagte er.

Er hatte abschätzig geklungen, und das tat ihm augenblicklich leid. Er und Tara waren schnell und leidenschaftlich füreinander entflammt, und ihre Sorge um sein Wohlergehen war nicht fachlich begründet. Bis jetzt war ihm nicht bewusst gewesen, wie sehr ihm das gefehlt hatte. Die Scheidung war fast sechs Jahre her, und in Boulder war es zwar nicht besonders schwierig, jemanden zu finden, mit dem man ins Bett gehen konnte, doch es war ihm nicht gelungen, eine Frau kennenzulernen, die seine Hand halten wollte. Tinder hatte ihm nichts gebracht, und OKCupid und GeneMatch auch nicht, und die gleichaltrigen Frauen, die manchmal auf Fakultätspartys flirteten, konnten bei ihm nicht punkten. Beim Institut für Paläogenetik war das anders gewesen. Er wusste nicht genau, wo er und Tara standen oder was passieren würde oder ob das, was sie taten, überhaupt gut für sie war. Doch er legte Wert auf ihre Meinung.

In umgänglicherem Ton sagte er: »Ich glaube, wir sind da einer großen Sache auf der Spur, Tara. Ganz ehrlich. Ich bin völlig klar im Kopf, habe keine Schmerzen. Im Gesicht und auf dem Kopf nehme ich ein leichtes Prickeln wahr, aber ich bin mir ziemlich sicher, dass das normal ist. Glaub mir, da ist etwas passiert. Ich hatte eine detailreiche Erinnerung. Das ist mehr, als wir uns erhofft hatten.«

»Hm«, machte sie unverbindlich.

»Hör mal, sobald es wehtut, breche ich ab, versprochen. Okay? Aber wir müssen dranbleiben. Das könnte ein großer Durchbruch sein. Eine ganz große Sache, für uns alle.«

»Hm«, machte sie erneut. Dann: »Okay, du hast recht. Deshalb sind wir ja hier.«

»Ja, genau. Aber es ist schön, dass du dir Sorgen um mich machst. Patel, würden Sie bitte die Feldstärke auf vier Komma null erhöhen?«

Patel kratzte sich mit dem Stift am Schädel. »Ja, gut. Sind Sie sicher?«

Mehr war nicht drin. Genau genommen war dies die höchste Feldstärke, die für die transkranielle magnetische Stimulation auf dem Markt angeboten wurde. Wenn sie mehr wollten, müssten sie das TMS selber bauen – wovor Harv zurückschreckte. Außerdem waren das Gerät und die Bedienungsanleitung mit allen möglichen Warnhinweisen der Arzneimittelzulassungsbehörde FDA gespickt. Aber die Software ließ die Einstellung zu, solange der Fokussierungspunkt tiefer als sechs Zentimeter unter der Schädeldecke lag. Den 3D-Gehirnscans zufolge war Harvs Hippocampus etwa 7,5 Zentimeter von den Magneten entfernt, also würde das Programm es zulassen.

Und sie waren so dicht dran. An einer ganz heißen Sache. Im Y-Quantom waren tatsächlich Informationen enthalten. Und sie hatten sie in sein Gedächtnis übertragen. Da gab es kein Vertun. Jahrelanges Nachdenken und Forschen hatten ihn an diesen Punkt gebracht – Physik, Chemie, Elektrotechnik und Neurowissenschaft, dies alles floss in diesem hoch spezialisierten Unternehmen zusammen. War er überhaupt für etwas anderes geeignet? Als Wissenschaftler und als Mensch konnte Harv ebenso wenig innehalten, wie er das Blinzeln unterbinden konnte.

»Ja«, sagte er. »Ich bin mir sicher.«

»*Absolut* sicher?«

»Ja, Patel, ich bin mir absolut sicher. Machen Sie weiter.«

»Okay. Alles klar!«

Patel legte das Klemmbrett weg, beugte sich über die Tastatur und gab Befehle ein.

»Freigabe. Einstellungsänderung. Bestätigung. Sind Sie bereit?«

»Ja. Machen Sie schon.«

Patel drückte die Entertaste

und

es

wurde

dunkel

TEIL EINS

—

DIE SINTFLUT

1.1

Harvs Sinneswahrnehmungen wurden wirr und verschwammen; sie verblassten periodisch, einhergehend mit flackernden Bildern, Gefühlen und Gerüchen. Ein Wald, eine Wüste, ein Lagerfeuer – nein, eine Million Lagerfeuer, die in die ferne Vergangenheit zurückreichten. Er nahm seine Hände wahr, rau und schwielig, um das Steuerruder eines Schilfbootes gelegt, drückend und ziehend im verzweifelten Versuch auszuweichen … Gebäuden? Einer überfluteten Stadt? Nein, einer Flutwelle, die durch eine Stadt lief. Der Herzschlag hämmerte ihm im Hals, noch nie hatte er eine solche Angst verspürt, noch nie in … seinem Leben? Im Leben von jemand anderem? Plötzlich hörte das Flackern auf, und er war da.

»Hier bist du immer zu finden, wenn es schön ist.«

Manuah Hasis wandte sich vom Meer ab und drehte sich zu dem Mann um, der ihn von hinten angesprochen hatte. Ein Mann mit brauner Haut, schwarzem Haar und schwarzem Schnäuzer, bekleidet mit blauem Gewand und ausgebleichter weißer Kappe aus feinstem Leinen, die Farben des Himmels und der träge dahintreibenden Sommerwolken.

Manuah verneigte sich. »Ich könnte dasselbe sagen, Ehrwürdiger.«

Der Mann lachte, denn die Anrede war zwar korrekt, doch er war Manuahs Halbbruder Adrah Hasis und hätte ebenso gut als Nervensäge, Kleiner oder Furzer angesprochen werden können, wenn sie beide zwanzig Jahre jünger gewesen wären.

»Ich komme hierher, weil ich hier arbeite, Hafenmeister. Du kommst hierher, um die Aussicht zu genießen, und das erlauben sie dir nur deshalb, weil deine ererbten Titel sie einschüchtern.«

»Außerdem spende ich Geld«, entgegnete Manuah und lachte zusammen mit seinem Bruder. Sie klatschten sich mit den Händen ab, eine weniger förmliche Begrüßung.

Justament standen sie auf dem höchsten Turm der Stadt – fünf Stockwerke hoch, erbaut auf dem Sternenhügel, von dem aus Adrah und dessen Priesterastrologen die Bewegungen der Planeten am Nachthimmel beobachteten. Sie befanden sich *fünfzig Schritte* über dem Talboden – das hieß, sie waren praktisch selber Himmelskörper! Die Priesterwahrsager opferten im Turm auch Tiere, vermutlich deshalb, weil sie hier den Göttern näher waren, doch zum Glück war heute Erdtag – nicht unbedingt der aussichtsreichste Wochentag. Dies war eher der Tag der Arbeiter und Händler, und deshalb war er den Göttern sicherlich ferner.

Adrahs Tonfall wurde ernsthafter. »Du wirkst bedrückt, Bruder. Ich sehe, dass du aufs Wasser starrst – auf *dein* Wasser –, und es schenkt dir keine Zufriedenheit. Ist das nicht ein wundervoller Hafen?«

Ja, es war ein *ausgezeichneter* Hafen, weitgehend natürlichen Ursprungs, aber mit zwei Wellenbrechern aus behauenem Stein an der Ostseite, fast geschlossen wie das Maul eines Drachen, ein Schutz vor Stürmen und eine

Herausforderung für ortsunkundige Seeleute, die ohne Erlaubnis in den Hafen einliefen. Er maß fast einen ganzen *Kos* in der Breite – so weit das Muhen einer Kuh zu vernehmen war –, deshalb konnte jemand von der einen Seite aus eine Herde an der anderen Seite hören, jedoch nur gedämpft und an stillen Tagen. Das blassblaue Wasser war tief genug für Boote und flach genug zum Fischen, doch an der Westseite war es so flach, dass eine Frau bei Ebbe mit Schaufel und Eimer in den Schlamm hineinwaten und in weniger als einer halben *Hurta* so viele Muscheln, Krabben und Frösche ausgraben konnte, wie sie tragen konnte. Die Menschen der Stadt hatten bislang mehr zu essen als alle anderen Bewohner des Königreichs. Jedenfalls die, welche gebratene Muscheln mochten.

Aber genau das war das Problem. Die Muscheln wurden von Jahr zu Jahr kleiner. In diesem Monat hatten Manuahs Bootsleute wieder die Bojen versetzt und den Bereich erweitert, wo Boote fahren konnten, ohne aufzulaufen oder ihre Netze zu verschmutzen.

»Das Wasser wird immer tiefer«, sagte er zu seinem Bruder. Dann setzte er hinzu: »Ehrwürdiger«, nur für den Fall, dass die Götter zuhörten und dass ihnen daran gelegen war.

Ein kühler Wolkenschatten zog über sie hinweg, jagte über die niedrigen Steingebäude und die weiß getünchten Dächer und wanderte zum Hafen hinaus, verdunkelte ihn ein paar *Kesthe* lang und zog dann weiter.

Er spürte, wie Adrah neben ihm mit den Schultern zuckte. »Ist das nicht gut, Hafenmeister? Wenn dein Reich sich ausdehnt? Wenn die Boote nicht mehr befürchten müssen, auf einer Sandbank zu stranden?«

»Das könnte man meinen«, erwiderte Manuah.

»Aber?«

»Aber die Stadt ist auf flachem Gelände erbaut, Adrah, zwischen dem Großen Fluss und dem Großen Meer. Wir können uns nicht auf höheres Gelände zurückziehen. Wenn der Wasserspiegel noch weitere zehn Fuß steigt, verschwindet die Stadt.«

Adrah lachte auf. »Zehn Fuß! Ja, und der Himmel könnte herabstürzen und den Turm unter sich begraben. Bruder, es gibt bestimmt andere Dinge, über die du dir eher Sorgen machen solltest.« Als Manuah schwieg, wurde Adrah wieder ernst. »Du bist Seemann und Händler. Du kennst dich mit den Gezeiten aus. Du machst dir Sorgen wegen der Sturmfluten.«

»Unter anderem.«

Manuah machte sich Sorgen wegen aller möglichen Dinge, von denen er manche nicht genau benennen konnte. Seine Mutter, Adrahs Tante, hatte ihn häufig ausgescholten, weil er zu viel grübelte. Vielleicht hatte sie ja recht gehabt, doch dass sie ihn anhielt, seine Sorgen für sich zu behalten, hatte alles nur noch schlimmer gemacht. Je weniger er über die Dinge sprach, die ihn bedrückten, desto mehr Gewalt gewannen sie über ihn. Und je mehr Reichtum und Macht er anhäufte, je mehr Leute für ihn arbeiteten, je mehr Bedienstete seine Frau befehligte, desto lächerlicher erschien es ihm, dass er sich überhaupt vor etwas fürchtete.

Nach kurzem Schweigen fragte er: »Könnt ihr wirklich mit den Göttern sprechen? Antworten euch die Götter?«

»Nicht in DER Sprache, das nicht. Das weißt du doch. Aber sie offenbaren ihre Muster. Bruder, woran denkst du?«

Seufzend hob Manuah seinen vergoldeten Gehstock hoch – mehr wert, als die meisten Männer im Laufe eines

Jahres verdienten – und zeigte nach Westen, zum Großen Fluss, der jenseits der Stadt und des Hafens lag, dort, wo er sich verzweigte und ins Meer ergoss. »Das Flusswasser steigt auch. Jahr für Jahr wird die Strömung ein wenig reißender und nagt ein Stück von den Feldern an seinen Ufern ab. Die Frühlingsflut wird Jahr für Jahr schlimmer. Nicht nur tiefer, sondern *schlimmer*, mit reißenderer Strömung und immer mehr Schlamm und Geröll. Aber das Wasser kommt von irgendwoher, oder? Jenseits der Städte, in der Wildnis und der dahinter liegenden Wüste, gibt es Berge, und *von dorther* kommt das Wasser. Von den Bergen.

Die Berge sind weiß. Die Wilden nennen das Schnee und sagen, in den verwandelt sich das Wasser, wenn es kalt wird. Und wenn es warm wird, verwandelt sich das Wasser erneut. Was wäre, wenn es in den Bergen zu warm wird? Wenn das Land zwischen Hafen und Delta einfach fortgespült wird? Und nur dreißig *Kos* weiter liegt ein weiteres großes Flussdelta, Bruder. Du hast die Stadt seit vielen Jahren nicht mehr verlassen; du hast keine Vorstellung vom Land, aber glaub mir, bis zum Delta des Anderen Flusses ist es *nicht weit*. Das Königreich ist groß, weil das Land fruchtbar ist, aber wir leben auf dem flachen Bereich zwischen den beiden Flussdeltas. Was, wenn das Wasser weiter steigt?«

»Das werden die Götter bestimmt nicht zulassen«, sagte Adrah mit einer Zuversicht, die Manuah ihm neidete.

»Würdest du sie für mich darum bitten?«, fragte er eindringlich. »Ich habe bereits mehrere starke Sturmfluten erlebt, und ich habe *Angst*. Wenn die Götter zornig werden, bräuchte es nicht viel, uns alle zu ertränken.«

»Nun, dann werden wir dafür sorgen, dass sie uns nicht zürnen. Mein Bruder, du wirkst so abgespannt. Es hilft nichts, wenn du mit einem derartigen Gesicht herumläufst. Möchtest du ein paar Gestalten mit mir üben?«

Während der Unterhaltung schlummerte Harv Leonels Bewusstsein im Hintergrund. Er war Manuah, oder meinte es zu sein, und konnte sich an nichts anderes mehr erinnern. Für einen Augenblick aber traten seine eigenen Gedanken in den Vordergrund, und er wurde sich (nicht ohne Erstaunen) bewusst, wie anmutig sie miteinander sprachen. Das Wort für Hafenmeister klang wie Vaivas Vakta und bedeutete »Hüter des Wassers«, und Adrahs Titel lautete Sarudas Vakti oder »Hüter der Sterne«. Der Große Fluss war Chera Vakti, was »Bruder der Wellen« bedeutete. Und die Stadt hieß Chera Sippar und das Königreich Chera Desa, und das Wort für Bruder war schlicht Chera. In ihren Worten und in ihrer Vorstellung war alles miteinander verbrüdert, und die Folge war eine umfassende Poesie, der Harv kaum zu folgen vermochte, wie einem Scherz, dessen Pointe sich ihm entzog. Das aber war ihre Alltagssprache; sie legten sich nichts zurecht und versuchten nicht, einander auszustechen. Die Sprachakrobatik war für sie so selbstverständlich wie das Sprechen an sich.

Und Harvey veranlasste Manuah in einem günstigen Moment, so schien es ihm jedenfalls, den Kopf zu wenden und die umliegende Landschaft zu mustern. Er hatte nicht die geringste Ahnung, wo sie sich befanden. Die Stadt umfasste einige Tausende Steingebäude sowie Zehntausende Holzhütten. Sie hatte vermutlich mindestens hunderttausend Einwohner und war nach allen geltenden Maßstäben eine große Siedlung. Und der Große Fluss war mindestens zehn Kilometer breit – breiter als der Nil! –, und er hatte den Eindruck, dass er von Norden nach Süden strömte, und dass das Große Meer im Süden lag, und dass der Bruderfluss im Westen parallel dazu verlief und fast ebenso groß war. Und obwohl er in Geografie, Geologie und Weltgeschichte stets ein aufmerksamer Schüler gewesen war, fiel ihm kein Ort ein, auf den diese Merkmale allesamt gepasst hätten. Adrah sah aus wie ein Bewohner des Mittleren Ostens oder wie ein Inder, seine Kleidung glich der eines tibetischen Mönchs, bloß die Farben stimmten nicht, und der Stoff wirkte zwar weich, war aber anscheinend aus einem besonders langen Faden gewirkt. Und obwohl es Sommer war, herrschte anscheinend eine angenehme Temperatur. Hatte das irgendetwas zu bedeuten?

Und gab es überhaupt so etwas wie Salzwasserfrösche? Halluzinierte Harv vielleicht? In Anbetracht der Stärke und Komplexität der auf sein Gehirn einwirkenden Magnetfelder war das nicht ausgeschlossen. Er hätte jedenfalls nicht hier sein sollen, und niemand hatte je zuvor etwas Vergleichbares getan, und jede verstreichende Sekunde konnte zu irreversiblen Hirnschäden führen. Andererseits konnte er nicht viel dagegen tun. Er spürte den Behandlungsstuhl nicht mehr, auf dem er lag. Nahm seinen Körper nicht mehr wahr. Er war Manuah.

Diese Gedanken gingen ihm durch den Kopf und nahmen gerade mal zwei Sekunden oder ein Drittel Kesthe in Anspruch, dann tauchte sein Bewusstsein abermals ab.

Manuah grummelte vor sich hin, dann ließ er sich von Adrah durch die ersten Dehnungen geleiten – erst die Finger, dann die Handgelenke, schließlich die Ellbogen und die Schultern, und dann die Füße, die Beine und zuletzt der Rücken, der ihm richtig wehtat. Er war zwar ein Adliger und ein Schiffsmagnat, doch wenn Not am Mann war, empfand er es nicht als unter seiner Würde, beim Laden und Entladen der Fracht mit anzupacken oder seinen Leuten zu zeigen, wie man den Teer am besten verwendete.

Oder wie man steuerte. Auch wenn er eine Respektsperson war, liebte er es noch immer, am Ruder zu stehen und komplizierte Wenden zu steuern, ohne dass ein Seemann ein Paddel ins Wasser tauchen musste. Nie fühlte er sich freier als in diesen Momenten.

»Man sieht dir die Sorgen an, die auf dir lasten«, sagte Adrah. »Schon von Weitem. Vielleicht sollte deine Frau dich mal massieren, aber jetzt stell dich neben mich. Wie ein Baum. Wie ein Pfosten. Wie ein Schilfrohr im Wind. Und jetzt streck das eine Knie vor, und jetzt das andere …«

Es war nicht das erste Mal, dass Manuah die Gestalten praktizierte – auch nicht das erste Mal, dass sein kleiner Bruder ihn unterwies –, doch es war wohl das erste Mal, dass er dabei ein spirituelles Gefühl entwickelte, wie es eigentlich auch sein sollte. Er nahm nicht unbedingt die Anwesenheit der Götter wahr, empfand aber eine Art Offenheit gegenüber der Welt jenseits seiner körperlichen Begrenzung. Etwas pulsierte in ihm, das weder Feuer war noch Wasser oder Licht, nicht Stärke oder Schwäche, sondern alles zugleich, und als er fertig war – nach fast einer halben *Hurta* des Springens und der Gestalten – verspürte er eine wohlige Müdigkeit wie seit Monaten nicht mehr.

»Klarheit«, sagte sein Bruder. »Die Gestalten richten den Körper an den natürlichen Prinzipien aus, und dadurch ordnet sich auch der Geist. Hilfreiche Gedanken vereinen sich, und nicht hilfreiche perlen von dir ab wie Wasser von den Schwingen des Reihers.«

»Warum?«, fragte Manuah. »Weshalb ist das so? Wenn Körper und Geist zwei verschiedene Dinge sind, weshalb beeinflussen sie sich gegenseitig?«

»Weil die Götter es so gewollt haben«, antwortete Adrah strahlend.

Und wieder beneidete ihn Manuah, denn seinen Geist zog es zu dunkleren Orten. Wenn die Götter die Macht hatten, auf Menschen einzuwirken und ihren Körper und ihre Seele zu beeinflussen, was war ihnen dann verwehrt? Wozu waren sie imstande, wenn die Menschen sie erzürnten?

»Sorg dafür, dass sie zufrieden sind«, sagte er eindringlich zu seinem Bruder, stieg auf die erste Leiter und begann den langen Abstieg zum festen Boden. Er hatte eine Verabredung, hier in der physischen Welt.

»Möge der nächste Monat dir freundlich gesinnt sein!«, rief Adrah ihm nach.

1.2

König Sraddahs Palast war sicherlich das schönste Gebäude, das Manuah je gesehen hatte, und somit vermutlich das schönste der Welt. Zwar war er nur halb so hoch wie der Turm der Sterne und umgeben von gewöhnlicheren Gebäuden, welche die Sicht auf ihn verstellten, doch er war mit kunstvollen Reliefs aus Blattgold und Kupferblech geschmückt und mit rotem Ocker und weißem Kalk bemalt. Er war ein Schlachtfeld der Farben – nicht nur in Bildern, sondern auch in Worten für jene, die sie zu lesen verstanden. Über fast zweihundert Jahre hinweg hatte jede Generation der Königsfamilie weitere Darstellungen hinzugefügt; kaum eine Stelle war glatt und ohne Farbe geblieben. Es brauchte Zeit, das alles in sich aufzunehmen, denn ein flüchtiger Blick enthüllte kaum die Form des Gebäudes, geschweige denn die Darstellungen an den Wänden! Aber wenn man einen ganzen Tag damit verbrachte, die Außenwände zu studieren (was Manuah in seiner Jugend getan hatte), erzählten sie die Geschichte von Sraddahs ältestem Vorfahren Kagresh, der die Siedlungen an den Ufern des großen Flusses geeint und mehrere zu Der Stadt verschmolzen hatte. Viel Blut war dabei geflossen, und viel Groll war entstanden, der bis heute nachwirkte. Doch es hatten mehr

Menschen überlebt, als gestorben waren, und sie waren zu dem Schluss gelangt, dass ihr Leben sich verbessert hatte und dass es gar nicht so schlecht war, einem König Treue zu schwören und seinem Königreich anzugehören.

Man betrat den Palast durch ein zweiflügliges Tor aus mit Kupferbändern verstärkten Holzbohlen, bewacht von drei Soldaten in Rüstungen aus Leder und Holz, die beinahe wie große Spielzeugfiguren wirkten. Doch dies waren harte, kampferprobte Männer, die als Anerkennung für ihre Dienste mit dieser ruhigeren Aufgabe betraut worden waren. Ihre Speere hatten Klingen aus Kupfer und waren auch mit Kupfer beschlagen, an der Hüfte trugen sie gefährlich aussehende Messer aus Obsidian. Mit diesen Männern sollte man es sich besser nicht verscherzen.

Einer von ihnen hielt einen großen grauen Hund an der Leine, und der Hund musterte Manuah argwöhnisch, als überlegte er, wo er ihn beißen sollte, falls es Ärger gab. Auch vor ihm nahm man sich besser in Acht.

Zum Glück hatte Manuah eine Verabredung und wurde erwartet, und sein goldener Gehstock, das scharlachrote Gewand und der breitkrempige Seemannshut taten seine Stellung eindeutig kund. »Hafenmeister« war ein weltlicher erblicher Titel und »Zähler der Gezeiten« nominell ein religiöser, auch wenn das priesterliche Drumherum längst Geschichte war. Den Titel »Hoher Cousin« hatte er nie benutzt, denn der hatte im Hafen einen zu pompösen Klang, doch auf jeden Fall floss so viel königliches Blut in Manuahs Adern, dass auch mit ihm nicht zu spaßen war.

»Guten Morgen«, sagte er zu den Wachen, so umgänglich, als gehörten sie zu seinen Arbeitern.

»Hafenmeister«, erwiderte der eine.

»Ich möchte meinen Cousin sprechen«, sagte er, und auch

das klang ein wenig pompös, denn es handelte sich um einen weitläufigen Cousin, und er war sich über das verwandtschaftliche Verhältnis nicht ganz im Klaren. Die Wachen aber nickten, verneigten sich und machten ihm Platz.

»Wunderschönes Wetter«, sagte der eine zu ihm, als er an ihm vorbeiging, und hätten sie tatsächlich zu seinen Arbeitern (beziehungsweise seinen Seeleuten) gehört, wäre dies die Einleitung gewesen zu einer Unterhaltung über Wind und Gezeiten und den Zug der hohen Wolken. Doch dies waren Soldaten, und wenn sie Wetter sagten, ging es ihnen allein darum, ob die Sonne schien oder ob ihnen Regen auf den Rücken fiel, deshalb brummte er lediglich und trat in den Palast.

Die Innenhöfe waren nicht minder beeindruckend als die Außenwände, wenn auch auf andere Weise. Hier wuchsen Farne und Zedern, und an den Innenwänden waren prachtvolle Teppiche ausgelegt, und zahlreiche Bedienstete in Leinengewändern eilten geschäftig umher, sodass Manuah sich nicht zum ersten Mal fragte, welche Aufgaben sie wohl den ganzen Tag lang zu erledigen hatten. Teilweise beantwortet wurde die Frage, als drei von ihnen sich ihm näherten: eine Frau mit einem Becher Wasser, eine mit einem kleinen Teller mit einem noch kleineren Stück ölgetränktem gesalzenem Brot und ein junger Mann mit Schreibbrett und Holzkohlestift.

»Ich wünsche dir, Hoher Cousin Hafenmeister, einen guten Morgen«, sagte der Mann. »Darf ich dir eine Erfrischung anbieten?«

»Nein, danke«, erwiderte Manuah. »Ich habe das Fasten zu Hause gebrochen.«

»Ja, natürlich«, sagte der Schreiber rasch. »Nichts für ungut.«

»Keine Ursache«, versicherte ihm Manuah.

Sie führten die Hände zusammen. Dann fragte der Schreiber noch vorsichtiger als zuvor: »Dürfte ich dir vor der Audienz bei Seiner Majestät Füße und Achselgruben waschen?«

Manuah lachte. »Nein, danke. Meine Frau hat dafür gesorgt, dass ich gesellschaftsfähig bin, und ich bin auf dem Weg hierher auch nirgendwo reingetreten.«

»Gewiss, Hoher Cousin Hafenmeister. Ich bedaure, die Frage überhaupt gestellt zu haben.«

»Wir haben alle unsere Pflichten.«

»Wohl wahr.«

Die beiden Frauen zogen sich zurück, um anderen Aufgaben nachzugehen, während der Schreiber Manuah ins Palastinnere geleitete und über eine Reihe schummriger Gänge in den Raum führte, wo König Sraddah vor dem offenen Fenster stand, in Händen einen dünnen Papyrus, den er straffte, damit er im leichten Wind nicht flatterte.

In einer Ecke saß der junge Prinz Raddiah und spielte mit kleinen Zinnsoldaten. Seit ihrer letzten Begegnung war er fast einen Kopf größer geworden, und er war gekleidet in ein mit Stickereien verziertes rot-gelbes Gewand aus Byssastoff, das ihm zu klein war, aber offenbar zu kostbar, um es wegzuwerfen. Er schaute kurz hoch und machte ein enttäuschtes Gesicht, als er den langweiligen Onkel Manuah erblickte.

»Hallo, Onkel«, sagte er und wandte sich wieder den Soldaten zu. In leiserem Ton sagte er: »Sterbt, ihr Surapp-Hunde! Das habt ihr jetzt davon, dass ihr *mir* die Stirn geboten habt.«

»Majestät«, sagte der Schreiber zum König, »darf ich melden: Hoher Cousin Manuah Hasis, Hafenmeister der Stadt und Zähler der Gezeiten.«

»Es sei gestattet«, erwiderte der König, ohne aufzusehen. Er hatte einen schmalen Goldreif aufgesetzt und roch nach Parfüm, Räucherwerk und Schweiß. »Verdammt noch mal. Einer meiner Generäle hat eine Karte des gesamten Königreichs gezeichnet, aber ich werde einfach nicht schlau daraus. Vermutlich bedarf es eines Kniffs. Man muss sie zu lesen verstehen.«

Er zeigte die Karte Manuah. »Ja, auch Seeleute zeichnen bisweilen solche Karten«, sagte der. »Allerdings nicht auf Papyrus.« Boote *bestanden* aus Papyrus – aus gepressten, geflochtenen und gebündelten Papyrusstängeln, die flachgepresst und an den Seiten und den Enden nach oben gebogen und mit Zedernbrettern abgedeckt wurden. Im Falle von Manuahs Booten wurden sie zudem an der Unterseite mit Baumharz und Ölsand getränkt. Wenn ein Seemann einen Papyrusbogen in die Hände bekam, war dieser für gewöhnlich mit Talk getränkt und diente dazu, ein kleineres Leck abzudichten. (Größere Lecks mussten im Trockendock ausgebessert werden, und Manuahs Überzeugung nach war dafür hochwertiger flüssiger Teer am besten geeignet.)

»Hm«, machte der König, der die Bemerkung nicht amüsant fand. »Nun, ich muss einen Feldzug planen, irgendwo auf diesem kleinen Bild. Kannst du hier irgendwo die Große Stadt der Surapp erkennen? Fluch und Fäulnis, ich frage mich, ob mein Augenlicht nachlässt. Aber wie kann das sein? In der Ferne kann ich immer noch alles erkennen. Sonst wäre ich ein schlechter Feldherr.

Jedenfalls setzen die Surapp mir zu. Bauen eine eigene Stadt! Das dortige Gestein hat eine schlechte Qualität, aber seit zwei Generationen brechen sie in den Schwarzen Bergen Granit und schaffen ihn mit Booten den Anderen Fluss hinunter. Seit zwei Generationen ohne Unterlass! Womit sie große Tatkraft unter Beweis stellen, denke ich, aber wir dürfen das wohl nicht zulassen. Es sei denn, unser Königreich verleibt sich Surapp ein.« Bei der Vorstellung lächelte er. »Dann hätten wir *zwei* Städte: eine östlich vom Großen Fluss, die andere westlich vom Anderen Fluss. Das wäre doch eine gute Sache, oder? Dem Ganzen wäre eine gewisse Symmetrie zu eigen, und es würde landlose Söhne ermuntern, die dazwischen liegende Küste zu kolonisieren. Dann würde das fleißige Surapp mir *dienen*, anstatt dass ich Pickel am Hintern davon bekomme.«

Die Idee schien ihm zu gefallen. Eine Weile dachte er darüber nach. Dann stellten sich anscheinend störende Gedanken ein; seine zufriedene Miene verflüchtigte sich. »Aber wir müssten etwas wegen ihrer Sprache unternehmen, was meinst du? Ich konnte diese Mistkerle noch nie verstehen.«

»So schwer ist das gar nicht«, sagte Manuah, vielleicht ein wenig voreilig. Die Sprache des Königreichs wies mehr Ähnlichkeit mit der von Surapp auf als die Gesichter von Manuahs Söhnen miteinander. Segelte man zwei Wochen gen Westen, dorthin, wo das Große Meer schmaler wurde und schließlich endete, traf man auf eine Reihe von Siedlungen am Ufer eines Flusses, und deren Sprache war noch eigentümlicher – eher ein Cousin als ein Bruder ihrer eigenen Sprache. Und ein weiterer, ganz anderer Cousin lebte zwei Wochen mit dem Segelboot im Südosten, an einem wiederum anderen Fluss, und wenngleich Manuah noch niemals weiter nach Osten gesegelt war, hatte er von anderen, noch ferneren Ländern mit einer noch fremdartigeren Sprache gehört. Hätte Sraddah *die* erlernen müssen, hätte er wahrhaft Grund zum Klagen gehabt. Und wenn man fünfzehn Tage lang den Großen Fluss hinaufsegelte, vorbei an Shipar und Erituak, traf man auf Orchideenpflanzer und Wilde, deren Sprache überhaupt keine Ähnlichkeit mehr hatte mit allem Bekannten. Im Vergleich damit war die Surapp-Sprache ein Klacks. »Hauptsächlich ist es eine Frage der Betonung.«

»Aber weshalb sollte *ich* deren Sprache erlernen? Was würde mir das nützen? Überlassen sie sie mir als Tribut? Nein, wenn sie in unser Königreich aufgenommen werden, müssen wir alle dieselbe Sprache sprechen. Der Eroberer entscheidet, aber alle haben den Nutzen. Verstehst du? Das heißt, groß zu denken! Werden meine Ururenkel nicht eines Tages über die ganze Welt herrschen?«

»Das vermag ich nicht zu sagen, Majestät«, sagte Manuah. Er versuchte sich nach Möglichkeit aus der Politik herauszuhalten, doch er war schon häufig in der Großen Siedlung der Surapp gewesen – sie war nur knapp zwei Tagesreisen entfernt! – und betrachtete deren Bewohner als Freunde. Wenn Sraddah seine Soldaten dorthin schickte, hoffte er, dass die Surapp sich ergeben würden, anstatt zu kämpfen. Wenn sie Widerstand leisteten, würde Sraddah sie einfach alle töten und ihre Häuser zerstören, womit niemandem gedient wäre. Trotzdem wäre das immer noch besser als die Vernichtungskriege, welche die Wilden ständig führten. Dabei hatte niemand etwas zu gewinnen, und die Hälfte der Beteiligten überlebte nicht einmal, während man als Sraddahs Gegner immerhin die Möglichkeit hatte zu kapitulieren.

»Nun«, sagte der König versonnen, »das hätte mich auch überrascht. Deshalb haben meine Vorfahren Leuten wie dir auch die Scheiße aus dem Leib gestampft, hab ich recht?«

»Auch davon weiß ich nichts«, sagte Manuah mit einem Anflug von Gereiztheit. *Und du auch nicht, Majestät.* Sraddahs Ahnen waren größer und kräftiger, doch Manuahs Vorfahren waren klüger gewesen, und er vermutete, dass sie einfach keinen Sinn darin gesehen hatten zu kämpfen. Na gut, sollen sie ruhig herrschen. Wir mehren weiter unseren Reichtum.

»Nun denn«, sagte Sraddah, legte den Papyrusbogen auf den Besprechungstisch und beschwerte ihn mit einem Kupfermesser. »Was hat dich hergeführt, Manuah? Dein Mitarbeiter sagte, es sei wichtig.«

»Das ist es, ja. Ich habe bereits mit dir darüber gesprochen, doch es bereitet mir immer größere Sorge: Das Wasser steigt im Hafen, im Meer und in den Flüssen. Der Anstieg seit der Zeit unserer Großväter entspricht der Höhe eines Hauses. Wenn es so weitergeht, wird es in die Stadt strömen. Da wir auf dem flachen Land leben, an drei Seiten von Wasser umgeben, ist das eine ungünstige Situation.«

»Aber gut für Boote, würde ich meinen.« Sraddah schaute einen Moment lang nachdenklich drein, dann wechselte er das Thema. »Wo wir gerade davon sprechen, wie viele Boote hast du? Du persönlich?«

»Sechs. Das siebte befindet sich im Bau.«

»Sieh an. Beeindruckend, Hafenmeister. Hat je ein Mensch mehr besessen?«

»Nicht, dass ich wüsste.«

»Und wie viele Soldaten könnte eines dieser Boote tragen?«

»Mit kompletter Besatzung? Das weiß ich nicht, möglicherweise zwölf Mann. Wenn Soldaten die Besatzung stellen würden und man auf die Mitnahme von Fracht verzichtet, vielleicht zwei Mal zwölf, allerhöchstens. Aber Majestät ...«

»Und sieben Mal zwölf, das macht ... wie viel?«

»Etwas mehr als sechzig, Majestät«, warf der Schreiber ein und machte sich mit dem Holzkohlestift eine Notiz auf dem Brett. »Und sieben Mal zwei Mal zwölf wären fast drei Mal sechzig.«

An diesem Punkt hielt Harv Leonel selbstgefällig inne, denn die Frage, wer diese Leute waren, beschäftigte ihn mehr und mehr. Von älteren Hochkulturen schienen sie keine Kenntnis zu haben, weshalb sie (vorausgesetzt, das entsprach der Wahrheit) vor den Sumerern leben mussten. Was keinen Sinn ergab, denn das Königreich war zwar kleiner als Sumer, aber technisch recht hoch entwickelt. Mit ein paar Dingen aber kannten sie sich nicht gut aus, nämlich Mathematik, Schrift und Kartografie. Er hatte die Schriftzeichen an den Außenwänden gesehen, und jetzt sah er die Notizen auf dem Brett, und da er mit Manuah Hasis' Augen darauf blickte, verstand er auch, was darauf geschrieben war. Viel war es nicht: ein paar Zahlen und ein paar Dutzend piktografische Worte, und die Zahlen größer zwölf waren unhandliche Vielfache von sechzig. Diese Leute wussten anscheinend nicht so recht, was sie da eigentlich taten, und wenngleich Harv kein Experte war, hatte er den Eindruck, dass dieser Mischmasch keiner Schriftsprache ähnelte, die er kannte. Für ihn sah das aus wie etwas, das Sechsjährige sich ausgedacht hatten.

Aber was folgte daraus? Er vermisste auch noch andere Dinge; zum Beispiel hatte er keine Gegenstände aus Bronze gesehen, nur solche aus Kupfer, Gold und Zinn. Dabei hatten damals die Metalle auf der Erdoberfläche gelegen; um sie zu nutzen, bedurfte es keines Bergbaus und keiner metallurgischen Kenntnisse – man brauchte bloß Hitze und einen Hammer. Und jetzt, da er darüber nachdachte, wurde ihm bewusst, dass er auch keine Pferde, Esel oder Karren gesehen hatte, über-

haupt nichts mit Rädern. Das aber würde bedeuten … das würde bedeuten, dass er sich im Neolithikum befand – in der Steinzeit, mindestens achttausend Jahre in der Vergangenheit.

Er verspürte jähe Panik, als ihm bewusst wurde, dass dies nicht hätte passieren dürfen. Er schrieb lediglich Muster in seinen Hippocampus, so als sprayte er Graffiti an eine Wand. Oder etwa nicht? Und dann war er schon wieder weg, bevor er sich seine Frage beantworten konnte.

»Genau«, sagte der König. »Wie ich schon sagte: Boote haben keinen militärischen Nutzen. Wenn der größte Bootsmann des Königreichs lediglich drei Mal sechzig Soldaten befördern kann, wie soll ich dann die Hälfte von sechzig Mal sechzig Soldaten transportieren, die ich brauche, um Surapp zu erobern? Wie viele Boote würde ich brauchen?«

Er blickte den Schreiber an, der schluckte und sagte: »Äh, mindestens zwölf und sechzig, glaube ich.«

Sraddah nickte. »Das ist grotesk, so viele Boote gibt es im ganzen Königreich nicht. Siehst du? Boote taugen fürs Fischen und zum Transport wertvoller Güter.«

»Majestät«, unterbrach ihn Manuah, »ich bin gekommen, um über das steigende Wasser zu sprechen. Das ist vielleicht gut für die Boote, aber schlecht für die Gehöfte und die Häuser. Und die Menschen.«

»Oh, ich verstehe«, sagte der König, entweder nachdenklich oder herablassend. »Du sprichst von einer möglichen Überschwemmung. Und bist du dir sicher, dass das Wasser steigt? Verschwendest du nicht bloß meine Zeit?« Er überlegte einen Moment, dann sagte er: »Was soll ich deiner Meinung nach gegen die Naturgewalten unternehmen? Mehr Opfer darbringen? Ich glaube, darüber solltest du mit deinem Bruder sprechen.«

Manuah zeigte in die Richtung des Hafens und deutete mit den Händen imaginäre Bauten an. »Ich habe an etwas Greifbares gedacht, Majestät. Wir könnten die Wellenbrecher erhöhen und neue zwischen den Inseln vor dem Hafen bauen. Natürlich außerhalb der Bootsrouten.«

»Und weshalb sollten wir das tun? Weißt du, wie viel ein Steinblock kostet? So viel wie eine Ziege, und für ein solches Vorhaben würdest du eine Menge Blöcke brauchen.«

»Ja. Mehr Steinblöcke, als bereits vorhanden sind. Ich schätze deren Zahl auf über sechzig mal sechzig.«

»So. Das ist eine ganze Menge, Cousin. Und Wasser findet einen Weg durch alle Lücken, oder etwa nicht?«

»Das tut es. Aber Wellen lassen sich brechen und Sturmfluten abwehren. Ich habe fürchterliche Stürme erlebt, und wenn ein solcher uns unmittelbar träfe ... Stell dir vor, das Wasser sei eine angreifende Armee. Bessere Wälle würden Die Stadt davor schützen.«

»Hm«, machte der König und ließ sich das durch den Kopf gehen.

»Wenn du Surapp einnimmst, könntest du Steinblöcke als Tribut verlangen.«

»Steinblöcke? Ist das dein Ernst?«

»Ja, und in der Zwischenzeit hauen wir unsere eigenen Blöcke. Wir könnten billige Steine verwenden; es muss ja nicht schön aussehen.«

Um ihn noch mehr anzuspornen und weil der König ein passionierter Vogeljäger war, sagte Manuah: »Wenn eine Ente im Wasser schwimmt, kann sie leicht entkommen. Man kann sie mit einem Stein töten, bevor sie davonfliegt. Majestät, wir gleichen hier schwimmenden Enten, die das Hinterteil in die Luft recken.«

»Hm«, machte Sraddah, noch nachdenklicher als zuvor.

Dann aber war der Damm gebrochen, und er sagte: »Du hast mir viel Stoff zum Nachdenken gegeben, aber ich muss eine *wirkliche* Invasion planen. Komm ein andermal wieder.«

Manuah reagiert enttäuscht. »Ist das dein Ernst? Ein andermal? Cousin, wann bist du eigentlich nicht mit militärischen Angelegenheiten beschäftigt?«

Sraddah kicherte wie ein Kind. »Militärische Angelegenheiten sind das Fundament des Landes. Meine Vorfahren haben sich keine Gedanken um den Hafen gemacht, sie haben diese Aufgabe *deinen* Vorfahren übertragen. Also solltest du vielleicht dankbar sein, dass ich dich überhaupt empfangen habe.«

Manuahs Blut geriet in Wallung. Der König war kein schlechter Mensch, nicht einmal (soweit Manuah das beurteilen konnte) ein schlechter König. Die Steuern hatte er während seiner Regentschaft nicht angehoben, und trotz der großen Bedeutung, die er militärischen Dingen beimaß, ging es im Königreich weitgehend friedlich zu. Manchmal aber war er auf beiden Ohren taub – die Götter waren seine Zeugen.

Seufzend musterte Sraddah Manuah und sagte: »Cousin, wenn die Krone mich eines gelehrt hat, dann dass unsere Mittel begrenzt sind. Wie viele Ziegen könnte die Stadt aufbringen, um die Steinmetze zu nähren, was glaubst du? Wie viel können wir den Flusssiedlungen wegnehmen oder den Hirten in den Hügeln? Im Moment nähren unsere Bürger die Steinmetze, Steinblock für Steinblock, mit denen sie ihre Häuser und Gartenmauern errichten, und das ist gut so. Alle sind beschäftigt und zufrieden.«

»So lange, bis sie ertrinken.«

Darüber musste Sraddah lachen. »Ertrinken, ach ja? Ich

habe großen Respekt vor dir, Hafenmeister, und du darfst mich in zwei Jahren gerne an diese Unterhaltung erinnern, dann greifen wir das Thema wieder auf. Die Surapp werden befriedet werden, das Königreich wird wachsen, und ich werde über mehr Zeit und größere Mittel verfügen. Bis dahin nutze die Mittel, die *dir* zur Verfügung stehen, so gut es geht, und in zwei Jahren meldest du dich erneut. Einverstanden?«

Manuah konnte nachvollziehen, dass dies von Sraddahs Standpunkt aus betrachtet eine vernünftige Entscheidung war. Er hatte die Existenz des Problems weder anerkannt noch geleugnet, doch er hatte Manuah zur Kenntnis genommen und ihm vage Vollmachten verliehen. Vermutlich ging er davon aus, dass er nie wieder von dem Thema hören würde.

»Möge der nächste Monat freundlich zu dir sein«, sagte Manuah resigniert. Er blickte wieder zum kleinen Prinzen, der mit seinen Zinnsoldaten spielte und hin und wieder einen gedämpften Schrei ausstieß, wenn einer von ihnen ein grausiges Ende nahm, und Manuah nahm es als gutes Zeichen, dass der Junge über eine lebhafte Vorstellungskraft verfügte. Sein eigener Vater hatte ihn als Kind bisweilen in den Palast mitgenommen, wenn er hier zu tun hatte, und auch Sraddah hatte gern gespielt, doch dabei war es immer um Holzmesser, Speere aus Weidenruten und Schilde aus Korbgeflecht oder Bogen und Pfeile mit stumpfen Spitzen gegangen. Oder sie hatten mit den Fäusten gekämpft; mehr als einmal hatte er sich ein blaues Auge, schmerzende Eier, Schnittwunden und Schrammen an Knöcheln und Knien eingehandelt, die ihm der zwei Jahre ältere Prinz triumphierend zugefügt hatte. Sraddah hatte nie eine besondere Neigung gezeigt, seinen Verstand zu gebrauchen. Dass er ein so tüchtiger Kriegsherr war, rührte wohl daher, dass seine Gegner noch träger im Kopf waren als er, dass sie verzagten angesichts der wilden Attacken des Königs und der unbedingten Ergebenheit (gepaart mit Wildheit) seiner Soldaten. Es war ja so viel einfacher, sich zu ergeben und mit einem gerechten Frieden abzufinden! Trotzdem würde es nicht schaden, wenn eines Tages ein Denker auf dem Königsstuhl sitzen sollte.

»Nicht lockerlassen, Raddiah«, sagte er zum Prinzen. »Du hast sie fast eingekesselt.«

Damit fand er sich mit seiner Entlassung ab, verneigte sich vor dem König und ließ sich hinausgeleiten.

1.3

Auch Manuahs Haus lag auf einer Anhöhe, wenngleich er nur gerade so eben über die weiß getünchten Dächer seiner Nachbarn hinwegblicken konnte. Das aber tat er gerne. Ein paar fleißige Leute hielten Topfpflanzen auf dem Dach: Melonen, Kürbis und sogar Dattelpalmen. Einige hielten dort auch Hunde, die nachts in einem fort bellten, andere hatten auf dem Dach ihre Schlafstatt mitsamt Nachttopf. Auch die langweiligeren Häuser, auf denen nur eine weiß getünchte Fläche zu sehen war, besaßen einen gewissen städtischen Charme, der anderswo nicht zu finden war.

Da Die Stadt größer war als jede Siedlung und jedes Dorf, war es Vorschrift, alle Gebäude aus Stein zu erbauen und zumindest notdürftig zu verputzen. Die Dachbohlen mussten eine Hand breit und eine halbe Hand dick sein und entweder mit Gips oder Lehm abgedichtet werden. Der Grund dafür war, dass man notfalls ein zweites Stockwerk aufsetzen können sollte, ohne dass das Haus einstürzte – was in der Anfangszeit der Stadt häufiger passiert war und in den aus Lehmziegeln erbauten, weiter nördlich am Fluss gelegenen Siedlungen Larasha und Shifpar noch immer vorkam.

Ein unerwarteter Nebeneffekt dieser Regelung war, dass

die Häuser so teuer geworden waren, dass nur wenige sich einen zweiten Stock überhaupt leisten konnten. Häufig waren zwei oder drei Generationen mit dem Bau eines richtigen Hauses beschäftigt! War es fertig, hielt es dann aber auch trotz der feuchten Meeresluft mindestens *zehn* oder zwanzig Generationen lang oder bis zum Ende aller Zeiten; das wusste niemand so genau. Manuah fand es gut, dass Die Stadt für die Ewigkeit gebaut war, doch in letzter Zeit fiel ihm diese Vorstellung schwer, und die Unterhaltung mit Sraddah hatte es nicht vermocht, seine Stimmung zu heben.

Den besten Ausblick hatte man von der Küche aus, und dort traf er auch seine Frau Emzananti an, die ihrer Lieblingsbeschäftigung nachging, dem Kochen. Im Moment hackte sie gerade Zwiebeln und tat sie in eine noch kalte Tonpfanne voller Talg, Fisch und enthülsten panierten Bohnen.

Hier erblickte Harv Leonel endlich etwas, das tatsächlich steinzeitlich wirkte; Emzanantis Messer war ein dreieckiges Stück Obsidian, eingepasst in einen Holzgriff, der fest mit Rohleder umwickelt war. Vermutlich war die Steinklinge zusätzlich mit Baumharz oder tierischem Kollagen verklebt. Emzanantis Füße steckten in sehr einfachen Sandalen, bestehend aus einem ovalen Stück Leder mit einem gegabelten Riemen zwischen den Zehen, der wiederum mit einem Knöchelriemen verbunden war. Sie sahen aus wie Flip-Flops, hergestellt von einem Kind. Die Männer trugen ebenfalls Sandalen, doch die waren stabiler und besser konstruiert, vielleicht weil sie damit weitere Strecken zurücklegten und auch kämpften. Harv nahm an, dass einige der Frauen, die er auf der Straße gesehen hatte, ähnliche Sandalen getragen hatten wie Emzananti, doch er hatte nicht darauf geachtet. Einige von ihnen waren barfuß gewesen, und das hatte seine ganze Aufmerksamkeit in Anspruch genommen. Die Kleidung der Frauen war eigenartig schlicht, was auch für Emzananti galt. Die Männer waren in dieser Gesellschaft anscheinend die Pfauen, oder aber es gab sachliche Gründe für ihre attraktivere Kleidung, die ihm bislang entgangen waren.

»Hm, lecker«, sagte Manuah und küsste sie auf die Wange. Gebratene Bohnen waren sein Leibgericht, und niemand bereitete sie so gut zu wie Emzananti. Trotzdem schalt er sie: »Mein liebster Schatz, das reicht ja für vier Tage. Du kochst für die Bediensteten!«

Lächelnd wandte sie sich um mit geröteten, tränenden Augen, dann kümmerte sie sich weiter um die Zwiebeln. »Die Bediensteten können die Schalen säubern und dir die Soße vom Gewand wischen.«

»Ich nehme mich immer in Acht beim Essen«, entgegnete er.

»Auch bei gebratenen Bohnen? Tatsächlich?« Sie schnaubte höchst undamenhaft. Dann: »Wie war die Audienz?«

»M-hm.«

»Nicht gut?«

»M-hm. Lass uns von etwas anderem reden.«

Sie hackte weiter, jetzt aber ein wenig vorwurfsvoll. »Ständig redest du davon, dass Die Stadt in Gefahr ist. Wenn du nicht darüber redest, verschwindet die Gefahr nicht einfach.«

»Na gut«, sagte er und sammelte sich. »Der König will keine Mittel für den Bau von Dämmen bereitstellen. Er hat mir die *Erlaubnis* erteilt, sie aus eigenen Mitteln zu bauen, was uns allerdings bettelarm machen würde.« Er breitete die Arme aus. »Soll ich vielleicht unser Haus abreißen lassen?«

»Weshalb solltest du das tun?«

»Ich brauche *Blöcke*, Frau. Steinblöcke. Selbst die besten Lehmziegel würden dem Wasser nicht mal eine Woche lang trotzen.«

»Müssen die Blöcke unversehrt sein?«, fragte sie, ohne von den Zwiebeln aufzusehen. »Das Behauen von Steinen ist schwere Arbeit und verzeiht keine Fehler.«

»Hm«, machte Manuah. Damit hatte sie recht; je nach verlangter Qualität, vollendete ein Steinmetz etwa nur die Hälfte aller Steinblöcke, die er in Angriff nahm. Die andere Hälfte taugte zum Pflastern von Straßen, der Rest aber war Abfall, der von aneinandergefesselten Verbrechern zu Steinen unterschiedlicher Größe zerschlagen wurde, den die Lehmziegelsiedlungen dann auf ihre Straßen schütteten. Manuah hatte schon zahllose Steinladungen flussaufwärts transportiert! Aber das war ein interessanter Gedanke, denn Steinblöcke hatten einen Wert und Steine auch, doch die Steinmetze *zahlten* dafür, dass ihre Abfallhaufen abgetragen wurden. Natürlich nicht sehr viel, aber wenn Manuah das Zeug unentgeltlich fortschaffte …

Er lachte. »Also, das könnte klappen. Steinabfall ist nicht so stabil – er würde die Wellen brechen, die Strömung allerdings lediglich verlangsamen. Aber das reicht vielleicht schon. Zumal, wenn sich dort Schlick ansammelt.«

»Dann bin ich also ein Genie?«

»Schon möglich.«

»Und ich habe Die Stadt und all ihre Bewohner gerettet?«

Er lachte. »Schon möglich.«

»Und du wirst mich heute Abend dafür belohnen?«

Auch darauf hätte er »schon möglich« antworten können,

doch stattdessen legte er die Arme um ihre Hüfte und küsste sie auf den Hals. Schon als Kinder verlobt, hatten sie mit fünfzehn geheiratet und liebten einander sehr. Drei lebende Söhne und zwei verstorbene Töchter später liebten sie einander noch immer, und auch wenn Emzananti keine Kinder mehr bekommen konnte, hatte sie noch immer Freude daran, es zu versuchen. Das konnte nicht jedes Paar von sich sagen, und Manuah war dankbar dafür.

Er wechselte das Thema. »Ich muss morgen abreisen. Die Weber in der Großen Siedlung der Surapp sollten inzwischen eine Ladung Byssastoff beisammenhaben, und ich brauche das Geld, damit ich das neue Boot abdichten lassen kann.«

»Oh!«, rief Emzananti. »Behältst du etwas für mich?«

Byssastoff war bei Weitem die kostbarste Fracht, die Manuah transportierte, und er vertraute sie niemand anderem an als sich selbst. Das Gewebe war dünner, leichter, weicher und glatter als jedes andere. Es ließ sich nicht gut färben, deshalb war es meistens braun, orange oder gelb, und viele elegante Herren trugen Leinen- und Baumwollgewebe in den gleichen Farben, um noch eleganter zu wirken. Byssa aber wurde aus den Füßen der im Meeresboden verankerten Steckschnecken hergestellt, und da sie mühselig geerntet, getrocknet und die Fasern ausgewickelt werden mussten, bevor sie mit dem Webstuhl versponnen werden konnten, kostete eine Elle des Stoffs so viel wie ein ganzer Ballen Leinen. Und ein Ballen davon (die größte Menge Byssa, die Manuah je gesehen hatte) entsprach dem Wert einer ganzen *Bootsladung* Leinen. Das Vernähen und Besticken erforderten ebenfalls besonderes Geschick, deshalb kostete ein Gewand aus Byssa so viel wie das Boot, das den Stoff aus Surapp hergebracht hatte.

»Na schön«, versprach ihr Manuah mit gespieltem Widerwillen. »Und ein Goldenes Vlies noch dazu.«

»Oje. Ich kriege Herzklopfen!«

Weit im Norden des Landes, dort, wo das Große Meer endete, gab es magische Flüsse. Ließen die Frauen das Fell eines Schafsbocks ein, zwei Monate darin liegen, färbte es sich golden. Manuah hatte es nicht glauben wollen, bis er es mit eigenen Augen sah; die Felle nahmen einen gelben Farbton an und funkelten von zahllosen winzigen Partikeln. Zu wissen, dass es diese Art Magie tatsächlich gab, wärmte ihm das Herz. Goldene Vliese waren natürlich nicht so wertvoll wie Byssastoff (außerdem konnte man sie mit gelber Farbe und Glimmersand nachahmen), doch sie waren kostbar genug, um die Reise zu unternehmen. In diesem Fall musste er gar nicht bis zum Ende der Welt segeln; er hatte erfahren, dass ein ausländischer Fremder die Reise unternommen hatte, und Manuah musste lediglich vor dem Neumond in der Großen Siedlung der Surapp sein und einen besseren Preis bieten als jeder andere, um sich praktisch die gesamte Fracht zu sichern.

Emzananti war keine gierige Frau und buhlte nicht mit auffälliger, männlicher Kleidung um Aufmerksamkeit. Er wusste nicht genau, weshalb sie diese Dinge haben wollte – vielleicht wollte sie ein Hochzeitsgewand für ihren mittleren Sohn Hamurma schneidern. Das aber war ihre Sache, und ihr war nicht entgangen, dass Manuah bei dieser ziemlich kurzen Reise einen großen Gewinn herausschlagen würde und dass er ihn für Baumharz, Teer, Birkenpech und Ölsand verwenden wollte, um sein neues Boot damit abzudichten. Vier Schichten Abdichtung! Er redete seit Wochen davon, seit der Rumpf Form annahm und das Holzdeck angebracht wurde. Dies würde das größte Boot seiner

Flotte werden – vielleicht das größte Boot der ganzen Welt –, und es vor dem zerstörerischen Ozean zu schützen, nun, das würde *nicht* billig werden. Wenn er jedoch darauf verzichtete, würde das Ding ihm unter den Füßen langsam verrotten, wie es bei den Fischern üblich war. Das wollte er verhindern.

»Diesmal nehme ich Hamurma mit«, sagte er. »Seine erste Fahrt ist überfällig.«

»Wie du meinst«, sagte Emzananti einigermaßen gelassen. Der Junge wurde bald fünfzehn; zwar war er schon mit Manuahs kleinsten Booten im Hafen umhergefahren und hatte mit beschwerten Seilen Messungen vorgenommen, doch wenn er sich gut verheiraten wollte, brauchte er eine bessere Beschäftigung. Manuah beabsichtigte, ihm auf dem Hinweg das Ruder und auf dem Rückweg das Segel zu überlassen, um ihn auf diese Weise mit dem offenen Meer vertraut zu machen. Sollte das Wetter sich verschlechtern, würde er den Jungen auf eine Paddlerbank versetzen. Er war ein guter Paddler, kräftig und gut in Form, und was ihm an Ausdauer fehlte, machte er mit Entschlossenheit wett. Wenn der Wind zu schwach oder zu stark war, waren sechs Paddler nötig, um Manuahs Boote fortzubewegen, oder acht, wenn man irgendwann auch ankommen wollte, und das mussten zähe Burschen sein.

Oder Frauen: Drei davon zählten zu Manuahs Besatzungen – Junggesellinnen in Emzanantis Alter –, und sie waren zwar nicht so groß oder so kräftig wie die Männer, hielten aber ausgezeichnet den Rhythmus bei oder gaben den Takt vor, wenn sie vorne saßen. Und auf weibliche Art waren sie auch zäh – wettergegerbt und scharfzüngig, wenn man ihnen dumm kam. Sie aßen nicht so viel wie Männer und wogen auch nicht so viel, und sie konnten den

Meereswellen auch nicht so viel Kraft entgegensetzen, und es war unschicklich, wenn sie in Gegenwart der Männer ihre Notdurft verrichteten, deshalb setzte er sie überwiegend im Hafen und bei sehr kurzen Fahrten flussaufwärts ein.

Genau genommen war Hamurma nicht viel kräftiger als die Frauen, doch mit etwas Ertüchtigung würde das schon werden.

»Hat er eine gute Regenjacke? Für alle Fälle?«

»Im Moment erfüllt sie ihren Zweck. Er hat die alte von Sharama und wird sie zuschanden tragen, bis er daraus hinausgewachsen ist. Jyaphethti wird eine neue brauchen, wenn er alt genug zum Segeln ist, aber ich denke, das können wir uns leisten.«

»Hm.« Manuah gab ihr im Stillen recht, doch eine Jacke aus steifer gewachster Wolle war nicht gerade billig, und Sparsamkeit hatte in der Familie Tradition. Wenn Geld ausgegeben wurde, dann am besten um noch mehr Geld zu verdienen! Andererseits war es eine schlechte Idee, seine Söhne in Lumpen herumlaufen zu lassen, sodass sie sich erkälteten, und es war auch nicht ratsam, Emzanantis Rat in den Wind zu schlagen, denn seine Eltern hatten ihn vor allem wegen ihrer Klugheit mit ihr verheiratet.

Er überlegte, ob er ihr sagen sollte, dass König Sraddah vorhatte, ihre Heimatstadt zu überfallen, nahm aber aus mehreren Gründen davon Abstand. Erstens würden sie längst weg sein, wenn Sraddahs Streitmacht dort eintraf. Zweitens betrachtete Sraddah die Unternehmung möglicherweise als Militärgeheimnis und würde es ihm übel nehmen, wenn er darüber redete, und sei es mit seiner Frau. Drittens würde sie sich dann noch mehr Sorgen machen. Oh, ihre Sorgen verbarg sie gut, doch welche Mutter machte es schon froh, wenn sie zusah, wie ihre Söhne aufs offene Meer fuhren oder gar in den Krieg zogen?

Er wechselte das Thema erneut. »Wo steckt eigentlich Sharama? Er soll die Wellenbrecher überwachen, solange ich fort bin.«

»Ich glaube, er fischt Krabben. Als er heute Morgen fortgegangen ist, hatte er Reusen dabei.«

»Schon wieder? Verdammt noch mal, er wird keine Ruhe geben, bis alle meine Boote nach Fisch stinken. Ich werde meinen Stoff an Köche und Muschelfischer verhökern müssen!« Das war ein Scherz, doch sein Ärger war nicht gespielt. Diese Unterhaltung hatte er mit seinem ältesten Sohn schon mehr als einmal geführt. Er hatte ihm nicht rundheraus verboten, seine Boote zum Fischen und Krabbenfang zu nutzen, wenn sie nicht gebraucht wurden, doch er hatte die Probleme angesprochen, die sich daraus ergaben, und vertraute darauf, dass Sharama die richtigen Schlüsse zog. Aber Sharama war neunzehn und wollte seine Frau beeindrucken, und Hafenkrabben brachten gutes Geld ein.

Harv Leonel war einen Moment lang ein wenig verwirrt, denn bei Manuah Hasis ging es ständig um Geld, doch bislang hatte er noch keine Münzen gesehen und war auf kein System zur Erfassung von finanziellen Transaktionen oder Ersparnissen gestoßen. Im Königreich gab es sicherlich ein Tauschsystem, das Gütern einen bestimmten Wert beimaß und sie miteinander vergleichbar machte – zehn Hühner eine Ziege, zehn Ziegen eine Kuh und so weiter –, doch anscheinend gab es auch eine nebulöse Vorstellung von Kapital, die Harv nirgendwo festmachen konnte. Diese Leute hatten anscheinend ein gutes Gedächtnis und ein hohes Maß an gegenseitigem Vertrauen, so-

dass Manuah sich Sorgen ums »Geld« machen konnte, ohne die Möglichkeit zu haben, es aufzubewahren. Sogar ohne den Begriff mit einer bestimmten Anzahl Gütern gleichzusetzen.

Auch jetzt wieder verspürte Harv einen Anflug von Selbstgefälligkeit, denn auch dieses System war primitiv und dumm – nicht gerade der Stoff, auf dem eine Zivilisation aufbauen konnte. Doch sogleich nahm er eine Beschützerrolle ein, denn die Arschlöcher von der Wall Street hätten das Königreich binnen eines Monats in den Bankrott treiben können, indem sie herausfanden, welche Tiere das beste Nährwert-Preis- oder Geschmack-Wachstums-Verhältnis aufwiesen und auf dieser Basis ein paar höchst manipulative Deals abschlossen. Hier war noch niemand auf diesen Trichter gekommen, doch das hieß nicht, dass es nicht möglich wäre. Harv war nämlich eine Art Amateurhistoriker, und das Königreich kam in den Büchern, die er gelesen hatte, nicht vor. Aus irgendeinem Grund *waren diese Menschen unsichtbar geblieben und aus der Geschichte ausgelöscht worden, und ihre Gesellschaft war für sein Empfinden viel zu instabil. Wie gingen diese Leute mit Bränden um? Mit Seuchen? Überschwemmungen? In gewisser Weise ähnelten sie überlebensunfähigen Säuglingen, die sich der Möglichkeit, Schmerz zu erleiden oder verletzt zu werden, nicht bewusst waren.*

Aber sie waren schlau. Obwohl sie auf keine Vergangenheit Bezug nehmen konnten und weder über Pferde noch Räder noch Bronzewerkzeuge verfügten, hatten sie herausgefunden, wie man aus Steinen eine große Stadt mit gepflasterten Straßen und Abwasserkanälen, mit Türmen, Meeresdämmen und etablierten Handelszentren errichtete. Die Stadt nahm die Fläche eines internationalen Flughafens oder die von zwanzig Einkaufszentren ein. Steinzeit, in der Tat.

»Das könnte eine List sein«, erklärte Emzananti. »Sharama möchte das Boot schon lange für sich allein haben; vielleicht will er es dir auf diese Weise klarmachen. In seinem Alter hattest du schon eins, wenn ich mich recht erinnere.«

»Ja, aber meine Boote zu verstänkern bringt ihn meinem Herzen nicht näher. Oder meinem Geld.«

»Vielleicht spart er ja für ein Boot. Wie viele Krabben müsste er dafür verkaufen?«

»Eine Menge. Verdammt noch mal. Wenn wir ihn schon nicht davon abhalten können, Krabben zu fangen, soll er sie wenigstens in Töpfen fangen und nicht in Netzen. Kommt er zum Essen nach Hause?«

»Ich glaube schon«, sagte sie. »Dann kannst du ihm einen Vortrag halten. Oder eine richtige Unterhaltung mit ihm führen; du hast die Wahl.«

Mit einem Bogenbohrer, einem Brett und ein paar Holzspänen fachte sie ein Feuer an und schob das Brett behutsam in den Ofen, eine Schieferplatte über einer quadratischen Feuergrube mit einem rechteckigen Loch nach draußen, das als Abzug diente. Ihre Bewegungen waren so geschickt wie beim Schneiden von Gemüse, die einzelnen Handgriffe ihr so geläufig, dass sie nicht darüber nachdenken musste. Dann schob sie Stöcke in die Grube und setzte die Tonpfanne auf die Platte.

Als Tochter einer Aristokratenfamilie besaß sie auch einen Brennkristall – eine Art Stein, der so durchsichtig war wie Wasser und von Magiern so geformt, dass er das Licht der Sonne in das Feuer zurückverwandelte, dem es entsprungen war. Dies war eines ihrer kostbarsten Besitztümer, ein Erbstück ihrer Mutter und so wertvoll wie ein neues Boot. Manuah fand ihn unpraktisch und betrachtete ihn als eine Verschwendung der magischen Gabe, doch

Emzananti hatte einmal eine kleine Fackel damit entzündet und in die Küche getragen, um seinen Wert unter Beweis zu stellen. Außerdem gehörte ihr noch ein Feuerrohr, das aus einem hohlen Holzzylinder, einem dünnen, eingefetteten Holzstopfen und einem Tupfer Holzstaub bestand, mit dem man ohne Reibung Feuer machen konnte. Es war ein erstaunliches Gerät und möglicherweise ebenfalls magischen Ursprungs, erforderte aber großes Geschick und war eigentlich mehr ein Zeitvertreib als ein praktisches Utensil. Sie hatte auch mit Schwefel und Sandstein experimentiert, da diese angeblich ebenfalls Feuer hervorbrachten, doch es war ihr nie gelungen. Emzananti liebte ihre Feuergeräte, doch bei elf von zwölf Gelegenheiten benutzte sie den Bogenbohrer, so wie es auch die Frau eines Arbeiters tat.

»Du könntest auch wie eine Wilde Feuersteine zusammenschlagen, weißt du«, sagte Manuah.

»Ach, sei still.«

»Du könntest auch wie eine Wilde kochen. Die stellen ihre Töpfe aufs offene Feuer und heben sie mit Handschuhen und Stöcken an. Alles wird entweder am Spieß gebraten oder gekocht, manchmal auch gedünstet. Sie braten nicht in der Pfanne, und weil sie kein Salz haben, würzen sie alles mit Fenchel und Knoblauch.«

»Eklig«, sagte sie und rümpfte die Nase.

»Das ist nicht ihre einzige eklige Angewohnheit.«

Sie hob abwehrend die Hand. »Es reicht, Gatte. Du scheinst dich zu langweilen. Wenn ein Tag ohne Arbeit diese Wirkung hat, ist es gut, dass du morgen auf Reisen gehst. Die Sonne geht erst in drei *Hurta* unter; wie wär's, wenn du zu einem Steinmetz gehen und deinem Sohn ein bisschen Steinbruch für sein neues Projekt besorgen würdest?«

1.4

»Lehn dich dagegen«, sagte Manuah zu seinem mittleren Sohn. »Steuere nicht mit den Armen, sondern mit deinem Körpergewicht. Das sind richtige Wellen; wenn du so weitermachst, bist du in einer *Hurta* müde.«

»Ja, Vater«, sagte Hamurma. »Danke.« Anders als sein älterer Bruder wollte er gefallen und ließ sich lieber unterweisen, als auf die harte Tour zu lernen.

»Genau so. Halt den Rücken gerade.«

Die Wellen waren nach den üblichen Maßstäben nicht besonders hoch, doch Manuah hatte das Gefühl, keine Zeit verschwenden zu dürfen. Sie waren spät aufgebrochen, denn Bemurin, der Olivenhändler, war ein richtiger Trottel, und die Sonne stand bereits tief am Himmel.

»Wir drehen zur Küste ab«, sagte Manuah. »Jetzt musst du ziehen. Lehn dich weg vom Ruder und verlagere dein Gewicht in die andere Richtung. Wir sind hier nicht im Hafen; die Wellen drehen das Schiff, wenn du sie lässt.«

»Ja, Vater.«

Die Küste war einen *Kos* entfernt, sodass sie keine Gefahr liefen, auf ein Riff oder eine Sandbank aufzulaufen. Solange sie keine hohe Welle von der Seite abbekamen, waren Steuerfehler ungefährlich. Doch sie kosteten Zeit und zeugten von Nachlässigkeit. Sie würden auf ihrer Fahrt von der Stadt zur Großen Siedlung der Surapp den ganzen Tag und die Nacht über dicht an der Küste entlangfahren, und es herrschte Ostströmung vor, wenngleich sie in Küstennähe schwächer war als ein paar *Kos* weiter draußen. Der Wind wehte meistens Richtung Westen und war in Landnähe stärker, da die Flussdeltas (aus irgendeinem Grund) ihn einzusaugen schienen. Und deshalb fuhr man dicht an der Küste entlang nach Surapp und achtete auf dem Rückweg darauf, dass die Boote sich in der Mitte zwischen Küste und Horizont hielten.

Auf einmal rief Manuah: »Ist das wirklich schon deine zwanzigste Fahrt, Letoni? Straffe das Segel! Oder willst du, dass es zerreißt?«

»Nein, Kapitän«, erwiderte einer der beiden Männer, die das Segel bedienten. »Tut mir leid, Kapitän.«

Das rechteckige Segel bestand aus zwei Schichten unbehandeltem Leinen, wovon manche Manuah abrieten. *Es reißt zu leicht*, pflegten sie zu sagen. *Es saugt sich mit Wasser voll und wird zu schwer*. Ja, und wenn man es mit Bienenwachs behandelte, war es noch schwerer und sehr viel teurer und neigte trotzdem noch dazu, ohne Vorwarnung zu reißen. Und wenn man es mit Talg behandelte, hatte man keine Ruhe vor den Möwen. Deshalb war es ratsam, die billigsten Segel zu verwenden und sie häufig zu ersetzen und stets Ersatz mitzuführen, am besten gleich zwei Segel, wenn man einen ganzen Monat unterwegs sein würde. Und man musste sie fest belegen, damit das Vorliek nicht flatterte!

Letoni war der Partner von Kop – ein kleiner, massiger Mann, nur wenige Jahre älter als Hamurma –, und gemeinsam lösten sie das Segel, setzten es erneut und holten es wieder dicht. Das Vorliek flatterte noch immer, weil sie hoch am Wind segelten, und es war schwer, das Leinensegel mit Wind zu füllen, wenn Hamurma steuerte, als wäre er betrunken. Doch sie waren gute Seeleute und wussten, dass Manuah ihnen nicht die Schuld geben würde.

Er hatte zehn Männer mit auf die Reise genommen, und während Letoni und Kop das Segel bedienten und er und Hamurma das Ruder, hatten die übrigen sechs Männer nicht viel tun. Da auch sie erfahrene Seeleute waren, hatten sie sich auf dem Deck zwischen Krügen mit Wein und eingelegten Oliven langgemacht, sich ein Tuch aufs Gesicht gelegt und versuchten zu schlafen, solange es ging. Man konnte die Launen des Meeres nicht vorhersagen, und es konnte sein, dass sie mehrere Tage lang paddeln mussten. Die meisten Händler gingen abends vor Anker, häufig knapp außerhalb der Brandung, oder sie gingen an ihren bevorzugten, quasi geheimen Stellen an Land und schlugen am Strand ein behagliches Lager auf. Das aber setzte den Booten zu und kostete Zeit; Manuahs Flotte segelte Tag und Nacht, und die Männer, die jetzt schliefen, würden von Mitternacht bis Tagesanbruch wachen.

Dann wurde es für eine Weile ruhiger, und zu hören waren nur das Knarren des Schilfs im Bootsrumpf, das Klatschen der Wellen und das Knattern und Knallen des Segeltuchs, das gegen die Rah schlug. Sollte der Wind noch weiter anluven, wäre Manuah gezwungen, das Segel zu reffen, und sollte er stärker werden, müsste er vielleicht sogar den Mast legen. Einstweilen aber genossen sie das angenehme – wenn auch langsame – Segeln. Gute Voraussetzungen, um einen neuen Rudergänger anzulernen.

Nachdem sie etwa eine halbe *Hurta* lang geschwiegen hatten, tat Hamurma einen Ausruf. Im ersten Moment glaubte Manuah, er habe das Gleichgewicht verloren und sei im Begriff, über Bord zu gehen. Er fuhr zu seinem Sohn herum, um ihn zu packen oder ihm hinterherzuspringen. Aber nein, Hamurma zeigte lediglich.

»Sieh, Vater! Eine Fontäne!«

Tatsächlich; eine halbe *Hurta* entfernt war eine Fontäne aus Wasser und Luft zu erkennen.

Manuah verspürte einen Anflug von Angst. Die einzigen Tiere, die Wasser ausbliesen, waren Delfine und Großfische, doch diese Fontäne war zu groß für einen Delfin. Viele Seeleute fassten es als gutes oder zumindest nicht als ungünstiges Omen auf, wenn sie Großfische sahen, doch Manuahs Familie war zu weit gereist und hatte zu viele Geschichten gehört. Er wusste, dass es alle möglichen Größen und Formen von Großfischen gab, und einige hatten kopfgroße Augen und Zähne so groß wie eine Faust, und manche schwammen unter das Boot und brachten es völlig grundlos zum Kentern. Er hatte nie gehört, dass einer einen Menschen gefressen oder auch nur versehentlich ertränkt hätte, doch sie waren aufgrund ihrer Größe sicherlich dazu in der Lage, und ihr Verhalten war unvorhersehbar. In seinen Augen glichen sie einem freilaufenden Stier; sie waren nicht *unbedingt* gefährlich, doch man durfte ihnen nicht trauen. Die Leute sagten dann immer, Manuah mache sich zu viele Sorgen.

»War das ein Großfisch?«, fragte Hamurma, während Letoni und Kop vor Freude in die Hände klatschten.

»Allerdings«, bestätigte Manuah, um einen gelassenen Tonfall bemüht.

»Wird er noch einmal blasen?«

»Ja, in ein paar *Vimadi*. Sie tauchen immer wieder auf. Ich glaube, sie müssen Luft holen.«

Darüber lachte Kop. »Ein Fisch, der atmet!«

Worauf Letoni sagte: »Hast du etwa hinter unserem Rücken Wein getrunken?« Dann sagte er in ernsthafterem Ton: »Wir werden ihn schon wiederfinden, Hamurma. Ich gucke in die Richtung, Kop in die andere.«

Sie mussten lange warten, doch dann sahen sie die nächste Fontäne, und zwar viel näher als zuvor – kaum dreißig Fuß vom Boot entfernt und so laut wie das Schnarchen eines Mannes.

»Gefunden!«, scherzte Kop.

Weitere Männer waren aufmerksam geworden; einige waren aufgewacht und rieben sich verschlafen die Augen.

Das Wesen hob seine riesige Schwanzflosse und tauchte wieder unter, um ein paar *Vimadi* später erneut aufzutauchen.

»Er folgt uns«, sagte Letoni.

»Ich glaube, er mag dich«, meinte jemand.

Dann folgten Kommentare, die eigentlich nicht für die Ohren von Manuahs vierzehnjährigem Sohn bestimmt waren. Aber Hamurma hatte sein ganzes Leben in der Gesellschaft von Seeleuten verbracht und fluchte bereits wie einer, wenn er glaubte, seine Eltern könnten ihn nicht hören.

Es sah tatsächlich so aus, als ob der Großfisch ihnen folgte – manchmal ganz in der Nähe, dann wieder etwas weiter entfernt, aber stets in Sichtweite. Wartete er auf Abfälle, so wie die Möwen? Das schien unwahrscheinlich bei einem so großen Tier, das wohl doppelt so lang war wie das Boot. Vielleicht war es auch bloß neugierig.

Im Westen versank die Sonne hinter den Wellen, und der Himmel färbte sich erst gelb, dann rot und blau und wurde schließlich schwarz, und der Großfisch folgte ihnen noch immer. Trotz der Freude der Seeleute wurden Manuahs böse Vorahnungen immer stärker. Irgendetwas war unnatürlich daran, und das war die schlimmste Art der Unvorhersehbarkeit, denn die Götter langweilten sich rasch, und man wusste nie, womit sie sich als Nächstes die Langeweile vertreiben würden.

Und dann zeigte Hamurma erneut, diesmal zum Himmel hoch. »Vater, sieh! Da ist was!«

Manuah blickte in die Richtung, in die sein Sohn zeigte, und sah … etwas. Einen Flecken, einen Schimmer, eine Art Sternenstaub, dicht über dem Horizont. Es war keine Wolke; es befand sich *hinter* den Wolken und hatte auch eine andere Farbe. Es hatte die Farbe der Sterne oder die der schmalen Mondsichel, die der Sonne ins Meer hinein folgte.

»Was ist das?«, fragte einer der Seeleute.

»Ich weiß es nicht«, antwortete ein anderer.

Letoni trat vor. »Kapitän, weiß du, was das ist?«

Von einem Kapitän wurde erwartet, dass er sich mit den Sternen auskannte und nach Sternbildern navigierte, wenn kein Land in Sicht war. Dergleichen aber hatte Manuah noch nie gesehen, und er verspürte abergläubische Furcht, denn er hatte ein Geheimnis vor seiner Frau und beabsichtigte, es auch vor den Bewohnern der Großen Siedlung der Surapp zu verheimlichen. Vor Menschen, die er als Freunde betrachtete. Eigentlich hielt er sich nicht für wichtig genug, um zu glauben, er könne mit seinem Handeln die Götter erzürnen, aber dennoch … der Sternenstaub befand sich momentan hinter dem Großfisch, und ihm kam es so vor, als habe das Wesen den Nebel bis zum Himmel hochgeblasen. Wenn dies kein Himmelszeichen war, dann wusste er auch nicht weiter.

Doch er wagte es nicht, diese Gedanken mit seinen Männern zu teilen – nicht auf halber Wegstrecke –, deshalb sagte er: »Hamurma, achte aufs Ruder!«

Dann sagte er zu Letoni und Kop: »Achtet aufs Segel, meine Freunde. Ich habe so eine Vermutung bezüglich dieses Dings, aber ich werde erst mit meinem Bruder darüber sprechen, bevor ich sie euch kundtue. Bis dahin gilt: Wenn es uns nicht beim Steuern oder Segeln hilft und nicht dazu beiträgt, die Oliven zur Großen Siedlung der Surapp zu schaffen, dürfen wir uns davon nicht ablenken lassen.«

»Jawohl, Kapitän«, antworteten mehrere Männer. Alle Köpfe aber blieben dem Himmel zugewandt, und einige der Männer zogen sich die Kapuze über den Kopf und banden sie unter dem Kinn fest, als müssten sie sich vor Kälte schützen.

Während seines Aufenthalts in der Großen Siedlung der Surapp hatte Manuah das Gefühl, er habe einen schweren Stein im Bauch. Als er das Boot in den dreieckigen Hafen steuerte, fiel ihm auf, dass die Mündung breiter war denn je, breiter sogar als zur Zeit der Flut. Der Hafen der Surapp war natürlichen Ursprungs. Es gab keine Schutzwälle, der Grund war nicht ausgehoben worden, und an den umliegenden Sandsteinhügeln gab es weder Ausschachtungen noch Aufbauten. Auch hier stieg der Wasserspiegel an. Er stieg überall. Vermutlich suchte sich das Meer die passende Höhe, so wie das Wasser in einem Eimer, doch woher kam es? Von der Vorstellung wurde ihm schwindlig: Wenn das Meer einen Fußbreit oder auch nur einen Fingerbreit anstieg – dann entsprach das zusätzliche Volumen einem Finger neben einem Finger und so weiter, über die ganze Meeresfläche hinweg. War ein Berg so groß? Oder ein ganzes Gebirge? Wenn sämtlicher Schnee in den Bergen schmolz, wie viel Wasser ergab das?

Das *musste* auf das Wirken der Götter zurückgehen, denn es überstieg jeden menschlichen Maßstab. Und jetzt veränderte sich auch noch der Himmel, und er wusste nicht, was er tun sollte. Buße tun? Opfer darbringen? Das Geheimnis des Königs kundtun?

Er traute der Veränderung des Hafens nicht. Auch wenn er jetzt tiefer war und breiter und deshalb eigentlich sicherer sein sollte, fühlte er sich ungeschützt und verletzlich. Als sie die Mündung passiert hatten, befahl er, das Segel zu bergen. Den letzten *Kos* legten sie paddelnd zurück. Seine Männer brachten den Rammschutz aus Holz aus und belegten Heck- und Bugleinen an den Festmachern am Kai. Die Kunde von seiner Ankunft hatte sich bereits verbreitet, und bevor er seinen Fuß an Land setzte, trafen auch schon die Händler ein, die seine Fracht kaufen wollten. Zerstreut tauschte er mit ihnen Höflichkeiten aus, während ihre Arbeiter die Krüge mit Oliven und Wein entluden. Fünf Minuten später hatte er bereits vergessen, was sie gesagt hatten; ihm gingen andere Dinge durch den Kopf, unter anderem die drohende Invasion, bei der Gefahr für ihr Leben, ihr Heim, ihre Söhne und die Tugendhaftigkeit ihrer Frauen und Töchter bestand. Außerdem würde das Land seine Unabhängigkeit verlieren. Es sei denn, es gelang ihnen, Sraddahs Armee abzuwehren, was unwahrscheinlich war.

War es erstaunlich, dass die Götter der Großen Siedlung der Surapp zürnten? Vielleicht missfiel es sogar den Göttern des Königreichs, dass in der Fremde so großer Aufwand betrieben wurde.

Die Männer baten um Landurlaub, den er ihnen jedoch

verweigerte. Er wollte so schnell wie möglich wieder aufbrechen. Er wollte nach Hause zurückkehren und sich mit Adrah besprechen; wenn jemand wusste, was vor sich ging – falls es überhaupt jemand wusste –, dann die Astrologenpriester.

Manuah machte sich auf die Suche nach den Stoffhändlern, und als er sie gefunden hatte, konnten sie ihm keinen ganzen Ballen Byssa anbieten.

»Unsere Präsidentin hat mehrere Ellen gekauft«, erklärten sie. »Wir hätten sie ihr verweigern können, aber wir wollen sie uns gewogen halten. Dafür hast du doch bestimmt Verständnis.«

»Geht in Ordnung«, antwortete er.

»Tatsächlich? Wirklich?«

»Ja, geht in Ordnung«, sagte er, denn auf einmal kam ihm die ganze Angelegenheit belanglos vor. Allerdings musste er sein neues Boot unbedingt kalken. In einer Welt des steigenden Wasserspiegels und der zornigen Götter war ein Boot vielleicht eine bessere Geldanlage als ein Haus oder eine Armee! Aber für die wirtschaftlichen Aspekte konnte er sich einfach nicht erwärmen. Er stand jetzt in der Schuld der Stoffhändler, während die Wein- und Olivenhändler ihm etwas schuldig waren, und das musste er irgendwie ausgleichen, damit sie sich gegenseitig auszahlten und er selbst außen vor blieb. Im Moment aber bestand ein *Ungleichgewicht*, das er mit den Stoffhändlern würde begleichen oder sich zumindest mit ihnen würde teilen müssen, wenn er nicht einen Monat lang Woche für Woche zurückkehren wollte, um die Sache zu klären. Und er hatte die Sorge – sogar die *Befürchtung* –, die Lage war so ernst, dass es besser wäre, seine Zeit auf andere Dinge zu verwenden.

Er wollte sagen: »Mein Cousin will euch nächsten Monat angreifen. Wenn ihr schlau seid, werdet ihr bald einem König Tribut entrichten, den ihr nie gesehen habt, und das wird teurer für euch werden als das hier. Und wenn ihr nicht schlau seid, ist dies das letzte Mal, dass wir miteinander sprechen.«

Er wollte sagen: »Uns ist ein Großfisch gefolgt, der pures Licht in den Himmel geblasen hat.«

Er wollte sagen: »Der Wasserspiegel steigt, und ich weiß nicht, wann das ein Ende haben wird oder *ob* es ein Ende haben wird, und manchmal frage ich mich, ob nicht die ganze Welt untergehen wird.«

Stattdessen sagte er: »Ich muss bis Mittag ablegen, sonst komme ich nicht gegen die Flut an. Lasst den Ballen einladen, wir regeln das ein andermal. Nächsten Monat vielleicht.«

1.5

Das Königreich wurde von drei Göttern beherrscht, verkörpert von Steinfiguren im Tempel auf dem Sternenhügel. Manuah, der sich bemühte, von der Religion ebenso Abstand zu wahren wie von der Politik, nannte sie bei sich Der mit den Armen, Der mit den Haaren und Der mit dem großen Schwanz. Dieses Sakrileg hatte ihm noch nie Kopfzerbrechen bereitet, jetzt aber fragte er sich, ob dies mit ein Grund dafür sein könnte, weshalb die Götter so angepisst waren. Nicht wegen ihm persönlich, sondern weil die Religion im Königreich im Allgemeinen und in Der Stadt im Speziellen keine so große Rolle mehr spielte wie in der Vergangenheit und die Götter weitgehend missachtet wurden.

Aber welcher Gott zürnte ihnen? Der mit dem großen Schwanz wohl kaum. Was sollte ein Fruchtbarkeitsgott mit einer überschwemmten Welt anfangen? Es musste einer der beiden anderen sein, oder aber ein Gott, an den Manuah nie gedacht hatte. Vielleicht irgendein mächtiger, rachsüchtiger Gott? Das Volk von Surapp verehrte einen solchen Gott; einen einzelnen Gott, der keine anderen Götter neben sich duldete und der irgendwie seine eigene Mutter und Tochter und auch die Sonne war. Das war ein Gott! Auf irre Weise ergab das sogar Sinn, denn wenn die Sonne ein

Bewusstsein hatte, konnte sie auch Schnee schmelzen, wenn sie wollte.

Solche Gedanken plagten ihn den ganzen Nachmittag über. Er überließ das Segel Hamurma und Kop, Letoni übernahm das Steuerruder, und er stand einfach nur da, brütete vor sich hin und nagte hin und wieder an einem harten Kanten Seemannsbrot, der aber mit der Zeit immer kleiner wurde. Beunruhigenderweise tauchte der Großfisch wieder auf, als sie das Kapp der Dornen umrundeten, und begleitete sie den Rest des Nachmittags über. Vielleicht aber war dies ja ein anderer Großfisch, der sich gern in der Nähe von Booten aufhielt?

Als es endlich Abend wurde und die Sonne wieder im Meer versank, gestattete er sich einen Anflug von Erleichterung. Bald darauf aber schoss wieder die Himmelsfontäne des Großfischs empor. Im Sternbild Hand, an der dem angeblichen Sonnengott genau gegenüberliegenden Seite des Himmels. Was hatte das zu bedeuten? Dass die beiden Götter einander bekriegten und die Menschen zwischen die Fronten gerieten? Der Sternenfleck schien auch größer geworden zu sein. Eines war jedenfalls sicher: Er musste so bald wie möglich mit seinem Bruder sprechen. Adrah wusste vieles über diese Dinge, was Manuah unzugänglich war. Für einen Priester war er nicht sonderlich fromm; bisweilen redete er noch wie der junge Seemann, der er einmal gewesen war. Aber er kannte sein Metier, oh ja.

Manuah schlief schlecht in dieser Nacht, und am nächsten Morgen stellte er müde und übellaunig fest, dass Regenwolken aufzogen. Keine *Sturmwolken*, das nicht, aber unangenehm würde es trotzdem werden. Außerdem hatten sie Gegenwind. Schließlich übernahm Manuah das Ruder, nur um sich zu beschäftigen.

Als sie schließlich Die Stadt erreichten, stand sein Sohn Sharama an der Hafenmündung auf einem der Dämme und rief Anweisungen zu seinem in der Nähe befindlichen Boot hinüber. Der hübsche rechteckige Steinwall war verbreitert und mit Schutt erhöht worden, doch Manuah sah auf den ersten Blick, dass noch viel zu tun war. Nach drei Tagen mutmaßlich fleißiger Arbeit hatte der Erbe des Titels des Hafenmeisters einen der vier Dämme des Hafens auf zwanzig Fuß Länge um etwa zwei Fuß erhöht und um zehn Fuß verbreitert. Wenn Sharama in diesem Tempo weitermachte, würde er ein ganzes Jahr brauchen. Vorausgesetzt, die Steinmetze der Stadt produzierten genügend Schutt! Wenigstens hatte der Junge an der richtigen Stelle angefangen.

»Ho, Sharama!«, rief Hamurma. »Wie geht es voran?«

»Ho!«, antwortete Sharama. »Einen Moment. Basri, hol die Leine dicht! Du treibst ab!« Zu Manuah, der ihn soeben passierte, rief er hinüber: »Grüß dich, Vater. Die Steine sind uns ausgegangen, deshalb schütten wir am Damm Bodensand auf.«

»Ah«, sagte Manuah. »Na, mal sehen, ob das hält.« Wenn ja, würde er die Schuttaufschüttung abdichten und dazu beitragen, die anlaufenden Wellen zu brechen. Keine schlechte Idee. Manuah steuerte das Boot am Rand des Dammes vorbei und schwenkte zu der Lücke herum, die zum eigentlichen Hafen führte.

Als der Abstand sich wieder vergrößerte, rief Sharama: »Sehen wir uns beim Abendessen? Ich möchte zwei Sachen mit dir bereden.«

»Vielleicht!!«, brüllte Manuah, um sich trotz des auffrischenden Winds verständlich zu machen. »Aber vorher muss ich mit Adrah sprechen!«

Wie sich herausstellte, war das leichter gesagt als getan. Zunächst einmal musste er das Boot bei ungünstiger Strömung und widrigem Wind an den Kai steuern, und als sie es vertäut hatten, musste er den Byssaballen auspacken, eine Elle davon abschneiden und den Stoff von seinen Männern wieder verpacken lassen. Danach verfuhr er ebenso mit dem Ballen Goldener Vliese, übergab Stoff und Vliese an Hamurma und wies ihn an, beides seiner Mutter zu bringen. Dann musste er den Stoff- und den Vlieshändler aufsuchen, die sich bereit erklärt hatten, die Ladung zu übernehmen, während seine Männer beim Boot blieben, damit nichts entwendet wurde.

Als die Händler die Fracht weggeschafft hatten, wollten die Männer natürlich ihren Sold haben, deshalb gingen sie alle zum Basar, wo er beim Marktmeister für jeden Einzelnen bürgte. Das war ein lästiger Vorgang, und er wünschte (nicht zum ersten Mal), er könnte einfach etwas auf ein Holzbrett kritzeln und es übergeben lassen. Das aber hätte eine Beleidigung dargestellt, selbst wenn der Marktmeister hätte lesen können – was nicht der Fall war, soweit Manuah wusste.

Und dann musste er nach Hause gehen, um sich im Stillen zu erleichtern, und inzwischen war es fast schon Essenszeit. Heute hatte nicht Emzananti das Essen bereitet, sondern Chatrupati, Manuahs Tante und Stiefmutter und Adrahs Mutter. Und weil Chatrupati mit den Händen nicht mehr so geschickt und im Kopf nicht mehr so klar war wie früher, gab es vor allem Orangen und Kekse zu essen, zusammen mit einer einzelnen gedörrten Sardine für jeden Anwesenden: Manuah und Emzananti; deren drei Söhne Sharama, Hamurma und Jyaphethti sowie Sharamas Ehefrau Telebabti und Chatrupati. Dies war Manuahs komplette

Familie; seine Eltern lagen längst in der Erde, seine beiden Töchter waren vor Erreichen des sechsten Lebensjahrs gestorben, und Telebabti hatte Sharama noch keine Kinder geschenkt. Sieben Personen, das war keine große Familie, doch so passte sie leichter unter ein Dach, was auch sein Gutes hatte. Sie hatten sogar Platz für zwei Bedienstete, ein Ehepaar mit Namen Floopy und Poopy oder so ähnlich. Er konnte es sich einfach nicht merken.

»Esst und betet«, sagte Chatrupati bedächtig. »Den Tag verbringt ihr mit Arbeit, die Nacht dient dem Schlaf, aber Körper und Seele bedürfen der Nahrung.«

»Vaters Meeresdämme bedürfen auch der Nahrung«, sagte Hamurma, der die Bemerkung anscheinend lustig fand. Er war der Einzige, der das so sah, doch das machte ihm nichts aus.

Sharama sagte: »Ich würde gern eines deiner Boote kaufen, Vater. Das, mit dem ich schon gefahren bin, wenn's dir recht ist. Es ist das älteste und eines der kleinsten.«

»Hmm«, machte Manuah. »Und wie willst du es bezahlen?«

»Die Krabbenhändler schulden mir einen großen Betrag – zwanzig Körbe. Den übertrage ich dir. Zusätzlich biete ich dir an, dir zwei Jahre lang die Hälfte meines Gewinns abzugeben.«

Manuah musste lachen, denn zwanzig Körbe Krabben waren viel weniger wert als ein einsatzfähiges Segelboot mit zwei Paddlerbänken, und außerdem strich er bereits den *gesamten* Gewinn aller seiner Boote ein, abzüglich des niedrigen Lohns, den er seinen Söhnen zahlte. Aber Emzananti hatte recht: Manuah hatte mit neunzehn bereits ein eigenes Boot gehabt. Es war ein altes Boot gewesen und binnen fünf Jahren verrottet, doch wenn er die

Augen schloss, sah er es immer noch vor sich und meinte die raue Oberfläche zu spüren, dort, wo sich der Rand emporwölbte. Das zweite Boot hatte er geerbt, als sein Vater starb, und die übrigen hatte er sich verdient. Das erste hatte ihm König Sraddahs Vater, König Nunuktah, zur Hochzeit geschenkt. Sharama hatte kein solches Geschenk bekommen, denn als Heranwachsender war er ein richtiger Arsch gewesen, und in dem Monat, als er und Telebabti sich vermählt hatten, war er besonders aufbrausend gewesen. Zur Hochzeit hatte er ihm vor allem kleinere Schulden erlassen.

»Das ist kein faires Angebot«, sagte Manuah. »Das Boot ist viel mehr wert.«

Jetzt aber war Sharama höflich, und er würde den Titel des Hafenmeisters erben, außerdem hielt Manuah es für möglich, dass die ganze Welt von einer Flut hinweggespült werden könnte. Deshalb sagte er: »Ich schenke es dir unter der Bedingung, dass du mit dem Ausbau der Meeresdämme weitermachst. In der Hälfte deiner Arbeitszeit, für die Dauer der nächsten zwei Jahre. Ist das ein faires Angebot?«

»Das ist es, Vater. Ich danke dir, Vater.« Anschließend war Sharama ungewöhnlich still und saß schwitzend und mit gerötetem Gesicht da, was wohl ein Ausdruck von Dankbarkeit sein musste.

»Was noch?«

»Häh?«

»Du hast gemeint, du wolltest über zwei Dinge mit mir reden. Was ist das zweite?«

»Ah, ja, Telebabti und ich würden gern die Wände unseres Zimmers streichen.«

»Blau-weiß«, sagte Telebabti. »Wie der Himmel zur Mittagszeit. Das ist eine Glücksfarbe, ein Wahrsager hat gemeint, sie würde uns helfen, Kinder zu bekommen.«

»Hm. Was meinst du, Emzananti?«

»Ich finde, das ist eine ausgezeichnete Idee, vorausgesetzt, sie bezahlen die Farbe selbst. Blau-weiß ist tatsächliche eine Glücksfarbe.«

Und jetzt, da alles geregelt war, stimmte die ganze Familie ein Lied an.

Am Tempel auf dem Sternenhügel ging Manuah mit ein paar halblauten Bemerkungen an den Torwächtern vorbei und traf Adrah in einem Versenkungsraum an, wo er im Schein einer Muschellampe im Schneidersitz auf dem Boden saß, auf dem Schoß ein Holzbrett und einen Holzkohlstift in der Hand. Er sah nicht auf.

»Bruder?«, sagte Manuah.

»Einen Augenblick, bitte.«

Eine Minute später: »Adrah.«

»Ich muss … nur noch …« Schließlich seufzte Adrah und schaute hoch. »Ah, Hafenmeister. Schon wieder zurück aus Surapp?«

»Ja, ich habe mich beeilt. Was machst du da?«

»Ich versuche, die Bewegung des Abendsterns vorherzusagen. Bislang ohne Erfolg, muss ich leider sagen. Der ehrwürdige Goxgatar ist unser bester Prophet, und ich glaube nicht, dass ich jemals seinen Platz einnehmen werde. Vielleicht wird das niemandem gelingen. Aber wie geht es deiner lieben Familie heute Abend?«

»Denen geht's allen gut«, antwortete Manuah ungeduldig. »Ich habe Sharama soeben sein erstes Boot geschenkt.«

»Das freut mich zu hören. Und Emzananti?«

»Wunderbar. Du solltest dir auch eine Frau nehmen.«

Manuah gab diese Empfehlung nicht zum ersten Mal ab. Das Priesteramt stand dem nicht entgegen, doch es war nicht gut mit dem Familienleben vereinbar, deshalb würden sich kaum Eltern finden, die sich mit einer solchen Verbindung einverstanden erklären würden. Einige Frauen heirateten trotzdem Priester, entweder aus Liebe oder aus spirituellen Motiven, und wenn Adrah sich hineinhängte, könnte er sicherlich eine gute Partie machen. Doch aus irgendwelchen Gründen ließ das Thema ihn kalt.

»Und wie hat Hamurma sich auf seiner ersten Fahrt geschlagen? Hat er mit seinen dünnen Ärmchen die Arbeit bewältigt? Ich könnte mir vorstellen, dass *er* bald so weit ist zu heiraten.«

Manuah brummte etwas, dann legte Adrah endlich Brett und Stift beiseite und sagte: »Also schön, du siehst aus, als würdest du gleich platzen. Was kann ich für dich tun? Steigt der Wasserspiegel noch immer?«

Manuah nickte. »Mann, ich habe gesehen, wie ein Großfisch seine Fontäne bis in den Himmel geblasen hat. Er hat einen Abdruck im Himmel zurückgelassen. Und ja, das Wasser steigt noch immer. Die Flut in Surapp war eine Handbreit höher als zuvor.«

»Immer schön langsam«, sagte Adrah. »Eins nach dem anderen. Du hast einen Großfisch gesehen? Im Moment ist einer im Hafen. Ich habe vor einer Stunde vom Turm aus gesehen, wie er geblasen hat und getaucht ist.«

»Er folgt mir, die Götter stehen mir bei.«

»Tatsächlich?«

»Er ist mir bis nach Surapp gefolgt und wieder zurück. Aber wenn er im *Hafen* ist, wenn er im Hafen *taucht*, dann muss das Wasser tiefer sein als je zuvor. Verstehst du?«

»Und der Fisch hat ein Zeichen an den Himmel geblasen?«

»Das hat er. Ich habe es selbst gesehen.«

»Im Sternbild Hand?«

Manuah stutzte. »Ja.«

Adrah lächelte beruhigend. »Also, das haben wir auch gesehen. Das bezeichnet man als Kometen, und es ist kein Anlass zur Sorge. Manuah, der Himmel ist kein verlässlicher Gegenstand wie ein Vorhang; er besteht bloß aus leerer Luft, bis ganz nach oben. Und die Sterne sind sehr weit entfernt. Ein Wal kann unmöglich so hoch blasen.«

Es verwunderte Manuah, dies zu hören, erstens, weil er es mit eigenen Augen gesehen hatte, und zweitens, weil er womöglich noch *abergläubischer als ein Priester* war. »Du scheinst dir da sehr sicher zu sein«, sagte er.

Adrah lächelte wieder, diesmal aufrichtiger und ein wenig herablassend, und Manuah konnte erkennen, wie sehr es ihm behagte, dass er in dieser Sache besser Bescheid wusste als sein Bruder. »Das ist einfacher zu zeigen als zu erklären. Komm mit auf den Turm, dann gucken wir Sterne.«

Grummelnd richtete Manuah sich auf und folgte Adrah auf den Gang, wo junge Tempeldiener Talglampen entzündeten, um die Dunkelheit zu verscheuchen.

»Der Himmel hat ein Muster und einen Rhythmus«, sagte Adrah über die Schulter hinweg zu dem ihm nachfolgenden Manuah. »Das alles hat etwas zu bedeuten, wir wissen bloß noch nicht, was. Sind die Planeten unsere Götter? Sind sie kleine kugelförmige Lampen, die von den Luftströmungen getragen werden?«

Sie traten ins Innere des Turms, und Adrah kletterte die erste Leiter hoch. »Der Mond und die Sonne haben am Himmel die gleiche Größe, doch sie sind unterschiedlich weit entfernt. Hast du das gewusst? Die Götter haben es so eingerichtet, dass der Mond die Sonne vollständig verdecken kann. Und doch geschieht dies nur selten, und auch das muss etwas bedeuten.«

»Welcher Gott?«, fragte Manuah, der sich bemühte, seinem Bruder beim Treppensteigen nicht unter das Gewand zu blicken. »Der mit den Armen?«

»Das wäre naheliegend, nicht wahr?«, fragte Adrah, wenngleich ihm der Gedanke noch nie gekommen war. »Viele Arme, um viel Schmuck aufzuhängen. Vielleicht um darum herum zu tanzen und zu wirbeln. Das aber beantwortet noch immer nicht die Frage nach dem *Warum*, und ohne die Antwort – solange wir die Absichten der Götter nicht verstehen –, können wir nicht mit Sicherheit sagen, was sie von uns wollen. Oder ob sie uns überhaupt wahrnehmen.«

Manuah war sich ziemlich sicher, dass Priester eigentlich nicht so reden sollten, doch die Astrologenpriester waren eine kleine Gruppe und hielten zur eigentlichen Priesterschaft tunlichst Abstand.

»Andererseits«, fuhr Manuah fort, »versteht man einige Dinge recht gut. Die Sonnenwende, die Tagundnachtgleiche, die den Wechsel der Jahreszeiten anzeigt. Der Mondkalender ist Mist, und wir sollten ihn in den erstbesten Nachttopf werfen. Die Monate verlagern sich mit der Zeit; sie stimmen nicht mit den Jahreszeiten überein. Sie sind nicht *synchron*, wie wir das nennen.«

»Wir benutzen das Wort ebenfalls«, erklärte Manuah nicht ohne Schärfe. Synchronizität bedeutete, dass die Männer im Takt paddelten, bei maximalem Vortrieb und minimalem Widerstand. Adrah wusste das auch ohne diesen Himmelsquatsch.

»Gewiss, gewiss«, sagte Adrah verlegen. »Und vielleicht

ist es ja auch das Gleiche; synchrone Ereignisse haben Macht über die Erde. Die anderen …«

Sie hatten die Spitze des Turms erreicht, über sich einen nahezu wolkenlosen Himmel aus tiefstem Purpur. Die Sterne traten allmählich hervor, man konnte dabei zusehen, wie es immer mehr wurden. Es wurde zugleich immer dunkler und heller, und der Purpurhimmel teilte sich in Schwarz und Weiß.

»Die anderen«, beendete Adrah den Satz, »tragen nichts bei. Vielleicht sind sie sogar schädlich.«

»Du klingst wie ein weiser alter Mann«, sagte Manuah durchaus respektvoll.

»Nicht weise genug. Die Bewegungen vorherzusagen, das ist *schwierig*. Der Tanz Kalishivas.« Er lachte. »Der Gott mit den Armen. Also, Kalishiva ist Erschaffer und Zerstörer, männlich und weiblich zugleich. Der Name bedeutet Dunkelheit und auch Vernichter der Dunkelheit. Eine bessere Beschreibung des Himmels ist mir nicht bekannt. Weshalb also sollte ihr Tanz einfach sein?«

Manuah, noch immer voller Ungeduld, sagte: »Du wolltest mir etwas zeigen.«

»Ja. Dort drüben siehst du deinen Kometen.«

Mit dem himmelblauen Ärmel, der jetzt so schwarz war wie der Himmel, wies er auf das Sternbild Hand, wo der Komet stand. Der Fleck war etwas größer und heller als in der Nacht zuvor, und auch seine Position und Ausrichtung hatten sich leicht verändert.

»Er hat sich bewegt!«

»Ja. Das tun sie. Sie kommen von sehr weit her, nähern sich uns und tanzen wieder fort. Für gewöhnlich innerhalb einiger Wochen.«

»Du hast das schon einmal erlebt?«

»Zwei Mal, wenngleich die beiden anderen nur mit zwei Brennkristallen zu erkennen waren.«

Er nahm zwei durchsichtige Scheiben aus der Tasche und hielt sie zwischen sein Gesicht und den Himmel.

»Das ist geheime Magie, Manuah. Ich weihe dich darin ein. Sie bringt mir den Himmel näher, sodass ich ihn besser beobachten kann. Er ist noch immer *sehr* weit entfernt, aber doch ein wenig näher.«

»Ich sehe keine Veränderung.«

»Nein, du musst durch die Kristalle hindurchschauen. Es ist seltsam, ich weiß.«

»Das gefällt mir nicht«, sagte Manuah, unzufrieden mit dem Klang seiner Stimme – er hörte sich an wie ein verängstigter Junge. Wann genau war sein Bruder eigentlich zum Zauberer geworden?

»Entspann dich. Es passiert dir nichts.« Adrah bewegte die Kristalle brummelnd und grummelnd vor und zurück, dann sagte er: »So. Jetzt sehe ich ihn deutlich. Er hat einen hellen Kopf und einen verschwommenen Schweif. Der Schweif eines Kometen weist immer von der Sonne weg, wohl damit er sie mit dem Kopf anschauen kann.«

»Ist er lebendig?«, fragte Manuah, dessen Stimme noch immer vor abergläubischer Furcht zitterte.

»Vielleicht. Oder es handelt sich um eine Art Geist – ein Gott, der uns aus seinem himmlischen Reich einen Besuch abstattet. Ich persönlich glaube, er gleicht einem Boot, das sich so schnell bewegt, dass es in der leeren Luft ein Kielwasser hinter sich lässt. Manuah, *entspann dich*. Was war die weiteste Strecke, die du je gesegelt bist?«

»Fünfundzwanzig Tage hin, dreißig Tage zurück.«

»Gut, also etwa vier mal sechzig *Yojanas*. Das ist ganz schön weit. Der Komet aber ist vermutlich sechzig mal sechzig mal dreißig *Yojanas* entfernt. Eher mehr. Er wird dich schon nicht packen.«

»Woher weißt du das alles?«

Adrah seufzte. »Versprichst du mir Stillschweigen, wenn ich dir noch ein magisches Geheimnis anvertraue?« Als Manuah schwieg, fuhr er trotzdem fort. »Schall und Licht sind körperliche Substanzen wie der Wind, bloß dass der Wind sich mit unterschiedlichen Geschwindigkeiten bewegt, langsam oder schnell oder irgendwas dazwischen. Schall und Licht können das nicht. Sie sind anders geartet und bewegen sich mit unveränderlicher Geschwindigkeit fort.«

»Was?«

»Das stimmt. Klatsch in die Hände.«

Manuah, der befürchtete, sein Handeln könnte eine noch verstörendere Enthüllung zur Folge haben, gehorchte widerwillig. Aber nein, nur ein Klatschen war zu hören.

Adrah sagte: »War das Geräusch ganz kurz, ohne bestimmte Dauer?«

»Äh, nein ...«

»Natürlich nicht. Sonst hättest du es nicht wahrgenommen. Und jetzt klatsche zwei Mal, so schnell wie möglich.«

Manuah tat wie geheißen. *Klatschklatsch*!

»Dieses Geräusch, diese beiden Geräusche, von der Stille davor bis zur Stille danach, haben etwa eine *Nimisha* angedauert.«

»Richtig«, sagte Manuah. Diese Worte kannte er, sie bezeichneten sehr weite Entfernungen und sehr kurze Zeitabschnitte.

»Und jetzt wird's spannend, denn mit Hilfe von Trommeln und Spiegeln haben wir herausgefunden, dass der Schall – die körperliche Substanz des Schalls – etwa eine

Yojana in zwei Mal sechzig *Nimishas* zurücklegt. Maßeinheiten wie *Kos*, Fuß, Augenblick und *Khyama* sind subjektiv. Sie bedeuten nie zweimal dasselbe. Ein Monat ist immerhin eine verlässliche Maßeinheit für die Zeit, doch die ist nicht synchron, also hilft sie auch nicht weiter. *Yojana* und *Nimisha* aber sind präzise und wiederholbar. Ihre Bedeutung ist eindeutig, denn sie beziehen sich auf den Kosmos selbst.«

»Äh, ja«, sagte Manuah, dem der Kopf schwirrte. »Aber was hat das mit dem Kometen zu tun?«

»Kometen machen kein Geräusch, aber sie machen Licht, und aufgrund der Finsternisse wissen wir, dass das Licht in einer *Nimisha* sechzig mal sechzig *Yojanas* oder exakt eine *Spakta* zurücklegt, das ist eine neue Maßeinheit, die der ehrwürdige Goxgatar für seine Zwecke eingeführt hat. Und Goxgatar hat mir versichert, dass sich der Mond zwölf *Spaktas* über dem Boden befindet – eine große Entfernung! –, während die Sonne noch *viel* höher steht, nämlich sechzig mal sechzig *Spaktas*. Und die Sterne stehen noch höher – so hoch, dass nicht einmal Goxgatar die Entfernung bestimmen kann. Wenn es dich beruhigt, werde ich ihn fragen, ob er die Entfernung des Kometen bestimmen kann. Vielleicht ist das nicht möglich; es könnten monatelange Beobachtungen nötig sein, und bis dahin wäre der Komet längst wieder fort. Aber ich werde ihn fragen, ja?«

Manuah saß eine Weile schweigend da. Er hatte keine Ahnung, weshalb die Welt so kompliziert war. Wozu war das gut? Es ergab keinen Sinn. Außerdem hatte er nicht gewusst, wie *klug* sein Halbbruder war oder wie viel mehr er wusste als Manuah. Manuah war bereits mehr als einmal aufgefallen, dass die Bewegungen winkender Männer und ihre Rufe nicht *synchron* waren, wenn er sie von einem

Boot aus beobachtete. Bisweilen schien es so, als hinke der Schall hinterher. Er hatte nicht gewusst, was er davon halten sollte, hatte dem aber auch keine besondere Beachtung geschenkt. Keinen Moment lang hatte er geahnt, dass dies das Tor zu riesigen Zahlen und gewaltigen Entfernungen und zu verstörenden Bewegungen und Heimsuchungen sein könnte.

In diesem Moment machte sich Harv Leonels Bewusstsein bemerkbar, und er hatte Gelegenheit, sich Gedanken zu diesem Wissenschaftsgeschwafel zu machen – in vielerlei Hinsicht falsch, in anderer Hinsicht aber auch wieder zutreffend oder vielmehr in die richtige Richtung weisend. Diese Höhlenmenschen kannten die Lichtgeschwindigkeit! Wer auch immer dieser Goxgatar sein mochte, er hatte Geheimnisse gelüftet, an denen selbst die Griechen gescheitert waren. Und das ohne eine vernünftige Mathematik! Von mathematisch begabten Savants hieß es, sie könnten Zahlen und Beträge sehen, ohne sie berechnen zu müssen, und er vermutete, dass dies auch auf Goxgatar zutraf, wenn er nicht mit irgendeiner Gottheit in Kontakt stand. Oder war dies etwa das Gleiche?

Und Teleskope? Galileo hatte erklärt, die Idee dazu stamme nicht von ihm, sondern er habe lediglich neu erfunden, was »den Alten« bereits bekannt gewesen sei. Was hatte er damit gemeint? Woher hatte er das gewusst? Harv fragte sich unwillkürlich, wie oft solche Entdeckungen oder Hypothesen später wieder in Vergessenheit geraten waren. Und dieser Gedanke weckte bei ihm Besorgnis, denn wenn das Wissen dieser Menschen verloren gegangen war, so gab das hinsichtlich ihres Schicksals Anlass zu bösen Vorahnungen. Manuah tat gut daran, sich Sorgen zu machen!

Auf einmal machte es bei ihm Klick: Er befand sich in der

Eiszeit. Dies war das Ende der letzten großen Vergletscherung, als Millionen von Gigatonnen Eis in kurzen Schüben geschmolzen waren – die bisweilen nur ein paar hundert Jahre währten. Und dieser Gedanke erfüllte ihn mit abergläubischer Furcht, denn wenn seine Visionen real waren, dann hatten das Königreich und Die Stadt vor über zwölftausend Jahren existiert und waren den alten Sumerern so fern wie Sumer dem modernen Amerika. Die Römer waren die Zivilisation mit der längsten Kontinuität – elf Jahrhunderte –, und doch hätten ihr Aufstieg und Fall in der Zeit, die verstrichen war, seit Manuah auf Erden wandelte, zehn Mal stattfinden können.

Träumte Harv vielleicht doch? Hatte es damals tatsächlich schon eine Zivilisation gegeben?

Schließlich sagte Manuah zu Adrah: »Ich würde dich gern fragen, was das alles bedeutet, aber du hast bereits gesagt, du wüsstest es nicht. Du sagst, diese Dinge sind ungefährlich, aber das ist doch Wunschdenken, oder? In Wahrheit weißt du es nicht.« Und als Adrah nicht gleich antwortete, fuhr er fort: »Der Wasserspiegel steigt hier und in Surapp und entlang des Großen Flusses. Willst du wirklich behaupten, das sei nicht bedrohlich?«

»Nein«, antwortete Adrah mit sichtlichem Widerwillen.

»Ich habe Sturmfluten erlebt, bei denen das Wasser für die Dauer eines Tages oder noch länger zehn Fuß hoch stieg. Wenn eine Sturmflut mit einem solchen Ereignis zusammenträfe, was meinst du, was dann geschehen könnte?«

Etwas widerwillig fügte er hinzu: »Ich nehme an, das Wasser würde die Straßen der Stadt überfluten. Dann aber würde es sich wieder zurückziehen, oder?«

»Vielleicht«, sagte Manuah. »Und vielleicht nützt es ja,

die Dämme ein wenig zu erhöhen, auch wenn das einige Zeit dauern wird. Und es braucht Geld, ob der König dies zugibt oder nicht. Aber wenn der Wasserspiegel ganz von selbst weiter steigt, was sollen wir dann tun?«

Sie schwiegen eine Weile, dann setzte Manuah hinzu: »Außerdem ist da noch der Großfisch, der zur selben Zeit aufgetaucht ist wie der Komet und der der Person folgt, die vor dem ansteigenden Wasser warnt. Vielleicht hast du recht und der Fisch hat den Stern nicht erschaffen, aber sie sind trotzdem beide gleichzeitig aufgetaucht. Willst du ernsthaft behaupten, das sei kein Omen?«

»Ich glaube nicht an Omen«, sagte Adrah beschwichtigend.

»Hoffen wir, dass das nicht den Wahrsagepriestern zu Ohren kommt.«

»Hm. Also, ist es nicht ein bisschen anmaßend zu glauben, diese bedeutenden Ereignisse seien deinetwillen inszeniert worden? Um deinem Anliegen Nachdruck zu verleihen?«

Manuah antwortete mit einer Gegenfrage. »Hast du jemals erlebt, dass die Götter sich zu den Menschen herabgeneigt und mit ihnen gesprochen haben? Mit einer Stimme, die jeder verstehen konnte? Wenn es sie gibt und ihnen etwas an uns liegt, wie sollen sie dann unsere Aufmerksamkeit erregen? Wie könnte das aussehen?«

Adrah schwieg.

Nach einer Weile sagte Manuah: »Gibt es etwas, das du tun kannst, um mir zu helfen?«

»Das weiß ich nicht, Bruder. Wirklich nicht. Ich kann mit den anderen Priestern sprechen, aber das Problem ist, *niemand* weiß, was diese Dinge bedeuten, und du auch nicht. Es wird nicht leicht sein, die Leute zu überzeugen.«

»Hm. Vorausgesetzt, du glaubst mir.«

»Du hast ein paar interessante Argumente vorgebracht.« Eine weitere Pause, dann sagte er: »Es gibt einige Hinweise, dass der Mond irgendwie mit den Gezeiten in Verbindung steht. Auf eine komplizierte Weise. Vielleicht könnten die Astrologen sich der Sache annehmen. Das wäre weniger umstritten, glaube ich, aber auf diese Weise ließe sich vielleicht herausfinden, wann die Überschwemmungsgefahr am größten ist. Wäre das hilfreich?«

Einer von Manuahs Erbtiteln war ja wie gesagt der des Gezeitenzählers, doch abgesehen von seinem Wissen, dass Flut und Ebbe ungefähr zweimal täglich auftraten, war er dem Namen nicht gerecht geworden. Das Problem war, dass die Gezeiten manchmal vorzeitig oder manchmal verspätet auftraten. Manchmal fielen sie höher aus als erwartet, dann wieder niedriger, und er war auch schon an Orten gewesen, wo die Gezeiten nur einmal täglich wechselten. Das ergab keinen Sinn, und deshalb hatte er sich deswegen nicht den Kopf zerbrochen. Er stand lieber auf dem Deck seines Bootes und spürte das Wasser unter dem Rumpf, das ihm sagte, ob Flut oder Ebbe war.

»Ich weiß es nicht, aber es ist wohl ein Anfang.«

In einem weiteren Moment der Klarheit sandte Harv Leonel – eher aus einer Laune heraus denn aufgrund einer bewussten Entscheidung – eine Gedankenbotschaft an Manuah: DIE GEFAHR IST REAL. Worauf Manuah zu seiner Verblüffung aufschrie.

»Ah! Ah! Hast du das gehört?«

In der Dunkelheit wirkte Adrah noch besorgter als den ganzen Abend über. »Was gehört?«

»Eine Stimme«, sagte Manuah. Dann, noch selbstgewisser als zuvor: »Eine *Stimme*. Sie hat gesagt, die Gefahr sei real.«

Adrah lachte verstimmt. »Na, das kommt ja im rechten Moment. Die Götter sprechen also doch? Bruder, du hast mir eine Menge Stoff zum Nachdenken gegeben. Verdirb das nicht.«

Da begriff Manuah, dass sein Bruder glaubte, er halte ihn zum Narren. Das war schlimm. Aber wenn er nicht lockerließ, würde Adrah glauben, er sei *verrückt*, und das wäre noch viel schlimmer.

Erschüttert bis ins Mark, sagte Manuah: »Hör mal, du kannst meine Seeleute nach dem Fisch fragen. Und ja, wenn du die Gezeiten vorhersagen könntest, wäre mir schon ein wenig geholfen.«

Er wusste nicht, was er sonst hätte sagen sollen. Er wusste nicht, was er hätte *tun* sollen. Doch er wusste, die seltsame, unbekannte Stimme hatte recht: Die Gefahr war *real*, und er war der Einzige, der dies wusste.

Im Laufe der nächsten Wochen eroberte Sraddah Surapp. Zu Manuahs Erleichterung leisteten die Surapp kaum Widerstand und verloren lediglich zwei mal sechzig Männer, dann legten sie die Speere nieder und ergaben sich ohne Vorbedingungen. Penelebab, ihre Präsidentin, trat zurück, willigte ein, ihre Tochter mit Prinz Raddiah zu vermählen, wenn er in sieben Jahren zum Mann werde, und versprach, sich bis dahin Arbeit bei den Byssawebern zu suchen. Dies war das lukrativste Gewerbe in Surapp und würde ihr daher in dem besiegten Land den größten Einfluss sichern.

Überraschenderweise forderte Sraddah auch einen Tribut an Steinblöcken, die Manuah abtransportieren sollte –

nicht ganz kostenlos, sondern mit einer kleinen Aufwandsentschädigung aus der Schatulle des Königs. Er würde ein Jahr brauchen, um die Steine zu befördern, und nicht einmal dann würde es reichen – Manuah war sich nicht mal sicher, ob es überhaupt genug Steine gab! –, doch es war immerhin ein Zugeständnis. Manuah war anscheinend nicht der Einzige, der sich Sorgen machte wegen des zeitlichen Zusammentreffens des Großfischs im Stadthafen mit dem Kometen, der am Himmel immer größer wurde. Anfangs hatte er die Größe des Vollmonds gehabt (wenngleich er nicht annähernd so hell war), dann war er so groß wie ein Sternbild, und schließlich erstreckte er sich von Horizont zu Horizont.

»Du hast gesagt, er würde sich annähern und wieder verschwinden«, sagte Manuah zu Adrah. »Aber er geht nicht weg.«

»Das ist ein großer«, versuchte Adrah die Bedenken seines Bruders zu zerstreuen. »Aber er wird nicht für immer bleiben. Das ist nicht seine Art. Außerdem haben wir gesagt, dass er keinen Einfluss auf die Gezeiten haben wird. In der Hinsicht kannst du ganz beruhigt sein.«

Das *klang* beruhigend, doch selbst Adrah wirkte zunehmend verunsichert. Dergleichen hatte es noch nie gegeben, und natürlich wusste niemand, was es zu bedeuten hatte. Verhieß es Glück? Oder kündete es von Unheil? War es überhaupt ein Omen? Auch so etwas wie den Großfisch hatte es noch nie gegeben, doch der beunruhigte die Leute weniger, abgesehen davon, dass er alle Fische im Hafen fraß und durch sein rastloses Kreisen Netze und Bojen beschädigte. Hatte er die Orientierung verloren? Fand er den Weg nach draußen nicht mehr? Wollte er ihnen etwas sagen, oder war der Großfisch selbst eine Botschaft der

Götter? Mit seinen Possen trieb er furchtsame Fischer jedenfalls in das wesentlich kabbeligere Wasser jenseits der Deichmauern hinaus. Manuah hoffte, dies würde dazu führen, dass die Leute sich mit dem Anstieg des Wasserspiegels auseinandersetzten, doch bedauerlicherweise hielten die Stadtbewohner ihn neuerdings für verrückt.

»Hier kommt der Vortragsmeister«, sagten die Leute. »Haltet euch die Ohren zu!«

Und er begriff, dass ihm umso weniger Menschen glaubten, je öfter und je dringlicher er über die drohende Gefahr redete. Er wusste nicht, was er dagegen tun sollte, denn wenn er schwieg, würde ihm auch niemand glauben. Bisweilen schien ihm geraten, die drei Besorgnisse in der Reihenfolge ihrer gefühlten Bedeutung miteinander zu verquicken: den Kometen, den Großfisch und den steigenden Wasserspiegel. Das immerhin hielt das Thema lebendig, ohne die Menschen abzustoßen. Aber würde das reichen?

Während Sharama in der Stadt blieb, um die Arbeit an den Meeresdämmen fortzusetzen, segelten Manuah und Hamurma zusammen mit seinen übrigen fünf Booten wieder nach Surapp, um Steinblöcke zu laden. Zu seiner Erleichterung hatte sich in der Großen Siedlung nicht viel verändert, zumindest nicht im Hafen und in den Lagerhäusern. Die Menschen waren noch immer geschäftig, und auch wenn sie nicht besonders glücklich darüber waren, dass sie jetzt Untertanen des Königreichs waren, richteten sie ihren Zorn nicht gegen Manuah und dessen Seeleute.

Auch sie wollten nichts vom steigenden Wasserspiegel hören. Ihre drei Sorgen waren folgende: Die Invasion und die damit einhergehenden Tributleistungen und Steuern, die Kriegsopfer und deren Bestattung sowie der Komet, der wie ein feindliches Banner über allem prangte. Sie hatten keinen Zweifel daran, dass die Botschaft am Himmel keine gute war, auch wenn sie nicht unbedingt von Unheil kündete, denn die meisten von ihnen waren noch am Leben und gingen weitgehend unbehelligt ihren Geschäften nach.

»Du bist ein Cousin unseres neuen Königs«, sagte ein Arbeiter, der Steinblöcke aufs Bootsdeck lud.

»Ja, aber kein Cousin ersten Grades.«

»Bist du gekommen, um uns zu inspizieren? Um sicherzustellen, dass wir unsere Verpflichtungen erfüllen?«

»Was? Nein. Ich bin gekommen, um Ladung aufzunehmen, wie immer.«

»Hm.« Der Arbeiter war sich da nicht so sicher.

Die Rückreise verlief zäh, und die Boote lagen so tief im Wasser, dass Manuah Anweisung gab, nah bei der Küste zu bleiben und beim ersten Anzeichen von rauem Seegang zu landen. Zum Glück hatten sie niedrigen Wellengang und ausreichend Wind.

Wieder in Der Stadt angelangt, beauftragte er Seeleute und sämtliche Boote mit dem Dammbau. Die Steinblöcke mussten vorsichtig abgesenkt, sauber aufeinandergestapelt und möglichst nahtlos zusammengefügt werden. Damit waren sie fast eine Woche lang beschäftigt, und als ihnen die Blöcke ausgingen, verwendeten sie Schutt, und als es so aussah, als gebe es keinen Schutt mehr im Königreich, kauften sie mit Sraddahs armseligem Zuschuss mehrere Bootsladungen Kies. Manuahs schwer arbeitende Seeleute mussten auf den Sold verzichten. Was zur Folge hatte, dass die Hälfte von ihnen am nächsten Tag nicht zur Arbeit erschien, was natürlich ihr gutes Recht war. Die andere Hälfte aber kam, und Manuah war ihnen dankbar dafür. Wenigstens sie glaubten an seine Sache und hielten sein Anliegen für berechtigt. Sie waren mit ihm zur See gefahren, hatten

Stürme abgewettert und gegen Rippströmungen angepaddelt, die ihr Boot gegen die Klippen zu schmettern drohten, hatten einen Riesenkraken getötet und sich gegen Adler gewehrt, die sich ohne erkennbaren Anlass auf sie gestürzt hatten. Ihre Sicherheit war stets Manuahs Hauptsorge gewesen, und das wussten sie.

»Du verstehst es, das Meer zu lesen«, sagte Kop. »So war es schon immer, seit ich dich kenne. Wenn du sagst, das Wasser steigt, dann steigt es.«

»Jeder Idiot kann sehen, dass es steigt«, setzte Letoni hinzu. »Wenn du sagst, das ist *gefährlich*, glaube ich dir.«

Doch auch der Kies, erkauft mit der Loyalität einiger Seeleute, reichte nur für ein paar Tage, und anschließend mussten die Männer sich damit begnügen, Sand vom Grund hochzuholen und an den Mauern aufzuschichten und sie zu verbreitern, wenn sie sie schon nicht erhöhen konnten.

Manuah überlegte, ob er noch einmal nach Surapp segeln und eine weitere Ladung Steinblöcke aufnehmen sollte, doch er musste seinen Unterhalt verdienen und seine Seeleute desgleichen, deshalb beschloss er, mit sechs Ladungen Salz, Kelp und Dörrfisch (eigentlich waren es sieben, denn Sharama begleitete ihn) flussaufwärts nach Shifpar zu segeln, der nördlichsten der Lehmziegelstädte. Den Fischgestank konnte er verschmerzen; Meeresgüter erbrachten dort einen guten Preis, und auf der Rückfahrt würden sie Äpfel, Pflaumen, Leder und unversponnene Wolle transportieren.

Zu dieser Fahrt trat etwa die Hälfte der abwesenden Seeleute an, die schweigend ihren Platz auf den Booten einnahmen. Die andere Hälfte, darunter auch die drei Frauen, suchten vielleicht anderswo Beschäftigung, entweder bei Dolshavak (Manuahs größter Konkurrent, der sich vor allem auf den Flusshandel konzentrierte und drei Boote besaß), oder bei Fischern oder irgendwo an Land. Dort waren sie vielleicht auch sicherer.

Jedenfalls waren sie auf der beschwerlichen Fahrt flussaufwärts unterbesetzt, und jeder Einzelne musste mehr arbeiten als sonst und besonders gut aufpassen. Shifpar war etwa sechzig und zwölf Kos entfernt (Adrah würde vielleicht von zwölf und drei *Yojanas* sprechen), und wenngleich der Wind nach Nordost, Nordwest oder sogar direkt nach Norden wehte, so wies die starke Strömung doch genau in die entgegengesetzte Richtung. Wenn die Paddel verstaut waren, kamen sie am Tag etwa eine *Yojana* voran. Hätten sie bis zur Erschöpfung gepaddelt, wären sie doppelt so schnell gewesen, doch um der guten Stimmung an Bord willen nahm Manuah davon Abstand. Die Arbeit war auch so schon schwer genug, denn sie mussten ständig gegen die Strömung kreuzen, und bisweilen schwitzten sie sich schier die Eier ab, nur um nicht abgetrieben zu werden, wobei sie außerdem noch aufpassen mussten, nicht zusammenzustoßen. Wenigstens war der Fluss breit genug zum Kreuzen, sonst wäre das Segeln an den meisten Tagen gar nicht möglich gewesen. Nachts war der Wind launisch, und als der Viertelmond zur Sichel wurde, legten sie bei Einbruch der Nacht an, da sie nicht mehr sicher navigieren konnten, auch wenn der Komet stetig größer und heller wurde.

Dabei erstreckte er sich bereits von Horizont zu Horizont; wie groß konnte er da noch werden? Die Antwort lautete: Wenn der Kopf im Westen unterging, füllte der Schweif anschließend noch eine Stunde lang den Himmel aus. Und dann waren es zwei Stunden und schließlich vier. Der Schweif wurde auch breiter; zunächst war er so breit wie der Mond, dann so breit wie zwei Monde und schließlich so breit wie eine ausgestreckte Hand. Was die Astrologenpriester wohl *dazu* zu sagen hatten?

»Niemand weiß, was das bedeutet«, versicherte Manuah seinen Männern Abend für Abend. »Mein Bruder und die anderen Priester zählen und messen und praktizieren geheime Magie, und doch können sie nicht viel sagen, außer dass der Mond weiter entfernt ist, als je ein Mensch gereist ist, und dass der Komet noch höher am Himmel steht und keinen Einfluss auf die Gezeiten hat. Wenn das alles ist, was die klügsten Menschen in Erfahrung bringen können, seid ihr ebenso schlau wie sie.«

Seine Männer waren um Erklärungen nicht verlegen. »Vielleicht ist das ja ein Riesenschwanz, der uns ficken soll.«

Oder: »Vielleicht ist das Min, der Gott der Fruchtbarkeit.«

Oder: »Ich glaube noch immer, das ist ein Großfisch. Man sagt, der Himmel ist der Spiegel der Erde, und hier unten haben wir einen Großfisch. Weshalb sollte es da oben nicht auch einen geben? Dort hat er jedenfalls mehr Platz zum Wachsen.«

Oder: »Vielleicht ist das ein *Riss* im Himmel?«

Darauf immerhin wusste Manuah etwas zu erwidern. »Der Himmel kann nicht reißen. Der ist kein Gegenstand wie ein Vorhang. Da oben ist bloß leere Luft.«

»Und wie weit reicht die? Immer weiter und weiter?«

»Ich schätze schon. Die Sterne stehen so hoch, dass die Astrologenpriester die Entfernung nicht messen können.«

»Woher wissen sie dann, dass es kein Vorhang ist?«

Manuah seufzte. »Das weiß ich nicht. Aber selbst wenn der Himmel ein Vorhang sein sollte, ist er viel weiter entfernt als der Komet.«

Er wusste nicht, was an dieser Bemerkung beruhigend war, doch seine Männer schienen dadurch besänftigt.

Am dritten Tag kamen sie an der kleinen Stadt Erituak vorbei, und am fünften an der größeren Stadt Larasha. Beide waren aus Lehm, Stroh und Kies erbaut. Die sonnengetrockneten Ziegel waren beinahe so hart wie ein Topf aus gebranntem Ton und fast so leicht wie ein Holzbalken, deshalb waren sie als Baumaterial gar nicht so übel. Aber wenn man sich keine Farbe leisten konnte (und das konnten nur wenige Stadtbewohner), sah alles wie Scheiße aus. In keiner der beiden Städte gab es Abflussrinnen an den Straßenrändern, deshalb *roch* es auch nach Scheiße, sogar auf dem Fluss. Beide Städte hatte Sraddahs Vorgänger Kagresh ins Königreich eingegliedert, wobei viel Blut geflossen war, was die Stadtbewohner nicht ganz vergessen hatten. Deshalb waren sie ein wenig unfreundlicher als die anderen Menschen, denen Manuah auf seinen Fahrten begegnete, und aus diesem Grund neigte er dazu, diese Städte zu meiden, und überließ den Handel Männern wie Dolshavak. Im Stillen nannten er sie Große Scheiße und Kleine Scheiße. Am siebten Tag kamen sie dann an Letzte Scheiße vorbei – eine Stadt, deren Namen Manuah sich nicht merken konnte, weil er dort noch nie angelegt hatte.

Anschließend sahen sie mehrere Tage lang nichts als bewaldete Ufer, unbewohnt bis auf ein paar Hütten aus Gras oder Tierfellen, die den Unterkünften der Wilden ähnelten. Die Männer fingen an, die wilden Tiere zu benennen, die sie sahen. Das war schwer, denn eine Flussfahrt war beschwerliche Arbeit, bei der es nicht viel Gelegenheit zum Schauen gab. Trotzdem riefen die Männer:

»Bär!«

»Adler!«

»Leopard!«

»Drei Wölfe!«

»Sechs Rehe!«

Dann aber stellte sich Langeweile ein, und die Rufe wurden immer fantasievoller:

»Riesen!«

»Drachen!«

»Eine Schildkrötenarmee, die das Präsidentinnenbanner von Surapp schwingt!«

Und dann wurde es unweigerlich obszön.

»Deine Mutter!«

»Deine *Groß*mutter!«

»Deine Schwester, in inniger Umarmung mit zwei Ochsen!«

Manuah machte dem ein Ende, bevor das Wort *Tochter* fiel. Die Stimmung flaute dementsprechend ab. Hin und wieder brummte ein Seemann: »Ich sehe *Manuah* zusammen mit zwei Ochsen.« Er ging zu Vogelfarben über und hielt seine Leute damit einige Zeit lang beschäftigt.

Am elften Tag passierten sie die kleine Lehmziegelsiedlung Tesk, die von Sraddahs Vater Sretekan erobert worden war, und als sie hinter ihnen lag, befanden sie sich im Nördlichen Königreich, zu dem die Menschen eine besondere Beziehung hatten, weil es von Sraddah persönlich und fast ohne Verluste an Menschenleben erobert worden war.

»In der Zeit hätten wir auch zu Fuß gehen können«, klagte Hamurma.

»Ach, du schlauer kleiner Wurm«, erwiderte Letoni. »Vielleicht wäre es sogar schneller gegangen, aber hätten wir auch den ganzen Fisch schleppen können? Wie? Außerdem werden wir auf dem Rückweg so schnell wie ein Singvogel sein. Wusch! Wusch! Das wird dir gefallen.«

Am fünfzehnten Tag erreichten sie endlich Shifpar. Dies war die größte der Flussstädte. Auch hier waren die meisten Häuser aus Lehmziegeln errichtet, doch es gab auch ein paar hübsche Holzbauten und drei Gebäude (das Anwesen des Gouverneurs und zwei Tempel), die tatsächlich zum Teil aus bemaltem Stein erbaut waren. Shifpar hatte auch einen richtigen Hafen, nämlich eine Bretterplattform, errichtet auf schweren Holzpfeilern, die man tief ins Flussbett getrieben hatte. Er lag in einer kleinen Bucht, was das Ein- und Auslaufen erleichterte. Diese Eigenschaften waren der Grund, weshalb Manuah Shifpar als zivilisierten Ort betrachtete, jedenfalls beinahe.

Und mit seinen aufgrund des steigenden Wasserspiegels geschärften Sinnen fiel ihm diesmal auch auf, dass Shifpar auf mehreren Hügeln erbaut war, in einigem Abstand zum Fluss und erheblich höher gelegen. Sollte es zu einer Überflutung kommen, würde Shifpar weniger stark in Mitleidenschaft gezogen werden als die anderen Siedlungen oder Städte des Königreichs. Das war ein interessanter Gedanke, auch wenn er nicht wusste, was er daraus schließen sollte.

Als die Boote vertäut und die Fracht verkauft war, gab Manuah seinen Männern einen Abend Landurlaub. Nicht, weil er das für eine gute Idee hielt (das war es sicherlich nicht), sondern weil es andernfalls zu einer Meuterei gekommen wäre. Und während die kleine Stadt Shifpar sich bemühte, die Gelüste von dreißig Männern zu befriedigen, und sich noch mehr bemühte, eine verlässliche Bezahlweise festzulegen, stattete Manuah zusammen mit Hamurma dem Haus des Qitsturt einen Besuch ab, mit dem er bereits Geschäfte gemacht und der ihm in der Vergangenheit Gastfreundschaft erwiesen hatte. Damit enttäuschte er

Hamurma, der sich mit seinen Leuten lieber in der Stadt umgeschaut hätte, doch Manuah fand, dass sein Sohn, der noch nicht einmal seinen fünfzehnten Geburtstag gefeiert hatte, bei ihm besser aufgehoben war als bei den Seeleuten auf Landurlaub.

1.6

»Und was hält dein Bruder von alledem?«, erkundigte sich Qitsturt. Sein starker Akzent erinnerte Manuah an die Sprechweise der Wilden: Er sprach mit hoher Stimme, schnell und abgehackt.

Sie befanden sich auf Qitsturts Dach, saßen auf Holzstühlen, betrachteten den Kometen und tranken Bier aus Tonbechern. Manuah erwartete jedes Mal, das Bier in Shifpar würde irgendwie … minderwertig schmecken, doch das war nicht der Fall. Der hiesige Wein war sauer, trocken und gewöhnungsbedürftig, doch das Bier war vielleicht sogar noch besser als das in Der Stadt. Vielleicht weil es frischer war?

Manuah schnaubte. »Er sagt, es gibt keinen Anlass zur Sorge.«

»Hm. Und glaubst du ihm das?«

Manuah wusste nicht, was er darauf erwidern sollte. Der Komet erstreckte sich von einem Horizont zum anderen, in der Breite nahm er ein Drittel des Himmels ein und war so hell, dass er viele vertraute Sternbilder überstrahlte.

Qitsturt sagte: »Dolshavak ist ein Mann unserer Stadt. Vergangene Woche hat er mir erzählt, du wärst verrückt geworden und würdest von Großfischen und Überschwemmungen daherplappern. Er sagt, niemand hört mehr auf dich, aber auf mich hast du nie den Eindruck eines Schwätzers gemacht. Irgendetwas geht da vor. Die Flussströmung wird stärker, das Wasser steigt. Und es wird kälter.«

»Ja.«

»Und Die Stadt ist auf ebenem Gelände erbaut. Und es gibt dort Frühjahrshochwasser und Sturmfluten.«

»Jo.«

»Und der Himmel ist, verzeih mir den Ausdruck, unheilverkündend.«

»Oh ja.«

»Nun, mein Freund, daran ist nichts verrückt. Vielleicht sind deine Landsleute die Schwätzer. Oder vielmehr, ich bitte um Entschuldigung, *unsere* Landsleute. Sraddah sei dafür gelobt, dass er uns aus unserem Elend befreit hat.«

»Du solltest darüber keine Scherze machen«, ermahnte ihn Manuah.

»Wer sagt denn, dass ich scherze? Zuvor hatten wir eine Armee, die Sraddah mühelos besiegen konnte. Jetzt haben wir Sraddahs Armee. Das ist wichtig, wenn das Gebiet der Wilden nur einen Tagesmarsch entfernt ist und uns nur ein paar primitive Gehöfte von ihnen trennen. Die jetzt ebenfalls Sraddah gehören und von seiner Armee geschützt werden. Indem wir den Krieg verloren, haben wir den Frieden gewonnen. Sraddah ist ein kluger Mann.«

Manuah schnaubte.

»Wer scherzt jetzt? Hältst du deinen Cousin nicht für klug?«

»Manchmal kommt es mir so vor.«

»Ach ja? Nun, vielleicht hat er es ja schwer. Er ist es gewohnt zu siegen. Was soll er tun, wenn die Kräfte des Meeres und des Himmels gegen ihn aufmarschieren? Ich sag dir was, mein Freund: Sollte Die Stadt überflutet werden, ist deine Familie bei mir willkommen.«

Manuah zögerte einen Moment, dann sagte er: »Ich danke dir, mein Freund. Meine Familie ist klein, aber auch nicht *so* klein. Du bist sehr großzügig, doch ich kann dein Angebot nicht annehmen.«

Qitsturt lachte. »Wir werden sehen, ob du noch Bedenken hast, wenn die Zeit gekommen ist. Jetzt trink! Trink! Du brichst bei Tagesanbruch auf, oder? Was wäre ich denn für ein Gastgeber, wenn ich dich ohne Brummschädel nach Hause entlassen würde?«

Pflichtschuldigst leerte Manuah seinen Becher und drehte ihn um, damit Qitsturt sah, dass nichts mehr darin war.

»Siehst du?«

»Du wirkst trotzdem nicht zufrieden. Ich werde dir nachschenken, bis du fröhlich aussiehst.«

»Ah. Also, ich werd's versuchen. Das Bier und deine Gesellschaft behagen mir und ich danke dir dafür, aber die Aussicht ist beschissen. Ich habe die Nase voll von dem Kometen.«

»Ja? Nun, er wird nicht ewig bleiben.«

»Hm. Ja. Wäre mir recht, wenn er nächsten Monat weg wäre.«

Bei der Fahrt flussaufwärts war ihnen die Strömung stark vorgekommen, und das galt umso mehr in die entgegengesetzte Richtung. Zunächst postierte Manuah in jedem Boot zwei Paddler am Bug und einen Steuermann am Heck und ließ die Segel bergen, doch auf dem Großen Fluss gab es keine Stromschnellen. Er war fast einen *Kos* breit und über zwölf Fuß tief, und hin und wieder tauchte mal eine Sandbank oder ein treibender Baumstamm auf, doch ansonsten gab es kaum Hindernisse, welche die Navigation erschwerten. Deshalb befahl er die Segel zu hissen, als seine Männer ihren Rhythmus gefunden hatten und sie in angenehmer Geschwindigkeit flussabwärts fuhren.

»Wuuusch!«, riefen die Männer, als sich die Leinensegel im Wind blähten. Die Boote beschleunigten so stark, dass sie alle für einen Moment das Gleichgewicht verloren. Im Handumdrehen hatte sich ihre Geschwindigkeit nahezu verdoppelt. Die Boote erzeugten jetzt ein Kielwasser, eine Art Kometenschweif, und als die Steuerleute den Kurs der anderen Boote kreuzten und sie mächtig ins Schaukeln brachten, ließ Manuah sie gewähren. Er hatte auch seine Freude daran – der Wind in seinem Haar! Der Nervenkitzel, der Schnellste zu sein!

»Siehst du? Siehst du?«, sagte Letoni zu dem verängstigt wirkenden Hamurma. »Singvögel! Wusch! Wusch!«

Die Besatzung eines Bootes holte die Paddel hervor und legte sich ordentlich ins Zeug. Nach ein paar *Kesthe* paddelten sie synchron und wurden noch schneller. Anfangs hatten sie sich in der Mitte der kleinen Flotte befunden, doch nun zogen sie davon, bis die Besatzungen der anderen Boote die Herausforderung annahmen und ihrerseits die Paddel hervorholten.

Jetzt gab es keinen Anlass mehr, die Leute zu beschäftigen, damit sie nicht merkten, wie heiß es war und wie müde und außer Atem sie waren. Diese Arbeit war gefährlich, und als Spiel noch gefährlicher, doch sie machten das nicht zum ersten Mal, und wäre Hamurma nicht bei ihm gewesen, hätte Manuah keinen Gedanken daran verschwendet. Andererseits kam Hamurma bald ins heiratsfähige Alter, und ein wenig Gefahr würde ihn für die jungen Frauen der Stadt nur noch interessanter machen. Vermutlich nicht in den Augen ihrer Väter, doch das war deren Problem.

»Schneller!«, feuerte er seine eigene Besatzung an. »Legt euch ins Zeug! Drückt mit den Beinen! Tief ins Wasser die Blätter, ihr Kröten! Zieht durch! Zieht durch! Los! Los! Los! Los!«

Sie schafften es nicht ganz bis an die Spitze – niemand wollte zulassen, dass der Boss sie im fairen Wettbewerb besiegte! –, doch sie schlugen sich tapfer.

Natürlich hielten sie dieses Tempo nicht lange durch, deshalb ging ein Boot nach dem anderen zu einem langsameren (wenngleich immer noch herausfordernden) Rhythmus über, und eine Zeit lang wechselten sie sich an der Spitze ab. Es war eine schöne Sache und ein schöner Tag, und eine Zeit lang vergaß Manuah alle Übel der Welt. Eine Stunde vor Einbruch der Dunkelheit erreichten sie das Delta und fuhren durch den breitesten Arm grinsend und jauchzend aufs Große Meer hinaus. *Das* sollte Dolshavak ihnen mal nachmachen.

Im Mündungsbereich des Großen Flusses aber gab es *eine Menge* Sandbänke, und sie mussten aufpassen, als sie ums Hafenkap bogen und bei launischem Wind zwischen den Deichmauern hindurchkreuzten. Die Sonne ging unter, und der Himmel färbte sich gelb, rot, purpurfarben und blau. Und dann tauchte wieder der Komet auf, der Kopf am Nordhimmel und der lange Schweif, einer unheimlichen weißen Flamme gleich, an der anderen Seite.

»Er ist größer geworden«, sagte jemand.

»Er ist näher gekommen«, sagte jemand anders.

»Es besteht kein Anlass zur Sorge«, sagte ein Dritter in Adrahs Tonfall.

Die Männer lachten. Und dann tauchte der Großfisch

auf, versperrte ihnen die Einfahrt in den Hafen, und das Gelächter erstarb.

Ja, er versperrte ihnen den Weg! Der Fisch blies, schlug mit dem Schwanz und funkelte sie mit einem Auge an, dann tauchte er, schwamm zwischen ihnen hindurch und blies ein weiteres Mal. Als wollte er ihre Aufmerksamkeit erregen.

1.7

Manuah war starr vor Angst, versuchte aber, sich nichts anmerken zu lassen. Hatte es so etwas schon mal gegeben? Ein Großfisch, der einem in voller Absicht die Einfahrt in den Hafen versperrte! Hatten die Götter ihre Warnung nicht bereits deutlich genug kundgetan? Aber nein, offenbar nicht. Was oder wer auch immer den Fisch beherrschen mochte, es oder er wollte nicht, dass sie in den Hafen einliefen. Vielleicht war der Fisch auch so klug, dass er sich selbst lenkte. *Kehrt um!*, schien er sagen zu wollen. *Kehrt um, dies ist kein guter Ort für euch!* Oder aber er hatte bloß die Orientierung verloren und war durcheinander und verängstigt durch das seltsame Licht am Himmel, und jetzt hatte er genug. *Aus dem Weg, ich will weg.* War das eine bessere Antwort?

»Mir reicht's«, sagte Manuah, an niemand Speziellen gewandt. »Ich ziehe nach Shifpar um.«

Er hatte es als Scherz gemeint, und zu seiner Erleichterung kam es auch so heraus. Ein paar Männer in seinem Boot lachten sogar ein wenig. Doch er begriff, dass es ihm ernst war. Er hielt das nicht mehr aus. Irgendetwas ging da vor – etwas Schreckliches –, und wenn er es nicht verhindern und auch niemanden von der drohenden Gefahr überzeugen konnte, konnte er wenigstens seine eigene Familie in Sicherheit bringen.

Bei dem Gedanken wurde ihm übel. War er ein Feigling? Ein Deserteur? Ein Verräter? Seine Familie kümmerte sich seit Generationen um den Hafen. Er war eine wichtige Persönlichkeit im Leben der Stadt. Aber war er deshalb verpflichtet, hier zu sterben? Und seine Kinder hier sterben zu lassen?

»Umfahrt den Fisch!«, befahl er so ruhig, wie es ihm möglich war. »Er kann nicht allen sieben Booten auf einmal den Weg versperren.«

»Schnell!«, rief Sharama. Sein Ruf aber traf auf taube Ohren; die Männer waren müde und verängstigt und nicht mehr in Rennlaune. Trotzdem verteilten sich die Boote und umfuhren den großen Fisch. Der unternahm nichts, um die Boote zu beschädigen, das musste man ihm lassen. Er kam nie näher als bis auf sechzig Fuß heran, und die Wellen, die er erzeugte, waren nicht so hoch, dass jemand über Bord zu gehen drohte. Andererseits wirkte er … aufgeregt. Schließlich tauchte er und ließ sie unbehelligt passieren.

»So etwas sieht man nicht alle Tage«, meinte Hamurma, um einen munteren Tonfall bemüht.

Der Wind hatte sich inzwischen gelegt, ebenso müde und erschöpft wie sie. Den Rest der Strecke legten sie paddelnd zurück. Keiner beklagte sich. Als sie sich im Schein des Kometen der Anlegestelle näherten, sagte einer: »Das Ding wandert.«

»Nach Norden«, meinte ein anderer.

»Nach *unten*«, sagte ein dritter.

Manuah sah, dass sie recht hatten. In der *Hurta*, die sie im Hafen vertrödelt hatten, hatte der Komet seine Position am Himmel sichtbar verändert. Nicht sehr stark, aber es fiel doch auf. In einer *Hurta*! Auch so etwas sah man nicht alle Tage.

»Lasst die Ladung an Bord«, wies er seine Männer an.

»Was?« »Was?« »Wir können doch die Ladung nicht unbewacht zurücklassen.« »Was?«

»Lasst die Ladung an Bord«, wiederholte er. »Wir fahren zurück nach Shifpar, und wer möchte, kommt mit. Ich glaube, dort ist es … sicherer.«

Es wurde geschwiegen, dann sagte einer der Männer: »Was ist mit unseren Familien?«

Manuah stutzte, denn daran hatte er nicht gedacht. An seine Familie schon, doch vor ihm standen dreißig Seeleute. Die Boote konnten vermutlich weitere dreißig Personen mitsamt der Fracht transportieren, doch er wusste nicht genau, wie groß die Familien der Männer waren. Einige waren alleinstehend, manche verheiratet, ein paar hatten Frauen *und* Kinder, doch Genaueres war ihm nicht bekannt.

»Wir nehmen so viele mit wie möglich«, sagte er. »*Ich* entscheide.«

Wieder wurde geschwiegen, bis jemand in der Dunkelheit sagte: »Kapitän, du bist *verrückt*. Ich gehe nach Hause.«

Hier und da war zustimmendes Gemurmel zu vernehmen, und mehrere Männer stiegen aus den Booten. Letoni aber sagte: »Ich glaube dir, Kapitän. Ich bleibe hier.« Und auch jetzt wieder wurde zustimmend gemurmelt.

»Holt, was ihr braucht und alle, die ihr mitnehmen wollt, und kommt so schnell wie möglich wieder zurück«, sagte Manuah an alle, die hören wollten. »Letoni, hast du Familie?«

»Bloß meine Mutter«, antwortete Letoni, »und die ist halb blind und halb lahm und hat geschworen, niemals einen Fuß aufs Wasser zu setzen. Ich glaube, sie ist zu Hause besser aufgehoben.«

Manuah war anderer Meinung. Ganz und gar anderer Meinung. Aber sah Letoni das wirklich so? Sie konnten nicht alle Stadtbewohner mitnehmen, und was würde es nützen, wenn sie die Boote mit Alten und Kranken vollpackten? Deshalb wollte er nicht widersprechen.

»Wir haben den gesamten Proviant aufgebraucht«, sagte er stattdessen. »Wir können die Fracht verzehren – die Pflaumen werden für weitere sechs bis zwölf Tage reichen, die Äpfel noch länger –, aber das wird nicht genügen. Und wir haben keine Zeit, um etwas zu trocknen oder einzulegen, deshalb müssen wir Lebendvieh mitnehmen. Geht zu den Tierhändlern und kauft ein paar Hühner und Ziegen. Sagt ihnen, wir zahlen den doppelten Preis. Den dreifachen, wenn sie alles in Käfigen binnen einer *Hurta* hierherschaffen. Und kauft auch ein paar Hartbrote. *So viele* wie möglich.«

Letoni schaute skeptisch drein. »Und du bezahlst das alles?«

»Ja! Ja! Und jetzt geh!«

Zu Hamurma sagte er: »Geh nach Hause und weck die Familie. Alle. Sag ihnen, sie sollen nur das mitnehmen, was sie tragen können, und es unverzüglich hierherbringen. Lass dich nicht auf Diskussionen ein.«

Zu Sharama sagte er: »Geh zum Sternenhügel und hol deinen Onkel. Sag ihm, das ist ein Befehl seines älteren Bruders. Sollte ich mich irren, gebe ich ihm den Zehnten ab, doch zuvor soll er sein fadenscheiniges blaues Gewand hierher in den Hafen schaffen. Verstanden?«

»Ja, Vater.«

Letoni, Hamurma und Sharama entfernten sich so eilig, wie er es für geraten hielt.

»Du bist verrückt«, sagte einer der Seeleute.

»Meinetwegen«, meinte Manuah. »Ich bin verrückt. Verschwinde.«

Er begann Taue und Ersatzsegel zu zählen und versuchte herauszubekommen, wie es um ihre Ausrüstung *wirklich* bestellt war. Viel daran ändern konnte er nicht.

»Der Komet ist weg«, sagte jemand.

Manuah hob den Blick. Ganz richtig war das nicht, denn der Schweif des Kometen prangte noch immer am Himmel. Er war breiter denn je und es schien so, als ob er unmittelbar vor den Augen schimmerte und funkelte. Der Kopf aber war hinter dem nördlichen Horizont verschwunden. In der Zwischenzeit war er ein ganzes Stück weitergewandert.

Jetzt aber schauten sie wieder hin, und dort, wo der Schweif des Kometen die Silhouette der Stadt berührte, blitzte es. Nicht besonders hell – nicht zu vergleichen mit den Blitzen eines weit entfernten Gewitters –, aber doch deutlich zu erkennen. Und erschreckend war es auch.

»Was hat das zu bedeuten?«, fragte jemand. Es war Kop, der unmittelbar neben ihm stand.

»Nichts Gutes«, erwiderte Manuah. Er schaute noch eine Weile zum Horizont und wartete auf weitere Blitze. Als nichts geschah, setzte er die Bestandsaufnahme fort.

»Und du hast niemanden?«, fragte er Kop, als er die Ersatzpaddel zählte.

»Nein.«

»Hm. Schade.«

»Vielleicht auch nicht«, sagte Kop. »Es wird etwas Schreckliches geschehen, nicht wahr?«

»Ich glaube, ja.« Er hielt inne, denn er wusste nicht, was er sagen sollte. Er hatte keine Ahnung, was passieren würde, und er war auch nicht verrückt und auch nicht übertrieben abergläubisch. Dennoch war er überzeugt, dass Gefahr drohte. Wegen des hohen Wasserstands war dieser Ort nicht einmal gegen ganz gewöhnliche irdische Gefahren gefeit, und was da vorging, war weder gewöhnlich noch irdischen Ursprungs. Wie aber sollte er das einem Mann wie Kop erklären? Er selbst verstand es doch auch nicht.

Schließlich sagte er: »Wir müssen den Platz an Deck klug nutzen. Schaffen wir die Wolle hier raus. Ich glaube, die werden wir nicht brauchen.«

»Hm«, brummte Kop. »In Shifpar gibt es jede Menge Wolle.«

Und so packten Kop und die beiden anderen Männer die Ballen und stapelten sie am Kai. Dafür brauchten sie nicht lange. Bald darauf schleppten sie Paddel und sorgten dafür, dass jedes Boot genau zwei Ersatzpaddel hatte, und Manuah nahm sich vor, die kleineren Männer in den Booten mit den kürzeren Paddeln unterzubringen, denn jeder wusste, dass ein Paddel höchstens bis zum Rippenansatz reichen durfte ...

Der Boden bebte. Er konnte es sehen. Während das Wasser unbewegt blieb, sackte der Untergrund eine Handbreit ab, dann stieg er zwei Handbreit empor und senkte sich anschließend wieder in die Ausgangslage ab. Es hörte sich an, als würden sechzig Säcke Kies gleichzeitig fallen gelassen, dann setzte wieder Stille ein. Dies alles in der kurzen Zeitspanne, die zwischen zweimaligem Händeklatschen verging. Er hätte meinen können, er habe geträumt, doch jetzt schwankten auch die Boote. Säuberliche Wellenkreise breiteten sich im Hafen aus und funkelten im Licht des Kometenschweifs. In der Stadt wurde laut gerufen.

Bei den Göttern! Zu den drei Männern, die bei ihm geblieben waren, sagte er: »Bewacht den Kai. Lasst außer unseren Leuten niemanden zu den Booten.«

»Was *war* das, Kapitän?«

»Nichts Gutes«, wiederholte er. »Und es ist noch nicht vorbei.« Er hatte noch immer keine Ahnung, was vorging, doch er wusste, dass es noch nicht zu Ende war.

Nacheinander kamen die anderen Seeleute zurück. Einige hatten Wertsachen dabei – eine Kupferlampe, ein goldenes Armband, ein prachtvolles Hochzeitsgewand. Andere hatten Angehörige mitgebracht.

Wieder und wieder rief Manuah: »Passagiere, bleibt an Land! Danke! Seeleute zu mir! Lasst den ganzen Plunder am Kai liegen!«

Als Hamurma mit Emzananti und Sharama mit seiner Frau Telebabti und Manuahs jüngstem Sohn Jyaphethti auftauchten, erwies er sich jedoch als Heuchler, denn er ließ alle auf eines der größten Boote. »Frauen meiner Familie, setzt euch aufs Deck und haltet euch zurück!«, rief er in einem Ton, den er unter gewöhnlichen Umständen nicht angeschlagen hätte. »Söhne, geht in den Bug und ins Heck und wartet auf Befehle.«

»Ich kann segeln«, sagte Emzananti. In gewisser Weise stimmte das auch; er war mit ihr zum Vergnügen im Hafen herumgesegelt und hin und wieder auch hinaus aufs offene Meer. Aber stets bei gutem Wetter.

»Heute nicht«, sagte er energischer als angemessen. Doch er wusste nicht, wie viel Zeit ihnen noch blieb, und Emzananti (die Götter mochten sie segnen) widersprach ihm nicht.

Dem Rest der Familie folgte Manuahs Stiefmutter Chatrupati nach.

»Was geht hier vor?«, wollte sie wissen.

»Wir ziehen nach Shifpar um, Mutter.«

»So plötzlich? Mitten in der Nacht? Lüg mich nicht an, junger Mann. Ich kenne dich schon zu lange. Du fliehst.«

»Irgendetwas ist im Gange, Mutter. Spürst du das nicht auch?«

»Du setzt dich mit deiner Familie ab, ja? Also, ich komme nicht mit.«

»Mutter …«

»Ich bin nicht deine Mutter, und ich *komme nicht mit.* Weißt du, was los ist? Was wirklich los ist?«

»Nein.«

»Wie solltest du auch? Das sind seltsame Zeiten, und es ist vielleicht klug wegzulaufen, aber hör mir zu, Manuah: Nimm ausreichend Männer und junge Burschen mit, um die Boote zu bemannen, aber nicht mehr. Nimm stattdessen Frauen und Mädchen an Bord und bring *sie* in Sicherheit. Dann bist du ein Held und kein Feigling.«

Manuah wollte Einwände erheben, aus mehreren Gründen. Erstens, weil er bereits vorhatte, so viele Frauen und Mädchen wie möglich mitzunehmen, und in dieser Hinsicht keiner Belehrung bedurfte. Zweitens, weil er schon seit Langem vor einer Katastrophe warnte und auch in dieser Hinsicht keiner Belehrung bedurfte. Drittens weil er nicht wollte, dass die Leute mitbekamen, wie ihn eine alte Frau anschrie! Doch auch dafür war keine Zeit mehr. Stattdessen sagte er: »Ja, Mutter. Möge der nächste Monat freundlich zu dir sein.«

»Und zu dir auch«, erwiderte sie und umarmte ihn warmherzig. Sie *war* nicht seine Mutter, sondern eher so etwas wie eine Tante zweiten Grades. Aber sie lebte bei ihm im Haus seit seinem fünften Lebensjahr, und sie war ihre einzige Bezugsperson gewesen, nachdem Manuahs und Adrahs Vater sich auf einer Reise plötzlich an die Brust gefasst hatte und tot umgefallen war. Manuah konnte nicht sagen, welches Schicksal Chatrupati hier erwartete – und dem er sie überließ –, doch es würde bestimmt nicht angenehm sein.

»Sei *brav*«, sagte sie mit Nachdruck. Dann ließ sie ihn los, wandte sich ab und marschierte zurück an Land, wo sie in der Menge auf der Straße der Lagerhäuser verschwand.

Er wandte sich an die Seeleute und …

Der Boden bebte erneut, heftiger als zuvor. Er kippte um fast zwei Fuß, dann richtete er sich wieder gerade, und das wiederholte sich mehrere Male. Ein tiefes Grollen wie Donner war zu vernehmen, und das Wasser schwappte im Hafen hin und her wie Wasser in einem Eimer. Manuahs Boote wurden wie Spielzeug umhergeschleudert, und alle seine Leute verloren das Gleichgewicht.

Und dann hörte es auf, und das Wasser schwappte träge gegen die Holzpfeiler, und die Boote schaukelten in ihren Anlegebuchten hin und her. Und auf einmal riefen alle durcheinander.

Manuah brüllte so laut er konnte: »Seeleute zu mir! Bindet die Boote aneinander! Das große in der Mitte!«

»Meinst du, Seite an Seite?«, übertönte Kop den Lärm.

»Nein, in Reihen!« Manuah überlegte einen Moment, dann sagte er: »Erst zwei, dann drei, dann zwei und eins am Ende! In der Form eines Fisches. Wie eine Sandbank im Fluss!«

Er schaute sich um und zählte elf Seeleute, Hamurma und Jyaphethti eingeschlossen. Reichte das? Insgeheim hoffte er, dass noch einige zurückkehren würden. Er kletterte auf den Kai, eilte zur gepflasterten Straße und schaute sich um.

In diesem Moment tauchte Sharama auf, mit seinem Onkel Adrah im Schlepptau, der eine Muschellampe in Händen hielt, als wäre deren spärliches Licht wichtiger als Eile.

»Ich habe nichts verschüttet«, sagte Adrah, als hätte er Manuahs Gedanken gelesen. »Die ganze Stadt hat gebebt. Wände sind geborsten. Dächer sind eingestürzt, *ich* bin gestürzt, aber die Lampe habe ich unentwegt hochgehalten.«

»Du bist ein Idiot!«, rief Manuah ihm zu. Zu Sharama sagte er: »Ich habe mir dein Boot genommen! Tut mir leid. Wir binden sie zusammen. Ich glaube, es könnte unterwegs ruppig werden.«

»Ist gut«, sagte Sharama. »Welchen Platz soll ich einnehmen?«

»In der Mitte. Am Segel.«

Am liebsten hätte er seinen Ältesten umarmt, doch sie waren beide in Bewegung begriffen, in verschiedene Richtungen, und die Zeit drängte.

Mit Manuah hatten sie jetzt *zwölf und zwei* Seeleute, denn Adrah war jahrelang auf dem Boot gefahren, bevor ihm bewusst geworden war, dass er die Sterne mehr liebte als das Meer. Das reichte möglicherweise noch immer nicht, deshalb betete Manuah im Stillen, es mögen noch mehr werden, und da kehrte auch schon Letoni zurück, zusammen mit mehreren Händlern und Frauen, die Tierkäfige auf Schlitten zogen. Das Meckern der Ziegen, das Glucken der Hühner und das Schnattern der Enten vergrößerten das allgemeine Durcheinander.

»Stapelt die Käfige!«, übertönte Letoni den Lärm. »Auf den Booten!«

Und Manuah ließ den Blick über die versammelten Menschen schweifen. Insgesamt waren es über sechzig, darunter Familienangehörige der Bootsleute, Lagerhausarbeiter, Fischer, Seeleute anderer Händler, die noch nicht nach Hause gegangen waren, und auch ein paar gewöhnliche Stadtbewohner, die in Erfahrung bringen wollten, was da am Hafen los war. Inzwischen war die ganze Einwohnerschaft auf den Beinen; es gab Brände, Rauch- und Staubwolken, und hier und da waren Gebäude eingestürzt. Es war gar nicht ausgemacht, dass Manuahs Boote der sicherste Ort in der Stadt waren. Manuah war sich nicht einmal selbst sicher! Doch wenn alle, die hier herumstanden, gerettet werden wollten, musste er eine Auswahl treffen.

»Wer segeln kann, hebt den Arm!«, rief er der Menge zu. Mehrere hoben den Arm – darunter ausgewachsene Männer und auch Halbwüchsige. »Ich segele heute Nacht nach Shifpar. Hebt den Arm, wenn ihr mitkommen wollt!«

Ein paar Arme wurden wieder gesenkt. Übrig blieben drei Seeleute im Alter von zehn bis zwölf-und-acht Jahren.

»Auf die Boote!«, sagte er zu ihnen. Dann: »Frauen und Kinder, die mitkommen wollen! Hebt den Arm!«

Damit kam er auf zwölf-und-zehn Passagiere.

»Wartet am Kai!«, sagte er zu ihnen. »Wartet auf weitere Anweisungen!«

»Nicht ohne meinen Sohn!«, rief eine Frau empört. Mehrere andere stimmten ein, und als das alles geklärt war, belief die Zahl der Passagiere sich auf ein halbes Sechzig.

Manuah war sich nicht sicher, ob er noch mehr Leute mitnehmen konnte, deshalb bat er alle, die mit ihm kommen wollten, zu warten. Die anderen forderte er so höflich wie möglich auf, sich zu zerstreuen und wieder nach Hause zu gehen. Einige befolgten die Anweisung, andere nicht.

Anschließend dauerte es erstaunlich lange, alles zu organisieren. Die zusammengebundenen sieben Boote bildeten ein riesiges Boot – vermutlich das größte, das die Welt je gesehen hatte –, und es verlagerte sich, anstatt zu kentern, wenn die Wellen darunter hinwegrollten, doch es war ein schwerfälliges Gebilde, viel zu groß für den Hafen. Deshalb waren nur die beiden hintersten Boote am Kaiausläufer vertäut, während der Rest schlotterte und schwankte wie ein Hemd im Wind. Und es musste ständig ein Passagier oder ein Korb mit Äpfeln von hier nach dort verlagert werden, um die Ladung auszubalancieren. Taue mussten befestigt, gelöst, justiert oder versetzt werden. Es dauerte weit über eine *Hurta*, bevor sie fertig zum Ablegen waren, und als sie es taten, fiel es zunächst gar nicht auf. Die wenigen verbliebenen Leinen wurden gelöst, die lederummantelten Holzpuffer eingeholt und weiteres Gewicht verlagert, und Manuah bezog am Steuerruder des hintersten Bootes Position. Eigentlich hatte er die Boote anders herum vertäuen wollen, sodass das einzelne Boot den *Bug* des Riesenbootes gebildet hätte und nicht das Heck. So aber war das Steuern möglicherweise einfacher.

Und ehe er sich's versah, waren sie fünf Fuß weit vom äußersten Anlegesteg abgetrieben, und ihre Reise begann.

In der Menge an Land, die inzwischen wieder angeschwollen war und auf den Steg wogte, als wollte sie ihn zurückhalten, ertönte Protestgeschrei. Manuah aber schaute sich um, denn er fürchtete, es befänden sich bereits mehr Menschen an Bord, als das Gebilde tragen konnte. Er hatte keine Ahnung, wie das Riesenboot sich verhalten würde – ob es mit sieben einzelnen kleinen Segeln überhaupt flussaufwärts kreuzen konnte und wie es mit einer größeren Bugwelle oder – mögen die Götter ihnen beistehen! – einer Seitenwelle umgehen würde.

Inmitten des Gewühls aber machte er ein etwa vierzehnjähriges Mädchen aus, das fast in Armesweite stand.

»Du hast meinen Bruder«, sagte sie sachlich, im gutturalen Tonfall von Larasha, der Großen Scheiße.

»Wo sind deine Eltern?«, fragte er.

»Ich habe keine. Nur ihn.«

»Lass sie an Bord!«, sagte ein Seemann auf einem der anderen Boote scharf.

»Wie heißt du, Mädchen?« Der Abstand zwischen ihnen war auf sechs Fuß angewachsen.

Mit gutturaler Stimme ratterte sie einen komplizierten Namen herunter. »Na'elta-a-ma'uk.«

»Nimm sie mit!«, rief der Seemann.

Und weil es gerecht war und weil sie einen sympathischen, aufgeweckten Eindruck machte (und weil sie sehr schön war und sein mittlerer Sohn Hamurma eine Frau brauchte), streckte er ihr das Steuerruder entgegen und sagte: »Halt fest und spring.«

Das tat sie, und er fing sie mit dem rechten Arm auf und setzte sie vor sich aufs Deck.

»Du bist stark«, sagte sie ohne besonderen Nachdruck. »Danke.«

Auf dem Anleger aber war neues Protestgeschrei zu vernehmen, von mindestens zwölf-und-zehn Personen. »Heh! Heh! Komm zurück, Hafenmeister! Wo willst du eigentlich hin?«

Mit ungekünstelter Gelassenheit antwortete er: »In ein paar Tagen komme ich zurück. Dann kann jeder mitkommen, der sich mir anschließen möchte.« Gelogen war das nicht, denn es mochte durchaus dazu kommen. Er wusste es bloß nicht. Und dann rief er Kommandos, und er und seine Männer lernten, das große Floß aus Booten mit Paddeln fortzubewegen.

Harv wurde sich bewusst, dass es zwei verschiedene Worte für Boot gab: Tari *und* Karsa. *Das Wort für Floß war* Tarika, *und er war sich nicht ganz klar, woher er das wusste, denn bislang hatte es noch niemand erwähnt. In Manuahs Vorstellung aber war der Begriff »Floß aus Booten« mit* Tavitarka *besetzt, und Harv verstand es auf Anhieb und staunte erneut über die Schönheit dieser Sprache. Vielleicht eine Art Protoindoeuropäisch?*

Und dann, als sie etwa einen halben *Kos* vom Ufer entfernt waren, regnete es Feuer vom Himmel. Nun ja, nicht unbedingt Feuer. Doch es waren Lichtstreifen zu sehen; erst ein oder zwei hier und da am Himmel, dann ein Dutzend und schließlich sechzig Dutzend.

»Sternschnuppen!«, rief Adrah so laut, dass alle es hören konnten. »Keine Angst; für gewöhnlich sind die harmlos.«

»Was soll das heißen, für gewöhnlich?«, fragte Manuah gereizt, denn alle kannten Sternschnuppen und wussten, dass sie bloß Lichter am Himmel waren. Wie sollten sie da *nicht* harmlos sein?

»Na ja, das sind kleine Steine«, erklärte Adrah. »Manchmal stürzen sie auf den Erdboden oder ins Meer. Sie können sogar davon abprallen.«

Und das war keine gute Nachricht, denn am Himmel tauchten immer mehr Sternschnuppen auf. »Das ist der Kometenschweif«, sagte Manuah. »Er besteht aus kleinen Steinen!«

Tatsächlich war der Schweif so breit geworden, dass er den ganzen Himmel einnahm, und das diffuse Leuchten war streifig geworden und bewegte sich merklich, wie weißes Feuer. Und ja, es hatte den Anschein, als kämen die Sternschnuppen von dort. Und ja, eine davon landete zischend im Hafen, weniger als einen *Kos* von ihnen entfernt! Eine von vielen sechzig, aber gleichwohl furchterregend!

»Was sollen wir tun?«, fragte er Adrah. »Wie können wir uns verstecken?«

»Das können wir nicht. Überall ist es das Gleiche.«

Und so bugsierten sie das Floß mit wachsendem Geschick in die Mitte des Hafens, wendeten es und steuerten es Richtung Meer. Manuah fragte sich unwillkürlich, ob sie durch die Einfahrt passen würden, doch natürlich kannte er den Abstand zwischen den Wällen, und als er abschätzend das *Tavitarka* musterte, sah er, dass es hindurchpassen würde, wenn es auch nicht ganz einfach war.

»Der Wind ist beschissen«, bemerkte jemand.

»Ich glaube, die Segel nehmen sich gegenseitig den Wind weg«, meinte Kop. »Das macht es noch schlimmer.«

Die Paddel aber nutzten auch nicht viel, sondern bewegten das Boot hauptsächlich im Kreis. Bisweilen hatte Manuah das Gefühl, er bewege das ganze Gebilde dadurch vorwärts, dass er das Steuerruder hin und her bewegte, dann wieder meinte er, sie stünden auf der Stelle.

Und noch immer regneten die kleinen Steine herab, verschwanden manchmal hinter dem Horizont, stürzten manchmal spritzend und zischend ins Hafenbecken oder landeten in der Stadt. Was passierte dort? Glichen sie geworfenen Kieselsteinen oder eher Geschossen, die mit großer Wucht von Himmelsschleudern auf sie herabgefeuert wurden? Und würden sie mit ihrem Feuerschweif die Holzdächer der Häuser in Brand setzen? Hier und da war rötlicher Feuerschein zu sehen, doch sein Ursprung war nicht zu erkennen. Der Abstand zum Ufer war bereits so groß, dass Manuah keine einzelnen Rufe mehr unterscheiden konnte. Zu hören war nur ein leises, undeutliches Rumoren, das im Lärm der Ziegen, Hühner, Passagiere und Seeleute nahezu unterging. Er wusste nicht, was dort vor sich ging, außerdem hatte er im Moment genug zu tun.

»Ruhe!«, rief er mehr als einmal, und: »Köpfe ins Boot!«

Die Menschen gehorchten seinen Befehlen (mehr oder weniger), und als Ruhe einkehrte, verstummten auch die Tiere (mehr oder weniger), mit Ausnahme einer störrischen Ziege, die nicht aufhören wollte zu meckern. Doch es dauerte nicht lange, da fingen die Leute wieder an zu reden, denn sie hatten Angst und waren durcheinander und aufgeregt. Was ging da eigentlich vor sich? Was war der Grund? Welche Rolle spielten die Götter dabei? Herrschte am Himmel Krieg, der auch die Erde in Mitleidenschaft zog?

Es war fast schon Mitternacht, als sie die Wälle erreichten, und da …

Das Wasser sackte um einen Fuß ab, dann stieg es wieder an, einhergehend mit einem gewaltigen Dröhnen wie von mehreren sechzig riesigen Trommeln. Das Wasser schäumte, und die Boote tanzten, und der Schaum trat über den Rand. Manuahs Seeleute stolperten an Deck, das mehrere Handbreit hoch mit Schaum bedeckt war. Große Wellen brandeten in den Hafen.

»Schöpft!«, rief Manuah, denn der umherschwappende Schaum verwandelte sich in Wasser. In eine Menge Wasser.

Die Seeleute ließen alles stehen und liegen und schnappten sich Schöpfgeräte: Holzeimer, Krüge aus gebranntem Ton und kleine, mit Pech beschichtete Weidenkörbe. Ein jedes war für einen anderen Zweck bestimmt (die Weidenkörbe waren zum Ausschöpfen der letzten Wasserreste gedacht), doch ein jeder ergriff das, was gerade zur Hand war, und schöpfte mit aller Kraft. Es wurde laut gerufen, denn eines der Boote in der zweiten Reihe war vollgelaufen, begann zu sinken und wäre untergegangen, wenn es nicht mit den anderen Booten vertäut gewesen wäre.

Die Menschen hielten sich am Rand fest, während Äpfel und leere Körbe ins Hafenwasser gespült wurden. Vielleicht würde das Boot ja *doch noch* sinken. Vielleicht würde es die anderen mit sich ziehen! Papyrusschilf war leichter als Wasser und deshalb schwimmfähig, doch das Pech, die Fracht und die Passagiere waren schwerer.

»Schöpft!«, brüllte Manuah, und als im schimmernden Schaum ein Eimer auf ihn zutrieb, befolgte er seinen eigenen Rat. Die Arbeit war dringlich und anstrengend und ließ keinen Raum für Gedanken. Und doch hatte er Zeit sich zu fragen: Was beim Großschwänzigen Gott war *das*? Hatte sich die Wasseroberfläche des Meeres bis in zwei Fuß Tiefe in weniger als einer *Mishima* in Schaum verwandelt? Welche machtvolle Magie konnte in so kurzer Zeit so viel Chaos in einem so großen Gebiet bewirken? Und *warum*? Die Götter mussten sehr zornig sein, doch was hatten die Menschen getan, um sie derart aufzubringen? Konnten Menschen einem Gott Schmerz zufügen?

Sie schöpften, bis das Wasser nur noch bis zum Knöchel reichte, und dann schöpften sie weiter, als hinge ihr Leben davon ab, was es natürlich auch tat. Wie viele kosmische Ereignisse wie dieses würden sie noch überleben? Irgendwann befahl Manuah, wieder die Paddel, Segel und Steuerruder zu bemannen, und sie arbeiteten sich erneut zu den Wällen vor. Sie mussten das offene Meer und dann die Arme des Flussdeltas erreichen. Er wusste nicht, wie es dann weitergehen würde, doch damit würde er sich später befassen.

Im Moment schien es so, als sei es eine gute Idee gewesen, die Boote aneinanderzubinden. Das Meer war aufgewühlt, gewissermaßen *verwirrt*, denn es wehte kein starker Wind. Die Wellen kamen aus allen Richtungen und schwappten immer wieder in die Boote. Das *Tavitarka* aber hielt stand.

Die Sternschnuppen am Himmel wurden weniger, als der Kometenschweif am Westhimmel unterging und hinter dem Meer versank.

»Nach Osten!«, rief Manuah unnötigerweise. »Der Sonne entgegen!«

Der Morgen dämmerte, doch das Rot wollte nicht in Orange übergehen.

»Das gefällt mir nicht!«, sagte laut ein Kind, worauf das nervöse Gelächter von zwei Dutzend Männern und Frauen zu vernehmen war, denen dies ebenfalls nicht gefiel.

»Ruhig«, sagte Manuah leise. Als das Gelächter verstummte, war die ganze Welt still geworden.

Und dann …

Das Meer begann zu sinken. Diesmal langsam, jedoch mit großer Entschiedenheit. Zunächst war es im Morgendämmer kaum zu sehen, denn sie waren vier Mal sechzig Fuß von der flachen, sandigen Küste entfernt. Der Strand aber wurde in dem Maße breiter, wie das Wasser sich zurückzog.

»Es ist Ebbe«, sagte jemand.

»Das ist nicht die Ebbe«, widersprach ein anderer.

»Mögen die Götter uns beistehen!«, rief ein dritter.

Jetzt war es unverkennbar, denn die Dämme waren zur Hälfte aufgetaucht, und das Wasser strömte zwischen ihnen hindurch aus dem Hafen hervor, und sie bekamen Risse und fielen auseinander, und das *Tavitarka* wurde von der Strömung weiter aufs Meer hinausgezogen.

»Was geht da vor?«, rief eine Frau.

»Ich habe Angst!«, sagte eines der Kinder.

Manuah hatte ein flaues Gefühl im Magen, und ihm prickelten die Fußsohlen, als das *Tavitarka* unter ihm immer tiefer sank, bis es schließlich innehielt. Und dann, ganz allmählich, stieg es wieder empor. Und in diesem Moment spürte er, dass etwas Schreckliches passierte; so deutlich wie noch nie war er sich der schieren *Masse* des unter ihm befindlichen Wassers bewusst, das zum Meereshorizont strömte und dann auf ebenso unerklärliche Weise wieder zurück zur Küste. Denn genau das geschah. Die Strömungsrichtung kehrte sich um, und das Meer – *die gesamte Masse des Ozeans* – machte Anstalten …

»Paddler!«, brüllte er. »Das Heck! Steuert um unser Leben!«

Der Befehl verwirrte die Männer zunächst, doch dann spürten auch sie, dass sich das Boot unter ihnen hob, und sie begriffen, was er meinte. Manuahs Magen sank noch tiefer, und auf einmal glichen sie Kindern, die in der Brandung spielten. Die von einer Welle hochgehoben und umgeworfen würden, wenn sie nicht aufpassten. Das Wasser stieg und stieg, und wenn es Manuah nicht gelang, der Strömung das Heck zuzuwenden, würde das ganze *Tavitarka* zur Seite kippen wie eine Bodenmatte. Die Welle war riesig!

»Steuert!«, schrie er, doch die Brandung war bereits lauter als er. Das Boot befand sich inzwischen zwölf Fuß über der Brandungszone, und das Wasser war eine Masse aus brodelndem schwarzem Schaum. Dergleichen hatte Manuah noch nie gesehen. Die Passagiere wurden wie Stoffpuppen umhergeschleudert, und seine Seeleute ... nun, die viele Zeit, die sie auf dem Meer verbracht hatten, hatte sie gelehrt, auch in rauem Wasser auf der Bank sitzen zu bleiben, doch es war schwer zu sagen, ob sie noch paddelten. Vom großen Steuerruder getroffen, verlor Manuah vorübergehend den Halt, dann bekam er wieder Bodenkontakt und verlor ihn erneut. Das Ruder traf im Schaum auf keinen Widerstand und hob sich, deshalb richtete er es auf, bis es fast über seinen Kopf aufragte, doch es reichte noch immer nicht in klares Wasser. Trotzdem bewegte er es mit aller Kraft hin und her.

Und als die Welle sie anhob, stieg auch das Wasser hinter ihnen an – eine große Wasserwand –, und sie rutschten an der brodelnden Vorderseite hinunter, und jetzt blickten sie auf den Strand *hinab*, doch der Strand war verschwunden, und das *Tavitarka* befand sich höher als der Hafenrand, und als Manuah den Blick hob, sah er die Lichter der Stadt.

Sie rasten ihnen entgegen.

Einen Moment lang begriff er nicht, was er da sah und was ringsumher geschah, doch eigentlich war nur der Maßstab unvertraut. Seine Boote glichen einer Kokosschale, die von einer sehr, sehr hohen Welle landeinwärts gespült wurde.

Sie befanden sich bereits im Hafen, und es schien so, als wäre die Welt zweigeteilt: an der einen Seite das flache, friedliche Wasser, das er sein Leben lang gehegt und beobachtet hatte und das von der großen Stadt eingefasst wurde. Die Welt der Menschen. An der anderen Seite, hinter und unter ihm, befand sich das Reich der Götter, neben dem Menschen und alles, was Menschen jemals erbaut hatten oder erbauen würden, sehr klein erschien.

»Steuert!«, brüllte er überflüssigerweise.

Sie gewannen an Geschwindigkeit, bewegten sich jetzt so schnell fort wie unter vollem Segel, fast so schnell wie der Große Fluss sie mit sich fortgetragen hatte, und wurden immer noch schneller. War jemals ein Mensch so schnell und unter so großer Lärmentwicklung gereist? Fühlte es sich so an, wenn ein Boot kenterte, volllief, unterging und für immer verschwand? Nicht aufgrund von Fehlern oder falschen Entscheidungen, sondern durch das Einwirken gewaltiger Kräfte, die jedes menschliche Maß überstiegen? Er zerrte am Ruder mit aller Kraft, doch es nutzte nichts, fast nichts, und ach, weshalb hatte er sich je über die Götter lustig gemacht? Über die Götter, die *dazu* imstande waren!

Und dann hatten sie den Hafen zur Hälfte durchquert, und dann zu zwei Dritteln, und Die Stadt raste ihnen immer noch entgegen. Jetzt aber wirkte Die Stadt klein. Von der Höhe der Flutwelle aus betrachtet, befand sich alles unter ihm, mit Ausnahme der Palastmauer, des Turms auf dem Sternenhügel und den Dächern der wenigen Häuser, deren Besitzer es gewagt hatten, drei Stockwerke hoch zu bauen. Geschrei war zu hören, lauter als das Tosen des Wassers, und Manuah schaute kurz nach unten, auf seine winzigen aneinandergebundenen Boote, die an der schwarzen Wellenfront in die Tiefe stürzten.

Ich liebe meine Frau, dachte er inbrünstig. *Ich liebe meine Kinder und deren Frauen und alle meine tapferen, harten*

Seeleute, und ich bin verantwortlich für ihrer aller Tod. Er hatte zu spät begonnen. Nicht stark genug geglaubt. Zu sehr darauf vertraut, dass alles so weitergehen würde wie bisher.

Doch er wollte sich nicht kampflos ergeben. Er steuerte. Oh ja! Wenn das Wasser sie in gerader Linie mit sich forttrug – weshalb sollte es anders sein? –, würden sie gegen die Südmauer des Königspalasts prallen. Der Palast war nicht nur hoch, sondern auch *breit* und nahm eine größere Fläche ein, als dreißig Gebäuden eigentlich zustand. Eigentlich konnte man ein so großes Ziel nicht verfehlen, es sei denn ... Es sei denn, er änderte leicht den Kurs und rutschte in *jener* Richtung anstatt in *dieser* die Welle hinunter. Das war äußerst gefährlich, und doch musste es sein.

»Nach links«, brüllte er. »Nach links! Links! Steuert nach links!«

Zu einem günstigeren Zeitpunkt hätte er ein Dutzend verschiedene Kommandos gegeben: Linke Seite Paddel starr halten! Rechte Seite *paddeln*! Links vorne ziehen! Rechts vorne drücken! Alle Steuerruder anziehen! Nicht wegdrücken, *anziehen*! Doch hier, gewissermaßen im Reich der Götter, war jeder auf sich gestellt. Hatten sie ihn gehört? Hatten sie begriffen, was sie tun sollten? Was er sah, waren ein Dutzend Seeleute, die ein Dutzend verschiedene Dinge taten, doch die meisten waren auf die eine oder andere Weise damit beschäftigt, das *Tavitarka* in die gewünschte Richtung zu drehen. Es ging so langsam! Ihre Bemühungen waren lachhaft angesichts des tosenden Wahnsinns ringsumher! Aber die Männer – und auch die Jungen – hielten die Stellung, während die Hühnerkäfige zerbrachen, Äpfel umherrollten und die Passagiere schrien.

Und es funktionierte; sie würden zwischen dem Palast

und dem Turm auf dem Sternenhügel hindurchgetragen werden und zu beiden mehrere sechzig Fuß Abstand halten.

»Gut!«, rief er, ohne zu wissen, ob jemand ihn hörte. »Weiter vor!«

Er strebte eine bessere Position auf der Flutwelle an, weniger kippelig und mit weniger Gefälle. Wenn sie brach, wollte er das Wasser nicht auf den Kopf bekommen! Doch noch während er dies dachte, spürte er, wie die Welle hinter ihm abflachte. Sie brach nicht wie die Brandungswellen, sondern sackte einfach in sich zusammen. Der Wellenkamm war zu groß und zu schwer, um nach vorn zu kippen, deshalb schob er sich zu einer brodelnden Masse zusammen, die dem *Tavitarka* vorausschoss. Im Moment war das günstig, denn wer wollte von einer Riesenwelle begraben werden? Doch da drohte schon die nächste Gefahr, denn sie waren dem Boden jetzt näher, und überall gab es Hügel, Dächer, Leitern und Pfosten.

Und dann wurden sie über die Kais und Lagerhäuser am Nordrand des Hafens hinweggetragen. Das tiefe Grollen des Wassers wurde zu einem Zischen und dann wieder zum Grollen, und dann war da ein Durcheinander von brechenden und berstenden Dingen und klebrigen Blasen, die aus dem Wasser platzten und wohl aus dem Inneren von Gebäuden kamen. Manuah versuchte das Geschrei der flüchtenden Menschen auszublenden. So viele Menschen! Doch die Welle war viel schneller als sie, und er konnte nichts für sie tun, und überhaupt war alles viel schlimmer, als Manuah es sich je hätte ausmalen können.

»Nach rechts!«, brüllte er seinen Männern zu. »Nach rechts! Rechts!« Und er stemmte die Füße gegen den Bootsrumpf und drückte mit aller Kraft gegen das Ruder, denn das *Tavitarka* drohte mit einem Haus zusammenzustoßen. *Dagegen* konnte er etwas tun; er konnte seine Boote steuern, seine eigene Haut und das Leben seiner Familie und seiner Freunde retten oder es zumindest versuchen, damit er den Kopf hoch tragen konnte, sollte er an das Sternenufer des Himmels gespült werden.

»Nach rechts!«

Das *Tavitarka* zu steuern war in etwa so, als puste man gegen eine herabfallende Feder – erst sah es so aus, als würde es klappen, doch dann tat das Ding doch, was es wollte, und man konnte pusten, bis einem schwindlig wurde. Oder als würde man ein Boot in einer extremen Stromschnelle steuern, oder als würde man von einem Trupp Soldaten angegriffen und verprügelt. Die Männer konnten das Boot und das tosende Wasser lediglich anflehen und hoffen, dass es noch ein paar *Kesthe* lang durchhielt.

Eines der großen Häuser rauschte vorbei, unglaublich schnell und so nah, dass man meinte, es berühren zu können. Eine schreiende Frau klammerte sich ans Dach, und dahinter wurden sie so heftig nach links abgelenkt, dass das *Tavitarka* sich einmal um die eigene Achse drehte, bevor es sich wieder aufrichtete. Der Himmel hatte eine hellrote Farbe angenommen, und in seinem Licht sah Manuah, dass das vor ihnen liegende Gelände ein Wald von Hindernissen und eine Schlangengrube saugender Strudel war, und es war ausgeschlossen, vollkommen ausgeschlossen, dass sie hindurchkommen würden, ohne irgendwo dagegenzustoßen.

Der Fluss war näher. Wenn sie es bis zum Fluss schaffen würden, wären sie gerettet … Es sei denn …

Erst jetzt begriff sein Herz, was sein Bauch bereits wusste, nämlich dass die Flutwelle Die Stadt überrollen und noch weiter wandern würde. Sie hatte etwas Schweres, Endloses, Endgültiges an sich. Eigentlich war das keine Welle mehr; dies war das Meer, das seine Beziehung zum Land neu bestimmte. Manuah hatte nicht gewusst, dass dies möglich war. Würde es *jemals* aufhören? War dies das *Ende der Welt*? Im Wasser schwammen bereits Bretter, Körbe, Gewänder und Brotlaibe – alle möglichen Sachen – und auch Leichen: Männer, Frauen und Kinder, Ziegen und Hunde, und für sie war dies das Ende. Hatten sie es kommen sehen? Hatten sie gewusst, was mit ihnen geschah, oder hatten sie einfach dagestanden und geatmet und waren im nächsten Moment umgeworfen worden und ertrunken?

Wenn dies für ihn das Ende sein sollte, so wollte Manuah ihm lieber im Fluss begegnen.

»Nach rechts!«, brüllte er. Dann wurde er deutlicher: »Zum Fluss! Steuert zum Fluss! WEITER zum FLUSS!«

Und dann musste er wieder Rechts-links-Kommandos geben, da sie um die erhöhten Stellen der Stadt herumnavigieren mussten, die ihm früher sehr flach vorgekommen war. Doch die Botschaft und der Plan waren eindeutig, und trotz des ganzen Durcheinanders taten die Paddler und Steuerleute, was sie konnten, um das Boot Richtung Westen zu dirigieren.

Hier und da trafen sie auf kräftige Schwimmer, die nach dem *Tavitarka* griffen. Die meisten ließen gleich wieder los und wurden fortgespült, schreiend und weinend vor Todesangst – *wie konnten die Götter nur so zornig sein*? Was hatten Menschen in der Tiefe der Hölle nur getan, um das zu verdienen? Ein Glückspilz aber hielt sich so lange fest, dass zwei Frauen ihn an Bord ziehen konnten, so nackt und blutig wie am Tag seiner Geburt. Und einer jungen Frau gelang das gleiche Kunststück.

Und dann trafen sie keine Lebenden mehr im Wasser an, nur noch Leichen und Teile von Leichen, und dann gewann das *Tavitarka* wieder an Geschwindigkeit und rutschte eine flache Böschung oder einen Wasserfall hinunter, und dann tauchten alle sieben Boote mit dem Bug ins Wasser ein, prallten auf und tauchten unter und stiegen wieder an die Oberfläche, die Hälfte bis zum Rand vollgelaufen, und …

Dann hatten sie den Fluss erreicht.

Zumindest nahm Manuah an, dass dies der Fluss war: Das Gewässer war viel zu breit und viel zu flach, und die Inseln, Sandbänke und das Schilf und die Gräser des Deltas waren nicht zu sehen. Es war so breit und konturlos wie der Hafen und strömte in die falsche Richtung. Doch auf einmal gab es keine Hindernisse mehr, gegen die sie hätten stoßen können.

»Schöpfen!«, rief er unnötigerweise, als das *Tavitarka* sich drehte. An jeder Bank war ein Schöpfgefäß befestigt, und jeder Seemann wusste, dass Wasser sowohl Tod als auch Leben bedeutete und dass die vollgelaufenen Boote alles mit sich in die Tiefe ziehen würden, wenn sie sänken, und das wäre es dann gewesen. Deshalb schöpften die Männer so energisch, wie Manuah es selten erlebt hatte. Hier gab es weniger Tote, weniger Trümmer, und das Gefühl einer unmittelbaren Bedrohung war hier weniger stark, außerdem übte das Ausmaß der Katastrophe eine betäubende Wirkung aus. Es war schwer, über die nächsten paar *Kesthe* hinauszudenken.

Manuahs Ruderstellung aber war eine Stehbank ohne daran befestigten Eimer, und aufgrund der Strömungseigenschaften des *Tavitarkas* stand er ein wenig erhöht, sodass seine Füße auf dem Trockenen waren. Und es gab nichts, was er hätte ansteuern können oder dem er hätte ausweichen müssen, und deshalb nutzte er die Gelegenheit und schaute sich um.

Der Fluss war gestiegen, und die flachen Hügel und Ufer, die ihn vom Hafen trennten, waren entweder fortgespült worden oder überflutet. Die miteinander vertäuten Boote stiegen weiter, und jetzt sah er auch wieder Die Stadt, oder vielmehr die letzten Häuser, die im brodelnden braunen Wasser verschwanden. Die Palastmauern zerbröselten wie eine Sandburg, und der Turm auf dem Sternenhügel – der inzwischen zu einem Drittel im Wasser stand – kippte. Manuah dachte, er würde aufs Land zufallen, doch das Fundament wurde fortgespült, sodass er den Halt verlor, dem Angreifer entgegenfiel, in zwei Hälften zerbrach und einfach verschwand.

Und das überwölbt von einem feuerroten Himmel mit hellgelben Streifen. Die Stadt war verschwunden. Und das brodelnde Wasser hatte sich ein wenig beruhigt.

Vor ihnen war Land zu erkennen, etwa zwei oder drei *Kos* entfernt. Obwohl es so schien, als ströme das ganze Meer landeinwärts, glaubte Manuah nicht, dass das Wasser ihnen weit voraus war. Nein, vor ihnen befand sich immer noch eine wogende Wasserfront, etwa einen halben *Kos* entfernt, und sie verdeckte die Sicht auf den Boden. Das *Tavitarka* wurde noch immer von der Riesenwelle getragen, befand sich aber jetzt an deren Rückseite, und die Welle war noch immer so hoch, dass die Olivenbäume, die sie ummähte, kaum zu sehen waren – abgeschnittene Brokkoliköpfe, die in der Ferne umherrollten und verschluckt wurden. Und noch etwas war seltsam, denn diese Welle war *lang* – unglaublich lang, sehr viel länger als hoch –, und es schien so, als wäre ihre Wucht noch immer ungebrochen. War dies die letzte Welle, welche die Welt je zu Gesicht bekommen würde? Während die Seeleute hektisch schöpften, wurde ihm das Gackern der Hühner und das Geschrei der Ziegen und Kinder bewusst. Und dann das Weinen der Frauen und das Stöhnen verwundeter und herzwunder Männer.

»Sichert die Fracht!«, rief er, als so viel Wasser geschöpft worden war, dass die Gefahr zu sinken vorerst gebannt schien. Denn dies war das nächste große Problem: Die verängstigten Tiere rannten auf dem sehr beengten Raum der sieben Decks des *Tavitarkas* umher, verhedderten sich in Leinen und stießen gegen Körbe und Menschen.

Und als das Problem behoben war, befahl er: »Passagiere, kümmert euch um einander! Sichert die Verletzten!« Ein paar aufmerksame Frauen hatten bereits damit begonnen, doch die meisten der etwa dreißig Passagiere waren völlig teilnahmslos und bedurften eines Anstoßes.

Und als die Männer und Frauen der zahlreichen Verletzungen ihrer Mitreisenden gewahr wurden, wurde Harv Zeuge einer Art von systematischer Erster Hilfe. In dieser Welt waren Verletzungen auch ohne Katastrophe vermutlich alltäglich, und sie zu behandeln war eine Frage des wechselseitigen Überlebens. Ist das Handgelenk gebrochen? Machst du mal das Auge auf? Lass mal sehen, lass mal anfassen. Du da! Hilf mir, den Mann auf die Bank zu legen. Drei der Kinder aber wirkten verwirrt und ließen sich nicht trösten, und drei der Erwachsenen zeigten keine Reaktion, und deshalb traf man eine Vorauswahl und sparte sie sich für später auf, während man die Aufmerksamkeit auf diejenigen richtete, die ihre Symptome schildern konnten. Der Vorgang wirkte vertraut und beruhigend und war ganz und gar nicht das, was Harv erwartet hätte. Ob die Menschen seiner Zeit auch so besonnen reagiert hätten? Er bezweifelte es.

Ein paar Minuten später rief Sharama Manuah zu: »Sollen wir die Boote aneinandergebunden lassen?«

Manuah überlegte, konnte sich aber nicht entscheiden. Das *Tavitarka* drehte sich langsam um die eigene Achse und trieb ziellos dahin, was den Seeleuten gegen den Strich ging. Ein Boot musste jederzeit unter Kontrolle sein, sonst drohte Ungemach. Aber das Wasser ringsumher wirkte zunehmend … nun, nicht gerade *friedlich*, doch es glich weniger einer Stromschnelle, sondern eher einem gewöhnlichen Fluss mit starker Strömung. Außerdem gab es keine Hindernisse, gegen die sie hätten stoßen können und denen sie hätten ausweichen müssen, und selbst wenn alle voll einsatzfähig gewesen wären, hätte sich dieses träge Gebilde über einen längeren Zeitraum hinweg ohnehin nur schwer steuern lassen, deshalb ging es wohl in Ordnung, wenn sie eine Weile die Hände in den Schoß legten. Wenn die sieben Boote getrennt würden, müssten sie paddeln, um beieinander zu bleiben – aber auch nicht zu dicht beieinander! –, und auf diese Mühsal konnten sie gut verzichten.

»Vorerst ja«, antwortete er. »Mal sehen, wie es läuft.«

Der Himmel wurde allmählich heller, doch die Sonne kam nicht hervor. Über ihnen war strahlend blauer Himmel, doch im Nordosten türmte sich eine bedrohliche Wand aus dunkelgrauen Wolken, ein Schandfleck am Himmel. Musste man dies als schlechtes Omen betrachten, nachdem so viel Schlechtes bereits geschehen war? Niemand redete darüber, doch alle schauten nach oben und kniffen hin und wieder ein Auge halb zu, um weiteres Übel abzuwenden.

»Was sollen wir tun, Kapitän?«, fragte Letoni.

»Bleib auf deinem Posten«, antwortete ihm Manuah. »Die Wolken gefallen mir nicht.«

Diese Antwort war sowohl einleuchtend als auch unbefriedigend, deshalb wandte Letoni sich stattdessen an Adrah. »Heh, Ehrwürdiger. Ist dies das Ende der Welt?«

Worauf Adrah entgegnete: »Spring doch über Bord, wenn du magst.« Und da er wohl den Eindruck hatte, die Antwort sei unangemessen für einen Priester, setzte er hinzu: »Dass wir noch am Leben sind, ist bedeutsam. Ich weiß wirklich nicht, was ich davon halten soll. Weshalb sollten ausgerechnet wir gerettet werden? Abgesehen davon, dass wir zufällig in einem Boot waren, als die Flutwelle eintraf.«

Zum *Grund* der Flutwelle wollte er sich anscheinend nicht äußern. Wie hätte er das auch tun können? Wer wusste schon, was in den Göttern vorging, für die die Menschen nichts weiter waren als Ziegen und Hühner oder gar Ameisen.

Etwa eine halbe *Hurta* nach Eintreffen der Flut spürte Manuah, wie sie allmählich zum Stillstand kam und sich die Strömungsrichtung umkehrte. Es gab keine Fixpunkte, an denen er die Bewegung hätte festmachen können, doch er spürte es im Bauch. Der Wasserstand sank auch ein wenig. War das ein gutes Zeichen?

»Es hört auf!«, rief Hamurma aufgeregt. Das war ein merkwürdiger Grund für freudige Erwartung, denn ihr Überleben war damit keineswegs verbürgt und wurde auch nicht unbedingt wahrscheinlicher.

Das Gefühl von Bewegung wurde stärker, bis Manuah tatsächlich einen Lufthauch im Gesicht spürte. Dies bereitete ihm Sorge, denn als er die Hand ins Wasser tauchte und daran leckte, schmeckte es bitter von Salz und Dreck. Es gab keinerlei Grenze zwischen Land, Fluss und Meer, und wenn das Wasser die Richtung wechselte, würden sie aufs Meer hinausgetrieben werden. Hatten sie überhaupt sieben intakte Segel dabei? Oder Trinkwasser für drei Passagiere und zwanzig Mann Besatzung, oder Angelausrüstung oder irgendeines der zahlreichen anderen Dinge, die für eine Fahrt übers offene Meer nötig waren? Würden sie ihre Position bestimmen können? Gab es den Hafen der Stadt überhaupt noch? Oder hatte es mit den sicheren Häfen ein für alle Mal ein Ende?

Nach und nach tauchten Erhebungen aus dem Wasser auf. Dinge, die Dächer gewesen sein mochten oder Bäume. Etwas, das vielleicht die Kuppe des Sternenhügels und das zerstörte Fundament des Turms war. Im Ring der Steine, der davon übrig geblieben war, hatte sich ein tückischer Strudel gebildet.

Dies alles war viel weiter entfernt, als er erwartet hätte, fast einen *Kos* im Süden, und sie bewegten sich jetzt mit beunruhigender Geschwindigkeit rückwärts. Der Fluss hatte noch immer kein Ufer; es gab keine Hindernisse in der unmittelbaren Umgebung, dennoch empfand er ohnmächtige Furcht. Diese Kräfte überstiegen alles, was er kannte oder wovon die alten Seeleute erzählten. Etwas hatte den Ameisenhügel eingetreten und ertränkt.

»Wie lange wird das wohl dauern?«, wollte jemand von Adrah wissen.

»Bis es aufhört«, antwortete Adrah, gereizt wie zuvor. Warum auch nicht?

»Oder bis wir aufhören zu atmen«, sagte Jyaphethti so laut, dass alle auf dem *Tavitarka* es hören konnten.

Jetzt reichte es Manuah. Was taten Ameisen, wenn ihr Zuhause zerstört wurde? Sie machten sich augenblicklich an die Arbeit, ohne zu klagen. Entweder diese vier-mal-zwölf-und-zwei Menschen würden überleben, oder nicht. Im Moment konnte er sich nicht so recht vorstellen, wie dieses Überleben aussehen könnte, aber er musste die Möglichkeit zumindest in Betracht ziehen. Außerdem war das *sein* Boot, und er war verantwortlich für aller Wohlergehen, und dieses ganze Gerede war nicht hilfreich.

»Hört auf mit dem Unsinn!«, fauchte er. »Vorne rechts, ziehen. Vorne links, halten. Alle anderen: Wenn ihr kein Steuerruder in der Hand habt, setzt euch hin und haltet den Mund. Wir sind auf dem Weg zurück zur Stadt, und es könnte sein, dass wir wieder Häusern ausweichen müssen.«

Aber die Lage hatte sich geändert; obwohl das Wasser trüb und dunkel war, meinte er das Flussufer auszumachen. Das *Tavitarka* ließ das Flussbett hinter sich und wurde langsamer. Und der Wasserspiegel sank. Das Wasser floss ab, und einen Moment lang meinte Manuah, sie würden vielleicht in einem Obstgarten, auf einem Bauernhof oder einer Weide abgesetzt werden. Einen Moment lang glaubte er das, oh ja, doch dann hörte er das Tosen des Meeres, das bedrohlich aufgewühlt war.

»Paddler!«, schrie er. »Mit aller Kraft voraus! Los! Los! Heck nach links, links, links! Strengt euch an, ihr mutterlosen Bastarde! Schafft uns zurück zum Fluss! Los, los!«

Von einer zweiten Riesenwelle getroffen zu werden, das war nicht viel anders als beim ersten Mal, doch diesmal wussten die Seeleute, was zu tun war. Unter lautem Ächzen bugsierten sie das schwankende *Tavitarka* zum Wasserfall an der Uferböschung, und es rutschte hinüber ohne vollzulaufen, worauf sie es etwa zwei-mal-sechzig Fuß weit in den Fluss hineinmanövrierten und so ausrichteten, dass sie die Flutwelle mit dem Heck abwettern würden, um sich dann so weit wie nötig flussaufwärts tragen zu lassen.

Die Männer bewältigten diese Aufgabe in weniger als einer *Vimadi*, und das war gut, denn dann erreichte sie die zweite Welle und hob sie empor. Höher als zuvor, *lauter* als zuvor und *steiler*, und Manuah fand das erstaunlich, denn die Welle hatte bereits eine Meile über Land zurückgelegt, als sie bei ihnen eintraf. Wenn sie trotzdem noch so viel Kraft hatte, musste sie wesentlich größer sein als die erste.

Wir surfen, ging es Harv durch den Kopf, und wenngleich er wohlbehalten und sicher auf dem Behandlungsstuhl lag, viele tausend Jahre in der Zukunft, wurde er von panischer Furcht erfasst. Vielleicht spürte er auch nur Manuahs Angst. Aber dennoch … wenn Manuah Teil des Erbes war, das in Harv Leonels Y-Chromosom gespeichert war, musste er die Katastrophe überlebt haben. Das bedeutete, die Lage war nicht so düster, wie sie aussah.

Sei tapfer, sagte eine Stimme in Manuahs Kopf. Oder eine Art von Stimme, ein Gedanke, ein Gefühl von außerhalb seiner selbst. *Die Lage ist nicht aussichtslos.*

Und ein Teil von ihm dachte: Na schön, vielleicht sind die Götter ja nicht nur grausam, sondern auch freundlich. Oder ein Gott ist freundlich, und die anderen sind grausam, oder es war noch komplizierter. Doch ein großer Teil seiner Aufmerksamkeit wurde vom Steuerruder, dem flachen Wasser unter und vor dem *Tavitarka* und der übelkeiterregenden Geschwindigkeit, dem Fallen und der unmöglichen Aufgabe, das provisorische Floß am Schlingern und Sinken zu hindern, in Anspruch genommen.

Während die Augenblicke verstrichen, stieg das Heck des hintersten Boots immer höher empor, bis Manuah buchstäblich am Ruder hing, die Ferse unter die Bank geklemmt, um nicht ins Leere zu stürzen. Dann senkte sich das Heck wieder, und das *Tavitarka* bog sich. Alle sieben Boote zerrten an der Vertäuung, als jedes einzelne seinen eigenen Weg an der brodelnden Wellenfront nach oben suchte.

Und da wälzte sich die Wellenkrone über den tiefsten Teil des Großen Flusses hinweg, und das *Tavitarka* wurde in diese Richtung gesaugt, da es allmählich hinter die Wellenkrone rutschte, und diesmal hieß es, entweder sie havarierten oder wendeten das Floß. Deshalb wurde Manuah nicht einmal im grauenhaft tosenden Wasser, als sie auf der Wellenkrone die Kontrolle verloren und sich langsam zu drehen begannen, von Furcht überwältigt.

Abgesehen von ein paar (halbherzigen) Kommandos von Manuah schwiegen alle. Was gab es auch zu sagen? Würde eine dritte Flutwelle kommen? Eine fünfte? Eine achte? Würde es irgendwo noch Land geben, das sie ansteuern konnten? Als das Wasser sich beruhigte und die Welle ihnen vorauseilte, erschien es ihnen als ein unfassbares Wunder, dass sie immer noch am Leben waren.

»Waren noch andere Boote auf dem Wasser, als die Flutwelle kam?«, brach Sharama schließlich das Schweigen.

»Ich glaube nicht«, sagte Adrah. »Ich habe keins gesehen.«

»Ich sehe jetzt auch keins«, sagte Manuah. Und das war aufschlussreich, denn das Wasser ringsumher war zwar nicht unbedingt flach, erstreckte sich aber viele *Kos* in alle Richtungen, bis an die kaum erkennbaren Berge im Osten und Westen und den blauen Ozean im Süden. Im Norden war wegen der tosenden schwarzen Stromschnellen kaum etwas zu erkennen, doch wenn noch ein anderes Boot unterwegs war, konnte es nicht lange unbemerkt bleiben.

»Haltet die Augen offen«, sagte er. »Es könnte sein, dass jemand unsere Hilfe braucht.«

Und während sie Wasser schöpften, Fracht festzurrten

und gebrochene Knochen richteten, behielten die Menschen auf dem *Tavitarka* das umliegende Wasser im Auge. Und entdeckten nichts. Selbst die Toten und die Trümmer lagen jetzt hinter ihnen.

»Haltet weiter Ausschau«, spornte er sie hin und wieder an, denn er hatte den Eindruck, dass es die Leute beruhigte.

Schließlich entdeckte Hamurma etwas. »Seht!«, rief er und zeigte aufgeregt.

Manuah unterbrach seine Beschäftigung, konnte aber zunächst nichts Auffälliges entdecken.

»Was siehst du?«, fragte er seinen Sohn.

»Eine Fontäne. Jetzt ist sie weg, aber irgendwas hat da geblasen. Etwa einen halben *Kos* in diese Richtung. Ich glaube, das war unser Großfisch.«

»Es gibt mehr als einen Großfisch im Meer«, meinte Kop wegwerfend.

»Aber nur einen im Hafen«, entgegnete Letoni. Zu Adrah gewandt: »Ehrwürdiger, kann ein Fisch ein Omen sein?«

»Alles kann ein Omen sein«, sagte eine der Frauen. Emzananti hatte gesprochen, Manuahs Frau. Sie hielt große Stücke auf Omen und Zeichen und verhielt sich entsprechend, wenn sie sich offenbarten.

Dann hielten alle inne, bis erneut eine Fontäne aus dem Wasser emporstieg. Näher am Floß, als Hamurma es geschildert hatte, und weiter im Norden.

»Das *ist* ein Großfisch«, sagte Manuah.

»Er schwimmt flussaufwärts«, sagte Emzananti.

»Wir sollten ihm folgen«, sagte Letoni.

»Sieht ganz so aus«, sagte Adrah.

Daraufhin lachten mehrere Leute, und *dies* war der Moment, da Manuah an eine Zukunft zu glauben begann, die weiter entfernt war als fünf *Vimadi*.

1.8

Manuah schätzte, dass es Mittag war, als der Regen einsetzte. Zunächst fielen nur ein paar Tropfen, als ob der Himmel um die zerstörte Erde weinte. Doch es wurden immer mehr, und binnen weniger *Vimadi* goss es in Strömen. Die hässlichen grauen Wolken hatten sich mit unnatürlicher Geschwindigkeit von Horizont zu Horizont ausgebreitet, schneller als jeder Wind, und sie waren vollgesogen mit Wasser.

»Schöpfen!«, übertönte er das Rauschen des Regens, und auch dieser Befehl war unnötig, denn die Seeleute konnten nur tatenlos zuschauen, wie das *Tavitarka* flussaufwärts trieb. Es hatte tatsächlich eine dritte Flutwelle gegeben, kleiner als die beiden anderen, und dann noch eine vierte, doch sie waren beide so niedrig, dass für die Boote keine Gefahr bestand. Sie waren flach und lang, *unglaublich* lang, als würden sie von einer unsichtbaren Hand immer weiter nach Norden geschoben. Der Fluss hatte sich in ein strömendes Meer verwandelt, in dem hier und da Äste, tote Tiere und ganze Bäume schwammen, die das Wasser entwurzelt und mitgerissen hatte. Einmal begegneten sie zwei grauen Tauben mit regenbogenfarbenem Hals, die sich an das mittlere Drittel eines Olivenbaums klammerten und bereitwillig aufs *Tavitarka* sprangen, wo sie ihre müden Flügel ausruhen konnten. Jemand steckte sie in einen Hühnerkäfig, damit sie niemandem in die Quere kamen.

Sonst geschah wenig, und als das Wasser wie eine sechste, endlose Flutwelle aus unerwarteter Richtung auf sie herabzuströmen begann, erschien die Vorstellung, dass es den Seeleuten gelingen würde, es aus den Booten zu schöpfen, absurd. Auch die Passagiere (die bis dahin vor sich hin gebrütet und geweint hatten), wurden auf einmal hellwach, durchfroren und »regennackt« in ihren triefnassen Gewändern, die ihnen am Leib klebten. Unter normalen Umständen hätten die Frauen sich geschämt und die Männer Witze gerissen, doch heute war es anders. Als die ersten Tropfen fielen, machten sie sich auch schon an die Arbeit, errichteten provisorische Zelte aus Wolldecken und überzähligen Segeln, Ballen Leinen und Bahnen des so kostbaren Byssastoffs. Es war erstaunlich mitanzusehen, wie energisch sie sich ums Überleben kümmerten, wenn es etwas zu tun gab.

Was Manuah, dessen Söhne und die Seeleute anging, so waren deren Hosen und Kapuzenjacken aus gewachster Wolle, warm genug fürs raue Wintermeer und durchaus ausreichend, um bei einem solchen Regen eine gefährliche Unterkühlung zu verhindern. Sie verknoteten einfach die Kinnriemen und behalfen sich damit. Adrah hingegen war regennackt in seinem himmelblauen Leinengewand, das ihm am Leib klebte. Die weiße Kappe hatte er verloren, und das lange schwarze Haar fiel ihm ins Gesicht, obwohl er es ständig zurückstrich. Ohne dass Manuah ihn auffordern musste, verließ er seinen Posten, half den Passagieren, eine Art Unterschlupf zu errichten, und hockte sich mit ihnen darunter.

Und so verstrich der Tag, indem die Seeleute auf ihren Bänken regelmäßig Schöpfeimer ausgossen, und sonst geschah wenig. Niemand litt Durst, und während die Seeleute hin und wieder unter ein Zeltdach krochen (vielleicht um ein wenig zu trocknen, vielleicht um nach den Passagieren zu sehen, oder aber um ein wenig zu essen, bevor die Vorräte sich vollsogen und verdarben), blieb Manuah eisern auf Posten und hielt im Regen Ausschau nach allem, was hilfreich, gefährlich oder bemerkenswert war.

Er ließ seine Gedanken schweifen. Also: Vier-mal-zwölf-und-zwei Menschen hatten eine Katastrophe überlebt, die bestimmt Zehntausende das Leben gekostet hatte. Also: Manuah war für sie verantwortlich, denn ihm gehörten die Boote. Mit Ausnahme von Sharamas Boot, doch da Sharama zu Manuah gehörte, machte das keinen großen Unterschied. Er hatte sie in diese Lage gebracht (zu ihrem Glück, nicht zu ihrem Unglück), und es war seine Aufgabe, sie daraus zu befreien. Doch wie sollte er das bewerkstelligen? Sollten sie im strömenden Regen auf Berge zu rudern, die nicht mehr zu sehen waren? Sollten sie eins oder drei Segel hissen und abwarten, wohin der Wind sie brachte? Sollten sie einen tauummantelten Anker ausbringen, damit er sich irgendwo verfing, und warten, bis das Wasser zurückging?

Die letzte Möglichkeit war wohl die riskanteste, denn Manuah wusste nicht, wie tief das Wasser war, wie schnell es strömte und wann es sich wieder ins Meer zurückziehen würde. Wenn es überhaupt jemals dazu kommen sollte! Die Warnung, die er König Sraddah gegenüber geäußert hatte, war wahr geworden, und nicht nur das. Das Wasser stieg, aber wie kam er darauf, dass es mit der gleichen Rate weiter steigen würde? Zumal wenn die Götter mit Kometen um sich warfen? Vielleicht hatten die Götter ja die Absicht, die Welt zu erneuern, alles auszulöschen und neu anzufangen wie bei einem missglückten Sandbild, das man einfach auswischt. Eigentlich glaubte er das nicht, sonst wären in der Ferne keine Berge mehr zu sehen gewesen, doch es war keineswegs ausgemacht, und einen Anker auszubringen schien eine ausgezeichnete Idee, um das *Tavitarka* zum Kentern zu bringen und diese paar Überlebenden im kalten, dunklen Wasser ertrinken zu lassen.

Am sichersten war es wohl, wenn sie sich einfach so lange mit der Strömung treiben ließen, bis sie irgendwo aufliefen. In anderer Hinsicht war es am schwersten, weil sie keinen Einfluss darauf nehmen konnten. Aber dennoch …

»Verstaut die Paddel!«, übertönte er das Rauschen des Regens. »Hebt die Steuerruder an und verzurrt sie! Wenn sie verloren gehen oder brechen, dann war's das! Wir lassen uns erst mal treiben!«

Als das erledigt war, war er endlich bereit, seinen Posten zu verlassen und sich ein trockeneres Plätzchen zu suchen.

Wie alle Menschen, die nichts zu tun haben, begannen sich auch die auf dem *Tavitarka* zu langweilen. Trotz der offensichtlichen Gefahren kletterten sie von einem Boot zum anderen und bildeten unterschiedliche Gruppen. Unter den Zelten waren alle regennackt und drängten sich zusammen, um sich zu wärmen – Begierde, Witzeleien oder Scham hatten da keinen Platz, doch zumindest konnten sie sich aussuchen, mit wem sie kuscheln wollten und mit wem nicht. Und so kam es, dass Manuahs Familie – seine Frau und seine drei Söhne sowie Sharams Ehefrau Telebabti und der Ehrwürdige Adrah Hasis – schließlich alle auf dem hintersten Boot versammelt waren, auf dem auch Manuah sich aufhielt. Letoni und die junge Waise mit dem komplizierten Namen Na'elta-a-ma'uk und deren Bruder Ku'ulta-doma'uk – der zu den Seeleuten gehörte, die Manuah am Kai ausgewählt hatte – gesellten sich zu ihnen. Die beiden Geschwister stammten aus Larasha und kannten niemanden an Bord, doch Manuah war der Anführer, und vielleicht kannten sie ja ihn und seine Familie vom Hörensagen und fühlten sich bei ihnen weniger fremd als auf den anderen Booten. Besser eine bekannte Familie mit lauter Fremden als eine gänzlich unbekannte Gruppe?

»Willkommen«, begrüßte sie Hamurma, mehr an das Mädchen gewandt denn an den Jungen.

Und vielleicht gab es ja doch noch Platz für Begierde und Scham, denn seine Augen verweilten ein wenig zu lange auf ihren Brüsten und Hüften und schwelgten im Anblick ihrer klitschnassen Gestalt, bis Ku'ulta-do-ma'uk sagte: »Augen weg von meiner Schwester! Wir danken euch für eure Gastfreundschaft, Familie Manuahs, und dafür, dass wir am Leben sind. Aber wenn der da sich nicht benimmt, suche ich für Na'elta ein anderes Boot.«

»Ich heiße Hamurma«, sagte Manuahs Sohn und streckte die Hand zum Abklopfen aus. »Und ich möchte mich entschuldigen. Es gibt hier nicht so viele Möglichkeiten, wohin man schauen kann!«

Und damit hatte er recht; neun Personen waren unter einem zweilagigen Segel aus ungewachstem Leinen zusammengezwängt; die eine Hälfte war mit Schöpfen beschäftigt oder versuchte, die Füße trocken zu halten, die anderen bemühten sich, das provisorische Dach zu stabilisieren, damit kein Regen eindrang, und alle standen unter Schock, weil fast alle umgekommen waren, die sie gekannt hatten. Darunter auch Chatrupati, ihre Großmutter! Zum Glück wehte kein starker Wind, und der Regen war so verflucht *schwer*, dass er nahezu senkrecht vom Himmel herabstürzte. Ziegen und Hühner ertranken darin! Sogar die Enten ertranken!

»Seht mal zu, ob ihr ein paar Käfige abdecken könnt«, sagte Manuah zu Ku'ulta-do-ma'uk und Hamurma in der Hoffnung, die beiden würden sich dadurch näherkommen. Frieden zu stiften war fast immer richtig, doch auch er blickte immer wieder zu Na'elta-a-ma'uk hinüber und fragte sich, ob sie als Ehefrau für seinen Sohn infrage käme. Und das mitten in diesem ganzen Durcheinander! Wenn Hamurma und der Junge aus Larasch sich anfreundeten oder zumindest an einem Strang zögen, könnte das später von Vorteil sein. Das waren ziemlich nüchterne Überlegungen, so als wäre das Mädchen nichts weiter als ein Ballen Stoff, den es zu handeln und zu vernähen galt, doch diese Denkweise war Manuah schon damals in Fleisch und Blut übergegangen, als Sharama seine ersten Schritte getan hatte und – als einer, der wohl überleben würde – seinen Namen erhalten hatte. Ja, es war die Aufgabe eines Vaters, die Menge zu beobachten, ein offenes Ohr für Gerüchte zu haben und unter den Töchtern seiner Freunde und Geschäftspartner nach denen Ausschau zu halten, die klug, aufrichtig, freundlich und hübsch genug waren, um als Ehefrau seinen Söhnen zum Stolz zu gereichen. Gebärfreudige Hüften und ordentliche Brüste waren wichtig, und wenn das bedeutete, dass Manuah sich fragen musste, ob er gern mit diesen Mädchen schlafen würde, nun, da konnte man nichts machen. Solche Träumereien währten höchstens ein paar *Kesthe*, und Emzananti brauchte nichts davon zu erfahren, außerdem hätte sie wohl kaum etwas dagegen gehabt.

Während ihm diese Gedanken durch den Sinn gingen,

wurde ihm bewusst, dass er inzwischen tatsächlich glaubte, sie würden überleben und hätten eine Zukunft vor sich, die lange genug währen würde, um Hochzeiten zu planen. Und das war eine gute Nachricht, aber in gewisser Weise auch eine schlechte, denn jetzt musste er sich einen langfristigen Plan zurechtlegen. Wie sollte das gehen in einer Welt im Fluss, wo das Wasser vom Himmel strömte?

Der Nachmittag war übel gewesen, die Nacht wurde unerträglich. Zuvor war es kühl und feucht gewesen, doch jetzt wurde es eiskalt, und die Tiere meckerten und gackerten, während die Menschen sich aneinanderdrängten, um sich gegenseitig zu wärmen. Es war dunkel – Feuer konnten sie keins machen, und die Sterne und der Mond waren hinter den Regenschleiern verborgen –, und so kam es, dass sie in der Finsternis jegliche Scham verloren. Manuah rollte sich auf dem beengten Raum so gut es ging zusammen, Hände, Füße, Gesicht und Hinterteil, sodass er nicht mehr wusste, welcher Körperteil zu wem gehörte. Erstaunlicherweise schlief er eine Weile, doch als er erwachte, war es immer noch dunkel, und als es endlich hell wurde, brachte der Tag keinerlei Wärme mit sich.

Als die meisten an Bord des *Tavitarkas* wach waren und dies dadurch kundtaten, dass sie über Hunger klagten, anstatt zu schreien, hielt Manuah dies für ein ausgesprochen gutes Zeichen. Er selbst hatte keinen Appetit und hätte seine Seeleute aufgefordert, Äpfel und Pflaumen herumzureichen, doch da merkte er, dass die Menschen sich bereits selbst bedienten. Das ging einstweilen auch in Ordnung. Rationieren konnten sie später, doch im Moment war es vermutlich am besten, wenn jeder sich den Bauch nach Belieben füllte.

Während des Frühstücks wurde ihm bewusst, dass die beiden Waisenkinder im Laufe der Nacht gestorben waren – das eine war anscheinend unter der Last der Erwachsenen erstickt, das andere hatte zu weit außen gelegen und war erfroren, denn es hatte sich niemand um sie gekümmert. Deshalb verkündete Manuah, dass alle noch lebenden Waisen adoptiert werden sollten. Doch es gab keine Waisen mehr, es sei denn, er zählte Na'elta-a-ma'uk dazu. Und die hockte bei seiner Familie, doch aus naheliegenden Gründen verzichtete er darauf, sie zu adoptieren, deshalb ließ er das Thema fallen und befahl, die Toten über Bord zu werfen. Sie trieben rasch ab und verschwanden in den Regenfluten, und falls jemand um sie trauerte, blieben seine Tränen in den Tränen des Himmels verborgen.

Später am Tag kam ein bescheuerter Seemann aus Dolshavaks Mannschaft auf die Idee, eine Ziege zu schlachten. Die Nachricht verbreitete sich rasch, und als sie Manuah erreichte, marschierte er zu dem Mann hinüber – falls man von marschieren sprechen konnte, wenn man sich im strömenden Regen von einem schwankenden Schilfboot zum anderen bewegen musste – und sagte: »Was machst du da? Du gottverfluchter Idiot, was *machst* du? Willst du das Fleisch roh essen? Willst du auf meinem Boot ein Feuer machen? Oder willst du bloß vorsorgen für den Abend, wenn wir anlegen und ein Lager aufschlagen?«

Als der Mann schwieg, fuhr Manuah fort: »Sieh dich um! Du *Idiot*, sieh dich um! Es wundert mich, dass Dolshavak dich mitsegeln lässt, aber ich dulde auf meinen Booten keine Idioten. Von jetzt an stellst du das Denken ein. Du machst nichts, rein *gar nichts*, es sei denn, ich fordere dich ausdrücklich dazu auf. Wenn du scheißen musst, bittest du mich um Erlaubnis. Ist das klar?«

Der Mann schwieg noch immer, was Kop dazu veranlasste, ihm mit einem großen Tonkrug gegen die Schulter zu schlagen. »Der Kapitän hat dich was gefragt.«

»Autsch!«, sagte der Seemann, dessen Zunge sich plötzlich gelockert hatte. »Autsch! Das hat richtig wehgetan!«

Kop, der noch nicht zufrieden war, schlug ihn erneut, diesmal in den Bauch. »Ich kann den ganzen Tag so weitermachen, Freundchen, oder soll ich dich über Bord werfen? Natürlich nur mit Erlaubnis des Kapitäns.«

»Ich werde gehorchen«, sagte der Mann mürrisch. »Und ich entschuldige mich dafür, dass ich eine Ziege geschlachtet habe.«

»Die hat dir nicht gehört«, rief Kop ihm ins Gedächtnis, und schlug ihn noch ein drittes Mal mit dem Krug. »Und jetzt nimm einen Eimer und schöpfe, falls das im Sinne des Kapitäns ist.«

»Das ist es«, bestätigte Manuah und dachte: *Das war noch nicht das letzte Wort in der Sache.*

Sie verloren noch drei weitere Personen, und als alles überstanden war, machte Manuah sich verwundert klar, dass sie nur vier Nächte und Tage auf dem Wasser gewesen waren – nicht mal für die Dauer einer richtigen Reise. Doch es fühlte sich an wie eine Ewigkeit, wie sechzig mal sechzig Jahre, bis der Regen endlich ein wenig nachließ und zu einem gewöhnlichen Regen wurde, weniger kalt und weniger heftig. Viel war das nicht, aber immerhin eine Besserung.

Gleichzeitig erweiterte sich die Sichtweite von sechzig Fuß in alle Richtungen erst auf ein Viertel *Kos* und dann auf mehrere *Kos*, und Manuah konnte wieder die Berge am Rande des Flusstals sehen. Auf einmal kam er sich nicht mehr wie ein über der überfluteten Welt treibender Punkt vor, sondern eher wie der Kapitän mehrerer Boote, die den Fluss überquerten, auch wenn dieser jetzt viel breiter war als der Große Fluss je zuvor.

Manuah befahl den Männern, die Paddel hervorzuholen und die Steuerruder zu lösen, doch bevor sie damit fertig waren – noch während sich die steifen, durchfrorenen Seeleute aus dem Winkel hervorgearbeitet hatten, in dem sie die Nacht verbracht hatten –, begann das *Tavitarka* zu schlingern.

Manuah brauchte eine Weile, bis er auf die Erklärung kam: Die Strömung war zum Erliegen gekommen. Das Wasser war aufgewühlt und bildete Strudel, nicht so gefährlich wie die ursprünglichen Flutwellen, aber auch nicht unbedingt sanfter. An den beiderseits mehrere *Kos* entfernten Hügeln war zu erkennen, dass sie nicht länger vorwärtstrieben. Stattdessen drehten sie sich eine Weile um die eigene Achse. Sie mühten sich mit den nach tagelangem Dauerregen aufgequollenen Lederriemen und dünnen Hanfleinen ab, deren Knoten sich nicht lösen ließen.

»Sollen wir sie durchschneiden?«, fragte einer der Seeleute.

Manuah überlegte einen Moment. »Noch nicht. Vielleicht brauchen wir die Leinen ja noch, außerdem haben wir kein Ziel, das wir ansteuern könnten.«

Die Hügel wirkten erstaunlich steil, es gab keine Gelegenheit zu lagern oder auch nur anzulanden. Sie wirkten auch *kahl*, als wären sie von den Riesenwellen sauber geschrubbt worden. Konnte das sein? Eine besonders hohe Flutwelle konnte bisweilen die Strömungsrichtung des Großen Flusses bis nach Erituak hinauf umkehren, das zwanzig *Kos* vom Meer entfernt lag. Wie weit landeinwärts waren sie getrieben? Manuah konnte keine ihm bekannten

Orientierungspunkte ausmachen, doch wenn sie vier Tage lang flussaufwärts getrieben waren, und sei es mit mäßiger Geschwindigkeit, konnte es gut sein, dass sie Shifpar inzwischen passiert hatten.

Was eine wirklich schlimme Nachricht war, denn auch wenn Shifpar eine Hügelstadt war, lag doch kein Teil von ihr höher über dem Fluss, als der Sternenhügel über dem Hafen gelegen hatte. Und wenn der Fluss selbst hier im Norden alles überflutet hatte …

Er nahm Adrah beiseite und sagte: »Ich glaube, wir werden nicht nach Shifpar getrieben.«

»Darüber habe ich mir auch schon Gedanken gemacht. Was sollen wir tun?«

»An einer flachen Stelle anlegen und lagern.«

»Jetzt?«

»Nein, nicht jetzt, Ehrwürdiger. Paddelst du etwa für Dolshavak? Sieh dir die Berge an. Wir müssen warten.«

»Worauf?«

»Bruder, ich hatte gehofft, das könntest du mir sagen.«

1.9

Die Frage wurde etwa eine Viertel *Hurta* später beantwortet, als der Fluss wieder Richtung Süden zu fließen begann. Die Seeleute bemerkten es sofort; ein Raunen ging durch die Besatzung – und eine *Vimadi* später auch durch die Passagiere.

»Gelobt seien die Götter, die Flut ist vorbei«, sagte Ku'ulta-do-ma'uk.

»Das ist durchaus zu bezweifeln«, sagte Adrah zu Manuah. »Der ganze Regen muss irgendwohin abfließen. Das Wasser, das in diesen vier Tagen gefallen ist, hat sich vielleicht gegen das Meer durchgesetzt. Jetzt zieht es sich zurück, aber nur weil es dazu gezwungen wird.«

»Wie viel Wasser mag es noch im Himmel geben?«, fragte der Junge aus Larasha.

»Das weiß ich nicht«, gestand Adrah. »Ich fürchte, der Komet hat sich in Wasser verwandelt.«

»Ja? Warum?«

»Wer weiß das schon? Weil die Götter es so wollten.«

»Haben sie die Flut gewollt?«

»Das weiß ich nicht. Vielleicht ja. Oder aber es geschieht ohne ihr Dazutun oder sogar gegen ihren Willen. Such dir was aus.«

»Und wie groß ist der Komet? Wie viel Wasser macht das aus?«

»Das weiß ich auch nicht.«

»Du weißt nicht viel«, sagte Ku'ulta-do-ma'uk, wenngleich sein Tonfall nicht unfreundlich war. Sie hatten sich vier Tage lang gegenseitig gewärmt und taten es immer noch.

Zwei Boote weiter rief der Unruhestifter (der Ruk hieß): »Gehen wir an Land?« Niemand antwortete ihm oder beachtete ihn auch nur.

»Ich glaube, der Wasserspiegel sinkt«, sagte Manuah. Er stand aufrecht und schaute sich um. »Der Regen hat in der letzten *Hurta* nachgelassen. Dennoch werden wir schneller. Wenn man bedenkt, wie breit und wie tief der Fluss und wie stark die Strömung ist, läuft da eine ganze Menge Wasser ab!«

»Nimm es auf, Schwester Meer«, murmelte Letoni anzüglich. Sogar Na'elta-a-ma'uk lachte.

Auf einmal sagte Manuah: »Ich sehe ein Dorf! Wir befinden uns *nördlich* von Shifpar; das ist das Felsenland. Und ich glaube, dort drüben liegt ein Dorf!«

»Wo?«, fragte Adrah, der wieder unter dem Segel hervorgekrochen kam. Wie alle Priesterastrologen hatte er ungewöhnlich scharfe Augen.

»Dort!«, sagte Manuah und zeigte.

Kein Rauch stieg davon auf, und wegen des Regens war nicht viel zu erkennen, doch es musste sich um eine Ansammlung von Häusern handeln.

»Du hast recht, das ist eine Siedlung. Aber ich weiß nicht, ob Dorf die richtige Bezeichnung ist.«

Adrah hatte zwei Brennkristalle gerettet, und die holte er jetzt hervor und blickte hindurch, wobei er den Abstand zu den Augen variierte. Sie waren mit Regentropfen besetzt, und in jeder *Kesthe* fielen weitere Regentropfen auf sie herab, doch das schien Adrah nicht zu stören.

»Das ist ein Lager der Wilden«, sagte er.

»Ist das gut?«, fragten Emzananti und Hamurma gleichzeitig.

»In unserer Lage würde ich sagen, ja. Ich fürchte, unser ganzes Königreich wurde ins Meer geschwemmt und Surapp mit dazu, und vielleicht sogar alle Städte auf der ganzen Welt in einer Entfernung bis zu zehn *Yojanas* von der Küste. Und deshalb bin ich froh, überhaupt Menschen zu sehen. Das bedeutet, mein Bruder hat uns tatsächlich gerettet.«

»Noch nicht«, sagte Manuah.

Worauf Adrah erwiderte: »Unsinn. Dir haben die ganze Zeit über die Götter ins Ohr geflüstert, sonst hätten wir es nicht bis hierher geschafft. Sie haben dir subtile Warnungen gesandt, schon vor Jahren. Vor ein paar Tagen haben sie dir *dringliche* Warnungen gesandt! Der Großfisch hat dir den Weg versperrt! Sie haben dir gesagt, dass du die Boote zusammenbinden sollst. Oder streitest du das ab?«

Manuah hätte es beinahe getan. Er glaubte dieses Zeug nicht, aber konnte ein Mensch tatsächlich so viel Glück haben? Oder so schlau sein? Oder hatte sich bei ihm einfach alles zusammengefügt?

Adrah strahlte. »Ich wollte den Göttern näher sein, mehr über sie erfahren. Wer hätte gedacht, dass *du* der Prophet sein würdest?«

»Ich bin kein Prophet«, erwiderte Manuah ein wenig zu scharf. »Bloß ein Hafenmeister mit einer Bootsflotte.«

In diesem Moment kam es zur Grundberührung.

Es lief laut und chaotisch ab; zwei Boote streiften eine Sandbank oder eine Hügelkuppe, und der Rest des *Tavitarkas* drehte sich um sie, dann kamen sie wieder frei und liefen erneut auf, diesmal sanfter als zuvor. Wer gerade stand, wurde gegen die geworfen, die unter einem Segel hockten, und eine *Vimadi* lang ging es drunter und drüber.

Dann kehrte allmählich wieder Ruhe ein.

Das Flutwasser lief tatsächlich ab; das *Tavitarka bog sich* um das Hindernis herum und passte sich dessen Gestalt an. Zwei Taue rissen. Leute schrien, und einige versuchten, auf andere Boote zu klettern.

»Ruhe bewahren!«, rief Manuah ihnen zu. »Haltet euch fest und bleibt, wo ihr seid!«

Das war nicht unbedingt der beste Rat, den er ihnen geben konnte, doch es beruhigte alle eine endlose, quälende *Vimadi* lang, in der der Wasserstand einen Fuß fiel und dann noch einen, bis alle sieben Boote auf festem Boden auflagen.

Fester Boden! Es wurde laut gejubelt: »Manuah! Manuah! MANUAH!«

Eine *Hurta* später war das Wasser so weit zurückgewichen, dass Manuah die Passagiere zum ersten Mal seit vier Tagen aussteigen ließ. Noch immer froren sie und waren regennackt, doch sie standen auf dem morastigen Boden, und einstweilen reichte ihnen das.

Zu den Seeleuten sagte Manuah: »Männer! Löst die Boote voneinander! Durchtrennt notfalls die Leinen. Wir drehen sie um und verwenden sie als Hütten!«

Damit waren sie beschäftigt, bis es dunkel wurde, und obwohl sie über die nötigen Mittel zum Feuermachen verfügten, fehlte es ihnen doch an trockenem Holz, weshalb sie sich erneut zusammenkuschelten. Diesmal litten sie noch mehr unter der Kälte, denn den Papyrus und das Holzdeck der Boote hatten sie gegen feuchtes Segeltuch und nassen Boden eingetauscht. Aber da der Regen nicht mehr auf sie niederprasselte, hatten sie es dennoch trockener als zuvor!

In dieser Nacht träumte Manuah von Zuhause. Emzananti ermahnte mit sanfter Stimme die Kinder (die wieder ganz jung waren), und es duftete nach gebratenen Muscheln.

Am nächsten Morgen war der Himmel noch immer grau wie Feuerstein, und ein leichter, feuchter Nebel hatte sich herabgesenkt, sodass die Umgebung geschrumpft war und ein wenig magisch wirkte, doch es nieselte nur noch. Wichtiger war: Die Überflutung hatte sich so weit zurückgezogen, dass der Fluss wieder mehr oder weniger einem gewöhnlichen Fluss glich (wenn auch einem immer noch sehr großen). Das Ufer war fast einen halben *Kos* von den Booten entfernt und lag ganze sechzig Fuß tiefer. Der Boden war übersät mit entwurzelten, unbelaubten Bäumen.

Manuah, der nicht mehr träumte, ließ eine Menge unnötiges Lob seiner Gefolgsleute über sich ergehen, schaute sich um und stellte fest, dass ihm und seinen Leuten abgesehen von den Handbeilen, die zur Standardausrüstung an Bord gehörten, keine Werkzeuge für den Bau einer neuen Siedlung zur Verfügung standen. Hatte er zufällig Zimmerleute oder Steinmetze gerettet? Oder Jäger, Bauern, Strohdecker? Der Proviant war bereits verzehrt. Wenn sie Feuer machten, konnten sie das Geflügel und die Ziegen schlachten und sich ein paar Tage lang davon ernähren. Aber was dann?

Die Besatzung und die Passagiere verbrachten den Vormittag damit, ein Lager zu errichten, ihre spärlichen Habseligkeiten und Ausrüstungsgegenstände zu ordnen, Steine zu sammeln, Feuerholz zu hacken und aus den geeigneten

Holzstücken primitive Schaufeln zu schnitzen. Hier an Land hatten alle das Gefühl, das Heft in der Hand zu halten und sich nützlich machen zu können. Doch wie lange würde dieser Zustand anhalten?

Manuah ging derweil umher, erkundigte sich bei jedem, was er gerade machte, was er vorhatte und welche besonderen Fähigkeiten er besaß. Adrah hingegen leistete spirituellen Beistand und sagte allen, sie seien buchstäblich von den Göttern auserwählt worden, eine neue Welt zu errichten. Anscheinend glaubte er das selbst auch. Emzananti sammelte ein paar Frauen um sich und machte sich mit ihnen auf Nahrungssuche. Manuah hielt das für wenig aussichtsreich – was konnte es hier schon Essbares geben? –, andererseits schadete es auch nicht, denn hier gab es schließlich keine Gefahren.

Die Wilden hatte er vollkommen vergessen, bis wie aus dem Nichts auf einmal fünf von ihnen den Hügel hochgestapft kamen, als Emzanantis Gruppe gerade aufbrechen wollte. Mehrere Frauen schrien, doch die anderen hießen sie schweigen.

Manuah hatte schon Wilde gesehen, allerdings nur aus der Ferne. Diese Gruppe bestand aus drei Männern und zwei Frauen, alle in Leder und Fell gekleidet, allerdings machten sie keinen so primitiven Eindruck, wie er es erwartet hätte. Die Stiefel, Hüte, Jacken … sie machten zwar einen fremdartigen Eindruck, doch keines dieser Kleidungsstücke, die ordentlich zugeschnitten und vernäht waren, hätte in den Flusssiedlungen oder bei den ärmeren Einwohnern der Stadt fehl am Platz gewirkt. Leinen und zumal Wolle waren natürlich beliebter, und die Bewohner des Königreichs trugen zumeist Sandalen über den Stiefeln, aber dennoch …

Die Männer hatten lange Holzspeere dabei, und alle, Männer wie Frauen, wirkten angespannt und argwöhnisch, obwohl Manuahs Leute vor ihnen zurückwichen.

»Seid gegrüßt!«, sagte Adrah, schob sich durch die Menge und näherte sich den Wilden.

Keine Reaktion.

»Wir haben gestern euer Lager gesehen«, versuchte Adrah es erneut.

Wieder keine Reaktion, bis einer der Männer plötzlich einen Schwall nervöser, unverständlicher Silben hervorstieß.

Und da meldete sich das Waisenmädchen Na'elta-a-ma'uk zu Wort: »Er fragt, was hier los ist und woher wir kommen. Er sagt, gestern war hier noch alles überflutet.«

»Du sprichst ihre Sprache?«, fragte Manuah.

»Meine Mutter war eine Halbwilde.«

Adrah lachte. »Das sind vermutlich alle Frauen. Gut, dann sag ihnen, dies hier«, er zeigte mit pompöser Geste auf Manuah, »ist der Große Prophet Manuah Hasis, der von den Göttern vor der Flut gewarnt wurde. Er hat all diese Menschen aus der weit im Süden gelegenen Stadt gerettet.«

Pflichtbewusst übersetzte Na'elta-a-ma'uk in die Sprache der Wilden, dann hörte sie zu und sagte wieder etwas. Nach einem längeren Wortwechsel wandte sie sich an Adrah: »Auch die Tiere? Das will er genau wissen.«

»Auch die Tiere«, bestätigte Adrah.

Und damit endeten Harvs Eindrücke unvermittelt oder vermischten sich vielmehr mit anderen Zeiten. Er wusste auf einmal, dass Manuahs Leute fortan bei den Wilden lebten, nicht als Eroberer oder Flüchtlinge, sondern als Ehrengäste auf Lebenszeit. Der Name »Adrah« klang wie »Weisheit« in der

Sprache der Wilden, und »Manuah« klang wie »Helfer«, »Person« und »Gewerbe«, weshalb Manuah und Adrah Hasis »die beiden Weisen« genannt wurden. Viel mehr wusste Harv nicht über ihr Leben, bloß dass sie zwei Expeditionen flussabwärts geschickt, aber keine Spuren des Königreichs oder dessen Bewohner entdeckt hatten. Auch der Verlauf der Küste hatte sich geändert. Der Hafen hatte Die Stadt verschluckt und war mit dem Meer verschmolzen, und die Flusssiedlungen waren alle fortgeschwemmt worden, nur der Boden war dort, wo sie sich befunden hatten, noch immer ungewöhnlich eben.

Und Harv wusste, dass er von Jotholan Hasis abstammte, dem viertgeborenen Sohn des Manuah, zur Welt gekommen zwei Jahre nach der Flut, und er wusste, dass dieser spezielle Stamm der Wilden gediehen und sich geteilt und seinen Namen schließlich zu »Humanu Shya« geändert hatte, Kinder des Manuah, und dass sich Generation um Generation weigerte, Siedlungen in Wassernähe zu errichten, über einen langen Zeitraum hinweg, bis die große Flut nahezu in Vergessenheit geraten war.

Universität von Colorado, Technikzentrum
Boulder, Colorado
– Gegenwart

Als Harvey schließlich die Augen aufschlug, entfuhr Tara ein Seufzer der Erleichterung. Gott sei Dank. Gedankt sei *allen* Göttern.

»Harv? Hörst du mich?«

Blinzelnd versuchte er sich aufzusetzen, doch er schaffte es nicht, weil (wie sie dachte) der Stuhl zu weit zurückgeneigt war.

»Harv?«

»Oh«, sagte er. »Oh, mein Gott.«

»Harv, würdest du bitte mit mir sprechen?«

Harv schaute sich um und blinzelte. Offensichtlich desorientiert. Er sagte: »Ich bin im Labor. Mein Name ist Harv Leonel, und ich befinde mich in Boulder, Colorado.«

»Das hat sie Sie nicht gefragt!«, rief Patel von der anderen Seite des Raums aus.

»Wie fühlst du dich?«, setzte Tara nach.

»Was? Merkwürdig. Sehr merkwürdig.«

Tränen des Zorns rollten ihr über die Wangen. »Du hast gekrampft. Patel hat den Notruf in der Leitung.«

»Gekrampft?«

»Verdammt noch mal, ja. Du hast dich nicht gerührt, aber das EEG hat gesponnen, und die Software hat Krampfalarm gegeben. Ich wusste nicht, was ich tun sollte.«

Jetzt erst fasste er sie in den Blick. »Tara? Tara Mukkerjee? Ach Gott. Ich hatte ganz vergessen, wie schön du bist.«

»Du machst mir Angst«, sagte sie. Sie hatte noch nie einen Krampfanfall miterlebt und wusste nicht, was normal war und was nicht. Hatte er vielleicht einen *Schlaganfall* gehabt? »Spürst du Finger und Zehen?«

»Äh … ja.« Er nickte. »Ja.«

»Was ist passiert? Woran erinnerst du dich?«

»An alles«, antwortete er. Endlich schaffte er es, sich aufzusetzen, und dann schaute er sich erneut um, hantierte an der Steuerung und richtete die Lehne auf, hob eine Armlehne an und schwang die Beine zur Seite. »Wie lange hat es gedauert?«

»Was?«

»Wie lange! Wie lange war ich weg?«

»Ich weiß nicht. Dreißig Sekunden? Darum geht es nicht. Ich finde, du solltest dich so lange hinlegen, bis jemand kommt.«

Doch er legte sich nicht hin. Stattdessen fragte er: »Gibt es in Indien einen Fluss, der Sarudas Vakti heißt?«

»Was?«

»Gibt es einen?«

»In Pakistan gibt es den Saraswati, aber der ist ausgetrocknet.«

Das überraschte ihn. »Oh. Wow. Er war so groß! Und gibt es in Flussnähe, an der Küste, zwei versunkene Städte?«

»Was? Was? Harv, beruhige dich.«

Er sah ihr direkt in die Augen. »Ich bin ruhig. Ich bin ganz ruhig. Tara, gerade eben habe ich *Jahre* im Leben eines anderen verbracht.« Er klopfte auf den Stuhl, auf dem er saß. »Das hat *viel* besser geklappt, als ich gehofft hatte.«

Sie erwiderte seinen Blick und wusste nicht, was sie sagen sollte.

Er blickte zur anderen Seite des Raums und sagte: »Patel, legen Sie auf.«

»Ich rede mit dem Notruf«, erwiderte Patel.

»Sagen Sie ihnen, es geht mir gut.« Er wandte sich wieder an Tara. »Gibt es im Flussdelta versunkene Städte? Bitte recherchier das für mich.«

»Harv …«

»Wir befinden uns mitten in einem wissenschaftlichen Experiment«, rief er ihr sanft in Erinnerung, »und das sind Daten. Würdest du das mal googeln? Bitte?« Als sie sich nicht von der Stelle rührte, setzte er mit sanfter, etwas wehleidiger Stimme hinzu: »Tara?«

Seufzend holte sie das Handy hervor und begann zu tippen. Über die Schulter hinweg rief sie: »Legen Sie *nicht* auf, Patel. Der Mann braucht einen kompletten Gehirnscan.«

»Ich lege nicht auf«, versicherte ihr Patel.

Tara machte die Google-Anfrage nur deshalb, um ihren Freund und Boss zu beschwichtigen. Sie wollte ihn widerlegen, damit er sich abregte und ihr zuhörte, doch zu ihrer Überraschung ergab ihre Anfrage »versunkene Städte an der pakistanischen Küste« einen Treffer. *Die Entdeckung einer vermutlich zehntausend Jahre alten Stadt vor der Küste Indiens …*

»Oh«, sagte sie. »Wow. Harv, du könntest vielleicht recht haben.« Dann setzte sie eilig hinzu: »Aber das heißt nichts. Du könntest das irgendwo aufgeschnappt haben. Du musst dich jetzt beruhigen und eine Weile ganz ruhig atmen.«

»Ich bin ruhig«, versicherte er ihr erneut, dann widersprach er sich selbst, indem er mit geballter Faust ins Leere boxte. »Ja! Ja! Du musst noch etwas googeln, Schatz. Es gab einen Kometeneinschlag und eine *gewaltige* Überschwemmung. Und ein Mann namens Manuah hat sich mit einem großen Boot in Sicherheit gebracht.«

Tara gefror zum wiederholten Mal das Blut in den Adern.

»Manu? Du redest von Manu?«

»So hat er geheißen.«

»Harv, Manu ist eine mythologische Gestalt aus dem hinduistischen Rigveda.«

»Er ist kein Mythos. Er hatte einen Bruder, eine Frau und drei Söhne, die ebenfalls Seeleute waren. Er lebte in einer Stadt nahe einer Flussmündung. Es gab dort einen Turm. Und einen *Wal*. Mein Gott, die Erinnerung ist so plastisch. Gibst du mir etwas zum Schreiben? Bitte? Ich muss mir ein paar Notizen machen, solange die Eindrücke noch frisch sind.«

Tara kamen wieder die Tränen, denn viele der Details stammten unmittelbar aus den Veden, doch das hatte nichts zu bedeuten. Harv *wollte*, dass das Experiment funktionierte. Er hatte bloß irgendwas mit den Erinnerungszentren des Gehirns angestellt. Er war nach einem Krampfanfall zu sich gekommen und offensichtlich verwirrt. Es hatte nichts zu bedeuten. Trotzdem brachte sie ihm einen Block Millimeterpapier und einen Stift.

»Danke«, sagte er und begann sogleich zu kritzeln. Er zeichnete eine Karte, gespickt mit Bezeichnungen und Symbolen. Ohne hochzuschauen sagte er: »Das muss gegen Ende der Eiszeit gewesen sein. Der Meeresspiegel ist angestiegen, und dann gab es den Kometeneinschlag. Ich glaube, das war vor mindestens zehntausend Jahren, vielleicht sogar noch früher. Würdest du das bitte mal googeln? Kometeneinschlag?«

Wieder gehorchte sie, damit er sich nicht aufregte. Mit

»Kometeneinschlag im Neolithikum« bekam sie erneut mehrere Treffer. *Alten Steinzeichnungen zufolge hat 11.000 v. Chr. ein Komet die Erde getroffen ...* Auch das hatte nichts zu bedeuten. Ebenso wenig wie die astronomischen Daten, die sie als Nächstes für ihn recherchierte.

Dann aber sagte er: »Sieben Boote waren zusammengebunden, beladen mit Menschen und Nutztieren.« Tara gefror erneut das Blut in den Adern, denn Manus Boot aus dem Rigveda hatte angeblich sieben Decks gehabt. Zu dem Thema hatte sie sich mal ein Youtube-Video angeschaut.

»Übereinander gestapelt?«, fragte sie mit schwacher Stimme. »Ein großes Holzschiff?«

»Nein«, sagte er, noch immer ohne aufzuschauen. »Das waren Schilfboote, wie auf den ägyptischen Darstellungen. Sieben davon waren zusammengebunden.«

Das ergab Sinn, das tat es tatsächlich, und sie hatte auch noch nie davon gehört. Woher konnte Harv die Details haben? Sie bekam eine Gänsehaut, und auf ihren Armen sträubten sich die Härchen.

»Harv, willst du behaupten, du hättest Informationen aus einem Y-Chromosom abgezogen, *die von Manu stammen?*«

»Nein«, erklärte Harv. »Das habe ich nicht gesagt.«

»*Alle* stammen von Manu ab!«, rief Patel an der anderen Seite des Raums. Dann sagte er ins Telefon: »Ja, er ist wach und bei klarem Verstand. Er war nicht sehr lange bewusstlos. Ich weiß auch nicht, vielleicht dreißig Sekunden lang.«

»Nicht alle«, murmelte Tara. Die Menschheit stammte erwiesenermaßen nicht von einem einzelnen neolithischen Mann aus Pakistan ab. Die F-Haplogruppe des Y-Chromosoms kam allerdings tatsächlich aus Indien und wurde an über achtzig Prozent der nicht-afrikanischen Menschen vererbt. Und viele Inder waren stolz darauf, dass indoeuropäische Sprachen – die ursprünglich aus dem Industal stammten – in ganz Europa und einem Großteil Asiens gesprochen wurden. Das bedeutete, dass irgendwann in der fernen Vergangenheit Menschen vom indischen Subkontinent große Territorien besiedelt und die dortigen Nomadenstämme entweder verdrängt oder absorbiert hatten. Wenn Manu eine historische Person war, damals zu Beginn des Eroberungszugs der Haplogruppe F …

Nobelpreis, flüsterte eine Stimme in ihrem Kopf. Aber nein, Moment mal, das war ja gar nicht das, was da passierte. Harv zufolge erzeugte das TMS neue Strukturen in seinem Hippocampus, die mit einem fMRI-Scanner nachweisbar sein mussten, und man sollte sie Punkt für Punkt auf die Muster im Quantom des Y-Chromosoms beziehen können. Von Erinnerungen konnte man nur in dem sehr engen Sinn sprechen, dass Informationen in Harvs Gehirn zurückbleiben würden. Bestenfalls sollten sie das auslösen, was Harv als vereinzelte Elemente allgemeinen Wiedererkennens bezeichnete. Selbst ein kurzer Erinnerungsflash aus dem alten Schottland wäre weit mehr, als sie erwartet hatten.

Und selbst wenn es ihnen gelungen sein sollte, eine Erinnerung zu schreiben, würde das *noch immer nicht* beweisen, dass das Chromosom ein Computer oder ein Datenspeicher war. Um das zu erreichen, müssten sie in den Hippocampi anderer Männer nach ähnlichen Mustern suchen und dann *deren* Y-Chromosom sondieren, um zu beweisen, dass es genau die gleichen Muster enthielt. Einige Gene des Y-Chromosoms wie zum Beispiel DDX3Y codierten Details der geschlechtsspezifischen neuronalen Entwicklung, und Harv wollte eine Verbindung zwischen diesen

Genen, der ihnen aufgeprägten Quanteninformation und dem klassischen neuronalen Netzwerk des Gehirns nachweisen. Tara hatte nie so recht verstanden, was *das* wiederum beweisen sollte, doch es wäre sicherlich eine bedeutende Entdeckung.

Bedeutete dies, dass nur Männer Quantome besaßen?

»Nicht unbedingt«, hatte Harv auf ihre Frage erwidert, bei jenem magischen Date, das den Verlauf des Sommers und vielleicht den ihres ganzen Lebens verändert hatte. »Sie könnten sich auch in den Mitochondrien, den Zellmembranen oder sonst wo befinden. Wenn wir erst mal wissen, wo wir suchen müssen, könnte sich erweisen, dass der menschliche Körper voller Zeitmaschinen ist.«

Hm.

Sie wollte Harv sagen, er solle sich weiter Notizen machen und alles genauestens festhalten. Dies alles könnte sich als unvorstellbar wichtig erweisen! Doch sie hielt den Mund, löste den Kinnriemen der TMS/EEG-Gummihaube und nahm sie ihm ab. Sie fuhr ihm mit den Fingern durchs Haar, das von Elektrolytgel verklebt war.

»Alles wird gut«, sagte sie an niemand Bestimmten gewandt.

War das seine Ehrenrettung? Eine Entdeckung, die noch welterschütternder war als das, was er erwartet hatte? Bei dem Gedanken wurde sie aus zwei Gründen wütend. Hatte er es verdient, eine solche Entdeckung zu machen? Hatte er es überhaupt verdient, mehr zu entdecken als etwa einen Krampfanfall und eine Migräne, nachdem sie vorwärtsgestürmt waren wie Brahmanbullen?

»Sie hatten Vergrößerungsgläser«, sagte Harv zerstreut. »Sie kannten die Lichtgeschwindigkeit. Ich möchte dir für deine Unterstützung danken, Tara. Ohne dich hätten wir keine Daten aus dem Ding rausgeholt … Das ist Wahnsinn.«

»Okay«, sagte sie. »Ich gebe dir mal was zu trinken.« Sie klang warm und kühl, zornig und traurig, alles zugleich, und sie wusste, es war ihre Schuld, denn sie war in keiner Weise vorbereitet gewesen auf das, was heute geschehen war. Das betraf nicht nur das Experiment an sich, sondern vor allem die Tatsache, den *Nachweis*, dass Professor Harv Leonel in ihr ein Mittel gesehen hatte, sein Ziel zu verwirklichen. Seine junge Freundin, die Paläogenetikerin; hatte sie ihm je mehr bedeutet als das?

Verdammt noch mal, Harv.

Sie packte die Stahlflasche aus dem Rucksack aus, stellte fest, dass sie fast leer war, und ging nach oben, um an einem Trinkbrunnen zu trinken und die Flasche aufzufüllen. Dann ging sie auf die Toilette, weil sie dringend musste, und ließ sich anschließend unter dem Luftauslass der Klimaanlage den Schweiß trocknen. Als sie wieder ins Labor trat, saß Harv noch immer auf dem Stuhl und kritzelte das zehnte Blatt Papier voll.

»Wie fühlst du dich?«, fragte sie, schraubte die Stahlkappe der Flasche ab und reichte sie ihm.

»Hm? Ach, nicht besonders.« Er nahm die Flasche an und trank, dann atmete er tief durch und trank erneut.

»Es tut mir leid«, sagte er. »Ich hätte nicht gedacht, dass es so chaotisch werden würde.«

»Das hat keiner von uns«, versicherte sie ihm. Und es stimmte; ihren schlimmen Vorahnungen hatte sie keine große Bedeutung beigemessen. Sie hatte sich davon nicht aufhalten lassen.

»Ich meine nicht nur das Experiment«, sagte er ein wenig betrübt. »Es besteht ein Kräfteungleichgewicht zwischen uns, zwischen dir und mir. Ich weiß auch nicht. Verstandesmäßig spielen wir das herunter. Wir versuchen es zu ignorieren. Wir tun so, als gäbe es das nicht oder als hätte es keine Bedeutung, was weiß ich. Aber das limbische Gehirn hat seine eigenen Vorstellungen, hab ich recht? Deine Unschuld ist romantisch. Sie ist *sexy*, und ich habe gar nicht erst versucht, ihr zu widerstehen. Aber vielleicht sollte ich das. Haben wir Sex *mit dem Kopf*?«

Sie seufzte. »Ich weiß es nicht, Harv. Bereitet dir das jetzt Sorgen? In diesem Moment?«

»Was spricht dagegen?«, entgegnete er. »Die Zeit ist voller Momente. Sie strotzt nur so davon. Ich habe erlebt, wie sie an mir vorbeigeströmt sind.« Dann: »Ach, ich fühle mich *wirklich* nicht gut. Gar nicht gut.«

Fantasierte er? Hatte er eine Gehirnschwellung oder eine innere Blutung?

»Die Sanitäter sollten jeden Moment hier sein«, sagte Patel.

»Okay«, meinte Harv und gab den Widerstand auf. Er trank noch einen Schluck Wasser, dann warf er die Flasche auf den Boden. Und ließ den Notizblock in die sich ausbreitende Wasserlache fallen. »Okay«, wiederholte er und sackte auf dem Stuhl zusammen.

TEIL ZWEI

—

DIE MONSTER

2.1

»Siehst du das? Schau dir das an«, sagte Argur. Und dann, als seine Frau keine Antwort gab und ihn nicht einmal ansah: »Dala, schau her.«

Jetzt wandte sie sich herum und musterte ihn belustigt und ungeduldig. »Was?«

Ihre Tochter Dele wandte sich mit ihr um. Sie enthülsten beide Weizen für das Frühstück, fischten ihn aus einem Korb und ließen die Hülsen auf den Boden und das Korn in kleine Schalen aus Hartlehm fallen. Sie saßen Knie an Knie auf der Holzbank, die Tochter eine kleinere Version der Mutter. Auf ihrem Schoß lag eine Bärenfigur aus Hartlehm, die mit einem Tuch aus gefärbtem Leinen bekleidet war, daneben eine kleine Kugel aus Hartlehm. Das Spielzeug eines Kindes. Und doch war sie fast schon eine Frau. Beinahe alt genug, um die Hütte zu verlassen und eine eigene Familie zu gründen.

»Was?«, wiederholte Dala.

»Ich habe mir neue Haare gemacht«, sagte Argur, schüttelte seine Gedanken ab und hielt das Oval aus Bärenfell hoch. »Siehst du? Mit einem Riemen, damit es mir nicht vom Kopf rutscht. Ha! Ich bin wieder jung!«

Er zeigte es ihr.

Dele lachte. Dala versuchte sich vergeblich das Lachen zu verkneifen. »Mein Honigmann, das sieht aus wie eine Sandale.«

»Wie eine Sandale? Eine Sandale? Unsinn. Wenn ich damit im Dorf herumgehe, wollen alle so was haben.«

Dala warf eine Handvoll Getreidehülsen in seine Richtung. »Wenn du damit rausgehst, werden alle sagen, ich bin verrückt, dass ich dich liebe. Aber das sagen sie ja eh schon.«

»Dann haben wir ja nichts mehr zu verlieren, oder?«

Harv Leonel war nicht richtig anwesend und sah auch nicht durch die Augen des Mannes. Harv Leonel war noch nicht geboren. Und doch würde das von diesem Mann weitervererbte Y-Chromosom irgendwann in der Zukunft Informationen über diese Zeit und diesen Ort an Harvs Hippocampus übermitteln, der sie in episodische Erinnerungen verwandeln würde. In plastische Erinnerungen! Eigentlich sollte das nicht passieren, denn er war nicht mehr mit dem Apparat verbunden. Weshalb reiste er dann immer noch in der Zeit?

Frischer, kühler Harzduft mit einem Anflug von Eis stieg ihm in die Nase, als befände er sich zur Sommerzeit im Gebirge von Colorado. Die Frau und das Mädchen trugen Kleider aus grobem, weitem Stoff, in blauer, gelber und brauner Farbe, die stumpf wirkte im Morgenlicht, das durch den Hütteneingang fiel. Der Stoff war schmutziggrau, grob gewebt und so rau wie die gröbste Decke, die Harv je vor Augen gekommen war. Aber bunt. Nicht nur gefärbt, sondern gemustert, wie auch der Vorhang, der den Eingang teilweise verdeckte. Argur war mit einem grauen Gewand bekleidet, das er an der Hüfte gegürtet hatte.

War dies das Mittelalter?

In der Mitte der Hütte, ein Stück entfernt vom Schlaflager, dem Nachttopf und dem Spielkreis, saßen sie zu dritt um die Feuerstelle herum, auf den Baumstämmen, die Argur behauen, abgeflacht und geglättet hatte. Und dann endlich reichten ihm seine Frau und seine Tochter feierlich das Frühstück aus geröstetem Gerstenkorn mit Blaubeeren in einer schönen Schale aus Hartlehm.

»Herr«, sagte Dala mit übertriebener Ehrerbietigkeit.

»Frau«, erwiderte er lächelnd; ihr Unbehagen belustigte ihn.

»Ich finde, dein Sandalenhaar sieht gut aus«, meinte Dele, die ihrem Vater beim Essen zuschaute.

»Und deshalb bist du die beste Tochter, die ein Mann sich nur wünschen kann.« Er betonte seine Worte, indem er die Schüssel auf seinem Schoß abstellte, die Flöte in die Hand nahm und ein paar helle Töne blies.

»Da-da-daaaaa!«, sang Dele vorsätzlich falsch mit. Eigentlich hatte sie eine wundervolle Stimme – vielleicht die schönste in ganz Nog La –, doch als kleines Kind hatte sie sich angewöhnt, mit mehr Begeisterung als Kunstfertigkeit zu singen, und als sie alt genug war, um zu bemerken, dass sie damit ihren Vater verärgerte, behielt sie ihre Gewohnheit auch dann noch bei, als ihre wahren Gaben längst zum Vorschein gekommen waren.

»Wunderschön«, versicherte er ihr und blies noch ein paar Töne.

Dala stöhnte. »*Das* ist meine Familie? Das ist mein Zuhause?«

Daraufhin legte Argur die Flöte beiseite und fasste sie um die Hüfte. »Wenn das Kind eine solche Enttäuschung ist, sollten wir sie vielleicht eine Weile fortschicken und ein neues machen.«

»Heute nicht«, sagte Dala und schob ihn weg. »Heute Morgen leite ich das Sammeln. Beeren wachsen nämlich nicht in Schüsseln, weißt du.«

»Tatsächlich? Also, das wäre doch was! Vielleicht könnte man einen Blaubeerbusch zu einem Korb flechten, mit Erde bedecken und im Haus pflanzen? Der würde vielleicht sogar die Ratten fernhalten. Wäre jedenfalls besser als ein gewöhnlicher Korb.«

Mutter und Tochter verdrehten beide die Augen, und Argur konnte in ihrem Blick die Gründe sehen. Erstens würde das nicht funktionieren, zweitens hatte Argur ständig solche Einfälle, und drittens war es sinnlos, ihm die lästigen Gegenargumente zu präsentieren. Er hatte einfach nicht die Geduld, still dazusitzen und zuzuhören!

Und deshalb hatte Argur auch noch nicht sein Frühstück beendet, als er sich erhob und sagte: »Ich hätte gern etwas Milch. Wäre das nicht schön? Ich suche mir einen weiblichen Orr-Ochsen mit Kind und leere das Euter direkt in die Schale. Getreide und Milch! Ich bringe euch auch etwas mit, allerdings könnte es sein, dass ich unterwegs etwas verschütte.«

»Ha!«, sagte Dele.

»Ermutige ihn nicht noch«, schalt Dala. Und zu Argur gewandt: »Ist das dein Ernst? Ach, du bist mir schon einer. Aber würdest du bitte vorsichtig sein? Maygas Mann, der im Süddorf lebt, wurde vergangenes Jahr von einem Orr-Ochsen getreten, und seitdem ist er nicht mehr der Alte.«

»Bronon! Ja, guter Mann. Nicht sehr vorsichtig. Nicht so wie ich.«

»Ehrlich, Argur.«

»Ja, ehrlich.«

Und damit zog er den Gürtel enger und nahm Jagdtasche,

Speer und Abhäutemesser an sich, bloß für den Fall, dass die Orr-Kuh sich wehrte und das Ganze hässlich wurde. Im Eingang hielt er jedoch inne, drehte sich um und sagte: »Ich habe mein Frühstück vergessen! Das muss ja nicht sein.«

Er nahm die Schale und trug sie nach draußen, dann machte er sich daran, eine Gruppe um sich zu scharen. »Orr-Ochse! Orr-Ochse! Wer möchte einen Orr-Ochsen jagen?«

Er tat so, als wandte er sich an die Allgemeinheit, doch er wusste bereits, wen er dabeihaben wollte.

»Was hast du denn da auf dem Kopf?«, fragte Thom, sein Nachbar.

»Wonach sieht es denn aus? Ich habe mir das Haar nachwachsen lassen.«

»Das hat nicht mal die richtige Farbe«, wandte Thom ein.

»Na, dann sollten wir vielleicht unterwegs einen Schwarzbären erlegen. Was meinst du?«

»Ich meine, du hast Steine im Kopf. Oder im Herzen, wo auch immer die Dummheit wohnt. Aber ja, einverstanden, ich erlege mit dir zusammen einen Orr-Ochsen.«

»Wir haben es nur auf die Milch abgesehen«, machte Argur klar.

»Häh? Wirklich? Du willst das Vieh lebend fangen?«

»Das ist der Plan.«

Thom verzog das Gesicht, als überlegte er, ob er Argur das ausreden sollte, oder ob das bloß wieder eine dieser Sachen war, bei denen man einfach mitziehen musste. »Weißt du, wir können auch dann Milch kriegen, wenn wir die Kuh erlegen. Das ist eine Menge Fleisch.«

»Ja, sicher. Aber ich habe eine Idee, jedenfalls eine halbe.« Argur blies in die Flöte. »Wir könnten sie hierherbringen!

Sie mit einem Strick anbinden. Dann hätten wir jederzeit Milch.«

»Hm. Wäre das nicht irgendwas zwischen Blödheit und Wahnsinn?«

»Mag sein. So ist das manchmal. Aber wenn es nicht klappt«, er schwenkte den Arm, »können wir den Plan immer noch ändern.«

Thom gab nach. Das war eine dieser Sachen. »Hm«, machte er. »Also gut, abgemacht. Ich hole meine Sachen.«

Hinter Argur sagte jemand: »Du wirst einen Tritt abbekommen.«

Er wandte sich um und erblickte Thoms Frau Birgny, die ihm mit dem Finger drohte. »Pass bloß auf, dass mein Mann nicht auch noch getreten wird.«

»Niemand wird getreten«, versicherte er ihr. »Wir werfen Netze aus drei verschiedenen Richtungen, damit sie nicht flüchten kann. Wir machen einen *Plan*.«

»Wenn ihr sie hierherbringt, könnte sie Kinder und die Alten treten«, warnte sie. »Und außerdem, wer soll die ganze Scheiße wegmachen? Du?«

»Wenn du so viel Milch trinkst, wirst du noch krank«, sagte zwei Häuser weiter eine Frau. Es war Yula, die Cousine des Mannes von Dalas Schwester.

»Vielleicht!«, sagte Argur leichthin. Daran hatte er noch nicht gedacht, doch es war auch nicht das Schlimmste, was passieren könnte. Wenn Menschen Orr-Ochsenmilch tranken, wurde sie meist mit Orr-Ochsenblut gemischt und unter allen aufgeteilt, die sich vor Ort einfanden. Ein paar Schluck hier und da, was machte das schon? Aber wenn es nach dem Genuss des Inhalts eines ganzen Euters an beiden Enden aus ihm herausschießen sollte, nun, dann hatten die Einwohner von Nog La wieder etwas dazugelernt.

»Und was ist das für ein Ding auf deinem Kopf?«, fragte Yula.

Da er die Unterhaltung nicht fortsetzen wollte, reichte Argur den Frauen seine leere Frühstücksschale, verneigte sich respektvoll und ging seines Weges. Drei Häuser zur Seite, zwei Häuser nach vorn … er suchte nicht wahllos, und er musste sich beeilen, wenn er die richtigen Leute abpassen wollte, bevor sie ihren Beschäftigungen nachgingen. In der Burg gab es zwar zehn nachlässige Jäger und zehn gute, doch nur wenige von ihnen waren Ritter von Ell und hatten den Auftrag, das Tal von Nog La vor Monstern und menschlichen Angreifern zu beschützen. Und nur diese wenigen verfügten über die Fähigkeiten und den Mut, die bei dieser kleinen Unternehmung unabdingbar waren. Jeder Idiot konnte Steine auf einen Orr-Ochsen werfen, bis er umfiel. Und jeder *geschickte* Idiot konnte eine Hebelschleuder laden und aus sicherer Entfernung dem Ochsen einen Speer ins Herz treiben. Doch um einen zu fangen, mussten sie nahe an ihn herankommen. Er meinte bereits den Atem der Orr-Kuh zu riechen! Und er hörte die Fliegen, die sie umschwirrten! Ja, das würde sein Tag werden.

»Häuptling«, sagte jemand – ein junger Mann, der Argur plötzlich am Ärmel zupfte. Er hatte noch keinen Bart, und seine Mutter hatte ihm das Haar kurz geschnitten. Es würde noch ein Jahr dauern, bis er die Filzlocken eines Erwachsenen bekommen würde. Er war zu klein für die Kleidung, die er trug, und seine Stiefel waren an den Zehen geflickt.

»Ja, Nortlan?«

»Hast du über meinen Vorschlag nachgedacht?«

»Hm. Was war das gleich noch für ein Vorschlag?«

»Lehm an der Außenseite der Burgmauer aufzubringen.«

»Ah! Nein, darüber habe ich noch nicht nachgedacht.«

»Ich habe es bei meinem Haus ausprobiert«, sagte Nortlan. »Feuerfest. Nicht mal eine Fackel könnte es in Brand setzen!«

»Ich dachte, dein Haus wäre eingestürzt«, sagte Argur belustigt. Der junge Nort war bei seinen Eltern ausgezogen und versuchte, sich ohne die Hilfe eines Älteren in einem Winkel der Burg einen kleinen Unterschlupf zu errichten. Argur bewunderte seine Tatkraft, doch es ergab keinen Sinn. »Und außerdem, weshalb sollten die Mauern feuerfest sein? Wer sollte uns schon mit Feuer angreifen?«

»Das weiß ich nicht«, sagte Nortlan. »Räuber? Trolle? Jabrajabs Männer aus dem Osthügelland?«

Alle drei hatten im Tal von Nog La schon für Probleme gesorgt, und sie waren der Hauptgrund, weshalb es die Ritter von Ell überhaupt gab. Noch niemand aber hatte zu Nortlans Lebzeiten die Burg oder die umliegenden Dörfer überfallen, und in den letzten sechs Jahren war auch niemand ins Tal eingedrungen. Und noch niemand hatte wahllos gebrandschatzt, weshalb sollte man sich dann Sorgen machen? Es gab keinen Grund für solche Neuerungen.

»Glaubst du etwa, jemand könnte mit Reisig und Feuertöpfen durchs Tal marschieren, sich unbemerkt an die Mauer anschleichen und sie in Brand stecken?«

Nortlan schniefte. »Wenn du es so ausdrückst, klingt es idiotisch. Aber was wäre, wenn sie sich im Wald verstecken würden und mit Fackeln angelaufen kämen?«

»Mit brennenden Fackeln über die Wiese laufen?«

»Ja. Warum nicht? Wenn man ein fettgetränktes Tuch ums Ende wickelt, würde sie eine ganze Weile brennen.«

Argur lachte. »Du hast dir ja richtig Gedanken gemacht! Übrigens, Nort, da fällt mir was ein. Wenn du groß und stark wärst, würde ich dir meine Tochter zur Frau geben.«

»Ich bin stark!«, sagte Nortlan abwehrend, plusterte sich auf und reckte die Schultern.

»Ja«, versicherte ihm Argur. »Für einen Mann deiner Größe bist du wirklich kräftig.«

»Hmm.«

Na großartig. Jetzt hatte Argur ein schlechtes Gewissen. Wie hätte es auch anders sein sollen? Niemand mochte es, wenn man ihn als klein oder schwach bezeichnete, selbst wenn es stimmte, und kein junger Mann ließ sich gerne sage, er dürfe nicht heiraten. Manchmal redete Argur, ohne vorher nachzudenken.

»Es ist gut, sich Gedanken zu machen«, räumte er ein. »Wirklich. Sehr gut. Die meisten Leute tun das nicht. Und es ist gut zu wissen, *wie* man etwas feuerfest machen kann. Das merken wir uns, einverstanden? Nicht jede Idee erweist sich sofort als nützlich, manche tun es nie. Aber Ideen sind auch eine Art von Stärke, oder? Und die hast du.«

Nortlan wirkte ein wenig beschwichtigt, jedoch nicht vollständig.

»Und jetzt muss ich los«, sagte Argur. Unvermittelt fragte er Nortlan: »Würdest du gern mit auf die Jagd gehen? Natürlich nur mit Einverständnis deiner Mutter und wenn du versprichst, dich aus allem rauszuhalten.«

Vielleicht war das keine gute Idee; Nortlan war kein Jäger und alles andere als ein Kämpfer. Aber er war ein guter Begleiter, und irgendwann musste auch er lernen, wie man im Alltag zurechtkam.

»Ich frage sie«, sagte Nortlan, ohne sich zu erkundigen, was sie jagen würden. Jetzt war er tatsächlich besänftigt, denn Argur hatte ihm Respekt erwiesen. »Ach, übrigens, Argur. Noch was.«

»Ja, Nort?«

»Was hast du da auf dem Kopf?«

Argur lachte. »Das ist Haar. Möchtest du auch was?«

Als Argur weiterging, blickte Harv Leonel durch seine Augen und sah … nun, er war sich nicht sicher, was er sah. Eine Ansammlung von Hütten mit Kuppeldächern, erbaut aus miteinander verflochtenen Stöcken, Stroh und gelblichen Tierhäuten – vielleicht fünfzig Behausungen insgesamt. Aus einigen stieg in der Mitte Rauch auf, und überall eilten Männer, Frauen und Kinder geschäftig umher. Dies alles wurde eingefasst von einer Wand aus angespitzten Palisaden, die ein Rechteck von etwa zweihundert Metern Breite umschloss. Tausende von Holzpfählen! Ein ganzer Wald! An gegenüberliegenden Seiten standen zwei primitive Wachtürme mit einem kleinen Sitz an der Spitze, der an ein nach innen weisendes Sprungbrett erinnerte. Im Moment waren sie unbesetzt, was vermutlich etwas über die Gefahrenlage aussagte.

Die Siedlung wirkte wie eine Mischung aus mittelalterlichem Dorf, Wildwestfort und afrikanischem Nomadenlager. Es gab keine Tiere, keine Karren mit Rädern, nicht einmal Schlitten, und bei genauerem Hinsehen stellte sich heraus, dass sämtliche Werkzeuge aus Holz, Stein oder Knochen gemacht waren, manchmal mit Harz und Rohleder zusammengefügt. Kein Metall, also befand er sich in der Steinzeit, nicht im Mittelalter. Überall lagen lange, schmale, blattförmige Werkzeuge herum – Speerklingen, Messer mit Holzgriff, Nadeln und Schaber. Sie waren durchweg gut gearbeitet, doch keine der Gerätschaften war angespitzt, gebogen, geriffelt oder gerillt. Sie wirkten primitiv, verglichen mit den Steinzeitartefakten, die Harv in Museen gesehen hatte. Auch die Hütten wirkten äußerst einfach; von den gefärbten Stoffvorhängen abgesehen, hätten sie an jeden Ort und in jede Zeit gepasst.

Und doch waren diese Menschen gut organisiert. Sie besaßen Töpferwaren, Befestigungen, individuell angepasste Textilkleidung und … eine Art Kriegerkaste? Das ergab für ihn keinen Sinn, und zum zweiten Mal fragte er sich, wo und in welcher Zeit zum Teufel er gelandet sein mochte.

Nach und nach versammelte Argur zehn Ritter um sich. Da waren Khap, der Sprinter, Pagel, der Streckenläufer und die drei Brüder Snar, Gower und Gausch – wohl die drei kräftigsten Männer im ganzen Tal. Da waren Perri, Ronk, Max, Timlin und Thom. Und dann war da noch Jek, wenngleich Argur insgeheim gehofft hatte, er würde es nicht schaffen.

»Dein neues Haar sieht *toll* aus«, sagte Jek zu Argur, als er zusammen mit den zehn Rittern (und Nortlan) vor sein Haus trat. »Also gehen wir auf die Jagd? Wegen Mamis Milch? Puh. Vermisst der Häuptling die Milch seiner Mami?«

So redete Jek immer daher, und Argur fand sich nur deshalb damit ab, weil Jek der beste Jäger, Ringer und Steinewerfer weit und breit war. Was ihm an Körperkraft fehlte, machte er mit Präzision und Aggressivität mehr als wett. Er hatte sogar mal einen Troll niedergeschlagen! In einem fairen Kampf hätte er wohl auch Argur besiegen können, doch um damit durchzukommen, hätte er auch die anderen Ritter besiegen müssen, und das würde er nicht wagen. Ganz so dumm war er nicht.

»Es könnte schwierig werden«, sagte Argur zu ihm. »Ich brauche gute Leute.«

»Und *Jungen* offenbar auch«, meinte Jek, Nortlan von oben bis unten musternd.

»Der ist in der Ausbildung, und er gehört zu mir, also lass ihn in Ruhe, wenn du's dir nicht mit mir verscherzen willst.«

»Wird gemacht«, versprach ihm Jek. »Auch wenn er anscheinend nicht für sich selbst sprechen kann, versichere ich euch beiden, dass er von mir nichts zu befürchten hat.«

»Dann bin ich ja beruhigt«, sagte Argur in einem Tonfall, der das Gegenteil ausdrückte. Und dies war eines von Jeks weiteren Talenten: Er rief stets Widerspruch und Widerstand hervor, wenn man sich nicht in Acht nahm. Dann sagte er: »Hast du noch das Netz, das wir letzten Sommer verwendet haben? Nicht das Fischernetz, das andere.«

Jek nickte. »Das Fangnetz? Ja, das hab ich noch. Soll ich's mitnehmen?«

»Ja, und auch ein paar Seile, wenn es geht. Ich habe einen Plan.«

»Den hast du immer«, sagte Jek.

Er ging wieder ins Haus, worauf mehrere Männer obszöne Gesten machten.

»Hört auf damit«, sagte Argur.

»Hör du auf«, murrte Gausch.

Argur überhörte das und rief stattdessen in Jeks Hütte: »Vergiss nicht, diesmal Wasser mitzunehmen. Und etwas Proviant und was du sonst noch brauchen wirst.«

»Vielleicht ein bisschen Otternfett für meine Lippen«, erwiderte Jek von drinnen. Es blieb unklar, ob das ein Scherz sein sollte, oder ob es ihm damit ernst war. Vor allem Frauen fetteten sich die Lippen ein, zumal im Winter. Für einen Mann war das mitten im Sommer eine eigenartige Bemerkung. Argur seufzte; das konnte ein langer Tag werden.

Zu den versammelten Rittern sagte er: »Ich habe meine Flöte mitgebracht. Hat jemand eine kleine Trommel dabei? Oder eine Rassel?«

»Oder eine Singstimme?«, fragte Pagel.

Daraufhin wurde gelacht, denn ihre grauslichen Stimmen waren in Nog La berüchtigt.

Schließlich trat Jek aus der Hütte. Er hatte sich eine rote und eine blaue Falkenfeder hinter das Stirnband gesteckt. Die beiden Farben kreuzten sich in der Mitte seiner Stirn wie ein Visier. Das war Unsinn, denn eine Feder reichte vollkommen aus, um die Augen vor der Sonne zu schützen, und so hielten es die meisten Männer. Aber da Argur ein rundes Stück Bärenfell auf dem fast kahlen Kopf trug, war dies vielleicht kein passender Moment, um Jeks Erscheinung zu kritisieren.

Jek hatte viel mehr Ausrüstung mitgebracht, als er benötigte. Dies erstaunte Argur kurz, denn Jek hatte an zahllosen Jagden, Patrouillen und sogar Kämpfen teilgenommen und wusste genau, wie viel ein Mann tragen konnte. Als er jedoch Nortlan etwas von dem Zeug reichte, wurde Argur seine Absicht klar, und er warf Jek einen warnenden Blick zu, der daraufhin einen Teil der Ausrüstung wieder ins Haus brachte.

»Mein Fehler«, murmelte er.

Dann endlich konnten sie aufbrechen.

Thom lehnte sich zu Argur hinüber und fragte: »Weshalb nimmst du immer Jek mit? Wenn er dabei ist, macht es keinen Spaß.«

»Ach ja?«, entgegnete Argur halblaut. »Vielleicht muss ja nicht alles immer Spaß machen. Vielleicht ist das ja eine ernsthafte, gefährliche Beschäftigung, und ich mache mir Sorgen, was passieren könnte, wenn er nicht mit dabei ist.«

Thom schnaubte. »Was du nicht sagst. Hast du Bedenken?«

»Überhaupt nicht. Es ist den Versuch wert! Ich halte das

sogar für eine ziemlich gute Idee, aber wer weiß? Orr-Ochsen sind massige Tiere.«

Argur bekräftigte seine Aussage damit, dass er den Hebelwerfer in die Hand nahm, einen Speer einlegte und ihn auf das Bild eines Orr-Ochsen richtete, das jemand mit gelber Farbe auf die Burgmauer gemalt hatte. Er traf natürlich genau die Stelle, wo das Herz saß.

Die Innenseite der Mauer war geschmückt mit verschiedenen Zeichnungen: Bäume und Blumen, Sonnen und Monde, Wolken, Flüsse und übergroße Blätter wichtiger Heilpflanzen. Vor allem aber waren Tiere abgebildet, und die vor allem verwendeten sie zum Üben. Und da die Mauer aus aneinandergebundenen angespitzten Pfählen bestand, zerfaserten sie schneller, als wenn sie nur der Witterung ausgesetzt gewesen wären. Das ärgerte die Zimmerleute, welche die Mauer mehrmals im Jahr ausbessern mussten. Doch da die Zimmerleute auch Jäger waren, machten sie gute Miene zum bösen Spiel. Meistens jedenfalls.

»Guter Schuss«, sagte Thom ohne besondere Begeisterung.

Dann feuerte er seinen Speer durch das Auge eines rot gemalten Mammuts, und Jek versenkte seinen Speer gleich neben Thoms, und dann erlegten alle imaginäre Schneeleoparden und Wollnashörner, und Timlin versuchte sich an einem Distanzschuss auf ein Geschlechtsteil und traf auch dies.

Sich gegenseitig lobend sammelten die Männer die Speere ein, und es wurde geflucht, als sich herausstellte, dass Gowers Speerspitze abgebrochen war. Sie verloren ein wenig Zeit, da er Ersatz holen lief, doch bald darauf näherten sie sich dem Burgtor, das von einem mürrisch wirkenden Jungen und einem resigniert wirkenden alten Mann bewacht wurde, die es öffneten, ohne dazu aufgefordert worden zu sein.

Anhand der Tierdarstellungen revidierte Harv augenblicklich seine Schätzung. Wenn es hier Wollnashörner gab, dann war dies die Eiszeit, und er befand sich mindestens so weit in der Vergangenheit wie im Königreich und Der Stadt. Wahrscheinlich war er sogar noch weiter zurückgereist. Jetzt aber war er verwirrt, denn diese Leute waren schwarzhäutig. Oder vielmehr mittelbraun, aber sie wirkten eindeutig afrikanisch, und es gab hier Leoparden und Nashörner. Dabei hatte die Umgebung nichts Afrikanisches an sich.

Zum Öffnen des Tores musste eine Seilschlinge mit einer langen Stange von einem Pfosten gefischt werden, dann wurden die Torhälften an knarrenden Seilscharnieren angehoben, und sie konnten hindurchgehen. Jede Torhälfte war etwa halb so hoch wie die Mauer und bestand aus Baumstämmen, die etwa halb so breit wie die Mauerpfähle waren. Es war eine wacklige Angelegenheit, und selbst mit einem kleinen Rammbock hätte man das Tor mit ein paar Anläufen aufbrechen können, doch Harv nahm an, dass man Rammböcke nicht als Gefahr betrachtete. Gleichwohl war er beeindruckt. Die Holzbohlen des Tors waren so spitz wie die der Burgmauer, und es wäre ziemlich gefährlich, die Befestigung an irgendeiner Stelle zu überklettern, vorausgesetzt, die Ritter von Ell gaben einem Gelegenheit dazu.

Die Bezeichnung Ritter war eine eher behelfsmäßige Näherungsübersetzung; die Sprache war Harv völlig unbekannt und hatte keine Begriffe wie Kampf, Krieger, Elite oder dergleichen. Das Wort für Kampf und Krieger war Bork, und das Wort für Jagd/Jäger war Heezh. Die Bezeichnung für die Krieger von Ell lautete Makla, was auch Stock, Knüppel oder Speer bedeutete.

Ell wiederum war eine Art Eigenname, der Respekt ausdrückte, wenngleich auf nicht ganz ernsthafte Weise. Vermutlich war das so, als wenn sie sich – entsprechend unserem heutigen Verständnis – als Speere von Uncle Sam oder Knüppel des Heiligen Hieronymus bezeichnet hätten.

Und ja, die Art und Weise, wie der alte Mann und der Junge das Tor öffneten, zeugte von Respekt, doch das war nicht der Grund, weshalb sie es öffneten. Es war Morgen, und damit setzte ein ständiges Kommen und Gehen ein. Im Innern der Burg gab es nicht viel außer festgetrampelter, teilweise auch morastiger Erde, welche die Bewohner hier und da mit Stroh bedeckt hatten. Der Alltag – das Jagen und Sammeln – spielte sich anderswo im Tal ab.

Und da verschmolz Harvs Bewusstsein wieder mit dem Argurs, denn Argur gingen anscheinend ganz ähnliche Gedanken durch den Kopf. Es war tatsächlich an der Zeit, dass das tägliche Kommen und Gehen einsetzte, und da winkten ihm auch schon seine grauhaarigen Eltern, die sich bereit machten für den täglichen Fischzug.

»Gute Jagd!«, sagte Argurs Vater Urdo.

»Euch auch«, erwiderte Argur herzlich.

»Ach, davon kann ich nur noch träumen«, meinte Urdo. »Meine Knochen tragen mich nicht mehr schnell genug, das merke ich auch, wenn ich einen Pfeil schleudere. Mit der Jagd bin ich fertig. Oder die Jagd mit mir.«

»Unsinn. Bald wirst du uns wieder begleiten.«

Anders als Urdos Vater – Argurs geliebter Großvater Kostna – war Urdo nie ein Ritter von Ell gewesen. Er hätte es werden können, doch die zeitraubenden Verpflichtungen und die Organisation hatten ihn nicht interessiert. Dafür war sein Geist zu unstet. Aber er war ein tüchtiger und eifriger Jäger gewesen und ein guter und fleißiger Zimmermann, hatte sich in den vergangenen vier Jahren aber auf das Netz und den Fischspeer verlegt.

»Fische laufen nicht weg«, sagte er. »Sie wehren sich nicht, sie sind nicht schwer, und sie schmecken so gut wie ein Mammut oder ein Orr-Ochse. Ich bin zufrieden, mein Junge.«

»Wie du meinst«, sagte Argur.

Ilga, Argurs Mutter, setzte hinzu: »Und er kann mich mitnehmen. Welcher Mann wünscht sich nicht, dass seine Frau Tag und Nacht an seiner Seite ist und ihm gute Ratschläge erteilt?«

»So ist es!«, sagte Urdo strahlend.

Argur nickte. Ja, ganz recht. Wie du meinst.

Nismu, der Magier der Sonnenaufgangsburg, ging mit einem kokelnden Stock und einer Handvoll Federn umher und nickte den Leuten zu.

»Mögen die Geister dich auf deinem Weg leiten. Mögen die Geister dich auf deinem Weg leiten. Mögen die Geister …«

In der Nähe formierte sich Dalas Sammelgruppe, ausgerüstet mit Sicheln, Körben und Sonnenvisieren aus Vogelfedern. Anscheinend wollten sie Getreide ernten, vielleicht auch ein paar Rüben – beides die Hauptnahrungsmittel in Nog La.

Argur hatte Dala schon mehrfach vorgeschlagen, außerhalb der Burg Getreidekörner zu verstreuen; vielleicht würden sie ja keimen und Wurzeln schlagen. Was würde es schaden, ein bisschen Getreide in der Nähe zu haben? Aber nein, die Idee gefiel ihr nicht. Der Boden sei nicht geeignet, außerdem würde es nichts bringen, den Boden mit einem Stock aufzubrechen, bla-bla-bla. Sie liebte es nun einmal, zusammen mit ihrem Frauengefolge die Wiesen zu durchstreifen, außerhalb der Hörweite von Männern und Kindern. Manchmal hörte man sie in der Ferne lachen.

Es dauerte eine Weile, bis die Männer das Tor passiert hatten. Sie schritten nicht energisch aus wie Herren ihrer Umgebung, und sie gingen auch nicht geduckt oder verstohlen, doch die Art und Weise, wie sie sich bewegten und umschauten, ließ eine gewisse inszenierte Vorsicht erkennen, die an ein Team von Spezialkräften bei Verlassen eines Gebäudes erinnerte. An ein ziemlich träges und gut gelauntes Einsatzteam, das nicht mit Ärger rechnete, aber gewohnheitsmäßig darauf gefasst war.

Wie üblich trat Argur als Letzter aus dem Tor und übernahm dann die Führung. Eine Weile marschierten sie im Pulk, entfernten sich in weitem Bogen von der Burg und hielten Ausschau nach Fährten und Losung, die hier nicht hingehörten. Offen für Gerüche und Geräusche, für kreisende Geier am Himmel und alles andere, was auf Ärger hindeuten mochte. Das komplette Aufgebot der Ritter von Ell patrouillierte nicht *immer* als Erstes am Morgen. Manchmal waren es auch nur zwei oder drei Männer. Wenn die Ritter sich um ihre eigenen Angelegenheiten kümmern mussten, erledigte dies eine kleine Gruppe gewöhnlicher Jäger oder Gruppen gut bewaffneter Frauen. Alles andere wäre ungünstiger gewesen. Aber die Sonnenaufgangsburg lag in Gehweite der Mündung des Ketlan-Passes, der sich zu den Hochtälern emporschlängelte, wo Monster wohnten, und da durfte man nicht nachlässig sein.

Erst vergangenen Winter hatten Argur und Thom in der Nähe der Burgmauer einen Schneeleoparden erlegt, und vor zwei Sommern waren die Ritter auf einen frisch angelegten Bau grauer Hyänen gestoßen. Nicht *unmittelbar* vor der Burg, aber doch in so großer Nähe, dass es zu Besorgnis Anlass gab. Die Hälfte der buckligen Tiere hatten sie aufgespießt oder erschlagen, den Rest hatten sie in die Berge getrieben und ihnen hoffentlich Angst und Abscheu vor den Menschen eingeflößt. Denn so sorgte Nog La für die Sicherheit seiner Kinder und die der Erwachsenen.

»Alles klar«, sagte Jek – stets der Erste, der Meldung machte.

»Alles klar«, sagte kurz darauf Nortlan, als ob jemand Wert auf seine Meinung gelegt hätte.

»Alles klar«, meldete Thom kurz darauf. Und das *hieß* etwas, denn Thom war ein gründlicher und vorsichtiger Mann. Die übrigen Männer warfen noch ein paar Blicke umher, dann erstatteten auch sie Meldung. Und wie üblich war Argur der Letzte und Lauteste. »ALLES KLAR!«, rief er in Richtung des Burgtores. Und daraufhin kam ein Pulk lachender Frauen hervor, von denen einige die Stimmen der Männer nachäfften.

»Alle blöd!«

»Alle aufgeblasen!«

»Alle unterwegs mit Idiotenauftrag!«

Nortlan gefiel das nicht; endlich war er unter Männern und wurde (mehr oder weniger) so behandelt, als gehörte er nicht hierher. Die Respektlosigkeit bezog er auf *sich*, und das sah man ihm an. »Seid still!«, rief er den Frauen aufgebracht zu.

Die Männer lachten, jedoch nicht aus dem richtigen Grund. »Ho! Da hast du's ihnen aber gegeben.«

»Gut gemacht, Nort.«

»Manche von uns müssen abends nach Hause gehen, weißt du.«

Sie standen noch eine Weile herum, dann war es an der Zeit, an die Arbeit zu gehen. Die Luft war kühl und feucht, die Sonne würde jeden Moment über die Baumwipfel aufsteigen.

»Wo wollen wir eigentlich hin, Häuptling?«, wollte Jek wissen.

Worauf Snar erwiderte: »In den vergangenen Tagen wurden unten am See Orr-Ochsen gesehen.«

»Die haben sich gepaart«, meinte Gower und machte für den Fall, dass jemand ihn nicht verstanden hatte, eine rüde Geste.

Argur lachte höflich und sagte: »Wir haben es eher auf die *kalbenden* Kühe abgesehen.«

»Auf die, die sich vor zehn Monaten gepaart haben«, erklärte Gausch und wiederholte die derbe Geste.

Nort wiederholte die Geste ebenfalls, warum auch immer.

Und dann, nach einigem Kopfnicken und Achselzucken, setzten sie sich alle im Pulk in Bewegung und marschierten pfeifend zum See hinunter.

Das Tal von Nog La war breit und lang; ein kräftiger Mann brauchte einen ganzen Tag, um es zu durchqueren, und drei Tage, um von der Sonnenaufgangsburg zum anderen Ende zu marschieren. Es gab darin Wiesen und Wald, und der Runde See lag ungefähr in der Mitte, nahm ein Viertel der Talbreite ein und war einer der Hauptgründe, weshalb die Jagd sich hier lohnte. Als Snar meinte, am See gebe es Orr-Ochsen, wollte er damit ausdrücken, sie hielten sich an der der Burg zugewandten Seite auf. Irgendwo am See gab es *immer* Orr-Ochsen. Und auch Bisons und Riesenelche, wenngleich das Bison im Grasland umherstreifte und der Elch eher im Wald. Außerdem gab es im Tal so viele Wühlmäuse, Hasen und Ponys, dass selbst zwei faule Jäger sicher sein konnten, eine Mahlzeit für ihre Familien zu erlegen.

Außerdem wuchsen hier im Sommer genügend Karotten, Kohl, Rüben und Pastinaken, um den Topf das ganze Jahr über zu füllen, sollten die faulen Jäger einmal mit leeren Händen heimkehren. Und es gab reichlich Getreide; Weizen, Roggen und Gerste, die die Frauen mit Sicheln ernteten und bündelweise auf Dreschdecken ausschüttelten. Damit waren Dala und ihre Kumpaninnen heute beschäftigt, und es bedeutete, dass es in ein paar Tagen Ogabrot geben würde – eine Delikatesse, die hier im Tal erfunden worden war, und die Besucher gerne mitnahmen. Eine Art von hart gebackenem Getreidebrei, so fest wie ein Stück Obst und innen doch trocken und locker, anders als jede andere Speise.

Das einzige Problem waren die Ratten. Auch davon gab es viele im Tal, und sie nagten sich durch Körbe hindurch und beschmutzten alles, was sie nicht fraßen. Das Ogabrot zog sie besonders stark an, deshalb musste man es rasch verzehren, sonst fanden sie es und kamen einem zuvor. Oder es verschimmelte. Frisch aus dem Feuer aber war es warm und köstlich und voller Liebe.

»Ich freue mich schon auf den Duft beim Backen«, sagte Nortlan, als hätte er Argurs Gedanken gelesen.

»Vielleicht lässt dich ja irgendein Mädchen *essen*«, meinte Jek. Ein paar Männer lachten darüber, denn Nortlans Mutter nahm am Ernten, Mahlen und Backen nicht teil, und vielleicht war der Duft alles, was Nort von der Unternehmung zu erwarten hatte.

»Komm zu mir«, sagte Argur. »Wir behalten was für dich übrig.«

Das führte zu derben Bemerkungen über Argurs Tochter – würde sie Nortlan füttern? Würde sie ihm beim Essen das Haar streicheln? Würde sie mit ihm *Gargo* trinken und in seinen Armen benebelt werden?

Gargo war ein weiteres Getreideprodukt, nicht in Nog La erfunden, aber möglicherweise hier vervollkommnet. Das Getreide zu befeuchten und vergären zu lassen war eine schwierige Angelegenheit, die häufig nichts weiter als ein paar Krüge mit stinkendem Schleim ergab, doch die Frauen der Seedörfer verstanden sich auf die Herstellung und tauschten *Gargo* bei den Bewohnern der Sonnenaufgangsburg häufig gegen *Ogabrot*. Die Burgfrauen klagten immer, es mache zu viel Arbeit und die Männer tränken es zu schnell, und das führe zu … Unbesonnenheit.

Diese Unterstellungen veranlassten Argur, ein paar Männer zu boxen, um die Familienehre zu verteidigen, und er musste auch ein paar Hiebe einstecken, denn die Männer, die er geboxt hatte, verteidigten wiederum ihre Ehre. Manchmal schaukelte sich eine solche Situation zu einer ausgewachsenen Schlägerei hoch – aber sie beruhigten sich alle schnell wieder und beschlossen, sich stattdessen ins feuchte Gras zu legen, eine Weile zu rasten und zuzuschauen, wie die Wolken unterschiedliche Formen annahmen. Warum auch nicht?

»Ich sehe ein Mammut«, sagte Thom, die Hände hinter dem Kopf verschränkt.

Darüber lachten die Männer, denn Thom sagte das jedes Mal, wenn er zum Himmel aufsah, bei Tag und bei Nacht. Er war entweder unfähig oder nicht gewillt, dort oben etwas anderes zu sehen, oder wiederholte einfach nur einen müden Scherz.

»Ich sehe Kiefern«, sagte Timlin.

»Ich sehe Wölfe«, sagte Max und zeigte auf eine bestimmte Stelle am Himmel. Argur musste ihm recht geben; die Wolken sahen tatsächlich wie Wölfe aus, jedenfalls einen Moment lang. Und dann erstarb die Unterhaltung.

»Deine Tochter ist sehr hübsch«, sagte Nortlan nach einer ziemlichen Weile.

»*Meine* Tochter?«, rief Max, was neuerliches Gelächter zur Folge hatte, denn seine Tochter war erst drei Jahre alt.

»Nein!«, widersprach Nort empört. »Argurs Tochter.«

»Ah. Sie ist tatsächlich wunderschön«, pflichtete Argur ihm bei.

»Und freundlich.«

»Ja.«

»Und lustig. Und fleißig. Sie kann sammeln und weben und nähen.«

»Das stimmt.«

Argur wartete ab, ob Nort das Thema weiterverfolgen würde. Ein Teil von ihm wollte sagen: »Halt dich von meinem kleinen Mädchen fern.« Er hatte sich immer vorgestellt, dass Dele einen Ritter heiraten würde oder wenigstens einen Jäger, und Nortlan zeigte keine diesbezügliche Neigung. Welches Recht hatte er, sich für sie zu interessieren, wenn er nichts vorzuweisen hatte? Ein anderer Teil von ihm wollte den Jungen auf die Probe stellen, um festzustellen, ob er auf anderen Gebieten Stärken hatte. War er ein guter Vogelfänger oder Handwerker, verstand er sich aufs Wetter, oder war er ein Friedensstifter? Konnte er singen oder tanzen? Bislang hatte er keines der gewöhnlichen Talente erkennen lassen, abgesehen davon, dass er sich ganz gut beim Fischfang machte.

Dabei konnte man jedoch nicht viel falsch machen. Er benutzte nur selten ein Netz oder den Speer, sondern baute stattdessen Fallen aus senkrechten Stöcken, kleine Burgen mit Eingängen, die erst breit, dann schmal und schließlich wieder breit waren. Fische und Krustentiere schwammen hinein und konnten dann den Ausgang nicht mehr finden, sodass Nortlan sie einsammeln konnte wie Rüben in einem Beet. War das schlau oder ein Zeichen von Faulheit? Nort war nicht unbedingt faul – bisweilen war er sogar ausgesprochen tatkräftig –, doch er war ein Junge. Was konnte man aus ihm machen? Pock, sein Vater, *war* faul und schloss sich gern Jagdgruppen an, damit er seinen Anteil einfordern konnte, verbrachte aber die restliche Zeit mit Schlafen, Kieselwerfen und Borgen. Nanka, Norts Mutter, war genauso.

Zumindest war Nort bei Alten und Kindern beliebt. Das war immerhin etwas, und vielleicht würde er ja hier unter Rittern und Jägern ein bisschen mehr über sich herausfinden. Unterwegs waren schon seltsamere Dinge passiert.

Und ein dritter Teil von ihm wollte das Problem ignorieren und sich auf die anstehende Aufgabe konzentrieren, und dieser Teil setzte sich durch. »Genug ausgeruht. Schluss mit der Wolkenguckerei«, sagte er. Ächzend richtete er sich auf, und die Ritter folgten seinem Beispiel und streiften Gras und Dreck von Gewändern und Hosen – die Muße war vorbei. Bald darauf waren sie wieder unterwegs, pfeifend und sich gegenseitig mit Kiefernzapfen bewerfend. Die Stimmung war gut.

2.2

Das Leben in Nog La war nicht immer so einfach gewesen. Argurs Großvater hatte gern Geschichten erzählt, die von seinem eigenen Großvater stammten, aus einer Zeit, als es noch keine Ritter und Burgen gab. Aus einer Zeit, als es mehr Monster als Menschen gab, als Trolle und Riesenbären im Tal umherstreiften und als immer wieder Dorfbewohner von Leoparden und Löwen verschleppt wurden. »Diese Gegend hat einmal den Trollen gehört«, pflegte Großvater zu sagen, »und die Tiere des Waldes wussten, dass sie gut beraten waren, sich nicht mit ihnen anzulegen und dass es viel einfacher war, Menschen zu pflücken wie Beeren.«

Argur fragte sich natürlich, weshalb die Menschen überhaupt hier gesiedelt hatten, wenn es doch so gefährlich gewesen war. Auf unbestimmte Art wusste er, dass sie zu Beginn der Zeit an einem viel wärmeren, viel sichereren Ort gelebt hatten, wo kein Bedarf an Rittern bestanden hatte. Aber wegen der Schlangen oder der Früchte oder irgendwas anderem mussten sie fortgehen und waren zehn Generationen lang umhergewandert. Vermutlich war die ganze Welt ein sehr gefährlicher Ort gewesen, wenn seine Vorfahren das Tal als Zuflucht betrachtet hatten! Und deshalb fragte er sich auch, wie viele Generationen mutiger, harter Arbeit nötig gewesen waren, um die Trolle und Monster von hier zu vertreiben. Oder sie zumindest *fast* zu vertreiben, denn Argur wusste von mindestens einem Troll, der hin und wieder am Rand des Tales gesehen wurde, wo er Kleinwild jagte und Rüben sammelte, wenn es nicht zu hell war. Also vor allem zu Sonnenauf- und Sonnenuntergang und an Regentagen.

Irgendwann lief ein Hase zwischen ihnen hindurch und bellte verärgert. Kurz darauf lief ein Silberfuchs in dieselbe Richtung, und zunächst schien es so, als jage der Fuchs den Hasen, bis er ihn überholte und auf seine durchtriebene, fuchsige Art weiterlief und sich wie Wasser einen Weg zwischen den Bäumen hindurch bahnte.

»Seid wachsam«, sagte Thom leise.

Die Ritter von Ell spannten sich an, machten die Waffen bereit und blickten in die Richtung, aus der die beiden Tiere gekommen waren.

Einen Moment lang tat sich nichts, und dann …

Und dann platzten die Schösslinge am Waldboden auseinander, und ein schwarz-weiß geflecktes Tier brach aus dem Wald hervor. Zunächst nahm Argur an, es sei ein Eber, doch dafür war es zu groß, und dann wurde ihm bewusst, dass es *viel* zu groß war. Als es die zehn bewaffneten Menschen sah, kam es rutschend zum Stehen, doch es fauchte, hob die Vorderbeine an, ließ sie wieder sinken und stampfte mit seinen riesigen Füßen auf den Boden.

»Ein Boolis!«, rief jemand.

»Scheiiiiße!«

»Speere aufsetzen!«, befahl Argur, denn einen Kampf mit einem Boolis konnte man nur überleben, wenn man den Speer auf den Boden pflanzte. Die Männer aber hatten heute nur Kurzspeere und Lederschleudern dabei, denn sie hatten es auf einen Orr-Ochsen abgesehen, den sie nicht erlegen wollten. Sie brauchten nur eine Kuh ins Netz zu treiben, und wenn es schiefging, mit den Schleudern Speere abzufeuern. Ein Kurzspeer reichte nur bis zum Kinn und bot kaum Schutz vor einem solchen Tier. Mit dem riesigen Horn am Kopf – so groß und so stumpf wie ein Steinhammer und etwa gleichauf mit dem Kopf eines Menschen – war das Boolis an der Schulter doppelt so hoch wie ein Mann und wog so viel wie eine ganze Herde Orr-Ochsen. Es hatte eine gewisse Ähnlichkeit mit dem Mammut und dem Wollnashorn – und auch mit einem übergroßen Eber –, übertraf sie aber alle an Körperkraft, und mit seiner schwarz-weißen Musterung pflanzte es Furcht in die Herzen selbst der Tapfersten. Eigentlich ein einzelgängerischer Pflanzenfresser, war es schneller als ein Höhlenbär, gemeiner als ein Vielfraß und wohl das gefährlichste Tier, das je im Wald umhergestreift war.

Die Männer aber gehorchten, und zu Argurs Überraschung ahmte Nortlan sie nach, während in seinem Gesicht tapferer Stolz und Entsetzen miteinander im Wettstreit lagen. Zusammen mit den Rittern von Ell gegen Monster kämpfen! Wäre ihm das Ausmaß der Gefahr bewusst gewesen, hätte er sich vermutlich nicht so tapfer gefühlt.

Das Boolis knurrte, stampfte mit den Beinen, streifte mit einem gewaltigen Huf sein Riesenmaul und schrie.

Die Männer schrien ebenfalls, denn manchmal ließen sich Boolisse auf diese Weise verscheuchen.

Die jungen Exemplare waren reinweiß, nicht sehr kräftig und hatten ein langes, spitzes Horn. Sie ähnelten Hirschen oder Pferden, abgesehen davon, dass sie wehrhaft und gefährlich waren, doch sie streiften einsam umher und wurden hin und wieder von Wolfsrudeln oder Wölfen gerissen. Auch Menschen hatten schon Boolisse erlegt, wenn sich die Gelegenheit dazu bot, doch ihr Fleisch war zäh und geschmacklos. Mit zunehmendem Alter wurde das Horn nicht mehr länger, sondern wuchs nur noch in die Breite, und das Boolis setzte harte Muskeln an, so zäh wie Rohleder, während die Rippen so dick wie Baumschösslinge waren. Wollte man ein ausgewachsenes Boolis töten, musste man ihm *von unten* einen Speer genau ins Herz treiben und wieder hervorkommen, bevor es über einem zusammenbrach oder einen tottrampelte. Argur hatte von Leuten gehört, die diese Erfahrung überlebt hatten, doch er wollte auf keinen Fall in eine solche Lage geraten.

Vielleicht aber vergaßen die Boolisse nicht, dass sie einmal verwundbar gewesen waren, wenn sie zu Monstern heranwuchsen. Vor Menschen und Fleischfressern nahmen sie sich in Acht und scheuten vor Feuer, heftigen Bewegungen und lauten Geräuschen zurück. Hatte man eine Hand frei, empfahl es sich, mit einem Tuch zu wedeln. Sie mit Wasser zu bespritzen war ein weiterer Trick, der manchmal zum Erfolg führte, falls man gerade den Mund voller Wasser hatte.

Dieses spezielle Boolis ließ sich leider mit Geschrei nicht verscheuchen und auch nicht mit den Speeren einschüchtern. Es kam einen Schritt vor, dann noch einen, und dann rannte es mitten durch ihre Gruppe hindurch. Ritter flogen zur Seite wie Blätter im Wind. Das Boolis schrie erneut, dann verschwand es mit donnernden Hufen im Wald und trampelte alles nieder, was sich ihm in den Weg stellte.

»Meldung«, sagte Argur.

»Unverletzt«, antwortete Thom. Mehrere andere Männer bestätigten das Gleiche.

Dann aber sagte Gausch: »Verletzt. Der Speer ist gebrochen. Ich glaube, ich habe mir das Handgelenk verstaucht.«

Und Timlin sagte: »Gesichtsverletzung. Ich blute. Weiß aber nicht genau, wo.«

Es entstand eine Pause.

»Sonst noch jemand?«, fragte Argur, und als sich niemand meldete: »Gut gemacht, Leute. Das war kein Scherz.«

Dann wandte er sich zu Timlin herum, legte ihm die Hand ums Kinn und lachte gackernd. »Autsch. Deine Lippe ist aufgeplatzt! Oder du hast dich gebissen, keine Ahnung. Eine Menge Blut. Leg den Finger drauf und drück fest zu. Ich weiß, es tut weh.«

»Ist es schlimm?«, fragte Timlin.

»Na ja, es sieht nicht gut aus. Die Wunde ist so groß wie mein Fingernagel. Wenn du darauf drückst, sollte sie sich bis zum Abend schließen, aber deine Lippe wird anschwellen. Fühlst du dich benommen?«

»Nein.«

»Und die Zähne?«

»Ein Schneidezahn wackelt, hält aber.«

»Hm. Also, ich fürchte, du darfst zehn Tage lang nur weiche Nahrung essen. Geh zurück zur Sonnenaufgangsburg und lass dir die Wunde auswaschen. Morgen wird deine Lippe so dick wie ein Kiefernzapfen sein. Aber drück weiter darauf, sonst hinterlässt du eine Blutspur bis nach Hause.«

Es war bestimmt nicht das erste Mal, dass Timlin die Lippe aufgeplatzt war, und er wusste, was er zu erwarten hatte, doch Argur hielt es für angebracht, Leuten noch einmal zu sagen, was sie bereits wussten, zumal wenn sie verletzt waren.

»Soll ich ihn begleiten?«, fragte Gausch.

»Ja. Unbedingt. Und da ihr beide nicht kämpfen könnt, nehmt auch noch Snar mit, zu eurem Schutz. Ihr drei habt heute frei.« Und dann wiederholte er: »Dieser Drecksmist war kein Witz. Das Vieh hätte jemanden töten können. Für einen solchen Kampf sind wir nicht gerüstet. Es hätte *jeden* töten können.«

»Ich bin unverletzt«, sagte Nortlan verspätet. »Es ist dicht an mir vorbeigelaufen. Ich habe seinen Atem gespürt! Und sind euch die Speerwunden am Hinterteil aufgefallen?«

Mehrere Männer nickten und stimmten ihm brummelnd zu. Ja, ja, Speerwunden.

Ja.

»Da stimmt etwas nicht«, sagte Thom. »Irgendwas stimmt da nicht.«

»Das Vieh wurde *angestachelt*«, erklärte Jek. »Jemand hat es hierhergetrieben, damit es uns angreift.«

»Warum?«, fragte Pagel.

Dann dämmerte ihnen die Antwort: als Köder.

»Wer sollte so etwas tun?«, fragte Khap. »Wer würde so was wagen?«

Diese Frage ließ sich nicht so einfach beantworten, doch sie hing in der Luft. Wer würde es wagen, das Tal von Nog La anzugreifen und den Zorn der Ritter und Jäger auf sich zu ziehen? Selbst die Frauen von Nog La waren bekannt dafür, dass sie mit Messer und Knüppel umzugehen verstanden. Vielleicht ging es auch gar nicht um ihre Fertigkeiten; die Bewohner von Nog La waren *gut ausgerüstet*. Messer, Speere, Knüppel und Lederschleudern waren stets zur Hand. Sie hatten Schilde, Helme, Körperschutz und Haufen großer runder Steine! Und Körbe und Hartlehmschüsseln voller Nahrung, was bedeutete, dass die Menschen hier groß waren; mindestens einen Kopf größer als all ihre

Nachbarn. Und Argur hielt seine Leute auch für schlauer. Und sie hatten zwei prima Burgen, in die sie sich zurückziehen und aus deren Schutz heraus sie einen Gegner angreifen konnten! Das hier ergab keinen Sinn.

Und noch eine Sorge: Wer würde es wagen, ein Boolis anzugreifen? Wer würde es wagen, es aus dem Gebirgswald hinunter ins Tal zu treiben? Wie viel Mut oder Verzweiflung erforderte das? Das Tier war vom Ketlanpass hergekommen, und das war gar nicht gut.

»Ich glaube, wir sollten besser *alle* zur Burg zurückgehen«, sagte Argur. Nach kurzem Nachdenken setzte er hinzu: »Du nicht, Khap. Ich möchte, dass du zu den Dörfern am Seeufer läufst, sie vor dem Boolis warnst und ihnen sagst, was es damit auf sich hat. Und du, Pagel, läufst zur Sonnenaufgangsburg. Ich schicke euch beide alleine und nur leicht bewaffnet los. Pagel wird die Nacht *allein* verbringen. Ihr könnte euch weigern, wenn ihr kein gutes Gefühl dabei habt. Aber ihr seid *schnell*, und ich fürchte, wir könnten im Moment auf Schnelligkeit angewiesen sein.«

»Ich mach's«, antworte Pagel rasch.

»Ich auch«, sagte Khap.

Als das geregelt war, überprüften die Männer ihre Ausrüstung und tauschen das eine oder andere Teil aus. Khap und Pagel konnten nicht viel schleppen, mussten aber eine kluge Auswahl treffen. Ein Messer, ein Speer, eine Lederschleuder, ein guter Gürtel, um alles zu halten, und kräftige Sandalen. Für Pagel ein warmer Umhang und eine kleine Hängematte, die Jek aus irgendeinem Grund mitgenommen hatte. Alles andere legten die beiden Läufer ab. Wasser und Proviant waren überflüssig, denn damit konnten sie sich unterwegs versorgen.

»Bereit?«, fragte Pagel.

Khap nickte. »Ja. Wir können.«

Und dann, ohne weiteres Aufhebens, waren sie weg. Vorerst liefen sie in dieselbe Richtung, doch nach einer Weile würden sie sich trennen und gegen eine der elementaren Regeln von Nog La verstoßen müssen: Gehe nirgendwo alleine hin.

»Uff, der Tag war schnell rum«, sagte Nortlan.

»So kann's gehen«, meinte Max.

»Niemand rechnet mit einem schlechten Tag«, pflichtete Thom ihm bei. »Man wacht auf und macht Pläne für einen guten. Und es geht so lange gut, bis es schlecht läuft, und man muss *merken*, wann es so weit ist.«

»Ich habe es gemerkt«, erklärte Nort mit schwankender Stimme.

»Gehen wir weiter«, sagte Argur.

Und so setzten sie sich in Bewegung – zehn voll einsatzfähige Männer, zwei Leichtverletzte und ein Junge, der seinen Mann stand. Wie es an schlechten Tagen so ging, hätte es viel schlimmer kommen können. Andererseits konnte es immer noch schlimmer kommen. Sie wussten halt nicht, was vor sich ging. Vielleicht war es bereits schlimmer geworden, und sie hatten es bloß noch nicht gemerkt.

»Seid wachsam«, sagte Argur. »Laufschritt.«

Harv kam für einen Moment zu sich und fragte sich benommen, weshalb bei einem offenbar intelligenten Burschen wie Argur ständig von zehn hier und zehn da die Rede war, obwohl die Zahlen ganz andere waren. Anscheinend konnte er nicht richtig zählen, und zehn bezeichnete nicht nur die Anzahl der Finger, die man hochhalten konnte, sondern war vielleicht auch ein Synonym für viele oder was weiß ich wie viele oder etwas in der Art. Als Verstandesmensch ärgerte es Harv, dass einer seiner Ahnen – und sei er ihm so fern wie Argur – so unpräzise gedacht hatte.

Harv war aber auch erschüttert von dem Vorfall. So etwas wie das Boolis hatte er noch nie gesehen, nicht einmal in Form einer künstlerischen Darstellung. Offenbar war es ein entfernter Verwandter des Nashorns, wenngleich das Horn weiter hinten saß, fast in der Mitte des Kopfes. Von der Färbung her ähnelte es eher einer heutigen Milchkuh, dem Temperament nach einem Rodeobullen, und deshalb fragte er sich, wenn auch nur einen Moment lang, ob er halluzinierte. Konnte es ein derart absurdes Tier wirklich gegeben haben? Doch die Eindrücke waren allzu lebendig, allzu detailreich, als dass seine Zweifel Bestand gehabt hätten. Sein Gehirn war bestimmt nicht fähig, sich all das auszudenken. Das Tier musste vor langer Zeit ausgestorben sein.

Dies führte ihn wieder zu der Frage, in welcher Zeit er sich befand. Zu Manuahs Zeiten hatten vermutlich noch ein paar Mammuts gelebt, und die Orr-Ochsen-Zeichnung unterschied sich vielleicht gar nicht so sehr von den Rindern, die heute noch in Afrika gehalten wurden, deshalb waren das keine Anhaltspunkte. Aber das war nicht Afrika; dem Ahorn und den Eichen, dem Weißdorn und den wogenden Hügeln nach zu schließen, befand er sich irgendwo in Europa. Obwohl in Nog La Hochsommer war, nahm er einen Anflug von Kühle wahr, und Argur wusste, dass eine eiskalte Jahreszeit bevorstand, die lange währen und Tote fordern würde, wenn sie sich nicht entsprechend vorbereiteten.

Dann also Europa zur Eiszeit? Das half auch nicht viel weiter; hatte die Eiszeit nicht Millionen Jahre angedauert? So lange lebte der Homo sapiens noch nicht in Europa. Solange sein Geist aktiv war, bemühte er sich, alles wachzurufen, was er je über das erste Auftreten des Homo sapiens gelernt hatte.

Aber gut, weshalb waren die Menschen dann schwarz? Oder fast schwarz; Argur und Dala und die Ritter von Ell waren zwar nicht so dunkel wie Stout, aber ihre Hautfarbe reichte von Red Ale bis zu dunklem Lagerbier, und alle hatten dunkelbraune Augen und drahtiges schwarzes Haar, das von sich aus Dreadlocks ausbildete und schulterlang geschnitten war. Ihre Bärte waren sehr kurz – offenbar von Natur aus. Groß gewachsen und kräftig, wirkten sie vollkommen anders als die Europäer aus Harvs eigener Epoche, sondern eher wie Bewohner Samoas oder Tongas. Von einer der Inseln, die viele Footballspieler hervorbrachten.

Diese Leute waren aber ebenso wenig Höhlenmenschen wie Manuah und Adrah. Ihre Kleidung war zu hoch entwickelt: Höhlenmenschen hatten keinen gefärbten, gewebten Stoff getragen und auch keine gefärbten Falkenfedern oder Halsketten und Armbänder aus gefärbter Kordel. Alles an diesen Menschen war bunt (die Farben waren stumpf und gedämpft, aber immerhin), und nirgendwo sah man auch nur einen Schnipsel Tierfell. Und sie trugen Sandalen und Stiefel aus blassem, aber behandeltem Leder, und ihre Lederbeutel – die von Männern wie Frauen getragen wurden und den Hand- und Kuriertaschen aus Harvs Zeit ähnelten – konnte er sich bei einem Höhlenmenschen nicht vorstellen. Die Ritter trugen zudem halblange Lederumhänge mit Kapuze, die in beinahe jede Zeit gepasst hätten, und etwas, das Harv nur als Werkzeuggürtel bezeichnen konnte. Zusammengehalten von zwei großen, rechteckigen Holzschnallen, ließen sie an Comicpolizisten oder Bauarbeiter denken. Oder an einen Steinzeit-Batman.

Die Werkzeuge am Gürtel und in den Taschen ließen weitere Rückschlüsse zu, denn diese Leute kannten Pfeil und Bogen nicht. Ihre Kurzspeere und Lederschleudern dienten einem ähnlichen Zweck, hatten aber eine geringere Reichweite. Ihre Muni-

tion war ebenfalls vergleichsweise minderwertig. Die Speere waren so gerade und glatt wie die Pfosten von Wegweisern und hatten scharfe, symmetrische Steinspitzen, die wie Bambusblätter geformt waren. Sie waren gut gearbeitet, waren mit Harz in einem Spalt befestigt und mit Tierhaut umwickelt. Eine hässliche Waffe, egal in welcher Zeit! Die Steine hatten aber weder Widerhaken noch Längsrillen. Im Vergleich zu den Artefakten der amerikanischen Ureinwohner wirkten sie ein wenig primitiv.

Auch die Messer waren interessant: halb so groß wie Speerklingen und montiert auf Holzstöcke von einem Achtel Speerlänge, in Scheiden aus dem gleichen blassen Leder. Sie erinnerten Harv an die Messer, die Manuahs Frau Emzananti in der Küche verwendet hatte. Vermutlich war das einfach gutes Design, schwer zu toppen und relativ einfach herzustellen. Die Schalen, Krüge und Töpfe aus Hartlehm, die die Menschen benutzten, waren aus erhitztem Ton, aber nicht richtig verglast. Das Material war nicht stabil genug, um daraus Griffe zu formen, deshalb wurden nur ein paar standardisierte Formen hergestellt, die Harv an Weinkaraffen, Blumentöpfe und die übergroßen Becher erinnerten, die es in manchen Coffeeshops gab. Außerdem wusste er, dass sie einen leichten Erdgeschmack an alles abgaben, was darin gekocht wurde.

Diese Gerätschaften passten ins Steinzeitalter, doch Deles Spielzeug – der Bär und die Kugel – bestanden aus dem gleichen Material und kamen Harv anachronistisch vor. Außerdem hatten die Männer bohnenförmige Wasserhäute dabei, die es auch noch in Harvs Zeit zu kaufen gab, und sie benutzten verschiedene raffiniert gearbeitete Seile, Stricke sowie Gerätschaften aus Holz und Korbgeflecht, deren Zweck ihm unklar war. Die Ritter von Ell wirkten mehr oder weniger wie afrikanische Stammesleute, die sich für ein Renaissancefest verkleidet hatten.

Dies alles zusammengenommen deutete auf eine Zeit vor zwanzig- bis dreißigtausend Jahren hin. Ein großer Zeitraum – länger als die aufgezeichnete Geschichte! –, doch dies bot ihm immerhin genug Orientierung, um sich aus seinem Gedankengang zu lösen und …

»Was glaubst du, was da los ist?«, wandte Nortlan sich an Argur.

»Ich weiß es nicht«, antwortete Argur. »So etwas hat es meines Wissens noch nie gegeben. Ein Boolis vor sich herzutreiben, das ist verrückt, gefährlich und nicht so einfach zu bewerkstelligen. Die Frage lautet also, wer sind die Verrückten? Und was haben sie vor? Es muss ihnen viel bedeuten.«

»Irgendwelche Vorstellungen?«, fragte Thom.

»Ich könnte mir denken, dass sie uns das Tal wegnehmen wollen. Aber das ergibt keinen Sinn. Es bräuchte zehnzehn-zehn-*zehn* Leute, um das zu bewerkstelligen, und die meisten würden nicht überleben. Ich habe das Gefühl, dass ich irgendetwas übersehe.«

»Mir stößt auch was auf«, sagte Jek. »Wieso hast du eine Fellsandale auf dem Kopf?«

Darüber wurde unsicher gelacht, und dann warf jemand einen Kiefernzapfen auf Argurs Haarteil, und das Gelächter klang auf einmal befreit, denn *das* war lustig. Ein Kiefernzapfen! Auf den Kopf! Und für eine Weile hellte sich die Stimmung auf, wenn auch nur deshalb, weil sie nicht genug wussten – und offenbar auch niemand über ausreichend Vorstellungsvermögen verfügte –, um Trübsal zu blasen. Das waren harte Männer, doch ihre Erfahrungen waren beschränkt, und wenngleich sie hin und wieder mit Verlusten an Menschenleben und Tragödien fertigwerden mussten, waren sie noch nie etwas begegnet, dem ihre Körper- und Geisteskräfte nicht gewachsen gewesen wären. Argur spielte sogar ein paar Töne auf der Flöte, um seinen Standpunkt zu verdeutlichen: Dies war eine harte Welt, doch sie waren deren Herren und hatten keinen Grund, sich dauerhaft Sorgen zu machen!

Das galt so lange, bis Argurs Frau Dala auf sie zugelaufen kam. Birgny folgte ihr. Sie befanden sich jetzt in Sichtweite der Burg, doch beide Frauen waren außer Atem, als wären sie eine viel weitere Strecke gerannt. Dabei hatten sie nichts dabei: keine Taschen, keine Sicheln, keine Federvisiere, kein Trinkwasser. Dala lief Blut über die Stirn, sammelte sich auf einer Augenbraue, floss über Wangen und Hals und färbte ihr Kleid mit einer verbotenen Farbe. Frauenkleidung hatte weiß, gelb, blau oder grün zu sein, braun, wenn sie alt und verschlissen war, und manchmal auch *orange*, wenn die entsprechenden Kürbisse reif waren –, jedoch niemals blutrot! Blut bedeutete Gefahr oder Unachtsamkeit in der falschen Mondphase, ein Verstoß gegen das Gesetz. Auf jeden Fall ein großes Problem!

Birgny schien nicht zu bluten, doch am Arm hatte sie eine lange, hässliche Schramme, und beide Frauen machten einen schmutzigen, zerzausten Eindruck, so als hätten sie sich gerauft.

»Argur!«, rief Dala. »Argur! Sie haben die Mädchen mitgenommen!«

»Was?«, rief er, als sie sich ihm näherte. Etwas Besseres fiel ihm nicht ein.

»Sie haben *Dele* mitgenommen! Dele!«

Argurs Frau warf sich ihm in die Arme, barg das Gesicht an seiner Brust und heulte.

»Sie haben drei Mädchen geraubt und sind in die Hügel

geflohen!«, kreischte Birgny. »Es ging alles so schnell! So schnell! Ihr müsste sie zurückholen!«

Argur wurde innerlich so kalt wie ein Bergbach. »Wer war das? Wer hat die drei Mädchen geraubt?«

»Trolle!«, riefen die beiden Frauen im Chor.

Und da begriff Argur, dass es ein richtig schlimmer Tag werden würde.

2.3

Es war nicht schwer, den Ort zu finden, an dem der Überfall sich ereignet hatte; sie ließen Snar und Gausch bei den Frauen zurück, und die anderen zehn Ritter rannten los und folgten dem Pfad bis zu einer Stelle, wo zehn Frauen herumstanden – einige heulten, andere weinten leise, manche schwangen Knüppel und warfen wilde Blicke umher. Alle zehn schreckten zusammen, als die Männer aus dem Unterholz brachen.

»Ha! Zurück!«

»Die Trolle!«

»Oh!«

»Die Ritter!«

»Sie haben meine Tochter geraubt!«

Argur keuchte: »Meine Tochter haben sie auch mitgenommen. Und Timlins Tochter. Und Rinks Nichte. Wohin sind sie verschwunden?«

Diese Frage bedurfte keiner Antwort, denn die Frauen standen auf einer Getreidewiese, und die Spur der Trolle, die mitten hindurch und in den dahinter liegenden Wald führte, hätte auch von einem Boolis stammen können.

»Wie viele waren es?«, fragte Thom.

»Zehn!«, rief eine der Frauen.

Und als bedeutete das irgendwas, nickten die Männer und schickten sich an, die Verfolgung aufzunehmen.

Nortlan aber rief: »Halt! Halt! Argur, wir müssen anhalten.«

Ungeduldig und zornig erwiderte Argur: »Halt du an dich, Junge. Bleib hier bei den Frauen. Ich gehe meine Tochter suchen!«

»Halt!«, wiederholte Nortlan in barschem Befehlston. »Argur, sie sind zu zehnt, und wir auch. Aber sie sind größer und kräftiger.«

»Niemand ist kräftiger!«, rief Gower empört.

Argur aber hielt inne, um Nortlan anzuhören.

»Wir haben Kurzspeere und Lederschleudern«, japste Nort. »Willst du damit eine Gruppe angreifen, die drei Mädchen in ihrer Gewalt hat? Wir sind für *Heezh* gekleidet, nicht für *Bork*. Argur, ihr müsst zur Burg zurückkehren. Und euch richtige Waffen besorgen und Rüstung und Schild anlegen. Nur dann sind wir stärker. Menschen sind *schneller* als Trolle. Selbst wenn ihr eure Sachen holt, seid ihr immer noch schneller.«

»Trolle werden niemals müde«, sagte Ronk. »Sie rennen immer weiter.«

»Vielleicht vergewaltigen sie Mog und Dele gerade«, sagte eine der Frauen.

Worauf Nortlan erwiderte: »Sie können nicht gleichzeitig rennen *und* vergewaltigen. Das geht nicht. Wenn sie anhalten, holen wir sie ein. Halten sie nicht an, heißt das, die Mädchen sind noch in Sicherheit. Wie es auch kommt, wir müssen *gerüstet* sein.«

»Wir?«, höhnte Jek. »Du bist kein Ritter von Ell, kleines Kaninchen.«

»Mit ›wir‹ meine ich unser Volk im Allgemeinen …«

»Er kommt mit«, keuchte Argur. »Nort ist ein *schlaues* Kaninchen. Er denkt mit dem Herzen. Er kommt mit uns.«

»Ich sollte vorher meinen Vater fragen ...«

»Du kommst *mit*«, erklärte Argur. »Dein nutzloser Vater kann meinetwegen den Schlamm begatten, bevor ich zulasse, dass er ...« Das Leben? Die Keuschheit? Die Unschuld? »... die Sicherheit meiner Tochter gefährdet. Ich besorge dir einen Speer und einen Schild. Du kommst mit.«

Argur sah, dass es in Nortlans Kopf arbeitete. Er hatte heute bereits gegen ein Boolis gekämpft und überlebt. Würde er jetzt auch noch gegen Trolle kämpfen? Um Ruhm und Ehre willen, oder für die Gelegenheit, Dele zu heiraten, oder einfach nur deshalb, weil es richtig war? Zwingen konnte Argur ihn nicht. So lautete das Gesetz: Niemand in Nog La durfte jemanden zu etwas zwingen. Er konnte ihn nur bitten.

Aber was konnte Nortlan schon sagen? Und so streifte er vor Argurs Augen seine Kindheit ab, wurde ein Mann und bekundete mit einem Kopfnicken, dass er sich den Rittern von Ell anschließen wolle. Dann übergab er sich ins Gras.

Sie liefen zur Burg und sammelten so sorgfältig, wie es unter den gegebenen Umständen möglich war, Waffen und Rüstungen ein. Jemand streifte Nortlan ein langärmliges Hemd über die erhobenen Arme, drückte ihm Schild und Speer in die Hände und reichte ihm zwei Stiefel. Alles war bereits getragen und zu groß für ihn, und Argur schaffte es kaum, dem Jungen einen Jagdbeutel über die Schulter zu streifen und einen Gürtel um seine Hüfte zu befestigen, ohne dass sich alles unangenehm bauschte. Deshalb stopften Dala und Birgny die Stiefel mit Leinentüchern aus, und als das nicht reichte, umwickelten sie ihm die Füße mit weiteren Tüchern und banden ihm welche um die Schultern, bis sie aussahen wie das obere Drittel eines schweren Hemds.

Nismu, der Magier der Sonnenaufgangsburg, eilte herbei und segnete sie mit geworfenen Kräutern und einem kokelnden Weidenstab. »Kraft für eure Reise. Mut für eure Reise. Weisheit für eure Reise. Ein scharfes Auge für eure Reise.« Und dann waren sie fertig. Sie hatten Nortlan zum Mann gemacht, so weit das auf die Schnelle überhaupt möglich war.

»So. Was nun?«, fragte Argur. »Hast du noch einen klugen Rat?«

»Wir sollten Ausrüstung zum Lagern mitnehmen«, antwortete Nortlan so schnell, als hätte er bereits darüber nachgedacht.

»Lagern?«, wiederholte Jek.

»Für den Fall, dass wir sie nicht einholen«, sagte Thom, der begriffen hatte, worauf Nort hinauswollte. »Für den Fall, dass sie schneller sind, als wir glauben, oder dass ihr Vorsprung zu groß ist. Trolle fürchten sich nicht bei Nacht.«

Das leuchtete Argur ein; Trolle waren der Schrecken der Nacht. Tagsüber waren sie kaum aktiv, sondern streiften stattdessen in der Morgen- und Abenddämmerung umher. Bei Vollmond bisweilen auch um Mitternacht, denn nur wenige Wesen wagten es, sie anzugreifen. Sie fürchteten allein die Menschen, die wiederum sie fürchteten. Die Herren der Welt waren diese nur so lange, wie die Sonne schien. Wenn die Dunkelheit hereinbrach, zogen sich die Menschen hinter ihre Burgmauern, Dorfgräben und Wachfeuer zurück. Nachts herrschten die Monster, und wer herrschte über die Monster, wenn man es recht bedachte? Die Trolle.

»Wir müssen auch die Sonnenaufgangsburg benachrichtigen«, setzte Nort hinzu.

»Ja«, pflichtete Thom ihm bei. »Sie müssen sich um das Boolis kümmern. Die Trolle sind unser Problem. Das ist gerecht.«

Argur nickte. »Ja. Das ist leider wahr.« Zu den anderen Rittern sagte er: »Na los! Rasch! Max, machst du das? Und nimm zwei kräftige Jäger mit!«

Und so wurde Nort zu einem von Argurs vertrauenswürdigsten Ratgebern.

Harv musste einen Moment innehalten, denn die Ritter trugen Rüstungen aus Hartholzplatten und verknoteten Stricken, wie man sie sich mit Silberfarbe besprüht als Kostüm bei einem miesen kleinen Theater vorstellen konnte. Doch es war eine richtige Rüstung! Die Platten waren nicht mal einen Zentimeter dick, doch es gab zwei gegeneinander versetzte Schichten, die von der Mitte des Oberschenkels bis zur Kehle reichten, sodass keine verwundbaren Stellen ungeschützt waren. Die Schilde waren aus lederüberzogenem Weidengeflecht, so fest wie Holz und doch leichter als eine Schachtel Donuts. Im historischen Vergleich war ihr Körperschutz dürftig, aber imstande, einen Speer abzulenken oder einen Schlag mit dem Knüppel oder den Stoß eines Horns zu dämpfen. Außerdem hatte er anscheinend einen psychologischen Wert, der den praktischen Nutzen überstieg. Dies war etwas, das nur wenige besaßen oder herstellen konnten, sei es aus zeitlichen Gründen oder weil es ihnen an den nötigen Fertigkeiten mangelte. Vielleicht war es außerhalb von Nog La nur selten anzutreffen. Es stellte eine gewisse Macht dar.

Dala tat Proviant in die Jagdtaschen: gedörrtes Orr-Ochsenfleischund gebratene Rüben vom Vortag, sowie kostbares *Ogabrot* – alles Sachen, die sie verzehren konnten, ohne zu kochen. Sie brauchten zum Essen nicht mal anzuhalten. Birgny überprüfte die Wasserhäute und tauschte die halbleeren gegen volle aus.

»Bringt sie zurück«, sagte Dala zu Argur. »Wir kommen hier schon zurecht. Bringt sie *einfach zurück.*«

»Bringt sie alle zurück«, sagte Birgny.

Argur klopfte sich auf die gepanzerte Brust und brüllte: »Oh ja! Wir werden sie zurückbringen. Die Trolle haben keine Ahnung, mit wem sie sich da eingelassen haben. Sie haben *vergessen*, mit wem sie sich angelegt haben. Wir werden sie eines Besseren belehren! Diesmal, *dieses Mal*, werden wir dafür sorgen, dass sie die Lektion nicht mehr vergessen!«

Die Ritter von Ell stimmten ein lautes Gebrüll an, und damit wurde eine Kette von Ereignissen in Gang gesetzt, die, wie Harv ahnte, den Lauf der Geschichte unwiderruflich verändern würden.

2.4

Die Fährte war leicht zu verfolgen; wenn Trolle nicht jagten und keinen Grund hatten, leise zu sein, trampelten sie alles nieder und brachen durchs Unterholz, anstatt das Dickicht zu teilen oder es zu umgehen. Außerdem hatten sie anscheinend den gleichen Weg eingeschlagen, den sie gekommen waren, deshalb war alles doppelt verwüstet und zertrampelt und doch schwer zu lesen.

»Wie viele sind das?«, fragte Nortlan immer wieder.

Die Antwort lautete: zehn. So viele Trolle hatte Birgny gesehen. Was Nortlan aber wirklich meinte: »Sind sie uns zahlenmäßig überlegen?« Und diese Frage war schwer zu beantworten. Ein Mensch oder ein Tier hinterließ eindeutige Spuren, doch in diesem Fall war es aufgrund der Zerstörungen nicht einfach, einen Fußabdruck von einem Stiefelabdruck, dem Abdruck eines Knüppels oder der Schleifspur eines widerstrebenden Menschenmädchens zu unterscheiden.

Eines war jedenfalls klar: Als sie sich der Mündung des Ketlan-Passes näherten, verschmolz die Fährte der Trolle mit der des Boolis, und überall waren Blutstropfen zu erkennen. Somit bestand kein Zweifel mehr, dass die Trolle das Boolis ins Tal getrieben und dort freigelassen hatten.

Allerdings wussten sie noch immer nicht, wie die Trolle das Monster gebändigt hatten. Mit Stricken? Netzen? Speeren? Heute Morgen hatte Argur geglaubt, einen Orr-Ochsen lebendig zu fangen sei so gefährlich, dass nur die Ritter von Ell damit fertigwürden. Dies ließ für die anstehende Aufgabe nichts Gutes ahnen.

»Vielleicht sind sie ja zäher als wir«, meinte Jek überflüssigerweise.

»Vielleicht zäher als du«, stichelte Thom.

»Vielleicht haben sie es gefüttert«, schlug Nortlan vor. »Ich glaube, Boolisse mögen Karotten.«

»Hört auf«, sagte Argur. »Wir brauchen eure Ohren, nicht eure Stimmen.«

Als sie schwiegen, wurde es sehr still im Wald – kein Vogelgezwitscher, abgesehen von einem Smorkvogel, der seinen unheimlich hartnäckigen Ruf ertönen ließ: »Wau! Wau!« Das Geräusch folgte ihnen.

Sie rannten nicht, schritten aber energisch aus und gelangten alsbald zu dem Fluss, der aus dem Pass austrat. Das Wasser mündete irgendwann in den Runden See, doch hier floss es parallel zum Rand des Tales und bildete seit jeher dessen Grenze. Die Fährte der Trolle verschmolz mit einem breiteren Fußweg und Wildpfad, der aus dem Pass hinausführte und den Fluss an einer Brücke querte.

Harv traute seinen Augen nicht. Oder vielmehr traute er Argurs Augen nicht, denn die kleine Holzbrücke hätte auch in einem Ferienlager im Hinterland von New York zu finden sein können. Das Flussbett war etwa vier Meter breit und zwei Meter tief. Das Ufer senkte sich zu einer steinigen Furt ab, wo das Wasser nur zehn Zentimeter tief war. Jemand hatte acht breite

Baumstämme darauf gelegt, welche die beiden am höchsten gelegenen Punkte miteinander verbanden. Sie waren mit Stricken und Tierhäuten zusammengebunden und wurden in der Mitte von einer V-förmigen Konstruktion aus vier Balken an jeder Seite gestützt. Die Mitte des V war im Flussbett verankert und von großen Steinen umgeben, die verhinderten, dass es verrutschte oder zusammenbrach, und die Vorstellung, dass es so etwas schon in der Eiszeit gegeben hatte, war verrückt. Die Zimmerleute der Sonnenaufgangsburg waren offenbar viel schlauer, als Harv ihnen zugebilligt hatte; das Burgtor war ein Klacks verglichen mit der Brücke.

Außerdem sagte sie etwas Bedeutsames über das Wesen dieser Gesellschaft aus. Harv hatte sich vorgestellt, das ganze Tal von Nog La sei eine Art Festung und gegen Eindringlinge gesichert, doch die Brücke ließ einen anderen Schluss zu. Sie deutete nicht nur auf regelmäßigen Personenverkehr zwischen diesem und den umliegenden Tälern hin, sondern auf willkommenen *Verkehr. Auch dies passte so wenig zu Harvs Vorstellungen, dass es ihm einfach nicht in den Kopf wollte. Höhlenmenschen brauchten keine …*

»Nein!«, kreischte jemand unter der Brücke.

»Was? Wer ist da?«, fragte Argur. »Komm raus. Sofort! Zeig dich!«

»Anhalten! Bitte!«, wurde gerufen.

Ein Mann trat in den Sonnenschein hervor. Blinzelnd, niesend, sich windend, mehr verängstigt von der Sonne als von Argur und dessen Männern. Er war mit braunem, zerschlissenem Mammutfell bekleidet – Fellstiefel, Fellgewand, Fellbänder um die Arme. Eine Halskette, möglicherweise aus Hühnerknochen. Sein krauses Haar war *orange* – es hatte die Farbe eines Sonnenuntergangs oder eines Lagerfeuers –, und er hatte einen langen, zottigen Bart. Haar und Bart bestanden aus einzelnen Strähnen, die sich wie kleine Grashalme unabhängig voneinander zu bewegen schienen, anstatt Spiralen zu bilden wie Menschenhaar. Die übergroßen Ohren liefen oben spitz zu, und er hatte eine Knollennase und, besonders schockierend, helle, fast weiße Haut – sie hatte die Farbe von Pilzen oder Maden –, und seine Augen waren wie kleine Seen, so blau wie der Himmel. Als er die Lippen zu einer Grimasse der Angst verzog, sah Argur, dass seine Zähne so groß und so weiß wie Fingerknöchel waren. Er war nicht ganz so groß wie ein Mensch, doch seine Arme muteten so dick an wie Argurs Beine und seine Beine so dick wie die Baumstämme, aus denen die Brücke gemacht war. Seine Finger waren fast so breit wie das Handgelenk eines Säuglings. Eine tote Ratte fiel ihm aus der Hand und landete im Fluss.

»Ein Troll!«, rief Nortlan, denn dies war der erste Troll, dem er je begegnet war.

Das Vogelgezwitscher verstummte jäh.

»Pfeile anlegen!«, befahl Argur, was der Situation angemessener war. Im Handumdrehen hielten er und die anderen Ritter Lederschleudern in der Hand und bestückten sie mit Pfeilen. Kürzer als ein Kurzspeer und länger als ein Messer, ließen sie sich in Fünferbündeln in Scheiden aus Weichholz verstauen. Sie waren nicht so schwer und unhandlich wie ein Speer, doch wenn man sie kraftvoll schleuderte, konnte man jemanden damit tödlich verwunden.

»Nein!«, rief der Troll und duckte sich. Argur sah, dass er unbewaffnet war, wenngleich das nicht bedeutete, dass man sich ihm gefahrlos hätte nähern können. Mit einem einzigen Schlag konnte ein Troll einen Arm, ein Bein, einen

Wangenknochen oder Rippen brechen. Mit einem schweren Knüppel, den sie im Wald aufgelesen hatten, konnten sie einem Menschen den Schädel einschlagen oder ihn verstümmeln. Mit einem feuergehärteten Speer konnten sie …

»Nicht Speer werfen! Ich Lug! Lug!«

»Ich könnte dich durchlöchern«, fauchte Argur das Wesen an. »Wo sind die Mädchen?«

»Nein!«, rief der Troll. »Kein Mädchen da. Lug nichts tun Mädchen! Lug nicht kämpfen!«

Wie alle Trolle hatte er eine schrille Stimme, die nicht zu seiner Erscheinung passte – so kreischend wie ein Nähknochen, der auf Kies traf. Mit ihnen zu sprechen tat einem in den Ohren weh, und sie brachten nur zwei, drei Worte in Folge hervor, dann mussten sie Luft holen.

»Du bist ein schmutziges Wesen«, sagte Jek zum Troll. Auch das war überflüssig.

»Wo sind die Mädchen?«, wiederholte Argur.

»Kein Mädchen! Lug nicht kämpfen! Andere *Okor* kämpfen.«

Dieses Wort benutzten die Trolle für sich selbst: *Okor* oder *Okob* oder etwas in der Art. Argurs Großvater hatte ihm gesagt, die Trolle hätten früher eine eigene Sprache gehabt – die vielleicht besser zu ihren Raupenlippen und ihren Baumstammhälsen passte –, doch die Sprache der Menschen hätte sie nach und nach ersetzt. Wahrscheinlich wegen Begegnungen wie dieser, wo sie sich verständigen mussten, um ihre armselige Haut zu retten. Argur hatte immer den Eindruck gehabt, dass ihr Verständnis weniger beschränkt war als ihre Ausdrucksweise.

»Andere Trolle haben sie mitgenommen?«, fragte Argur. »Du nicht?«

»Nicht Lug! Lug hier bleiben! Noga Tal! Noga warm!«

»Wohin sind die anderen Trolle gegangen?«, wollte Thom wissen.

Es war eine weitere sinnlose Frage, denn die Wegrichtung war eindeutig: den Pass hoch, in die Schlucht hinein und weiter zu den dahinter liegenden Tälern. In diesen Tälern lebten Menschen, aber auch Monster, und irgendwo in den Bergen hausten die Trolle. Soweit Argur wusste, waren dies die letzten Trolle in der Gegend; die tiefer gelegenen Siedlungen hatten sie Richtung Sonnenaufgang und Himmel getrieben.

»Wir können nicht weitergehen und *das da* hier zurücklassen«, bemerkte Jek.

»Willst du etwa, dass er mitkommt?«, fragte Nortlan ungläubig.

»Nein«, widersprach Jek. »Ich sage, wir sollten es töten.«

Lug, der Troll, reagierte heftig darauf. »Nein! Nein! Nicht totmachen Lug! Lug Freund! Lug bewachen Brücke!«

»Wovor?«, fragte Argur. »Vor zehn Trollen und einem Boolis, die kommen und gehen, wie es ihnen passt?«

»Nicht totmachen!«, kreischte der Troll und hielt sich die Hände vors Gesicht. Argur fand es eigenartig, dass ein so kräftiges Wesen zum Betteln Zuflucht nahm. »Bitte! Bitte! Sonne brennt. Lug verstecken. Bitte. Nicht totmachen.«

Und das gab Argur nun tatsächlich zu denken, denn es war bekannt, dass Trolle den direkten Sonnenschein nicht mochten. Und doch hatte dieser »Lug« so große Angst vor ihm und seinen Männern, dass er freiwillig ins Helle kam, anstatt das Risiko einzugehen, im Schatten getötet zu werden. Und die anderen Trolle hatten am helllichten Tag Menschenmädchen entführt, und ihre Haut rötete sich bestimmt schon und bekam Blasen. Was hatte sie dazu veranlasst? Einerseits waren kleine Mädchen um diese Zeit im

Freien anzutreffen, aber weshalb waren sie hergekommen, um sie zu entführen?

Argur war mit heroischen Geschichten aufgewachsen – seine Ahnen hatten mutig Monster erlegt und Horden bewaffneter, zorniger Trolle vertrieben. Lug aber war weder bewaffnet noch zornig, und Argur bezweifelte, dass er sich verstellte. Trolle besaßen ein gewisses Maß an Schläue – wie die Menschen jagten sie in Gruppen und trieben Tiere ins sichere Verderben. Trolle aber bewarfen sie mit Steinen und erstachen sie aus der Nähe, denn um Lederschleudern und ausbalancierte Wurfspeere zu bauen, waren sie zu dumm, und um sie zu bedienen zu unbeholfen. Sie waren keine Lügner und Schwindler, sondern einfach nur primitiv.

Oder in diesem Fall verängstigte, unterwürfige Feiglinge? *Argur* war derjenige, der zornig war. Argur war *rasend*, weil er sich um die Sicherheit seiner Mädchen sorgte. Aber war Lug dafür verantwortlich? Schon seit Jahren lebte ein Troll in diesem Teil von Nog La, der Menschen aus dem Weg ging und niemandem etwas zuleide tat. War das Lug? Wäre es dann … Mord … wenn sie ihn hier und jetzt töteten?

»Tut ihm nichts«, wies Argur seine Männer an.

Lugs Miene hellte sich auf. »Oh! Danke! Oh! Danke! Lug nicht kämpfen! Danke! Danke!«

Seine Männer aber musterten Argur argwöhnisch. Auch Nortlan.

»Gut. Und was nun?«, fragte Thom.

»Wir lassen ihn hier zurück«, sagte Argur. Und als niemand reagierte: »Ich habe den schon mal gesehen. Er tut niemandem was. Stimmt doch, Lug, oder? Du tust niemandem weh?«

»Nicht wehtun!«, bekräftigte Lug mit einfältigem Überschwang.

»Na so was«, sagte Jek. »So weit ist es mit uns also gekommen.«

Das machte Argur nur noch zorniger. So zornig, dass er die Lederschleuder senkte, damit er Jek nicht versehentlich durchlöcherte. »Hör mal«, sagte er entschlossen, »wir ziehen in den Kampf und wollen unsere Mädchen zurückholen. Alles andere interessiert uns nicht. Alles andere *ist uns egal*. Wenn du Tiere erlegen willst, kannst du mit den Jägern zurückbleiben. Die Ritter von Ell ziehen weiter.« Er zeigte bergauf.

Niemand war mit dieser Antwort zufrieden, und einen Moment lang waren alle Augen auf Timlin gerichtet. Er blutete nicht mehr, doch sein Gesicht war geschwollen und dunkel angelaufen. Er sah aus wie Schlamm. Und wäre dies nicht ein Notfall und wäre nicht auch Timlins Tochter entführt worden, hätten sie ihn zurückgelassen. Er hatte mehr als jeder andere das Recht, seine Meinung zu äußern. Doch er zuckte lediglich mit den Schultern.

»Ich habe Vertrauen in Argurs Pläne.«

Und dann richteten sich alle Blicke auf Nortlan.

»Was meinst du, schlaues Kaninchen?«, fragte Jek.

Nortlan wich unwillkürlich zurück, denn er wollte nichts Falsches sagen. Dann aber kam ihm ein Gedanke, und er sagte: »Es könnte sein, dass sie uns in diesem Moment beobachten. Wenn wir wollen, dass den Mädchen nichts passiert, kommt es darauf an, wie wir uns verhalten. Und welchen Eindruck wir auf sie machen.«

Das verunsicherte die anderen. Jetzt blickten alle argwöhnisch zum Wald.

Schließlich sagte Thom: »Leute, wir verschwenden hier nur Zeit. Ich gehe jetzt mit Argur in den Pass.«

»Ich auch«, sagte Timlin.

»Ich auch«, sagte Nortlan.

Jek aber sagte: »Sollen wir uns nicht erst mal die *Hände* waschen?«

Das ärgerte Argur, denn sie waren in Eile, doch die Geister verlangten, dass die Menschen sich jedes Mal, wenn sie ein strömendes Gewässer überquerten, die Hände wuschen. Und so wie die Dinge lagen, sollte man die Geister besser nicht verärgern!

»Na schön«, sagte er. »Aber macht hin.«

Harv fand das interessant, denn auf einmal wurde er sich des Körpergeruchs der Männer bewusst – er erinnerte an stark gepfefferte Hühnersuppe mit einem Anflug von Scheiße, was darauf schließen ließ, dass sie lange nicht mehr gebadet hatten. Aber vielleicht waren schmutzige Hände ja eine Infektionsquelle? Schnittverletzungen, Schrammen und blaue Flecken gehörten zum Alltag dieser Leute, und Stämme, bei denen es üblich war, sich die Hände zu waschen, waren vielleicht gesünder und hatten mehr Nachkommen als die anderen.

Harv nahm auch den Geruch des Trolls wahr – offenbar ein Neandertaler. Zum einen roch er noch stärker nach Scheiße als die Menschen, sein Geruch war aber auch beißender und moschusartiger – wie Pferdeschweiß oder das Schlaflager eines Hundes, das oberflächlich mit Essig gereinigt worden ist. Und vermittelt durch Argurs scharfe Sinne meinte er sogar, die Angst des Wesens riechen zu können, ein Geruch wie von einem erhitzten Kupferrohr.

Und so wuschen sie sich die Hände und behielten die ganze Zeit über argwöhnisch Lug im Auge, und dann setzten sie sich mit klappernden Rüstungen und Waffen wieder in Bewegung.

»Danke! Danke!«, wiederholte Lug in einem fort. Seine Stimme wurde hinter ihnen leiser, als sie über die Brücke marschierten und weiter ins Unbekannte vordrangen.

Trolle waren imstande, sich lautlos zu bewegen, aber sie konnten auch eine Menge Lärm machen – sie zankten sich mit schriller Stimme, während sie durch Unterholz und tief hängende Zweige brachen oder dort, wo der Fluss die ganze Breite des Passes einnahm, durchs Wasser platschten. Der Fluss wiederum erzeugte auf seinem Weg zwischen den Ufern hindurch kaum ein Wispern oder Gurgeln. Dann wieder grollte er und toste über Felsen hinweg oder tiefe Einschnitte hinunter. Und auch die Bergluft trug mal Geräusche heran und dann wieder nicht, und manchmal waren die Felswände der Schlucht steil, standen dicht beieinander und waren voller Echos, und dann wieder wichen sie auseinander, fielen sanft ab und waren mit Kiefern bestanden. Und manchmal pfiff oder zischte der Wind in den Bäumen, dann wieder machte er überhaupt kein Geräusch.

Und deshalb hörten sie bisweilen die vor ihnen befindlichen Trolle und gewannen den Eindruck, dass der Abstand rasch abnahm. An einer Stelle, wo der Pass ungewöhnlich gerade verlief, sahen sie sogar die *Okor*, die gerade um eine Biegung verschwanden. Sie waren ihnen so nahe, dass sie sie sehen konnten! Dann wieder waren keine Spuren mehr zu sehen – nicht einmal niedergetrampeltes Unterholz –, und es schien so, als fielen sie zurück. Und irgendwann mussten die Ritter von Ell anhalten und rasten. Wasser trinken, etwas essen, zu Atem kommen und Füße und Schultern eine Weile entlasten. Und das war ein Problem, denn sie wussten genau, dass die Trolle – kräftig, stur und unermüdlich – keine Pause einlegen würden. Deshalb drängten sie einander zum Aufbruch, und Nortlan folgte ihnen tapfer, offenbar zu stolz, um zuzugeben, dass er nicht mehr lange durchhalten würde, was ihm deutlich anzumerken war.

Und dann ging allmählich die Sonne unter – versank erst hinter der Felswand der Schlucht, dann wurde sie trüber und färbte die weißen Wolken rot. Und dann dunkelte der Himmel ein, und so weit Argur erkennen konnte, waren sie den Hochtälern, die eigentlich hier irgendwo liegen sollten, noch nicht nahe gekommen. Die Bewohner von Nog La waren nämlich nicht sehr reisefreudig. Weshalb hätten sie auch reisen sollen, wenn die Menschen zu ihnen kamen, um Handel zu treiben? Doch wenn er's recht bedachte, musste er zugeben, dass in letzter Zeit nicht viele Handeltreibende aus dieser Richtung gekommen waren. Jedenfalls waren nicht einmal die Ritter von Ell jemals so weit gekommen; sie wussten nicht, wie lange es dauerte, um irgendwo hinzugelangen. Jedenfalls nicht genau.

Und dann wurde es dunkel und nach einer Weile *finster*, und die Schlucht, die tagsüber unbelebt gewirkt hatte, war von Tierlauten erfüllt. Kam das Wolfsgeheul aus der Nähe oder von weiter oben? Und das Fuchsgebell? Was war mit dem ungewohnten Schrei tief-hoch-tief, der hoffentlich von einem Vogel kam?

»Wir müssen anhalten«, sagte Thom.

Doch alle gingen weiter, und die Mondsichel erschien über der Schlucht, und die Sterne begannen zu funkeln. Nach einer Weile unternahm er einen neuen Anlauf: »Argur, wir müssen *anhalten*. Ich sehe nichts mehr, und wir müssen Feuerholz sammeln und eine Befestigung bauen.«

»Eine Befestigung?«, wiederholte Nortlan.

»Um das Lager zu schützen«, sagte Thom. »Ich zeig's dir.«

»Wir können nicht anhalten«, entgegnete Argur. Doch das klang nicht einmal in seinen Ohren überzeugend, deshalb gab er nach. »Jedenfalls nicht lange, nur für die Dauer der Nacht. Bei Tagesanbruch marschieren wir weiter. Ihr wisst, dass die Trolle immer noch in Bewegung sind und noch eine ganze Weile durchhalten werden.«

»Vermutlich nicht die ganze Nacht lang«, meinte Thom.

»Nein«, pflichtete Argur ihm bei. »Nicht die ganze Nacht lang, aber lange genug, um den Vorteil, den wir uns heute erarbeitet haben, wieder zunichtezumachen. Morgen müssen wir schneller sein.«

»Na ja, vielleicht hätten wir das *Kaninchen* nicht mitnehmen sollen«, bemerkte Jek in seinem aufreizend bedächtigen Tonfall.

»Er läuft so schnell wie du«, sagte Timlin mit geschwollenen Lippen. »Und beklagt sich weniger.«

»Also gut«, sagte Argur. »Wir suchen uns eine flache Stelle. Gower und Snar, sammelt bitte Feuerholz. Jek, du gräbst eine Feuergrube. Ich sammle Steine, um sie einzufassen. Würdest du dich mal in der Nähe umschauen, Ronk? Und du auch, Perri? Thom und Nort, ihr könnt uns bei der Befestigung helfen. Timlin, du siehst aus wie Dreck. Leg die Rüstung ab und setz dich.«

Als sie das Lager errichteten, kam Argur – nicht zum ersten Mal, aber bohrender als zuvor – der Gedanke, dass die Ritter sich zu weit verteilt hatten. Khap wollte die Seesiedlungen warnen, und Pagel und Max waren zur Sonnenaufgangsburg gelaufen. Gausch war mit geprelltem Handgelenk nach Hause zurückgekehrt, und Timlin hatte ein geschwollenes Gesicht und war eigentlich nicht einsatzfähig. Nortlan hatte *noch nie* gekämpft, und so viel Argur wusste, konnte er weder mit einer normalen Schleuder noch mit einer Lederschleuder umgehen. Und die Besatzung der Sonnenaufgangsburg war vermutlich mit dem Boolis-Problem beschäftigt – die Geister allein wussten, wie sie das lösen sollten. Argur eingeschlossen, blieben somit nur wie viele Kämpfer übrig … sieben? Er zählte erneut und kam auf sechs. Er versuchte es wieder und kam auf acht – eine so große Zahl, dass er nur wenige Male in seinem Leben so weit gezählt hatte. Dann aber wurde ihm bewusst, dass er irrtümlich Timlin mitgezählt hatte, und er sagte sich, dass es letztlich auch egal war. Entscheidend war, dass sie nicht genug Ritter waren und erschöpft vom Aufstieg ins Gebirge.

Das fühlte sich nicht gut an. Die Trolle waren so gierig oder verzweifelt gewesen, dass sie am helllichten Tag angegriffen hatten, und so schlau und tapfer, dass sie zur Ablenkung ein Boolis auf Nog La gehetzt hatten. Wenn sie den Menschen jetzt auch noch zahlenmäßig überlegen waren …

Während er grübelte und Steine sammelte, machten andere sich nützlich. Thom zeigte Nortlan, wie man drei brusthohe grüne Zweige (keine geraden Speerschäfte, sondern gewöhnliche krumme Zweige) schnitt, schärfte und zu einem kleinen Zelt zusammenband und im Boden fixierte, sodass zwei Spitzen nach oben und außen wiesen und eine nach hinten unten. Lagerbefestigungen sahen lächerlich aus, denn ein Wolf, ein Troll oder ein feindlich gesonnener Mensch konnte mühelos darüber hinwegsetzen. Das aber kam nur selten vor, denn es wäre sehr schmerzhaft gewesen, wenn man dabei stolperte, und wenn sich jemand zwischen den Lagerbefestigungen hindurchzwängen wollte oder sie beiseitewarf, würde er die Männer im Lager alarmieren. Lächerlich hin oder her, die Befestigungsstöcke erfüllten ihren Zweck. Einen Moment lang fragte er sich, wie viele Dinge im Leben wohl ganz ähnlich waren: symbolische Barrieren, die irgendwie funktionierten. Darüber sollte er mal mit Nismu sprechen, denn er hatte den Eindruck, dass die Hexerei auf dem gleichen Prinzip beruhte.

Oder auf einem ähnlichen. Als Argur die Steine um die Feuergrube gelegt hatte, half er Thom und Nortlan bei den vorgetäuschten, aber doch wirksamen Befestigungen. Aber ach! Die Schrecken des Tages hatten ihn ebenso erschöpft wie das Gehen, und als Ronk und Perri einen Kienspan abschabten und in Brand setzten, konnte er die Augen kaum lange genug offen halten, um Wachen einzuteilen.

»Ronk und Gower, bis der Mond *dort* ist. Thom und Nortlan, bis der Mond untergeht. Snar und ich bis Tagesanbruch. Dann brechen wir auf.«

Als er im flackernden Feuerschein des lodernden Lagerfeuers, in dem die saftig grünen Kiefernzweige knisterten, seinen Umhang auslegte und sein Nachtlager bereitete, beschäftigte ihn ein Gedanke: Wenn die Trolle noch nicht zu Hause angelangt waren – beziehungsweise in dem Loch oder dem Windbruch, in dem sie hausten –, würden auch sie bald ein primitives Lager aufschlagen. Dele wäre ihnen auf Gedeih und Verderb ausgeliefert. Die Vorstellung war ihm unerträglich, trotzdem schlief er ein, kaum dass er die Augen zugemacht hatte.

Irgendwann in der Nacht erwachte er vom Geräusch schweren Atems. Und von Gestrampel, Gegrunze und Gejaule. Er wandte den Kopf und sah Jek, der abseits des Feuers im Schatten lag. Die eine Hand hatte er um seinen Schwanz gelegt, in der anderen hielt er eine kleine Frau aus

Hartlehm. Breithüftig, großbusig und mit schmaler Taille – die Art Figur, die unverheiratete Männer gerne als Glücksbringer oder Fruchtbarkeitszauber mit sich herumschleppten. Einerseits um die Geister gnädig zu stimmen, doch die kleinen Lehmfrauen waren auch immer zur Hand, wenn Junggesellen ihren Samenstau abbauen wollten. Argur hatte noch nie das Bedürfnis verspürt, doch er hatte natürlich Dala.

Gower stand neben Jek und drohte, ihn erneut zu treten.

»Hey!«, protestierte Jek. »Das geht dich nichts an!«

»Zeig ein bisschen Respekt«, fauchte Gower, der sich bemühte, leise zu sein. »In diesem Moment werden unsere Mädchen von Fremden gefickt.«

»Das hier geht nur mich etwas an«, wiederholte Jek, weniger überzeugt als zuvor.

»Respekt«, sagte Gower. »Oder Schmerz.«

Grummelnd packte Jek die kleine Frau und seinen kleinen Mann weg.

Argur wehrte sich innerlich; sie konnten nicht wissen, ob die Mädchen im Moment gefickt wurden, Gower hatte kein Recht, das zu behaupten. Er hatte eine Menge zu dem Thema zu sagen, doch seine Lider waren so schwer, dass er die Augen nicht lange offen halten konnte. Sie fielen ihm zu, und er barg das Gesicht wieder in der Decke. Der Schlaf war eine Wohltat.

2.5

Als Argur von Thom und Nortlan geweckt wurde, war es noch dunkel, und als er die Geister abgeschüttelt hatte, kroch er unter der Decke hervor in die Nachtluft, die für den Mittsommer ungewöhnlich kalt und feucht war. Er und Snar stampften sich warm, dann hielten sie beklommen Wache. Ohne zu reden, hörten sie den Eulen zu, bis endlich der Morgen graute.

Huutuuu!, sagten die Eulen zueinander, in der Sprache von Nog La Spott und Warnung zugleich. Jetzt blüht dir was! *Huutuu! Huutuu!*

Als der Himmel heller wurde, waren auch die Felswände der Schlucht wieder zu sehen. Argur fiel etwas ins Auge, das ihn veranlasste, den Speer zu heben – Monster! Aber nein, das waren nur die *Knochen* eines Monsters, die aus der Böschung hervorragten. Sein Großvater hatte ihm mal gesagt, hier im Pass liege der Kopf eines toten Drachen, den der Boden teilweise verschluckt habe. Für Argur aber sah das nicht danach aus. Zum einen schien es eher so, als sei der Boden dort *fortgespült* worden, sodass etwas freigelegt worden war, das bis dahin verborgen gewesen war. Und das Skelett ragte nicht aus dem Erdreich hervor, sondern aus dem darüber befindlichen Sandstein! Außerdem wirkten die Knochen vollkommen leblos. Bestanden Drachenknochen aus Stein? Sie wiesen keine Spuren von Haut, Sehnen oder Knorpel auf. Dieses Wesen war schon seit Jahren tot. Wahrscheinlich noch viel länger.

»Drachenknochen«, sagte Snar, in dieselbe Richtung blickend.

»Hm«, machte Argur.

»Das gefällt mir nicht.«

»Mir auch nicht.«

Das Wesen lag auf der Seite und war noch immer teilweise vergraben, doch es schien größer zu sein als ein Boclis und zwei oder drei Mal so lang. Die Arme waren kurz und dünn und mit messerartigen Krallen besetzt, die auch zum Körper eines Höhlenbären gepasst hätten, doch die Beine waren so groß wie die eines Mammuts. Es hatte einen langen, schlangenartigen Schwanz. Der Kopf war so groß wie der eines Menschen, die Zähne glichen Speerklingen. Es konnte einen Menschen sicherlich so mühelos entzweibeißen, wie Argur das Fleisch von einem Gänsebein löste.

»Ich dachte, Drachen hätten Flügel«, sagte Snar.

Argur zuckte mit den Schultern. »Nicht alle.«

»Nicht alle? Das ergibt keinen Sinn.«

Da hatte er recht; es ergab keinen Sinn. Aber sie hatten sich um wichtigere Dinge zu kümmern, deshalb holte Argur die Flöte hervor und spielte ein paar melodische Töne, dann beugte er sich über die Schläfer und erzeugte einen schrillen Ton.

»Aufwachen, Ritter von Ell! Wir müssen unsere Töchter und Nichten befreien!«

Die Männer schreckten zusammen und grummelten. Dann standen sie einer nach dem anderen auf und erblickten im Morgenlicht ebenfalls den Drachen.

»Oi!«

»Oh Mann.«

»*Huutuu!* Unter *dem* Ding haben wir geschlafen?«

Und dann Nortlan: »Drachenknochen! Oh Dreck, sie sind so *groß*. Ich dachte, sie wären kleiner.«

»Ich dachte, sie hätten Flügel«, setzte Gower hinzu.

Dann fragte Nortlan: »Argur, hast du schon mal einen lebenden Drachen gesehen?«

»Nein«, antwortete Argur kurz angebunden, und sammelte seine Sachen auf. »In Nog La wurde nie einer gesehen. Auch in anderen Gegenden seit vielen Generationen nicht mehr, so viel ich weiß. Sieh dir den hier an, vergraben im Stein. Wie lange mag er schon hier liegen?«

»Interessant«, sagte Nortlan, das Ding anstarrend.

»Pack zusammen«, sagte Argur zu ihm. »Du kannst dir das auf dem Rückweg anschauen, wenn wir Dele und die anderen befreit haben.«

Die Ritter lagerten nur selten, doch wenn sie es taten, verwischten sie anschließend ihre Spuren, so gut es ging, damit mögliche Gegner nicht auf ihre Anzahl oder ihre Kampfkraft schließen konnten. Das Feuer war bereits gründlich gelöscht worden, die Steine verteilt. Pisse und Exkremente hatten sie mit Erde abgedeckt, damit Raubtiere keine Witterung aufnehmen konnten. Die Befestigungsstöcke hatten sie voneinander gelöst, mitten entzweigebrochen und in den Fluss geworfen, dessen Strömung sie sogleich mit sich gerissen hatte, Log Na entgegen.

Die Männer wuschen sich die Hände, dann brachen sie auf, im Gehen am Ogabrot nagend.

»Wir müssen uns *beeilen*«, sagte Argur. »Wir haben bereits zu viel Zeit verloren.«

Doch sie kamen gut voran und gelangten bald darauf zu

der Stelle, wo die Trolle gelagert hatten. Das Lager war verdreckt; während die Ritter hinter sich aufräumten, hielten die Trolle es genau anders. Der Boden war mit abgenagten Knochen, blutigen Fellstücken, Rübenblättern und kleinen Scheißhaufen übersät. Das immer noch kokelnde Lagerfeuer stank nach Pisse. *Wir waren hier*, verkündete das Lager, *und das soll jeder erfahren.*

»Argur, sieh mal«, sagte Nortlan und zeigte. Auf dem Boden lag eine kleine Hartlehmkugel, etwas größer als eine Schleuderkugel, mit eingravierten Linien. »Ist die von Dele?«

Argur bückte sich und hob sie auf. »Ja. Ich glaube schon.«

»Sie hat einem der Mädchen gehört«, sagte Thom wegwerfend. »Trolle können so was nicht herstellen.«

»Hat sie sie vielleicht absichtlich zurückgelassen?«, fragte Nortlan. »Damit wir sie finden?«

Niemand antwortete ihm. Kam es darauf an?

»Gehen wir weiter«, sagte Argur.

Bevor die Sonne auch nur die Hälfte des Weges bis zum Zenit zurückgelegt hatte, wurde der Pass flacher, senkte sich schließlich ab und mündete in ein viel breiteres Tal. Sie hatten das erste der Hochtäler erreicht. Vom Pass aus konnten sie das ganze Tal überblicken. Ein Weg oder ein Wildpfad führte hindurch. Möglicherweise verband er den Pass mit der anderen Talseite. Ungefähr in der Mitte des Tals lag ein kleiner runder See, der aussah wie eine kleinere Ausgabe von Nog La, doch es gab hier mehr Wiesen und mehr Wald.

»Seht ihr sie?«, fragte Thom, in das Hochtal hinabblickend.

Niemand antwortete. Es war gut ein halber Tagesmarsch bis zur anderen Talseite, und nicht einmal Perri (der von allen Bewohnern von Nog La die bei Weitem schärfsten

Augen hatte), hätte auf diese Entfernung eine menschengroße Gestalt erkennen können.

»Oder hört jemand was?«, fragte Argur.

Wieder gab niemand Antwort, doch es war zustimmendes Gemurmel zu hören; die Fragen waren vernünftig. Die Trolle waren nicht die ganze Nacht hindurch marschiert, sondern hatten vor Mitternacht angehalten und gelagert. Das hieß, sie mussten irgendwo dort unten sein, vermutlich zwischen dem Pass und dem See. Und von hier oben war die Sicht viel besser als vom Talboden aus, deshalb war es sinnvoll, hier anzuhalten und gründlich Ausschau zu halten und zu lauschen.

»Ich sehe Rauch«, sagte Perri. »Aber das ist kein Lager. Das ist ein Dorf.«

»Ein Menschendorf?«, fragte Jek.

Perri zuckte mit den Schultern. »Das nehme ich an.«

»Die Menschen müssen näher an Nog La leben als die Trolle«, sagte Nortlan. »Sonst würde uns niemand jemals einen Besuch abstatten.«

»Sehen wir uns das mal an«, sagte Argur skeptisch.

Und so machten sie sich an den Abstieg und folgten dem Weg zu der Stelle, die Perri aufgefallen war. Nach einer Weile sahen sie es alle, und ehe die Sonne im Zenit stand, sahen sie es ganz deutlich: eine Ansammlung von zehn Rundhütten, errichtet aus gebogenem Holz und Grasbündeln, mit behandeltem Leder abgedichtet. Die Behausungen waren ganz ähnlich wie die der Sonnenaufgangsburg und der umliegenden Dörfer. (Die Häuser von Nog La an der Seite der Sonnenaufgangsburg waren oval, mit Steinanhäufungen an der Unterseite und einem einzelnen geraden Balken in der Mitte des Dachs, doch das lag vor allem daran, dass der Wind, der vom Tal ins Flussland wehte, es unmöglich machte, die Häuser breiter zu machen, weshalb sie in die Länge gebaut wurden.) Außerdem war das Dorf von größeren Ausgaben der Befestigungsstöcke umgeben, die Thom und Nortlan gestern Abend aufgestellt hatten.

Idiotensicher waren sie nicht – nicht annähernd so widerstandsfähig wie die Burgmauer –, aber doch eine Botschaft an jeden, der sich überlegen mochte, ob er einen Überfall riskieren sollte: Wir sind gut gerüstet und vorbereitet. Wollt ihr es wirklich wagen?

»Seht ihr? Menschen«, sagte Nortlan, als sie sich dem Dorf näherten.

»Hm. Na ja, vielleicht haben sie die Trolle ja gesehen«, meinte Argur und schwenkte die Hand, um seinen Standpunkt zu bekräftigen.

Wie Nog La hatte dieses Tal nur zwei Ausgänge. Allerdings nur dann, wenn man sich aufs Tal und den Pass beschränkte. Die umliegenden Hügel waren flach und glatt; wenn die Trolle beschlossen, sie zu überqueren – entweder weil sie irgendwo dort lebten oder weil sie die Verfolger abschütteln wollten –, konnte nichts und niemand sie daran hindern.

»Wer ist da?«, fragte eine hohe Stimme aus dem Dorf. Ein Tor gab es nicht, dafür aber eine Öffnung in den Befestigungsstöcken, die von einem Jungen bewacht wurde.

Verärgert rief Argur: »Was meinst du wohl, Junge? Wir sind die Ritter von Ell, aus Nog La.«

»Wer von wo?«, fragte der Junge im gleichen Ton wie zuvor.

»Was wollt ihr?« Von einer Erhebung außerhalb des Dorfes aus ließ sich eine zweite Stimme vernehmen. Diesmal eine Frau, die in jeder Hand einen Kohlkopf hielt. Sie klang eher noch argwöhnischer als der Junge.

»Wir wollen nicht bleiben«, versicherte ihnen Argur. »Wir suchen jemanden.«

»Wen?«, fragte eine dritte Stimme. Diesmal ein Mann aus dem Inneren des Dorfes.

»Unsere Töchter, die von Trollen entführt wurden.«

»Oh«, sagte der Mann. »Das ist ja wunderbar. Das ist wunderbar. Wir werden noch alle getötet werden.«

»Bringt mich zu eurem Häuptling«, sagte Argur ungeduldig. »Oder bringt ihn zu uns.«

»Er ist auf der Jagd.«

»Hätte ich mir denken können«, murmelte Jek.

Argur schwieg einen Moment, wischte sich mit der Hand über den Mund und sagte: »Hört mal, einer von euch wird mir sagen, wohin die Trolle gegangen sind, sonst gibt es Ärger.«

Eine anwachsende Menge von Dorfbewohnern – innerhalb wie außerhalb der Befestigungsstöcke – musterte drohend die Ritter, doch was sollten sie sagen? Was sollten sie *tun*? Wenn sie mit Steinen warfen oder einen Speer schleuderten, wenn sie eine Hartlehmkugel oder einen Pfeil verschossen, würden die Ritter sich vermutlich mit ihren Schilden schützen, oder ihre Rüstung würde den Treffer schlucken. Und selbst wenn nicht – wenn einer von ihnen verletzt wurde –, würde es dann hässlich und einseitig werden.

»Sie rauben auch unsere Mädchen«, sagte jemand.

»Wir *geben* ihnen die Mädchen«, höhnte ein anderer.

Argur stutzte. Was hatte das zu bedeuten? Weshalb sollte jemand einem Monster freiwillig Menschenmädchen überlassen?

»Um den Frieden zu wahren«, beantwortete jemand seine unausgesprochene Frage.

Einen Moment lang schwiegen alle. Und dann redeten auf einmal alle gleichzeitig.

»Wie könnt ihr nur …«

»Wir müssen unser Dorf …«

»Sie werden erst euch töten und dann eure Mädchen, und dann …«

»Dreck, in welche Richtung sind sie gegangen, ihr dreckigen …«

Und dann verschaffte sich eine durchdringende Stimme Gehör: Nortlan. »Heeey! Haltet den Mund, haltet den Mund, haltet den *Mund*!«

Daraufhin wurde es tatsächlich still, und Nortlan fragte: »Wie viele Mädchen habt ihr ihnen überlassen?«

»Zwei«, antwortete jemand nach kurzer Pause.

»Wann?«

»Eins im vergangenen Jahr und eins im Jahr davor.«

»Im vergangenen Jahr und im Jahr davor? Und in *diesem* Jahr? Was ist mit *nächstem* Jahr? Wie viele Mädchen werden sie noch von euch fordern? Auf wie viele könnt ihr verzichten?«

Abermals Schweigen.

Argur war beeindruckt. Er hatte Nortlan immer für einen Taugenichts gehalten, der keinen sinnvollen Beitrag leistete und keine besonderen Interessen zeigte. Aber die meisten Menschen scheuten davor zurück, mit Fremden zu sprechen. Dreck, manche Leute scheuten sogar davor zurück, mit ihren Nachbarn und Freunden zu reden. Und da hatte der junge Nortlan die Aufmerksamkeit eines ganzen Dorfes und der Ritter von Ell auf sich gelenkt! Offenbar hatte Nismus Segen ihm den nötigen Mut verliehen. Argur war versucht, sich einzumischen, doch er hielt sich zurück und ließ den Jungen reden. Er wollte wissen, wie das ausgehen würde.

»Ich weiß, ihr habt Angst«, sagte Nortlan mit seiner kieksenden Stimme und hob den viel zu großen Schild, sodass seine viel zu große Rüstung klapperte. »Ich fürchte mich auch. Die Trolle sind angsteinflößende Wesen, und anscheinend gebieten sie über andere angsteinflößende Wesen. Sie haben Nog La angegriffen! Am helllichten Tag! Mit einem Boolis! Aber niemand verlangt von euch, dass ihr gegen sie kämpft.«

Abermals Schweigen.

»Das übernehmen *wir*«, sagte Nortlan und klopfte mit der Hand auf seinen Schild. Und dann auf Thoms, Argurs und Jeks Schild. »Seht ihr? Seht ihr? Dies sind die Ritter von Ell, und sie kämpfen gegen Monster, seit … na ja, seit dem Anbeginn der Zeit. Hebt einfach den Arm und zeigt. Einer von euch oder ihr alle, das ist egal. Zeigt dorthin, wo die Trolle leben. Aus welcher Richtung kommen sie? In welche Richtung ziehen sie sich zurück? Zeigt einfach. Zeigt.«

Nach dem ganzen Wirbel war Argur enttäuscht, als die Leute den Weg entlang zeigten, zur anderen Talseite, wo er und seine Männer eh hatten nachschauen wollen. Die Ritter lachten nervös.

»Im nächsten Tal«, sagte jemand.

»Sie sind im vergangenen Jahr dort eingezogen«, sagte ein anderer.

»Vorher hat dort niemand gelebt. Zu viele Monster!«

Und dann sagte ein anderer: »Wir haben sie zu euch geschickt. Als sie wieder aufgetaucht sind, haben wir ihnen gesagt, hinter dem Pass in Nog La gebe es *mehr* Mädchen, *bessere* Mädchen. Wenn ihr sie angreift, oh, Ritter von Blabla, dann solltet ihr sie alle töten. Denn sie werden uns die Schuld geben, und *wir* müssen hier leben. Nicht ihr.«

Argur hätte am liebsten alle getötet, die das Wort ergriffen hatten. Eigentlich war ihm danach, die ganze Einwohnerschaft zu töten. Hatten sie das wirklich getan? Hatten sie die Trolle nach Nog La geschickt, um ihre eigenen dreckigen Töchter zu retten? Aber Mord wog schwerer als Verrat. Mord würde das ganze Tal von Nog La vergiften und Geister und Menschen gegeneinander aufbringen.

Deshalb war er noch stärker versucht, einfach zu gehen und diese Leute ihrem Schicksal zu überlassen. Sie erfüllten ihn mit solcher Wut und solchem Abscheu, dass er aufrichtig hoffte, sie würden alle sterben. Von Trollen oder sonst wem getötet werden. Stattdessen aber atmete er tief durch und sagte: »Wenn hier Männer lebten, würden sie eine eigene Ritterschaft bilden. Wenn hier Frauen lebten, würden sie das verlangen. Ich aber sehe hier nur Kinder. Dieser Junge hier«, er zeigte auf Nortlan, »ist tapferer als alle zehn von euch zusammen. Denkt mal drüber nach. Er ist entschlossen, in eurem Namen gegen Monster zu kämpfen, während ihr nach Kohlköpfen grabt. Es reicht. Hört mich an: Ihr werdet den *Okor* nichts mehr geben. Dieses Land steht unter unserem Schutz und unter unserem Gesetz. Jeder, der dagegen verstößt, wird«, er hielt inne, um sich eine Drohung auszudenken, dann fuhr er fort, »von uns zur Verantwortung gezogen werden.«

»Außerdem riecht ihr ziemlich übel«, setzte Jek hinzu.

Der Rest des Tages war von Enttäuschungen geprägt. Man hatte ihnen gesagt, das nächste Tal – das höchste der Hochtäler – sei einen ganzen Tagesmarsch entfernt, und sie hatten beim Palaver mit den Dorfbewohnern Zeit verloren. Nicht unbedingt viel Zeit, doch Zeit war kostbar. Die Trolle waren schneller, als man ihnen mit ihren kurzen, dicken

Beinen eigentlich zutrauen mochte. Es war, als treibe sie etwas an, sich mehr anzustrengen und Dinge zu tun, die kein Troll je getan hatte.

Nun, auch Argur und Timlin hatten einen starken Antrieb, und das galt auch für die anderen Ritter, die selbst Töchter oder unverheiratete Söhne hatten oder noch nicht verheiratet waren. Auch bei einer so großen Siedlung wie Nog La waren solche Verluste auf die eine oder andere Weise für jeden schmerzhaft.

Und so marschierten sie durchs Tal und in den nächsten Pass hinein, dessen Name Argur nicht kannte, falls er überhaupt einen hatte. Auf Hinterhalte gefasst, warfen die Männer argwöhnische Blicke umher und lauschten auf das Knacken von Zweigen und plötzliche Veränderungen im Vogelgesang. Doch die Trolle hatten anscheinend nicht die Absicht, sie hier anzugreifen, und ihr Vorsprung war so groß, dass von ihnen derzeit nichts zu bemerken war. Allerdings hatte sie eine Fährte hinterlassen – nicht bloß Fußabdrücke, sondern auch Scheißhaufen und Urinflecken sowie die abgenagten Knochen von Kaninchen, Ziegen und anderen Tieren. Blutflecken oder Innereien fanden sie keine, was darauf schließen ließ, dass die Trolle sich von Proviant ernährten. Und das bedeutete, dass sie sich nicht mit Jagen aufhalten wollten und in ihren primitiven Tragebeuteln aus teilweise gegerbter Tierhaut, die teilweise noch Haare hatte, eine Menge Nahrung mitgeschleppt hatten, als sie aus ihrem Tal aufgebrochen waren. Argur hatte gelernt, ein Troll brauche doppelt so viel Nahrung wie ein Mensch, deshalb hatten sie für vier Tage … nun ja, eine Menge mitschleppen müssen.

Der Tag verlief auch deshalb enttäuschend, weil alle ständig müde waren. Irgendwie bekamen sie nicht richtig

Luft. Zunächst glaubte Argur, er bilde sich das bloß ein, dann sagte er sich, das sei nur bei ihm so, doch alle anderen beklagten sich ebenfalls.

»Vielleicht haben uns die Dorfbewohner mit einem bösen Zauber belegt«, meinte Jek.

»Oder die Trolle?«, sagte Nortlan ein wenig besorgt.

Und das gab Argur zu denken. In Nog La gab es ein paar Magier wie Nismu von der Sonnenaufgangsburg, welche die Geisterwelt anzurufen vermochten, um seltsame Dinge zu bewirken. Nismu konnte Vögel mit einem Holzblock und einem Stock herbeilocken und entzündete Verletzungen mit Maden und Schlamm heilen. Mit Maden und Schlamm! Andere Magier konnten das Geschlecht eines Ungeborenen erkennen und Unwetter oder den Winterbeginn vorhersagen. In Argurs Kindheit hatte ein Magier eine Frau, die ihn zurückgewiesen hatte, mit einem Fluch belegt. Er beteuerte zwar seine Unschuld, doch sie wurde kurz nach dem Streit krank und starb bald darauf. Argur hatte die Macht der Magier nie angezweifelt, doch ihre Reichweite war auf den unmittelbaren Kontakt zu einer Person beschränkt. Der verbannte Mogel war vielleicht der mächtigste Magier gewesen, der je in Nog La gelebt hatte, doch auch er hatte Akka *berühren* müssen, bevor sie erkrankte. Er konnte Vögel herbeilocken, ihnen aber keine Anweisungen geben. Er konnte Unwetter vorhersagen, aber keine Blitze lenken. Argur hatte noch nie gehört, dass ein Magier über ein ganzes Tal hinweg eine Gruppe kräftiger Männer ermüdet hätte.

Verfügten Trolle vielleicht über eine machtvollere Magie? Schließlich hatten sie sich ein Boolis gefügsam gemacht. Sie hatten bei Tag angegriffen, drei Mädchen entführt und ausreichend Nahrung mitgeschleppt, um auf dem Heimweg alle zu ernähren. Und sie waren schneller, als sie hätten sein dürfen.

»Trolle sind zu dumm«, sagte Thom.

»Mag sein«, sagte Argur verunsichert. »Mir kamen sie immer irgendwie magisch vor, aber das ist eine andere Geschichte. Haben sie uns mit Blitzen niedergestreckt? Nein? Die Geister dieses Tals sind zornig, das ist alles. Diese Leute sind Dreck; weshalb sollten die Geister über sie wachen? Ihre Ahnen schämen sich ihrer. Mit uns hat das nichts zu tun. Wir werden die Trolle heute stellen.«

»Und was dann?«, fragte Nort.

Er war der Erste, der diese Frage stellte.

»Dann sehen wir weiter«, antwortete Argur; was hätte er auch sagen sollen? Dass sie jeden einzelnen Troll töten würden? Bestimmt nicht deshalb, weil die dämlichen Dorfbewohner es von ihnen verlangten. Sie würden tun, was nötig war.

Doch sie holten die Trolle nicht ein. Der Erschöpfungsfluch war übermächtig; sie bekamen nur schwer Luft, und ihre Packtaschen, Gürtel, Schilde und Rüstungen schienen schwerer geworden. Die Sonne brannte ungewöhnlich heiß vom Himmel, und im Baumschatten war es unnatürlich kalt. Sie mussten häufig rasten und Wasser trinken, und als sie das kleine Tal durchquert und einen Teil des Passes erklommen hatten, war die Sonne hinter den Bergen versunken, und es dämmerte bereits.

»Im Dunkeln können wir nicht gegen sie kämpfen«, sagte Argur verbittert. »Selbst wenn wir sie noch einholen würden, wären sie im Vorteil.«

»Wir hätten Nismu mitnehmen sollen«, sagte Thom.

»Wir hätten die Rüstungen daheim lassen sollen«, sagte Jek. »Wir hätten sie an der Brücke stellen können.«

»Dafür ist es jetzt zu spät«, knurrte Argur. »Lasst uns hier lagern. So wie gestern.«

Die Demütigung machte Argur schwer zu schaffen. Waren sie etwa nicht Manns genug, ihre Töchter zu befreien? Nicht schnell genug, um eine Bande schwerfälliger Trolle einzuholen? Hatte seine Schwäche als Anführer sie verweichlicht und verwundbar und unfähig gemacht? Die Trolle würden auch in der Dämmerung weitermarschieren, zu Hause ankommen und sich dann die entführten Mädchen vornehmen. Es brauchte nicht viel Fantasie, um sich vorzustellen, was sie ihnen antun würden; ihre Opfer standen alle kurz vor der Geschlechtsreife. Sie waren Jungfrauen und noch nicht geschwängert, aber bald würden sie schwanger werden. Er konnte sich nicht recht vorstellen, weshalb die Trolle einer Menschenfrau ein Trollkind einpflanzen wollten, doch sie würden es bald versuchen, falls sie es nicht schon getan hatten. Während der Himmel dunkel wurde, die Sterne aufgingen und die Ritter das Lager errichteten, wurde Argur von dieser Vorstellung mehrfach übel. Doch da auch er vom Erschöpfungsfluch befallen und von feindlichen Geistern umgeben war, schlief er dennoch ein.

2.6

Am nächsten Tag erwachten sie früh, packten ihre Sachen zusammen, überquerten eilig den Pass und stiegen ins dahinter liegende Tal hinab. Hier gab es nur Gras und keinen Wald. Es wuchs viel Getreide, was seltsam war, denn so viel Argur wusste, aßen Trolle kein Getreide. Aber sie aßen Fleisch – Unmengen Fleisch –, und im höchsten Tal waren braune Flecken zu erkennen, die Perri zu einer Herde Wollnashörner erklärte. Sehr gefährlich, aber auch sehr weit entfernt. Außerdem machte er sie besorgt auf mehrere weiße Flecken aufmerksam und meinte, das seien Boolisse.

»Die müssen wir umgehen«, sagte er.

»Nein«, widersprach Argur. »Das würde zu lange dauern.«

»Wenn wir auf ein Boolis treffen, würde uns das mehr Zeit kosten«, sagte Perri. Sein Tonfall war scherzhaft, doch das war eine ernste Angelegenheit.

»Siehst du, wo die Trolle leben?«

»Nein«, antwortete Perri. »Moment, da drüben sehe ich eine kleine Rauchfahne. Ach, Dreck, sie sind *dort unten*. Wir befinden uns fast genau oberhalb von ihnen.«

Er zeigte. Auf dem Hang, verborgen zwischen Kiefern, machte Argur rote und gelbe Muster aus – die Lieblingsfarben der Trolle. Als er die Augen zusammenkniff, meinte er sogar Zelte und sich umherbewegende Gestalten erkennen zu können.

»Seid leise«, ermahnte Argur seine Begleiter.

»Im Gras zu wohnen kommt für sie nicht infrage, denn dort wären sie der Sonne ausgesetzt«, murmelte Jek, als wäre das längst klar gewesen.

»Wir müssen näher heran«, sagte Argur.

»Schick jemanden vor«, flüsterte Nortlan. »Wenn wir alle hingehen, sehen sie uns.«

»Ach, sie werden uns heute auf jeden Fall sehen«, meinte Argur.

»Nein«, widersprach Nortlan leise. »Wir brauchen einen Plan. Wir wissen nicht, wie viele dort unten sind oder wie ihr Lager angelegt ist. Wir wissen nicht, wo sie die Mädchen gefangen halten und ob sie gefesselt sind.«

»Er hat recht«, sagte Thom. »Ich mache das.«

Argur überlegte einen Moment. »Nein, Jek ist leiser. Würdest du dich für uns umschauen, Jek?«

»Wieso ich?«, murrte Jek.

»Weil du dich leise bewegst«, wieder Argur. »Und weil du tapfer und stark bist.«

Dem konnte Jek schlecht widersprechen, deshalb löste er den Gürtel und machte Anstalten, die Rüstung abzulegen.

»Was tust du da?«, fragte Nortlan, der allmählich Angst bekam, sein Plan könnte dazu führen, dass jemand verletzt wurde.

»Mit dem Ding kann ich mich nicht anschleichen«, erklärte Jek sichtlich gereizt.

»Jek«, sagte Argur, »wenn sie dich sehen, läufst du so schnell du kannst zu uns zurück. Dann bilden wir einen Halbkreis und lassen sie in die Falle laufen. Siehst du, Nort? Jetzt haben wir einen Plan.«

»Ich will nicht, dass sie mich sehen«, sagte Jek und blickte an sich hinunter, auf den braunen Lederumhang und das graugrüne Leinen seines Gewands. Beide Farben passten weder zum Untergrund noch zu den Kiefern. Seine braune Haut wäre unauffälliger, deshalb legte er bis auf den Lendenschurz und die Sandalen auch seine Kleidung ab. Er begann augenblicklich zu zittern, ob vor Angst oder wegen der fluchbeladenen Luft, konnte Argur nicht erkennen. Darauf kam es auch nicht an; wer würde sich nicht fürchten, wenn er im Begriff war, sich nur mit einem Lendenschurz bekleidet an eine Trollsiedlung anzuschleichen?

»Du hast Glück, dass ich so *tapfer* bin«, sagte Jek zu Argur, dann schnappte er sich ein kleines Messer und eilte den Hang hinunter.

Argur, der es gar nicht erwarten konnte, dass sich etwas tat – dass er seine Tochter aus der Gewalt dieser Bestien befreite! –, wandte sich an seine Männer. »Legt Pfeile ein, aber haltet den Speer bereit. Hier zwischen den Bäumen wird es eng werden.«

»Nein!«, flüsterte Nortlan.

»Nein?«, entgegnete Argur, verärgert und etwas ungläubig. Hielt der Junge sich jetzt für einen Kampfexperten?

Nortlan hielt Argur eine Hartlehmkugel – gedacht für eine Schleuder – vors Gesicht. »Wie wär's mit Schleudern und Knüppeln? Überleg mal: Sie haben niemanden getötet, als sie die Mädchen geraubt haben. Sie haben auch die Dorfbewohner nicht getötet. Wollen wir die Ersten sein, die Löcher in jemanden stechen?«

»Allerdings«, sagte Argur. Dann: »Außerdem sind Schleudern im Wald nicht verlässlich. Die Kugel kann einen Zweig treffen, oder die Schleuder verheddert sich daran, und dann war der ganze Einsatz vergeblich.«

»Aber *eine Menge* Kugeln«, beharrte Nort, »werden sie verletzen und ihnen zu denken geben, selbst wenn nicht alle getroffen werden. Auf diese Weise machen wir ihnen klar, womit sie es zu tun haben, ohne gleich einen Krieg anzufangen.«

Das Wort, das er gebrauchte, lautete Borkhuni, *was so viel bedeutete wie großer Kampf. Harv war nicht klar, weshalb dies etwas anderes war als eine Auseinandersetzung oder ein Geplänkel, doch es lag auf der Hand, was der Junge meinte:* Alle *Trolle würden sich überall gegen alle Menschen wenden, wenn sie die Bewohner der Siedlung einfach abschlachteten. Aber dennoch …*

Das Wesen an der Brücke war eindeutig ein Neandertaler gewesen. Mit seiner kräftigen Knochenstruktur, der fliehenden Stirn, dem groben Kiefer und der breiten Nase glich er den Darstellungen aus Harvs Zeit. Und er war mit Fellen bekleidet! Endlich ein richtiger Höhlenmensch! Somit ließ sich der Zeitraum nach Harvs Schätzung auf 30.000 bis 40.000 Jahre vor Christus einengen. Wann waren die Neandertaler ausgestorben?

Er wusste, dass der moderne Mensch vom Cro-Magnon-Typ – Argurs Leute – mit den alten Menschen vom Neandertaler-Typ Tausende Jahre lang koexistiert hatte, und das ließ darauf schließen, dass zwischen ihnen eine Art Frieden geherrscht hatte. Vielleicht ein unsicherer Frieden, durchbrochen von Gewaltausbrüchen, denn der Neandertaler war ausgelöscht worden, aber gewiss nicht in einem großen Krieg.

Nortlans Bedenken waren möglicherweise durchaus begründet; die technologisch überlegenen, aber körperlich schwächeren Menschen hatten vielleicht darauf geachtet, ihre Nachbarn nicht zu stark und nicht zu plötzlich zu reizen. Auch bei den Rittern von Ell hatte es anscheinend mehrere Generationen – oder Jahr-

hunderte – gedauert, bis sie ihnen Nog La abgenommen hatten. Und sie hatten sie noch immer nicht vollständig vertrieben!

Lug aber – erschreckend und mitleiderregend zugleich – glich auch den Monstern aus den Bilderbüchern aus Harvs Zeit. Vom feuerroten Haar bis zur boshaften Hexenstimme, den großen, spitz zulaufenden Ohren und dem verschlagenen Gebaren glich er perfekt einem Troll, Oger oder Kobold. War das ein Zufall? Das glaubte Harv nicht. Aber konnten Geschichten dreißigtausend Jahre lang überdauern? War die kulturelle Erinnerung an diese Begegnungen so stark, so unwandelbar, so … traumatisch?

Oder handelte es sich um eine Erinnerung des Quantoms? Schließlich durchreiste Harv seine genetische Vergangenheit mithilfe einer komplexen Technologie, die er nicht vollständig verstand. Aber war dies der einzig mögliche Zugang zum Quantom? Es musste einen Grund geben, weshalb es zum Genom der Menschen gehörte. Und trotz Lugs primitivem Kehlkopf und seiner schlechten Grammatik war er doch eindeutig ein Mensch. Ein seltsamer Mensch, das ja, aber wenn man ihn mit Kakishorts, einem Polohemd und einer Baseballkappe ausstatten würde, könnte er die U-Bahn von New York City benutzen, ohne mehr Aufsehen zu erregen als jeder andere untersetzte Mann mit groben Gesichtszügen und zweifelhaftem Intellekt. Lug hatte mit den Menschen, die in Harvs Zeit in Unterführungen lebten – den Obdachlosen und Verlassenen – vielleicht mehr gemeinsam als mit Argurs Rittern, und das war nun wirklich ein ernüchternder Gedanke.

Dies alles ging Harv in der kurzen Zeit durch den Kopf, in der die Lehmkugel aus Nortlans Faust in Argurs Hand fiel.

Argur hielt die Schleuderkugel hoch und betrachtete sie. Sie war weicher und leichter als Stein und vermochte einen

Mann kaum zu töten. Er hatte die Ritter gebeten, sie mitzunehmen, weil … weil seine Tochter dort unten war. Je nachdem, wie die Dinge sich entwickelten, wollte er verhindern, dass sie sich mitten in einem Hagel von Pfeilen oder Speeren wiederfanden.

»Nein«, sagte er nach kurzem Überlegen. »Das reicht nicht als Drohung. Pfeile und Speere, Leute, aber wir töten niemanden, es sei denn, man will uns töten. Das Kaninchen hat recht.«

Er schaute die Bäume an, den Weg, den Hang und versuchte sich vorzustellen, woher die Trolle kommen würden, wenn sie Jek jagten. Würde er auf geradem Weg hierherkommen, oder im Zickzack laufen, um Wurfgeschossen auszuweichen oder weil der Untergrund es erforderte? Argur wusste es nicht.

Schließlich hob er den Arm. »Ronk, stell dich bitte dort drüben hin. Snar und Gower, ihr beide dort. Perri und Tim im selben Abstand in diese Richtung. Nort, du bleibst hier bei mir. Thom, stellst du dich hinter uns auf, ein Stück den Hang hoch?«

Die Männer nickten, nahmen murmelnd ihren Platz ein und warteten. Und warteten.

Ein Smorkvogel ließ sich flatternd auf einem Ast nieder.

»Wau!«, sagte er zu den Männern. »Wau! Wau!«

Verärgert warf Argur einen Stein nach ihm und traf ihn an der Brust. Nicht fest genug, um ihn zu töten – er hatte nicht die Absicht, zum Abendessen einen zähen Smorkvogel zu verzehren! –, aber doch so fest, dass er das Weite suchte.

»Wau!«, schimpfte er, schlug mit den Flügeln und flog davon. Der Trollsiedlung entgegen.

»Wau!«, sagte er weiter unten.

»Das ist schlecht«, meinte Thom. »Er wird uns verraten.«

Die Sorge war nicht unbegründet; Smorkvögel störten häufig bei der Jagd. Sie waren von Natur aus neugierig und wussten, dass die Menschen manchmal Essbares zurückließen, ob nun absichtlich oder unabsichtlich. Deshalb setzten sie sich häufig auf einen nahen Ast und krächzten, bis alle Tiere des Waldes in ihre Richtung blickten.

Nach einer ganzen Weile kam Jek den Hang hoch. Er lief nicht, sondern ging in normalem Tempo, mit hängenden Armen. Argur fürchtete zunächst, er sei verletzt – vielleicht sogar schwer, und das rief Angst und Schuldgefühle wach. Doch als Jek näher kam, sah Argur kein Blut, und in seinem Gesicht zeichnete sich vor allem Verwirrung ab.

»Und?«, flüsterte Argur angespannt, als Jek nahe genug herangekommen war.

»Sie haben mich gesehen«, sagte Jek, ohne die Stimme zu senken. »Diese verfluchten blauen Augen; sie haben mich direkt angesehen. Sie alle. Ich war auch ganz leise, aber ein Smorkvogel hat meine Position verraten.«

»Kommen sie her?«, fragte Thom.

»Nein«, sagte Jek überrascht. »Ich glaube, deswegen müssen wir uns keine Sorgen machen. Ich glaube, wir können alle einfach hinuntergehen.«

»Und was dann?«, fragte Thom. »Sollen wir Händchen halten und eine Schale Gargo trinken?«

»Hast du Dele und die anderen Mädchen gesehen?«, fragte Argur so geduldig, wie er es vermochte.

»Ich glaube ja. Ich habe *jemanden* gesehen. Es sind nicht nur Trolle dort unten.«

Nortlan mischte sich ein. »Was meinst du damit, es sind …«

»Seht selbst«, sagte Jek. Die Gereiztheit war aus seiner

Stimme verschwunden, und er war eindeutig verunsichert. »Ich weiß nicht, wie ich es euch erklären soll. Seht selbst.«

Die Männer blickten Argur an, der einen Moment lang überlegte und dann nickte. Sie warteten, während Jek Hose, Hemd und Rüstung anlegte, dann machten sie sich, noch immer in Halbkreisformation, an den Abstieg. Wären sie in einen gewöhnlichen Kampf gezogen, hätten sie mit den Waffen gegen die Schilde getrommelt und das grollende Kriegsgeschrei angestimmt, das den Gegner einschüchtern und zur Aufgabe bewegen sollte, bevor der erste Stein geschleudert wurde. Doch anscheinend stand ihnen kein gewöhnlicher Kampf bevor; alle außer Jek und Nortlan trugen den Schild auf dem Rücken, in der einen Hand einen Langspeer, in der anderen eine Lederschleuder mit eingelegtem Pfeil. Nort – der verängstigter wirkte denn je –, hielt in der einen Hand den Schild, in der anderen einen Knüppel. Jek ging mit leeren Händen, seine gesamte Ausrüstung steckte entweder in einer Scheide oder hing in einer Gürtelschlaufe. Das war eine kühne Ansage, der Argur sich jedoch nicht anschließen wollte. Er hielt beidhändig einen Langspeer, auf die Hüfte aufgestützt und nach vorn gerichtet, was, wie er hoffte, einen bedrohlichen Eindruck machen würde.

Aber wer wusste schon, was den Trollen Angst machte? Lug, dem sie an der Brücke begegnet waren, war der armseligste Vertreter dieser Spezies, dem Argur jemals begegnet war. Ja, sie schlichen gern umher, verbargen sich im Schatten und mieden nach Möglichkeit den Kampf, aber sie jagten auch Mammuts! Argur hatte in seinem ganzen Leben nur an drei Mammutjagden teilgenommen, und obwohl niemand dabei gestorben war, waren nur wenige ungeschoren davongekommen, und alle hatten Momente des Grauens erlebt. Das war eine todernste Angelegenheit, und doch kleideten Trolle sich in Mammutfelle, als wäre das ein Klacks.

Als sie sich dem Dorf näherten, sah Argur mit funkelndem Morgentau besetzte Zelte aus hell gefärbten Tierhäuten. Vermutlich waren dies Mammutfelle mit der Innenseite nach außen, verziert mit Spiralen aus roter Erde und Löwenzahn. Eines der Zelte war doppelt so groß wie ein Haus der Sonnenaufgangsburg, und an den Ecken waren Lüftungslöcher. Offenbar empfanden die Trolle selbst diese kühle Luft als warm. Das zweite Zelt war fast ebenso groß und vollkommen offen. Es glich einer Hand mit gespreizten Fingern, die über dem Boden schwebte. An der einen Seite wurde sie von vier verschränkten Mammutzähnen gestützt, die doppelt so lang waren wie ein Mensch. An den Ecken befand sich jeweils ein Baumstamm, der mit Löchern im Leder verbunden war. An der Rückseite, wo das Zelt an den Hang grenzte, hatte man zehn Knochenpfosten ins Erdreich getrieben. Als sie näher kamen – inzwischen näherten sie sich von der Seite, nicht mehr von oben –, konnte Argur erkennen, dass sich hinter dem Baldachin eine Art Höhle befand. So breit wie ein Boolis lang war und so hoch, dass man hineingehen konnte, ohne sich zu bücken, reichte sie mindestens eine Hauslänge in den Hang hinein. Es war keine richtige Höhle, denn die Wände bestanden aus festem Erdreich, und sie glich eher dem Bau eines riesigen Höhlenbären.

Unter dem Baldachin lungerten Männer, Frauen und Kinder herum und fächelten sich mit kleinen Flechtmatten Luft zu. Nein, keine Männer: Trolle. Und die Frauen? Die kräftig gebauten männlichen Exemplare mit langem Haar und Bärten, deren Farbe von Flammgelb bis Mammutbraun reichte, kannte jeder Ritter gut. Ihre Augen waren teils himmelblau, unwettergrau oder sattgelb wie Honig. Hier aber gab es auch *Frauen* mit dem gleichen Haar, den gleichen Augen. Aber waren das überhaupt Frauen? Argur wurde bewusst, dass er noch nie einen weiblichen Troll gesehen und sich auch nie Gedanken gemacht hatte, wie sie aussehen könnten. Weibliche Orr-Ochsen und Nashörner hatten Titten anstelle eines Schwängels. Diese Frauen aber … Abgesehen von ihrer gespenstisch hellen Haut – einige waren so bleich wie Mondschein! –, wirkten sie beinahe menschlich. Sie waren dünner und leichter als die Männer, hatten kleinere Ohren und kleinere Nasen und waren nicht unbedingt hässlich zu nennen. Einige von ihnen waren sogar alles andere als hässlich.

Und die Kinder?

Sie waren noch seltsamer, denn einige hatten schwarzes Haar und braune Haut, fast so wie ein Mensch. Einige waren tatsächlich Menschen – die entführten Kinder von Menschenstämmen. Eigenartigerweise sahen sie nicht anders aus als die Trollkinder. Sie waren vielleicht etwas weniger stämmig, hatten aber einen vergleichbaren Körperbau und ein ähnlich geschnittenes Gesicht. Was für ein Schicksal! Welche finstere Magie hatte diese Spezies verflucht, dass ihre Kinder sich von schlanken kleinen Menschen mit löffelförmigen Ohren in plumpe Monster verwandelten? Das gleiche Schicksal hatte die Boolisse ereilt, oder vielleicht wirkte der Fluch auch in die andere Richtung: Kräftige Eltern zeugten schwache, verletzliche Kinder. Aber hieße das nicht, dass *Menschen* die Verfluchten waren? Die niemals groß, stark und hässlich wurden? War das aus Sicht der Trolle nicht naheliegend?

Dann fiel ihm wieder ein, weshalb sie hier waren, und er rief: »Dele! Bist du da? Dele!«

Jemand rief: »Vater!«

»Dele?«

»Vater! Was machst du denn hier?«

Und dann kam sie aus der Höhle hervor, bekleidet mit ihrem zerrissenen, geflickten Gewand. Sie blinzelte im Sonnenschein und hielt sich die Hand vor die Augen.

Argur wollte zu ihr laufen. Er wollte, dass sie *zu ihm* kam, doch sie war umgeben von Monstern und halbmonströsen Frauen und blieb, wo sie war.

»Was machst du hier?«, fragte sie.

»Wir sind gekommen, um euch zu retten«, sagte Argur, als wäre das nicht offensichtlich. War es das etwa nicht? Hätte er das nicht tun sollen?

Dele hatte eine große Schramme am linken Arm und eine kleinere an der Wange, wirkte ansonsten aber unverletzt. Auch die anderen beiden Mädchen kamen heraus und stellten sich neben sie: Timlins Tochter Maga und Val, die Argur kaum kannte. Beide waren anscheinend unverletzt und wirkten weder verängstigt noch sonderlich erfreut über den Anblick ihrer Befreier.

Was ging hier vor? Er schaute sich um, gründlicher als zuvor. Als Erstes fiel ihm auf – was er gleich hätte bemerken sollen –, dass *Wölfe* in der Nähe waren. Ein ganzes Rudel saß unruhig bei den Bäumen. Sie machten den Eindruck, als wüssten sie nicht, wie sie sich verhalten sollten. Jetzt, da er sie bemerkt hatte, konnte Argur sie sogar riechen! Die Trolle aber beachteten die Wölfe nicht – sie hatten keine Angst vor ihnen. Weshalb nicht?

Weiterhin fiel Argur auf, dass es hier weit mehr Frauen und Kinder als erwachsene männliche Trolle gab. Er nahm sich die Zeit, die Männer tatsächlich zu *zählen*, und kam auf sieben. Ihre Gesichter waren rosig, und die Haut schälte sich, als hätten sie sich verbrannt, und alle sieben hatten auf dem Boden gelegen, als wären sie erschöpft. Beim Anblick der bewaffneten und gerüsteten Menschen, die mit geladenen Lederschleudern in ihr Lager marschierten, waren sie aufgestanden und hatten zu den Waffen gegriffen, doch sie wirkten weder verängstigt noch aufgebracht oder schuldbewusst. Sondern einfach nur … resigniert. Ihr Gesichtsausdruck war ruhig und ein wenig grimmig, als hätten sie damit gerechnet und wollten sich der Herausforderung stellen, würden aber viel lieber kampflos aus der Sache herauskommen.

»Ist das schon das ganze Dorf?«, wandte Nortlan sich an Argur, als ob der es wüsste. »Haben sie *sämtliche Männer* nach Nog La geschickt?«

»Offenbar ja.« Jetzt, da Argur sie eingehend betrachtete, hatte er den Eindruck, dass die beiden ältesten Trolle krank waren – in ihren blassen Gesichtern zeichneten sich dunkle, entzündet wirkende Striemen ab. Auch einige weibliche Trolle waren anscheinend erkrankt. Diese Gruppe war anscheinend nicht vom Glück verfolgt.

»Haben sie *kranke* Männer losgeschickt, um Mädchen zu rauben?«, fragte Nortlan, als wüsste Argur tatsächlich mehr als er.

»Würdest du bitte den Mund halten?«, sagte Jek.

Argur konnte nicht mehr an sich halten und brüllte seine Tochter an: »Dele! Erklär mir das! Was im Namen der Geister geht hier vor?«

Dele seufzte schwer, als könnte sie die Frage nicht so einfach beantworten. »Vater, würdet ihr bitte die Waffen niederlegen? Bevor jemand verletzt wird?«

»Das sind *Trolle*«, sagte Timlin zu seiner Tochter. »Du wurdest von *Trollen entführt*. Komm sofort her.«

»Vater, du machst mir Angst«, sagte Maga.

»Das ist kompliziert«, fügte das dritte Mädchen hinzu. »Es stimmt, wir wurden entführt, aber jetzt wissen wir, dass diese Männer und Frauen keine richtigen Feinde sind. Ihr müsst die Waffen niederlegen. Bitte. Wenn ihr euch nicht beruhigt, bringt ihr uns *alle* in Gefahr.«

Unwillkürlich verspürte Argur Bewunderung für die Gelassenheit und das Selbstvertrauen dieser ... jungen Frauen. Für *alle* jungen Frauen; woher nahmen sie den Mut, Männer zurechtzuweisen, die sehr viel älter und stärker waren als sie? Woher nahmen sie die Gewissheit, dass sie es besser wussten? *Wussten* sie es besser? Diese Mädchen verfügten jedenfalls über mehr Informationen als die Ritter von Ell.

Nach längerem Zögern befahl er seinen Männern: »Pfeile einstecken.«

Hinter ihm rührte sich Thom. »Nein, Argur, nein. Wir wissen nicht, was hier vorgeht.«

»Nein, aber *sie* anscheinend. Pfeile einstecken. Einen nach dem anderen und schön langsam. Ihr könnt einen Speer in der Hand behalten. Oder einen Knüppel«, setzte er hinzu, als er an Nort dachte.

Langsam und widerstrebend gehorchten die Ritter. Was nun?

»Erklär mir das«, wandte Argur sich wieder an Dele.

»Also gut. Erstens weiß ich, was du denkst, aber niemand hat uns angerührt. Nicht so, wie du denkst.«

Argur entfuhr ein Seufzer der Erleichterung.

»Zweitens haben diese Leute versucht, mit dir zu reden. Mehr als einmal.«

»Leute?«, höhnte ein hinter Argur stehender Mann.

»Die können reden?«, sagte ein anderer.

Dele funkelte ihn an und schwieg.

»*Irgendetwas* hat *irgendjemand* angerührt«, sagte Jek und zeigte auf drei rothaarige Menschensäuglinge.

»Nicht ohne Erlaubnis«, sagte eine Frau. Eine Menschenfrau, ein oder zwei Jahre älter als Dele. »Ich bin Moti und komme aus dem Hohen Tal. Was hast du da auf dem Kopf?«

Argur langte nach oben und berührte das Haarteil aus Bärenfell, das er seit einigen Tagen trug.

»Das sind Haare«, erklärte er. »Also, was wolltest du uns sagen?«

»Ist etwas kompliziert«, antwortete Moti. »Ja, ich wurde gegen meinen Willen hierhergebracht, im Austausch gegen Sicherheit. Aber diese Leute haben mich gut behandelt, und nach einer Weile habe ich mich entschieden, zusammen mit Nak, einem Mann des Stammes, Kinder zu bekommen.«

Mehrere Ritter von Ell taten lautstark ihren Abscheu kund.

»Ach, haltet ihr euch für was Besseres?«, höhnte Moti. »Für etwas Besseres als ein Troll? Nak, ruf die Wölfe.«

Einer der Trolle – offenbar der mit Namen Nak – reagierte so genervt wie ein Mensch, dem man Vorschriften machen wollte. Dennoch steckte er zwei Finger in den Mund und stieß einen lauten Pfiff aus. Dann begann er, nun ja, zu *singen*. Seine Trollstimme klang schrill und rau, doch er machte seine Sache gut – die Töne stiegen an und fielen ab, von seinen gerundeten Lippen, die er mal weitete und mal verengte, zu Lauten geformt. *»Oh-Weh-oh-Weh-ohhh! Oh-Weh-oh-Weh-ohhhh!«* Wenn man ehrlich war, musste man zugeben, dass er besser sang als viele Menschen.

Die zehn Wölfe reagierten augenblicklich; sie hatten auf

dem Hinterteil gesessen, doch nun stellten sie sich auf die Beine, wedelten mit dem Schwanz und heulten leise. Langsam kamen sie unter den Bäumen hervor und gesellten sich zu den Trollen, Frauen und Kindern, die keine Angst vor ihnen zu haben schienen.

Keine Angst vor Wölfen.

Die Ritter von Ell wussten nicht, was sie davon halten sollten. Sie spannten sich an, hoben die Speere an, wichen, ein, zwei Schritte zurück und beobachteten das Geschehen wie ein Polizist einen betrunkenen Verdächtigen oder wie eine Gruppe von Bauarbeitern eine Gruppe bewaffneter Tänzer, die auf der Straße ihre Possen trieben. Harv kam lange genug zu Bewusstsein, um zu begreifen, was es bedeutete, Geschichte zu schreiben *und der erste Mensch zu sein, der etwas sah, hörte oder roch, was es noch nie gegeben hatte. Und der nicht die blasseste Ahnung hatte, was er tun sollte.*

»Seht ihr?«, sagte Moti.

»Was sollen wir sehen?«, entgegnete Thom. »Tiere, die unter Tieren leben?«

»Halt den Mund«, sagte Argur zu ihm. »Ich muss … nachdenken. Dele, komm her.«

»Nein«, sagte Dele. »Erst wenn du ein paar Versprechen ablegst.«

»Versprechen!«, schnaubte Jek.

»Ihr seid hier Fremde«, sagte Moti. »Sehr unhöfliche Fremde. Diese Leute sind Magier, keine Tiere, und ihr habt ihnen nur dieses furchtbare Tal als Wohnstatt gelassen, wo kaum Gemüse wächst. Wo die Sonne ihnen an einem halben Vormittag die Haut verbrennt. Und jetzt dringt ihr auch hier noch ein? Wie könnt ihr es wagen!«

»Wie wir es *wagen* können?«, fragte jemand.

Und dann ergriff Nak das Wort: »Reden! Nicht kämpfen.«

Ein Raunen ging durch die Reihen der Ritter. Dass ein armseliges Wesen wie Lug, das unter einer Brücke lebte, das Reden der Gewalt vorzog, war eine Sache. Dieser Troll namens Nak aber wirkte unheimlich ruhig; er strahlte gebändigte Gewalttätigkeit aus und etwas, das eher Enttäuschung war als Furcht; *ja, es könnte sein, dass ich heute getötet werde. Schade.* Offenbar war er durchaus in der Lage, sich oder seinen Stamm zu verteidigen. Bei den Geistern, er konnte *Wölfen* befehlen!

Argur musterte seine Männer und fragte sich, ob sie den Kampf gewinnen konnten. Vielleicht, wenn die Trollfrauen nicht eingriffen. Kämpften Trollfrauen? Er wusste es nicht. Doch das Zahlenverhältnis gefiel ihm nicht. »Vielleicht« war kein guter Ausgangspunkt.

»Zieht euch zurück«, sagte er zu seinen Männern.

»Was?«, zischte Thom.

»Zieht euch zurück. Wir müssen darüber nachdenken.« Zu Nak und Moti sagte er: »Niemand rührt die Mädchen an, sonst wird es hässlich. Wir besprechen uns erst einmal.«

»Ja«, sagte Moti ein wenig überheblich. »Tut das.«

»Argur«, protestierten mehrere Ritter.

»Zieht euch zurück«, beharrte er. »Hügelabwärts. Zu der Lichtung.«

Er zeigte mit dem Speer in die Richtung. Es war nicht unbedingt eine Lichtung; die umliegenden Hügel waren stellenweise bewaldet, doch im Tal wuchs vor allem Gras, und die Stelle, zu der Argur zeigte, befand sich am Rand des Tals – Hasengerste schwankte neben den rauschenden Kiefern des Hangs im Morgenwind. Es war eine Lichtung von der Größe eines Tals, doch er wollte schnell von hier wegkommen und in Hörweite der Trolle und Frauen möglichst wenig sagen. Er brauchte Zeit zum Nachdenken, wollte sich mit seinen Beratern besprechen und musste erst einmal darüber hinwegkommen, dass Dele – seine unersetzliche Tochter – im Moment lieber bei den Monstern bleiben wollte, als mit ihrem Vater heimzukehren. Was hatten sie mit ihr angestellt? Oder anders gefragt, was wusste sie, das er nicht wusste?

Hier gab es Dinge, die er nicht verstand, und das gefiel ihm nicht. Es war die Aufgabe der Ritter, Wesen zu töten, zu fangen oder zu vertreiben. Es war die Aufgabe eines Anführers, zu reden und zu verstehen, und Argur begriff, dass er immer ein viel besserer Ritter als ein Anführer gewesen war. Was aber hatte das zu bedeuten? Dass er Wesen getötet und vertrieben hatte, mit denen er hätte reden sollen? Verhandelte man etwa mit einem Schneeleoparden?

Er bemerkte, dass Thom Jek etwas ins Ohr flüsterte, und dann, als sie sich außer Hörweite der Trolle befanden, sagte Thom so laut, dass alle es hören konnten: »Gehen wir in weitem Bogen zurück, um sie von weiter oben anzugreifen?«

»Nein, wir gehen runter. Um zu reden.«

»Reden, worüber? Argur, sie haben deine Tochter! Und wenn sie uns weiter unten angreifen, aus der Deckung des Waldes hervor, während wir im Freien stehen …«

»Dazu hatten sie schon genug Gelegenheit.«

»Wir waren in der Überzahl und haben sie überrascht.«

»Wohl kaum.«

Und dann sagte Nortlan: »Sie verfügen über Magie.«

Worauf Jek höhnisch erwiderte: »Ooh, Magie.«

»Sie haben *Wölfe*«, sagte Perri. »Und vielleicht auch noch starke Frauen? Wenn sie alle beieinander sind, haben wir keinen Vorteil. Es ist besser, wenn sie herunterkommen und uns auf dem Grasland angreifen. Dann nehmen wir uns einen nach dem anderen vor.«

Offenbar wollte niemand warten, bis sie unten angelangt waren, deshalb sagte Argur: »Unsere Mädchen haben für sie Partei ergriffen. Unsere verletzten, entführten Mädchen. Ich will wissen, wie die Trolle das geschafft haben.«

»Offenbar mit Magie«, sagte Nortlan.

»Vielleicht«, sagte Argur. »Vielleicht überblicken wir aber noch nicht das Ganze. Wir müssen wieder zu ihnen hochgehen, uns ans Feuer setzen und uns erzählen lassen, was da vorgeht.«

»Und *Gargo* trinken und Händchen halten, bis sie uns die Kehlen aufschlitzen«, höhnte Thom.

»Ich glaube, wir können sie alle töten«, sagte Gower, »und ich finde, das sollten wir auch tun.«

Thom nickte, boxte ihn zustimmend auf den Arm und sagte halblaut etwas zu ihm, das Argur nicht verstand.

»Sie haben uns nicht getötet«, sagte Rok. »Pech für sie, wenn wir den ersten Treffer landen.«

»Sie haben unsere Mädchen entführt!«, rief Timlin so laut, dass wohl auch die Trolle es hörten.

»*Leise*«, sagte Jek.

»Hey! Hey!«, flüsterte Argur eindringlich. »Haltet alle mal den Mund! Wir können nicht alle gleichzeitig reden. Kaninchen, was meinst du?«

Nortlan zögerte und schaute in die Runde, bevor er antwortete. »Ich glaube, die Wölfe könnten eine Menge Ratten fressen.«

»Was soll das heißen?«, fragte Thom. »Sollen wir sie alle nach Nog La einladen? Trolle sind Kannibalen, wusstest du das? Sie fressen ihre Toten. Sie fressen *unsere* Toten.«

»Nicht sehr oft«, sagte Perri.

»Seid still, alle miteinander!«, sagte Argur. »Jeder kann sich äußern. Nort, sprich.«

Nort schaute wieder unsicher in die Runde, bevor er antwortete. »Wenn sie reden wollen, sollten wir reden. Ich glaube, wir könnten eine Menge von ihnen lernen. Ihre Magie ist … eindrucksvoll. Aber wir müssten ihnen im Gegenzug auch etwas anbieten. Nicht unsere Frauen! Klar? Nicht unsere Frauen. Etwas anderes. Es scheint ihnen hier nicht besonders gut zu gehen.«

»Freut mich«, sagte Thom. »Das haben sie auch nicht verdient.«

Argur funkelte ihn an und sagte: »Du kommst als Letzter dran, Thom. Wenn du noch mal den Mund aufmachst, kommt du überhaupt nicht dran. Perri, was meinst du?«

Perri schaute nachdenklich drein, als gebe es vieles zu bedenken und als wollte er es sich nicht mit den Männern verderben, deren Töchter und Nichten immer noch dort oben waren.

»Sprich!«, drängte Argur ihn ungeduldig.

»Du bist nicht der Einzige, der Zeit zum Nachdenken braucht«, erwiderte Perri. »Ich … ich finde, das sind gefährliche Wesen.«

»Und weiter?«

»Was, weiter? Sie sind gefährlich. Sehr tapfere Jäger, aber manchmal auch Diebe, Wilderer, Plünderer und Kannibalen. Ihre Haut hat die Farbe von Maden, Argur.«

»Was hat das damit zu tun?«

Perri zuckte mit den Schultern. Offenbar hatte er alles gesagt.

Argur seufzte, dann blickte er Timlin an, der daraufhin das Wort ergriff. »Es wäre riskant, sie am Leben zu lassen.

Und gefährlich, sie auf ihrem eigenen Territorium anzugreifen. Aber wir können die Mädchen auch nicht bei ihnen zurücklassen. Oder die Frauen, die sie mit Magie dazu gezwungen haben, sie zu lieben.«

»Hm. Und weiter?«

»Also, wir sollten ihnen *drohen*. Ich weiß nicht, weshalb wir ihnen nicht gedroht haben, Argur. Vielleicht sollten wir einen von ihnen zur Abschreckung töten.«

Das war offenbar eine besonders schlechte Idee, doch Argur war noch nicht so weit, seine eigene Meinung kundzutun.

»Was ist mit den kleinen Kindern?«, fragte Ronk, als er an die Reihe kam. »Für mich sehen sie aus wie Menschen. Welche böse Magie macht sie zu Trollen, wenn sie älter werden?«

»Was sagst du da?«, fragte Argur.

»Ich weiß nicht, welche wir mitnehmen sollen, wenn wir aufbrechen.«

»Hm. Hm, ja. Das ist eine schwierige Frage. Snar, du bist so still. Hast du auch eine Meinung?«

Den Blick in die Ferne gerichtet, antwortete Snar: »Ich glaube … ich glaube … da kommt ein Boolis.«

Er zeigte.

»Ach, Dreck«, sagte Perri, der in die Richtung blickte, in die Snar zeigte. »Er hat recht.«

Jetzt schauten alle in die Richtung, und tatsächlich, im Gras war ein kleiner weißer Fleck zu erkennen, der sich ihnen rasch näherte. Als Argur die Augen zusammenkniff, sah er, dass es tatsächlich ein Boolis war. Er meinte sogar das Donnern der Hufe zu hören.

»Hm«, sagte er, darum bemüht, ruhig zu wirken. Sie hatten noch genug Zeit. Das Tier hatte sie noch nicht erreicht.

»Wir sollten dafür sorgen, dass das Lager der Trolle sich zwischen uns und dem Boolis befindet, meint ihr nicht?«

»Meine Tochter ist im Lager«, rief Timlin ihm in Erinnerung.

»Boolisse gehen nicht in Höhlen«, sagte Argur. »Die Mädchen können sich dort verstecken. Ich möchte, dass die Wölfe und die Trolle sich damit befassen, nicht wir.«

»Das könnte sie ermüden«, meinte Thom zustimmend. »Vielleicht werden sie sogar dezimiert.«

»Wir haben nicht mehr viel Zeit«, sagte Snar.

»Das sehe ich auch so«, sagte Argur. »Lauft!«

Die meisten Tiere sahen schlecht, und während einige immerhin eine empfindliche Nase hatten, reichte das doch nicht aus, um die Position weit entfernter Dinge zu bestimmen. Trotzdem schien das Boolis genau zu wissen, wo sie sich befanden. Es stürmte auf sie zu und hielt hin und wieder an, senkte den Kopf und scharrte am Boden, um sein Revier zu markieren, dann setzte es sich mit donnernden Hufen wieder in Bewegung.

Die Ritter waren im Moment nicht die Schnellsten, denn sie waren müde und bewegten sich mit der ganzen Ausrüstung hangaufwärts. Trotzdem rannten sie, hintereinander aufgereiht wie die Knoten eines Seils, und arbeiteten sich nach oben vor, oberhalb des Lagers der Trolle und etwas rechts davon. Als sie einer nach dem anderen den Wald erreichten, erstarrten sie, stützten sich keuchend an Bäumen ab und bemühten sich, dem Boolis kein bewegliches Ziel zu bieten, das es vor dem Hintergrund des Waldes hätte erkennen können.

Im Lager waren zornige Rufe zu vernehmen; Argurs Plan hatte funktioniert. Das Boolis griff die Trolle an! Allerdings schien es sich zu besinnen. Es wurde langsamer und hielt dann an. Schwer atmend stand es unterhalb des Lagers und scharrte knapp außerhalb Steinwurfweite am Boden. Offenbar wusste es *genau*, was ihm blühte.

»So soll es sein«, brummte Thom, zufrieden in die Tiefe blickend. »Na los, mach sie fertig!«

Doch da trat einer der Trolle vor und machte mit einem Speer in Hüfthöhe Stoßbewegungen. Und dann sang er mit schriller Stimme: *Ohhhh-aaaaaah! Ohhhh-aaaaaah!*

Das Boolis kannte das anscheinend schon; es scharrte weiterhin zornig am Boden, doch dann wich es zurück. Nach einer Weile drehte es sich um und trottete langsam in die Richtung, aus der es gekommen war.

Argur musterte den Troll und staunte über ihre Magie. Woher hatten sie die? War sie angeboren? Lag es den Tieren im Blut, sie zu erkennen, oder musste man ihnen die Bedeutung unterschiedlicher Gesänge erst beibringen? Argur hatte fünfmal in seinem Leben gegen Trolle gekämpft und sogar einen getötet. Er hatte sie öfter vertrieben, als er zählen konnte, und hatte … einmal mit ihnen geredet. Vor zwei Tagen, als er mit Lug an der Brücke gesprochen hatte.

Vom Lager rief Moti zu ihnen hoch: »Das war unhöflich! Habt ihr wirklich geglaubt, das würde klappen? Ihr habt ein Boolis hergelockt, damit es die Männer niedertrampelt, die den Wölfen des Waldes gebieten?«

Atemlos antwortete Argur: »Tut uns leid! Es hat uns gejagt.«

»Ja«, sagte Moti. »Das tun sie. Wundert euch das?«

»Es wundert uns, ja«, antwortete Argur vorsichtig. Dann sagte er: »Thom, wir müssen … Thom?«

Er hielt Ausschau nach seinem Freund und bekam gerade noch mit, wie dessen Knüppel ihn an der Schläfe traf.

Ihm wurde schwarz vor Augen, und er ging in die Knie. Ein Luftzug, und er wäre umgekippt. Er hatte Mühe zu begreifen, was passiert war. Vor ihm stand Thom mit einem Knüppel in der Hand. Was sollte das? Weshalb hatte er ihn angegriffen?

»Thom?«

»Das wird dir mehr wehtun als beabsichtigt. Ich wollte dich am Hinterkopf treffen.«

Das ergab keinen Sinn. Weshalb sollte Thom ihn mit einem Knüppel schlagen?

Thom nickte bekümmert. »Und das auch.«

Er schwang erneut den Knüppel. Diesmal begriff Argur, dass er endlich das Wort ergriffen hatte.

»Ach, Thom«, brachte er noch heraus, bevor der Knüppel ihn niederstreckte.

Abermals wurde ihm schwarz vor Augen und er meinte zu sehen, wie Nortlan sich über ihn beugte und fragte, was ist passiert, und dann schwang eine verschwommene Gestalt einen Speerschaft, und auch Nortlan ging zu Boden. Und dann kroch Argur. Ergab *das* Sinn? Er war sich nicht sicher. Und dann blickte er zwischen dem Rand des Hügels und dem rot-gelben Baldachin hindurch, der daraus vorsprang. In diesem Ausschnitt sah er Männer, Frauen und Kinder, oder vielleicht Trolle, Trollfrauen und Trollinge, die aufgeregt umherwimmelten. Wie Ameisen oder schwimmende Enten.

»Pfeile einlegen«, sagte eine ferne Stimme. »Alles niedermachen, was nicht aussieht wie ein Mensch.«

Und dann war ein klopfendes Geräusch zu hören, jemand schrie auf, und Blut spritzte auf Argurs Arm. Und dann heulten die Wölfe, und die Trolle kreischten mit ihren grässlichen Stimmen, und dann hatte Dele sie erreicht und schrie mit ausgestreckten Armen, nein, nein, und hinter ihr stand eine ziemlich zierlich wirkende Trollfrau, die sie abschirmte. Ihre tollkühne Tapferkeit wärmte ihm das Herz, wenn auch nur für einen Moment, denn auf einmal steckte ein Pfeil in ihrer Brust. Und das ergab nun wirklich keinen Sinn.

»Nein«, sagte er zur Allgemeinheit. Und dann, als seine Tochter zusammenbrach und Blut aus ihrer Brust und ihrem Mund quoll, sagte er mit mehr Nachdruck: »Nein! Nichts von alledem!«

Und als das ohne Wirkung blieb – als er in einem Durcheinander von Gliedmaßen zusammenbrach, den leeren Blick auf den Himmel gerichtet –, tat er das Einzige, was ihm übrig blieb: Er schloss die Augen und ließ sich von der Erschöpfung ins Geisterreich tragen.

In der Nacht, neben dem Lagerfeuer, erinnerte sich Argur nach und nach, wie man zählte. Da waren eins-zwei-drei-*vier* Ritter von Ell: Snar, Jek, Timlin und Gower. Oder vielmehr fünf, wenn Argur sich selbst mitzählte. Thom, Nortlan, Ronk und Perri waren nicht zu sehen.

Und da waren eins-zwei-drei-vier-*fünf* Frauen: Moti, Val und Maga sowie zwei, die er nicht kannte. Auch Dele war nicht zu sehen. Moti und Maga weinten in einem fort, doch Val und die anderen wirkten unversehrt.

Trolle waren keine da, weder Männer noch Frauen.

Doch da waren eins-zwei-drei-vier-*fünf* Kinder: ein Mädchen und ein Junge mit schwarzem Haar, und ein Mädchen und zwei Jungen mit orangefarbenem. Keiner von ihnen hatte madenweiße Haut. Auch sie weinten in einem fort.

Über ihm war ein rot-gelbes Dach aus Nashornhaut.

Argur verstand nicht, was das alles bedeutete, deshalb wälzte er sich auf die Seite und schlief wieder ein.

2.7

Kaum dass Argur am nächsten Morgen die Augen aufgeschlagen hatte, kam das Mädchen mit Namen Val herüber und reichte ihm wortlos einen Trinkschlauch. Er setzte sich mühsam auf, nahm den Schlauch und trank ausgiebig. Sein Hals war ausgedörrt, sein Schädel eine pochende Masse, umhüllt mit schmerzhaft angeschwollenem Fleisch. Die Augen konnte er nur teilweise öffnen, und die Arme konnte er zwar gebrauchen, doch sie fühlten sich unbeholfen und weit entfernt an.

»Wie fühlst du dich?«, fragte Val.

»Schlecht«, antwortete er wahrheitsgemäß. Er fasste sich an die Schläfe und merkte, dass man ihm den Kopf verbunden hatte. Und er hatte eine Beule von der Größe eines Eis. Kein Wunder nach den Schlägen, die er eingesteckt hatte. Und dann stellte er die Frage: »Dele?«

Val schüttelte tief betrübt den Kopf. Nein, keine Dele.

Die Antwort traf ihn wie Herbstlaub, das ihn umschwirrte und kratzte und wieder verschwand. Er fühlte sich ausgehöhlt, wie ein sitzender ausgeweideter Kadaver. Außen Schmerz und innen Leere.

Val musterte ihn eine Weile, dann sagte sie: »Möchtest du etwas essen? Ein Stück fette Hinterkeule?«

Er gab keine Antwort. Er hatte die Frage kaum verstanden.

Er schaute sich um und sah, dass seine Männer ihre Sachen zusammenpackten, als wollten sie aufbrechen. Am Rand des Lagers waren fünf Haufen aus Steinen und Erdreich. Frische Gräber. Überall waren Schleifspuren, die zu Haufen toter Trolle und toter Wölfe führten. Und zu toten Geiern.

»Trolle begraben ihre Toten«, wollte er zu Val sagen. Es war falsch, sie liegen und verwesen zu lassen. Wenn die Ritter von Ell einen Troll töteten, begruben sie ihn, damit sein Geist – oder seine lebenden Verwandten – nicht Rache übten. Doch er lallte bloß, verstand sich selbst nicht, und Val schaute ihn einfach nur fragend an.

»Kann er gehen?«, wandte Gower sich an Val. Sie musterte Argur. »Kannst du?«

Diese Frage ergab schon eher Sinn, deshalb setzte er die Hand auf den Boden und versuchte sich aufzurichten. Sie bückte sich und half ihm, und kurz darauf stand er tatsächlich. Zwar musste er sich bei ihr aufstützen, doch er stand.

»Er wird Hilfe brauchen«, sagte sie.

»Wir wechseln uns ab«, sagte Jek. »Es ist ein weiter Weg.«

»Meistens geht es bergab«, meinte Gower. »Aber meinetwegen. Abwechselnd.«

Und so brachen sie auf. Sie gingen nicht schnell, denn die kleinen Kinder waren noch langsamer als Argur, und sie waren schon zu groß, als dass die Frauen sie über eine längere Strecke hätten tragen können, und von den Rittern wollten sie sich nicht tragen lassen, denn sie fürchteten sich vor ihnen. Argur konnte es ihnen nicht verdenken. Ihr ganzer Stamm war ermordet worden, und sie selbst hatte man entführt. Vielleicht würden sie diesen Tag irgendwann vergessen. Vielleicht. Im Moment aber wurden sie von Feinden verschleppt.

»Du hast da eine richtige *Schlacht* verpasst«, meinte irgendwann Jek, als er Argur einen steinigen Pass hinaufhalf.

Argur brummte lediglich. Ein Teil von ihm fragte sich, was eigentlich passiert war: wer wen getötet hatte und in welcher Reihenfolge. Wer tapfer gekämpft hatte und versucht hatte, sich aus allem rauszuhalten. Wer war an dem Verrat beteiligt gewesen – befand auch er sich unter Feinden? Doch er war innerlich leer, und eigentlich war es ihm egal.

Die Frau namens Moti war anscheinend in einer ähnlichen Stimmung; die meiste Zeit über war sie außer Atem und hin und wieder tränenüberströmt, doch sie war weder hochmütig noch zornig. Eigentlich war sie gar nichts mehr.

Irgendwann hatten sie wohl das Hohe Tal passiert. Motis Heimatdorf und das der anderen beiden Frauen, die Argur nicht kannte. Und doch gingen die Frauen mit den Rittern nach Nog La. Vielleicht war es für sie das Beste, denn ihre Möglichkeiten waren beschränkt; entweder sie kehrten heim zu den Familien, die sie verkauft hatten, oder sie begleiteten die Männer, die versucht hatten, sie zu befreien. Was ihnen – mehr oder weniger – auch gelungen war.

Argur nahm alles wie durch einen Nebel hindurch wahr, so als hätte er sich schwindelig getanzt und wanderte nicht nur durch die Gegend, sondern auch durch die Zeit. Sie marschierten jetzt bergabwärts; er setzte fest seine Füße auf, und die Sandalen klatschten gegen seine Füße und zerrten daran. Er war müde und hatte Schmerzen – jeder Schritt und jeder Augenblick war eine Qual, die alles überstieg, was er sich hätte vorstellen können. Und dennoch machte es ihm nicht viel aus, und es wurde so schnell Abend, dass er zunächst glaubte, sie legten lediglich eine Rast ein, um etwas zu essen.

Aber nein, es war dunkel, und sie saßen wieder um ein Lagerfeuer herum. Oder waren es zwei Feuer? Eins für die Ritter und deren Töchter, und eines für die Frauen und Kinder der Trolle. Gegnerische Lager. Zu welchem gehörte Argur?

»Alles in allem sind wir recht gut davongekommen«, hörte er Jeks ferne Stimme. »Zu Beginn hatten wir drei Leute *verloren*. Jetzt haben wir *fünf* verloren und *zehn* dazugewonnen.«

»Halt den Mund«, sagte Gower.

»Das ist so, als hätten wir aus dem Nichts Leute erschaffen.«

»Halt's Maul, oder ich verpass dir eine.«

Und Snar sagte: »Wir haben Ritter verloren und Säuglinge gewonnen. Das nennst du einen guten Tausch?«

Worauf Gower sagte: »Dir verpasse ich auch eine! Haltet Wache, ihr beide. Und seid still. Und du, Jek, wenn du dich heute Nacht wieder mit der Hartlehmfrau vergnügst, ramme ich sie dir in den Arsch. Das verspreche ich dir.«

Und dann wurde es wieder Morgen.

Argurs Geist hatte den Körper verlassen, war aber nicht vollständig in die Geisterwelt abgewandert. So hätte es bleiben können, bis sein Leib irgendwann starb, doch am zweiten Tag kehrte er allmählich zurück; er brauchte weniger Unterstützung beim Gehen, und das Zeitgefühl stellte sich wieder ein. Er konnte auch die Unterhaltungen der anderen besser verfolgen; als Jek zu Snar meinte, er habe einen Smorkvogel gehört, erwiderte Argur: »Nein, das war ein Speerschnabel.«

»Was?«, sagte Jek und blickte Argur verwundert an.

»Der ist dunkler als ein Smorkvogel«, sagte Argur. Und nach kurzem Nachdenken: »Und einsamer.«

»Aha«, sagte Jek. »Dann bist du also wieder zurück.«

»Hm«, antwortete Argur und wandte den Blick ab. Seine Aufmerksamkeitsspanne war begrenzt.

Und doch war dies nicht die einzige Unterhaltung, in die er an diesem Tag verwickelt wurde, und als sich herausstellte, dass sie die Sonnenaufgangsburg vor Einbruch der Dunkelheit erreichen würden, übernahm er wieder die Führungsrolle und sagte: »Nein, besser nicht. Traurige Nachrichten sollte man am Morgen überbringen.«

Und so hielten sie früh an, lagerten erneut und errichteten Befestigungen, obwohl sie sich einig waren, dass sie diesen Teil der Schlucht in den vergangenen Tagen ausreichend erkundet hatten und dass er keine unangenehmen Überraschungen barg. »Aber wir haben kleine Kinder dabei«, sagte Argur, und niemand widersprach. Bei einem offenen Lager konnte sich jederzeit ein Schneeleopard anschleichen und ein Kind ins Gestrüpp schleppen, ohne dass es jemand bemerkte.

»Gestern Abend haben wir uns nicht die Zeit genommen«, meinte Gower. »Das war dumm.«

»Hm«, pflichtete Argur ihm bei.

Er wusste noch immer nicht, ob die Männer auf seiner Seite waren. Ein Teil von ihnen? Alle? Er hoffte bloß, dass sie ihn nicht im Schlaf töten würden, aber das hätten sie natürlich jederzeit tun können. Und vielleicht hatten die fürchterlichen Folgen ihres überstürzten Vorgehens ja ein Umdenken bewirkt; im Moment waren sie es anscheinend ganz zufrieden, Argurs Rat zu folgen. Er überlegte, ob er sie zur Rede stellen und Erklärungen verlangen sollte, doch andererseits war ihm daran nicht genug gelegen. Diese Männer hatten entweder sein kleines Mädchen getötet oder dabei zugesehen.

Als es dunkel wurde, setzte er sich an der Umgrenzung nieder und legte die Rüstung ab. Dann rollte er sie zusammen und verschnürte sie zu einem Bündel, das er in seine Tasche stopfte. Er wollte nicht mehr, dass die Rüstung ihm sagte, wer er war. Das und sein Schweigen und seine Verwirrung ließen ihn für die Kinder weniger angsteinflößend erscheinen, sodass sie nicht vor ihm zurückschreckten, als er sich an ihrem Lagerfeuer niederließ.

Am Morgen stellte er fest, dass sich eins der kleinen Mädchen an seinen Rücken gekuschelt hatte. War sie ein Troll? Ein Mensch? Eine Mischung aus beiden, wie wenn man rotes mit gelbem Pigment mischte? War das überhaupt wichtig? Vielleicht hatte Argurs Gehirn oder sein Geist Schaden genommen, doch ihm fiel einfach kein Grund ein, weshalb das hätte wichtig sein sollen.

»Überbringen wir die Nachricht«, sagte er zur Allgemeinheit mit mehr Zuversicht, als er tatsächlich verspürte.

An der Brücke hielten sie an und wuschen sich im kalten Wasser die Hände. Argur spritzte sich auch Wasser ins Gesicht, was sich gut anfühlte und ihn ein bisschen wacher machte. Zunächst schien es so, als sei Lug, der Troll, verschwunden. Wundern tat ihn das nicht. Die Ritter von Ell waren eine Bande von Mördern.

»Sieht jemand den Troll?«, fragte Gower an niemand Bestimmten gewandt.

Doch es antwortete niemand, deshalb kletterten sie wieder zum Weg hoch, schüttelten das Wasser von den Händen und wischten sie aneinander trocken, ohne etwas zu berühren.

Argur gab sich damit nicht zufrieden und rief: »Lug?« Dann sang er: »Luu-uug!«

Als die Antwort ausblieb, verspürte er eine seltsame Traurigkeit. Und so marschierten sie weiter ins eigentliche Tal hinein, ihrer traurigen Pflicht entgegen. Speere und Knüppel klackerten gegen die Rüstungen, doch niemand sagte etwas.

Plötzlich wurde hinter ihnen mit schriller Stimme gerufen: »Mehr Mädchen! Weniger Männer!«

Argur wandte sich um. »Ah, Lug. Hast du dich vor uns versteckt?«

Der Troll stand am Rande einer Ansammlung von Bäumen, außerhalb der Reichweite der Pfeile und Schleudern. Er wirkte argwöhnisch und fluchtbereit. Und er hatte recht: Die Zahlen sprachen eine deutlichere Sprache als jede Stimme. Die Ritter hatten Gewalt und Tod über seine fernen Verwandten gebracht, die zwar Entführer, Diebe und wohl auch Vergewaltiger gewesen waren, aber keine Mörder. Wann hatte ein Troll zum letzten Mal einen Menschen getötet, der ihn nicht angegriffen hatte? War das zu Argurs Lebzeiten überhaupt jemals vorgekommen?

Argur sagte: »Es tut mir leid, dass du es für nötig hältst, dich vor uns zu verstecken. Ja, wir haben gekämpft – es war ein schlechter Kampf. Wir haben gute Männer verloren, und ich glaube, wir haben auch gute Männer getötet.«

»Schlecht«, sagte Lug.

»Ja. Schlecht. Ich ziehe den Frieden vor.«

»Frieden?«, rief Lug, als wäre ihm das Wort unbekannt.

Argur erklärte es ihm. »Wenn du niemandem wehtust

und den Geistern von Nog La gehorchst, wird auch dir niemand wehtun. Du darfst im Tal bleiben und mit der Sonnenaufgangsburg sogar Handel treiben.«

»Handel?«

Argur seufzte. Das war die längste Unterhaltung, die er geführt hatte, seit … nun, seit er einen Schlag auf den Kopf abbekommen hatte und er schnell ermüdete. »Darüber reden wir ein andermal.«

Auch Lug hatte anscheinend genug, denn er eilte auf seinen kräftigen, stämmigen Beinen in den Wald. Einen Moment lang war nur das Rauschen des Windes zu hören.

Dann sagte Jek: »Weshalb redest du mit diesem Ding, Argur?«

»Halt den Mund«, sagte Gower drohend.

Und Argur bot seine letzten Kräfte auf und sagte: »Siehst du nicht, wie viel uns der Kampf gekostet hat, Jek? Ein Troll lächelt seine Kinder an genau wie wir.« Er hätte noch mehr gesagt, doch ihm schnürte sich die Kehle zu, und kein Laut kam mehr heraus.

Sie gingen weiter.

Als sie schließlich in Sichtweite der Burg gelangten, schallten Rufe vom Wachturm. Zunächst aufgeregt, dann … besorgt, während die Burschen auf Wache die Großen und die Kleinen zählten und begriffen, dass etwas nicht stimmte. Als die Ritter, die Kinder und die jungen Frauen vor dem Tor anlangten, blickten ihnen Sower und Lancho, die beiden alten Männer, die es bewachten, grimmig entgegen.

»Sind das alle?«, fragte Lancho.

»Das sind alle«, bestätigte Gower.

Lancho beulte mit der Zunge die Wange aus, dann schnalzte er zweimal. »Ihr hättet sie hier stellen sollen. Weshalb seid ihr ihnen bis nach Hause gefolgt?«

»Halt den Mund«, sagte Gower.

Und Moti setzte hinzu: »Es ist schlecht gelaufen. Diese Männer haben alles angegriffen, was sich bewegt hat, sogar sich gegenseitig.«

»*Halt den Mund*«, sagte Gower zu ihr und hob die Hand, als wolle er sie schlagen.

»Was sind das für Kinder? Und was für Frauen?«, fragte Lancho.

Das war zu viel für Gower. Er hielt ihm den Speer quer vor die Brust und drängte ihn zurück. »Wenn du wieder jung und tapfer bist, Lancho, darfst du uns erklären, wie man kämpft. Aber ich habe gesagt, du sollst den Mund halten, und das ist mein voller Ernst. Wir sind nicht in der Stimmung, dir zuzuhören.«

Lancho, der vor Argur Häuptling gewesen war, überlegte anscheinend, ob er zumindest mit Worten gegenhalten sollte, entschied sich aber dagegen. Stattdessen nickte er und ließ die Gruppe passieren.

Mädchen, Jungen, alte Männer, alte Frauen und die Männer und Frauen, die noch nicht auf die Jagd gegangen waren, nicht fischten oder nach Speerholz oder Feuerstein suchten, beobachteten sie. Sie wiederum beobachteten Gausch, der mit verstauchtem Handgelenk daheimgeblieben war.

»Was ist passiert?«, fragte er.

»Es gab Tote«, antwortete sein Bruder Snar.

»Was ist mit dem Boolis?«, fragte ihn Argur. »Hat sich die Sonnenaufgangsburg darum gekümmert?«

»Ja«, antwortete Gausch. »Haben es an der Talseite hoch ins Gebirge getrieben. Als wir es zuletzt gesehen haben, floh es in vollem Galopp. Aber auch dort gab es Verletzte. Einer der Männer hat sich beide Beine gebrochen, vielleicht auch noch den Rücken. Pagel war auch dabei und wurde am Kopf getroffen. Jetzt schläft er seit zwei Tagen. Margle leistet ihm Gesellschaft. Ich mache mir Sorgen, Argur.«

»Hm«, machte Argur. Noch mehr schlechte Nachrichten. Vielleicht hatten die Trolle ja tatsächlich jemanden getötet, aber warum? Was hatte sie dazu veranlasst? Das Gleiche, was sie aus Nog La vertrieben hatte: der Streit. »Bedauerlich. Vielleicht ist das die Vergeltung dafür, dass wir den Trollen keinen Platz zum Leben lassen.«

»Ach, die armen Trolle!«, brummte Jek, wenn auch nicht so laut, dass Gower reagiert hätte.

»Ja«, sagte Moti. »Die armen Trolle.«

Ohne sie zu beachten, ging Argur zum Haus von Nortlans Eltern. Sie standen draußen, denn sie hatten gemerkt, dass etwas vor sich ging.

»Wo ist mein Junge?«, fragte Pock, der Vater. Er war wie gesagt faul, boshaft und manchmal auch ein Dieb – er hatte es besonders auf *Gargo* abgesehen –, aber vielleicht liebte er ja sein Kind so wie jeder andere auch.

»Es tut mir leid«, sagte Argur. »Er wurde im Kampf getötet.«

»Nein!«, kreischte Naka, seine Mutter. Auch sie war faul und ein fürchterliches Klatschmaul, und Argur hatte nie erlebt, dass sie mit ihrem Sohn sonderlich liebevoll umgegangen wäre. Und doch traten ihr Tränen in die Augen, und sie wurde von Schluchzern geschüttelt.

»Das ist deine Schuld!«, fauchte Pock. »Du wolltest, dass er mitgeht. Er war immer noch unser Junge!«

»Das ist wahr. Und es tut mir leid. Es wurden ein paar schlechte Entscheidungen getroffen, von allen Beteiligten.«

»Friss Dreck, Argur.«

Darauf wusste er keine Antwort.

Ähnliche Nachrichten überbrachte er den Familien von Ronk und Perri. Das Herz wurde ihm immer schwerer, und mit jedem Wort, das er sprach, fühlte er sich zunehmend benommen.

Zu Thoms Frau Birgny hätte er beinahe gesagt: »Dein Mann hat unser Volk verraten und ist schuld am Tod meiner Tochter. Und an seinem eigenen Tod und dem von Nortlan. Und dem von Ronk und Perri. Wir haben so viel verloren, nur weil dein Mann unbedingt gegen einen stärkeren Gegner kämpfen wollte, obwohl der mit uns reden wollte. Möge der Geist deines Mannes auf ewig rastlos umherwandern.«

Stattdessen sagte er: »Es war verrückt dort oben.«

»Verrückt«, wiederholte sie mit tränenüberströmtem Gesicht.

»Ich habe nicht gesehen, wie er gefallen ist, aber ich weiß, er war tapfer.«

»Tapfer«, sagte sie.

»Ja.«

»Und was soll ich jetzt tun, Argur?«

»Das weiß ich nicht.«

»Das weißt du nicht? Ich muss kleine Kinder ernähren.«

»Nein, das weiß ich nicht. Wir werden uns schon was überlegen.«

»Wir werden uns *was überlegen*?«

Von dieser Unterhaltung wurde Argur wieder schwer ums Herz, deshalb zog er sich unter wiederholten Entschuldigungen zurück.

Und dann ging er nach Hause zu Dala.

Ach, bei den Geistern, was sollte er ihr sagen? Was konnte er tun? Er schob den Vorhang beiseite und trat ins Haus.

Er wusste, dass er sie hier vorfinden würde, genau wie am letzten guten Morgen ihres Lebens.

Und er hatte recht. Sie war da.

»Grüß dich, mein Lieber«, sagte sie und schaute von der Glut auf, die sie mit einem Stück Holz geschürt hatte.

»Dala …«

»Ich weiß. Argur, ich weiß. Du warst *vier Tage* weg. Ich war mir nicht mal sicher, ob du überhaupt zurückkommen würdest. Oder sonst jemand.«

»Dele hat …«

»Ich weiß …«

»Ich habe versucht …«

»Ich weiß. Das weiß ich doch. Und ich weiß, dass auch *sie* versucht hat, irgendwie zu mir zurückzukommen.«

»Es tut mir so leid, Dala.«

»Das weiß ich auch. Mein Lieber, du brauchst mir nichts zu sagen. Die Welt ist voller Monster, und ich habe gesehen, wie eine Horde meine Tochter entführt hat. Und während du sie gejagt hast, obwohl sie einen so großen Vorsprung hatten, habe ich nachgedacht, und da ist mir klar geworden, dass das nicht gut ausgehen kann.«

»Das sind keine Monster«, sagte Argur sanft. »Ich habe sie gesehen. Ich habe sie gehört. Das sind Menschen.«

»Hm«, machte Dala und überlegte. Schließlich sagte sie: »Ist das besser?«

An diesem Punkt geriet Harvs Bewusstsein in Bewegung und sprang zu einer anderen Person über, einem jungen Mann. Einem Sohn, den Argur und Dala in späteren Jahren bekommen hatten und der seinen Vater in einem ganz anderen Licht sah als Harv. Der ältere Argur, mit angegrautem Bart, war eine Art Magier oder Schamane. Die Rüstung hatte er abgelegt und konzentrierte sich nun darauf, seinen Stamm weise zu führen (und nebenbei ein wenig zu jagen). Die meiste Zeit verbrachte er damit, durch die Burg und die umliegenden Dörfer zu wandern, Rat zu erteilen und Streit zu schlichten, sofern dies gewünscht wurde. Besondere Beachtung schenkte er den wenigen jungen Leuten, die rotbraunes Haar, helle Haut und spitz zulaufende Ohren hatten; während manche sie als »Trollmann«, »Mädchen mit den Messerohren« oder »Fett-Fett-Fetti« bezeichneten (was sich in der Sprache von Nog La alles reimte), schrieb er diesen Männern und Frauen magische Kräfte zu und glaubte, sie brächten Glück, weshalb er sie häufig bat, die Waffen der Jäger, die Webstühle der Weber und die Häuser frisch verheirateter Paare zu segnen. Er behandelte auch die Verletzungen und Krankheiten dieser Leute, vollzog Hochzeiten und Bestattungen und – aus Sicht seines Sohnes die seltsamste Angewohnheit von allen – sang Tieren vor.

Der Sohn, der den Namen Nortlan trug, war beschämt von alldem und verwandte die meiste Zeit darauf, sich auf das Leben eines Ritters und Großwildjägers vorzubereiten. Allerdings herrschte in Nog La kein so großer Bedarf mehr an Rittern, da es nicht mehr so viele gefährliche Tiere in der Gegend gab und sie den Menschen weniger zusetzten als früher. Viele Stammesleute führten dies auf Argur zurück, der Tiere mit seinem Gesang besänftigen oder sie zumindest verwirren konnte, und wenn seine Stimme nicht ausreichte, blies er ein paar sanfte Töne auf der Flöte. Oder schrille: Die meisten Tiere schreckten davor zurück, und es war schon vorgekommen, dass er welche aus dem Tal vertrieben hatte.

(Die wiederhergestellten Erinnerungen waren bruchstückhaft – sie hatten mehr Ähnlichkeit mit einem Filmtrailer als mit dem eigentlichen Film –, doch Harv sah genug, um sich fragen, ob die Musik nach dem Feuer nicht vielleicht die zweit-

wichtigste Erfindung des Menschen war. Argur sang auch für Menschen, und wenngleich er eine ausgesprochen raue Stimme hatte, vermochte er damit zu trösten, wann immer Trost gebraucht wurde. Er besaß eindeutig eine besondere Gabe.)

Nortlan aber glaubte wie viele der Ritter, dies sei vor allem auf ihre unermüdlichen Bemühungen zurückzuführen, alles zu vertreiben, was zu gefährlich, zu schwer zu erlegen und nicht schmackhaft genug war, um deswegen ein Risiko einzugehen. Schneeleoparden? Verschwunden. Hyänen? Verschwunden. Wollnashörner? Verschwunden. Nur die kleineren Nashörner, die mit weniger gefährlichen Hörnern, wurden auch weiterhin geduldet. Die anderen wurden getötet oder vertrieben, zusammen mit den wenigen verbliebenen Mammuts.

Und während die Gefahren immer weiter abnahmen, kümmerten die Frauen sich immer besser um Getreide und Gemüse, und Harv hatte den Eindruck, dass die Zivilisation an diesem Punkt vor fünfzehntausend Jahren hätte beginnen können. Alle Zutaten waren vorhanden! Doch dann änderte sich das Wetter, die Sommer waren verregnet und die Winter währten zu lange, und anschließend verlor er den Faden, doch es herrschte der Eindruck vor, dass es auf der Welt auch noch andere gute Orte gab, verteilt in der Vorgeschichte, und dass es Folge einer Verkettung glücklicher Zufälle war, dass das Königreich als Erstes das Steinzeitalter hinter sich gelassen hatte.

Von Dauer gewesen war es freilich nicht. Und das galt vielleicht auch für alles andere.

Universität von Colorado, Technikzentrum
Boulder, Colorado
– Gegenwart

»Wie viele Finger sehen Sie?«, fragte einer der Sanitäter, der neben Tara stand.

»Drei«, antwortete Harv, der wieder einen lichten Augenblick hatte. Er sprach durch eine Sauerstoffmaske hindurch, die Nase und Mund bedeckte und von einem Gummiband fixiert wurde.

Er war auf dem Gang vor dem Labor auf einer Trage festgeschnallt, und Tara blickte nervös auf ihn runter, doch er selbst fühlte sich eigentümlich ruhig.

Sie sorgte sich um seine Gesundheit und Sicherheit und (wenn man ehrlich war) wohl auch um ihren Ruf – in beruflicher wie in persönlicher Hinsicht. Im Unklaren über ihre Rolle, ihren Status oder was auch immer, hatte sie geweint, ihm die Hand gehalten und den Sanitätern so gut sie es vermochte erklärt, was es mit seinem Zustand auf sich hatte. Beide hatten dankenswerterweise darauf verzichtet, sie zu fragen, ob sie mit dem Patienten schlief oder bei ihm angestellt war oder beides. Sie hatten auch nicht gefragt, ob sie ein braves Hindu-Mädchen sei oder bloß einePostdoktorandin, die die Finger nicht von ihrem Lehrer lassen konnte.

»Ach, Gott sei Dank«, sagte Tara. Das war eine der vielen amerikanischen Phrasen, die sie sich in den vergangenen fünf Jahren so gut angeeignet hatte, dass sie sie praktisch als verinnerlicht bezeichnen konnte.

»Die Pupillen reagieren normal. Würden Sie bitte der Lichtquelle mit den Augen folgen?«, sagte der Sanitäter. Er war ein großer, kräftiger Mann mit raspelkurzen Haaren, und in den zahlreichen Taschen seiner kurzärmligen Uniform steckten Scheren, Pinzetten und Zungenspatel. Seine Kollegin – eine grauhaarige, sachlich wirkende Frau – befestigte einen Infusionsbeutel an der Stange der Trage.

»Gut«, sagte der Sanitäter. »Bitte nennen Sie mir Ihren Namen.«

»Harv Leonel.«

»Und Sie arbeiten hier?«

»Ja.«

»Mr. Leonel, Sie hatten einen atonisch-fokalen Anfall und waren vorübergehend ohne Bewusstsein. Genau genommen zwei Anfälle. Leiden Sie an Epilepsie?«

»Bitte *Doktor* Leonel. Die Antwortet lautet nein.«

»Haben Sie eine Vermutung, weshalb Sie erkrankt sind?«

Darüber dachte Harv eine Weile nach, dann erwiderte er Taras Blick und begriff, dass sie den Sanitätern bereits alles gesagt hatte. »Wir arbeiten mit einem experimentellen Gerät zur Gehirnstimulation«, antwortete er.

»Auf magnetischer Grundlage? Transkranielle Magnetstimulation?«

»Ja.«

»Nehmen Sie Medikamente?«

»Nur niedrig dosiertes Aspirin.«

»Und haben Sie heute etwas davon eingenommen?«

»Nein.«

Die Sanitäterin holte ein kleines Gerät hervor und tippte auf dem Display herum.

»Wie fühlen Sie sich jetzt?«

»Müde«, sagte Harv. »Ich habe diesen Ort seit dreißigtausend Jahren nicht mehr gesehen.«

Das gefiel den Sanitätern überhaupt nicht.

»Tara«, sagte Harv, »gab es zu Zeiten der Neandertaler Holzburgen in Europa?«

»*Was*? Das weiß ich nicht.« Die Frage verwirrte sie, obwohl sie eigentlich darauf hätte gefasst sein sollen.

»Bitte konzentrieren Sie sich auf mich«, sagte der Sanitäter zu Harv.

Ohne ihn zu beachten, nahm Harv die Sauerstoffmaske ab und sagte: »Ich bin Magiern begegnet. Meine Tochter ist gestorben. Wir hatten Kleidung, Tongefäße und Bier.«

»Das kann warten«, versicherte ihm Tara. Sie drückte ihm die Hand und fragte sich erneut, ob er Quantenerinnerungen oder lediglich Halluzinationen schilderte.

Die Sanitäter gaben den Versuch auf, sich mit ihm unterhalten zu wollen, und rollten die Trage zur Treppe.

»Sie müssen seine Hand loslassen, Ma'am.«

Als die Sanitäter die Trage durch eine Tür schoben und die Treppe hochbugsierten, konnten sie minutenlang nicht miteinander sprechen. Die Räder der Rolltrage, die denen von Einkaufswagen glichen, waren mit einem komplizierten beweglichen Mechanismus verbunden, der sich an jeder Treppenstufe stauchte und wieder auseinanderfaltete, sodass Harv ohne Erschütterungen (wenn auch in gekippter Lage) transportiert wurde.

Das Gebäude stammte aus einer Zeit, als noch nicht behindertengerecht gebaut wurde, und auf den untersten Ebenen gab es keinen Lift. Außerdem war es auf einem Hang errichtet, weshalb das Erdgeschoss an der einen Seite tiefer lag als an der anderen. Wie eine verrückte Betonburg verjüngte es sich nach oben hin zu zwei Türmen, und das spiegelte sich in den unteren Etagen wider: Sie waren ein Labyrinth gefliester Gänge, die sich um mehrere Serviceschächte herumschlängelten. Schatten und Tageslicht fielen aus allen möglichen Winkeln durch purpurrot getönte Fenster ein, welche die Verhältnisse noch verwirrender machten, doch die Sanitäter kannten anscheinend den Weg. Das hier war Boulder – eine Stadt, bewohnt von alternden Hippies, Professoren und Tech-Millionären auf der einen und dummen Studenten auf der anderen Seite. Vermutlich wurden sie häufiger auf den Campus gerufen.

»Bitte halten Sie die Tür auf!«, rief die Sanitäterin einem Mann zu, der gerade ins Freie treten wollte. Sie schoben Harv nach draußen, in den Schatten eines gewaltigen Turms, der an den Ecken von dünnen Säulen gestützt wurde.

Der Rettungswagen stand unmittelbar vor dem Gebäude. Sie schoben Harv nahezu erschütterungsfrei auf die Ladefläche. Ohne um Erlaubnis zu fragen, stieg auch Tara in den Wagen.

»Ich habe ein Panzerhemd aus Seilen und Holz getragen«, sagte Harv zu ihr.

»Du redest wirres Zeug«, erwiderte sie.

Er überlegte einen Moment, sammelte sich und sagte: »Ich war in einer Gebirgsregion in Europa, wo Neandertaler und vermutlich Cro-Magnon-Menschen in angrenzenden Tälern lebten. Die soziale Organisation war hoch. Selbst die Neandertaler lebten in bemalten Zelten. Sie hatten spitz zulaufende Ohren.«

»Versuchen Sie mal, nicht zu sprechen«, sagte der Sanitäter. Die Bemerkung war an Harv gerichtet, doch er sah Tara an. Er und seine Kollegin waren sehr geschäftig, lasen Displays ab, tippten auf kleinen Geräten herum und injizierten verschiedene Substanzen in Harvs Infusionsschlauch.

»Erst mal ein bisschen Ephedrin. Okay. Das ist ein Benzodiazepin. Davon könnte Ihnen ein bisschen schwummrig werden. Bitte behalten Sie die Maske auf, Sir.«

Harv aber blieb hellwach und zerrte weiter an der Maske, bis sie es schließlich aufgaben und ihm Schläuche in die Nase schoben.

»Das war keine Einbildung, Tara.«

»Okay.«

»Hör mal, ich weiß, was du denkst, aber es war alles so detailliert. Das hätte ich mir niemals ausdenken können. Weshalb sollte ich auch? Es bringt nichts, wenn ich so klinge, als wäre ich verrückt, oder wenn meine Geschichte nicht aufgeht.«

»Ja«, sagte sie. Und dann platzte ihr eine Frage heraus: »Erinnerst du dich an deinen ersten Anfall? An deine Zeit mit Manu?«

»Sehr deutlich.« Er klatschte mit der Hand auf die Einfassung der Trage. »Das war ebenso real wie die letzte Erfahrung. Aber so hieß er nicht.«

»Okay«, gab sie nach, »aber weshalb solltest du Erinnerungen haben, obwohl du nicht an das Gerät angeschlossen bist?«

»Das weiß ich nicht. Das ist besorgniserregend, oder? Vielleicht kann das Gehirn die vielen Informationen nicht auf einmal verarbeiten.«

»Das ist nicht gut«, sagte Tara. »Wirst du weiterhin Anfälle haben?«

»Wer weiß? Oh. Oh, mir ist schwummrig.«

»Das dient dazu, die elektrische Aktivität Ihres Gehirns zu dämpfen«, sagte der Sanitäter.

»Es ist in Ordnung. Es ist in Ordnung. Aber, Tara, du solltest etwas wissen: Ich war kein passiver Beobachter. Ich konnte Einfluss auf den Gang der Ereignisse nehmen.«

Tara schnaubte. »Oh nein. Tut mir leid. Sind das die Medikamente?«

»Nein, nein, klingt das denn so verrückt? Überleg mal, Tara: Verschränkte Photonen beeinflussen einander ohne Zeitverlust, selbst dann, wenn sie Lichtjahre voneinander entfernt sind. Die Qubit-Zustände des Y-Chromosoms sind seit langer Zeit miteinander verschränkt. Eine Veränderung in der Gegenwart sollte demnach Auswirkungen auf die Vergangenheit haben. Und umgekehrt. Das ist kein Verstoß gegen das Kausalgesetz; es bedeutet nur, dass diese beiden Momente in einem höherdimensionalen Raum benachbart sind.«

»Dann hast du also nicht ... den Lauf der Geschichte verändert?« Die Frage kam ihr ungeheuerlich vor, kaum dass sie sie ausgesprochen hatte.

»Nein. Ich glaube nicht. Aber ich war unmittelbar beteiligt.«

Für Tara war das überwältigend. Sie wusste nicht, was sie sagen und denken sollte, und am liebsten hätte sie alles den Krampffantasien eines durchgebrannten Gehirns zugeschrieben. Doch es hatten sich einfach zu viele Koinzidenzen aufgetürmt, als dass sie darüber hätte hinweggehen können. *Diese* Geschichte ging nicht auf.

»Bist du dir sicher?«, fragte sie mit schwacher Stimme.

»Nein«, antwortete er. »Wir müssen mit ein paar Physikern und vielleicht auch Kosmologen reden. Und mit Archäologen. Es ist gut, dass du skeptisch bist – die werden es mit Sicherheit sein.«

»Wovon reden Sie da?«, fragte die Sanitäterin.

»Es geht um Zeitreise«, lautete Taras Antwort. »Möglicherweise.«

»Oh«, sagte die Sanitäterin, dann fuhr sie mit ihrer Beschäftigung fort.

In der Notaufnahme wurde Harv an einen weiteren Enzephalografen sowie ein EEG-Gerät und ein Pulsoximeter angeschlossen. Die Krankenschwestern und Techniker schnitten ihm die Kleidung vom Leib und legten ihm ein ausgewaschenes grün-gelb-weißes Krankenhaushemd an, das gemustert war wie ein Buntglasfenster. Sie beratschlagten und stellten ihm viele der Fragen, die ihm die Sanitäter bereits gestellt hatten, dann schoben sie einen transportablen Kernspintomografen über seinen Kopf und seine Schultern und machten unter lautem Summen und Piepen ein paar Aufnahmen seines Gehirns.

Eine Ärztin in Taras Alter verschwand mehrmals zwischendurch, und wenn sie zurückkam, fragte sie Harv, wie er sich fühle.

»Müde«, antwortete Harv jedes Mal. Doch er hielt Taras Hand mit festem Griff.

Ein Techniker fragte ihn: »Leben Ihre Angehörigen in der Nähe?«

»Nein. Meine Eltern leben in Texas. Das ist Tara, meine Freundin.«

Harv meinte, in den Augen des Technikers Missbilligung aufflackern zu sehen. Warum auch nicht? Harv verkörperte das Klischee des Sünders: Ein Professor mit grauem Schläfenhaar treibt es mit einer Postdoktorandin in den Zwanzigern. Sie war nicht *seine* Postdoktorandin, deshalb hatte er nicht gegen die Ethikstandards der Universität verstoßen, doch wenn er es recht bedachte – wenn er bedachte, wie es aussah und sich anfühlte –, konnte er nicht viel zu seiner Verteidigung vorbringen. Doch da waren sie nun, plötzlich Gegenstand einer Beurteilung durch Fremde, und was hätte er zu seinen Gunsten vorbringen können? *Sie hat meine Hand gehalten, Sir. Das würden Sie an meiner Stelle auch tun.* Für Harv war das kein Verhaltensmuster – überhaupt nicht. Bislang hatte der größte Altersunterschied in einer Beziehung bei sieben Jahren gelegen, und selbst das war ihm vorgekommen wie eine ganze Menge. Doch das konnte er diesen Leuten unmöglich erklären. Es ging sie nichts an – aber dennoch.

»Möchten Sie, dass Ihre Freundin Zugang zu medizinischen Informationen bekommt?«

»Ja. Und Gurdeep Patel, mein Doktorand, ebenfalls.«

Nachdem er den Namen buchstabiert hatte, bestätigte er die elektronische Freigabe mit seinem Daumenabdruck.

»Was für Ereignisse waren das?«, fragte Tara, als die Situation sich weitgehend beruhigt hatte. »Woran glaubst du Anteil gehabt zu haben?«

»Na ja, zum Beispiel habe ich zu Manuah gesprochen. Er hat mich gehört. Er hat zu seinem Bruder gesagt, er habe mich gehört. Vielleicht war das der Grund, weshalb er die Arche überhaupt erst gebaut hat.«

»Harv …«

»Ich weiß.«

»Was ich sagen wollte …«

»Ich *weiß*. Aber das ist ein Experiment, und das ist eine unserer Erkenntnisse. Ja, wirklich.«

»Wie … Mein Gott, angenommen, *irgendetwas* davon ließe sich verifizieren, wie sollten wir das aufschreiben?«

»Gute Frage.«

»Ich meine, die Subjektivität …«

»Ja. Aber wenn ich etwas auslasse ...«

Was für ein Mist, dachte Harv. Erkenntnisse wie diese waren der schlimmste Albtraum eines jeden Wissenschaftlers. Kalte Fusion? Extraterrestrische Signale? Lamarck-Evolution? Warmblütige kopulierende Saurier? Wer sich irrte, durfte nicht weiterarbeiten. Es bedeutete, dass man seine besten Jahre vergeudet hatte und seine Zeit auf Erden an der Uni von North Dakota beschließen oder hinter die Theke eines Starbuck's zurückkehren konnte. Und wenn man recht hatte ...

Scheiße, wenn man recht hatte, bedeutete dies, dass man erst hundert Jahre nach dem Tod rehabilitiert werden würde. Wenn man Glück hatte, musste man jahrzehntelang gegen den Strom der skeptischen Kollegen anschwimmen und darauf warten, dass sie wegstarben oder in den Ruhestand gingen, damit die Strömungsrichtung sich zu den eigenen Gunsten umkehren konnte. Beide Male war das Leben vorgezeichnet. Ändern ließ sich nichts mehr.

»Was hast du uns angetan?«, fragte Tara.

»Ich? Ich allein?«

In diesem Moment traf Patel ein. Harv hatte ihn noch nie so besorgt erlebt.

»Hallo, Boss«, sagte er zu laut und zu einfühlsam. »Wie geht es Ihnen?«

»Ich fühle mich durcheinander«, räumte Harv ein. »Erleuchtet. Triumphierend. Das wird eine richtig große Sache.«

»Wir müssen genau dokumentieren, was das Gerät mit Ihnen angestellt hat«, sagte Patel überflüssigerweise. Vieles, was er sagte, war überflüssig, unverbindlich oder einfach nur nachgeplappert, und Harv fragte sich zum soundsovielten Mal, was in Patels Kopf vorgehen mochte. Er war zweifellos ein kluger Bursche, doch er war jetzt seit zwei Jahren sein Doktorand und vollständig von ihm abhängig, deshalb war es fraglich, ob er freimütig seine Meinung äußerte – ohne jede Rücksicht auf seine Erwartungen.

»Ja«, sagte Harv. Dann setzte er nachdenklicher hinzu: »Das wissen auch die Sanitäter und die Krankenhausangestellten. Patel, nächstes Jahr werden Sie promovieren, und wir müssen Sie gut unterbringen. Sie müssen lernen, mehr von dem mitzuteilen, was in *Ihrem* Gehirn vorgeht.«

»Okay, Boss.«

Harv seufzte. Zu Tara sagte er: »Würdest du bitte mit ihm reden? Herausfinden, was er wirklich denkt?«

»Wird gemacht«, versprach Tara in gleichgültigem Ton.

Er seufzte wieder. »Vielleicht ist es zu viel verlangt, solche Unterhaltungen an einem Krankenbett zu führen, während ich von Krampfanfällen heimgesucht werde.«

»Heimgesucht?«, wiederholte Tara. »Das heißt wohl, es ist noch nicht vorbei.«

Erst jetzt, da er es ausgesprochen hatte, wurde ihm bewusst, dass er einer Art Zyklus unterworfen war und dass eine erneute Krise nahte. Hm. War das gut oder schlecht? War es das alles wert?

Er hatte volles Verständnis für Taras und Patels Skepsis und betrachtete dies als Hinweis darauf, wie die Allgemeinheit reagieren würde. Doch eines *wusste* er: Das Gerät hatte funktioniert; die Grundlagen waren solide, und sein zugegebenermaßen ziemlich verrückter Plan, es zu bauen, beruhte auf wissenschaftlichen Erkenntnissen. Zum Teufel mit dem Nobelpreis; was einen Wissenschaftler wirklich antrieb, waren Leerstellen. Sobald man anfing, durch die Lücken in anderer Leute Erkenntnisse zu spähen, wurde einem klar, dass dahinter eine riesige, leere Wildnis lag.

Hier leben Drachen! Und in Harvs Fall wollte er einfach keine Ruhe geben, bis er dieses riesige unbeschriebene Blatt erreicht hatte und seinen Beitrag zum Wissen der Menschheit leisten konnte.

Und da war er nun! Manuah und Argur waren reale Menschen mit einem realen Leben, und irgendwo dort draußen waren Details zu finden, die das untermauerten. Aber würde das noch zählen, wenn Harvs Gehirn sich in Mus verwandelte? Außerdem hatte er zwei andere Personen mit hinaus in die Leere gelockt. Würden sie es ihm danken oder ihn verfluchen?

Zu Tara sagte er: »Ich glaube, es gibt einen ... eine Art Zyklus, ja. Ich spüre, dass er kommt, und ich mache mir Sorgen, das könnte die Glaubwürdigkeit der Erkenntnisse, die wir bislang gehabt haben, schmälern. Ich glaube nicht, dass ich sterbe oder so was, aber ...«

»Aber es könnte dazu kommen?«, beendete sie den Satz.

»Das gilt für uns alle«, sagte er. »Aber, ja. Ich glaube, es ist ... Wow. Ich glaube, das ist ...«

Geräte begannen zu piepen und dann zu heulen. Als Harv die Augen verdrehte, begriff er, dass dies keine unwillkürliche Reaktion war. Als der Anfall einsetzte, fühlte es sich *gut an*, sie einfach nach oben zu rollen, wo sie nicht störten. Und er wurde sich der Hitze, des Staubs und des fernen Vogelgezwitschers bewusst.

»Ich glaube, ich bin in Afrika«, sagte er mit klarer Stimme, an niemand Bestimmten gewandt.

»Zurücktreten!«, rief jemand. »Zurück! Zurück! Alle Besucher raus!«

TEIL DREI

DER GARTEN EDEN

3.1

»Wo ist Vater?«, wiederholte Tik-Tik. Er war sich bewusst, dass er das heute schon mehrfach gesagt hatte und dass Großmutter allmählich ärgerlich wurde. Doch er verstand nicht, was los war, und sie hatte ihn hängen lassen. Beziehungsweise zweifelte er an dem, was sie sagte, oder war anderer Meinung als sie – das alles gefiel ihm nicht. Weshalb waren die Erwachsenen übereingekommen, die alte Wohnsiedlung für immer zu verlassen, und weshalb waren sie in zwei unterschiedliche Richtungen gezogen?

»Genug Menschen, aber nicht genug Nahrung«, sagte Großmutter erneut. »Lange Arbeitswege. Menschen müssen jagen und sammeln, aber Nahrung war weit entfernt. Die Erde war ausgelaugt. Wir brauchten neue Erde, um weiter jagen und sammeln zu können.«

»Aber wieso eine Erde und noch eine Erde?«, fragte er. »Wieso zwei?«

Ringsumher errichteten Männer und Frauen Häuser und legten Steinkreise an. Die Männer und die Frauen redeten viel, und Mutter und Stiefvater lachten. Tik-Tik gefiel das nicht. Wieso lachten sie? Warum gerade jetzt?

»Wenig zu essen, schlecht für Menschen«, sagte Großmutter. »Männer und Frauen machen Kinder, deshalb wächst Volk. Aber nimmt auch Nahrung zu? Nein. Deshalb ziehen die Menschen hierhin und dorthin, bis Nahrung reicht.«

Das verstand Tik-Tik irgendwie. Was er nicht verstand war, dass Vater *dort* war und Tik-Tik, Mutter und Großmutter *hier*. Er fragte erneut.

Jetzt wurde Großmutter zornig. »Mutter und Vater haben sich getrennt, Tik-Tik. Sie haben viel gestritten. Erinnerst du dich? Mutter hat uns und vor allem dir mit Trennung geholfen. Mutter wollte neuen Mann und neues Haus und weniger Streit. Stiefvater tut Mutter gut. Sieh mal: Stiefvater ist stark, glücklich und friedlich. Stiefvater ist auch guter Jäger. Stiefvater macht für Mutter Kissen, Teller und Löffel, deshalb ist auch Mutter glücklich. In Stiefvaters Haus herrscht Eintracht. Gut? Gut.«

»Stiefvater ist stumm«, sagte Tik-Tik, zeigte und wartete. Er beobachtete, wie Mutter etwas zu Stiefvater sagte. Stiefvater nickte, lachte und sagte ein paar Worte, doch seine Stimme klang nicht gut, und er kannte nicht viele Worte.

Großmutter aber lachte. Noch mehr Gelächter! Sie sagte: »Stumme Menschen sind oft freundlich, Tik-Tik. Stumme Menschen sprechen mit Körper und mit Taten. Großmutters Mann, Tik-Tiks Großvater, war stumm und liebenswert. Sehr liebenswert. Großmutter hat Mann aus vielen Männern ausgewählt.«

Einen Moment lang hing sie ihren Gedanken nach, dann sagte sie: »Großmutters Vater war stumm und eine von Großmutters Großmüttern auch. Jetzt gibt es mehr Sprechende Menschen, Tik-Tik, aber viele Menschen sind stumm. Stumm, stumm, stumm. Viele schöne Menschen, viele freundliche Menschen, sogar viele vernünftige Menschen sind stumm.«

»Das gefällt mir nicht«, sagte Tik-Tik. »Der Vergleich mit Vater hinkt. Vater ist stark und vernünftig. Vater ist nicht stumm. Mir gefällt die Trennung nicht und Stiefvater auch nicht. Ich mag Stumme nicht.«

Das waren starke Worte und viele Worte. Tik-Tik kam sich sehr vernünftig vor.

Großmutter aber schaute wieder unzufrieden und missbilligend drein. »Sei dir da nicht so sicher«, sagte sie. »Wenn Tik-Tik mal groß ist und in Hitze gerät, wird Tik-Tik den Körper eines Stummen Mädchens ebenso anziehend finden wie den eines Sprechenden Mädchens. Und dann wird Tik-Tik erkennen, dass Reden«, sie suchte nach Worten, »unwichtig ist.«

Tik-Tik wusste nicht, was er darauf erwidern sollte. Großmutter sagte häufiger, wenn Tik-Tik mal groß ist, doch das konnte Tik-Tik sich nicht vorstellen. Er war niemals größer gewesen – immer nur kleiner. Irgendwie wusste er, dass kleine Jungen zu großen Jungen heranwuchsen, die wiederum zu Männern wurden, doch er hatte es noch nie erlebt, und die Vorstellung gefiel ihm nicht. Würde er irgendwann aufstehen und plötzlich groß sein, von einem Tag zum anderen? Würde er sich dann einen Speer schnappen und auf die Jagd gehen müssen? Würde er sich einen Speer *anfertigen* müssen?

In der Nähe wurde es laut: Geschrei und weiteres Gelächter.

»Du bist lustig!«, sagte Mutter zu Stiefvater, der die Hausstange, die er in der Hand gehalten hatte, weggelegt hatte und grinsend mit einem langen Grashalm nach ihr schlug.

»Baaa«, sagte Stiefvater zu ihr, ahmte das Meckern einer Ziege nach und grinste noch breiter. Ja, sehr vernünftig.

»Ich will !Ibi sehen«, versuchte Tik-Tik es erneut, in der Hoffnung, dass es ihm gelingen würde, Großmutter damit zu rühren. »Und Onkel und Cousinen. Und Moku.«

Moku war sein Freund. !Ibi war seine ältere Schwester, die nicht mit Mutter und Stiefvater hierhergekommen war. Sie war bei Vater und unterwegs in eine andere Richtung, zu einem anderen Ort. Tik-Tik wusste nicht, wo das war. Er wusste nicht, wann er sie wiedersehen würde.

»!Ibi und Vater verstehen sich gut«, sagte Großmutter. »!Ibi und Mutter nicht. Aus einer großen, zerstrittenen Gruppe werden zwei kleinere Gruppen, die sich gut verstehen.«

»!Ibi und Tik-Tik verstehen sich!«, widersprach Tik-Tik. Und dann brach er auf einmal in Tränen aus, und Großmutter tröstete ihn und sagte: »Hmm, mmm, mmm, mein Kleiner. Ein bitterer Geschmack hält sich nicht lange im Mund. Scharfe Steine bleiben nicht unter dem Fuß. Die Zukunft ist grün und lang, und Tik-Tik wird glücklich sein.«

Doch es dauerte lange, bis er aufhörte zu weinen, und als Stiefvater ihm im neuen Haus ein kleines Bett gebaut und ihm aus der Schale eines Straußeneis zu trinken gegeben und Mutter ihm Pflanzen zum Kauen gegeben hatte, gewann die Müdigkeit bei ihm die Oberhand, und er schlief ein.

Tik-Tik fand bald heraus, dass sich auf der neuen Erde noch etwas geändert hatte: Mutter zog selbst los, um Nahrung und Feuerholz zu sammeln, und ließ Tik-Tik zusammen mit den anderen Jungen und Mädchen in der Obhut der drei Großmütter und des einen Großvaters zurück, der nicht viel machte außer zu schreien, wenn jemand seine Sachen anrührte.

»Tik-Tik ist zu schwer für Mutter«, erklärte sie, »und Tik-Tik ist zu langsam, um mit ihr mitzugehen. Besser, er bleibt bei Großmutter. Großmutter wird dich Lieder und Geschichten lehren. Großmutter wird dir zeigen, was man essen und was man nicht essen kann, wie man wegläuft und nach Gefahren Ausschau hält.«

»Das gefällt mir nicht«, sagte Tik-Tik.

Doch es fragte ihn niemand nach seiner Meinung, und seine Zustimmung war auch nicht erforderlich.

Noch etwas hatte sich geändert: die Großmütter schenkten Tik-Tik weniger Beachtung als früher Mutter. Teilweise lag das daran, dass sie auf viele Jungen und Mädchen aufpassen mussten, aber auch daran, dass sie ihre Aufgabe weniger ernst nahmen. Und wenn die Großmütter nicht hinschauten, schubsten und bissen sich die Jungen und Mädchen gegenseitig und zogen sich am Haar. Ein Mädchen mit Namen !Ey-!Ey schlug Tik-Tik auf sein Glied und lief schreiend weg, ohne bestraft zu werden.

»Du solltest dein Glied nicht offen zeigen, wenn du herumläufst«, sagte Großmutter.

Dies führte zu einer weiteren Neuerung: Großmutter zwang ihn, einen Lendenschurz zu tragen. Einen Lederstreifen mit Schnur und Knoten. Ein Knoten! Wie lästig! Tik-Tik konnte ihn nicht lösen, wenn er sich erleichtern musste, und deshalb beschmutzte er das Lendentuch und sich selbst immer wieder. Schon bald stank der Lendenschurz so sehr, dass Großmutter ihn nicht mehr waschen konnte und vergraben musste. Freiheit!

Doch sie war nicht von Dauer; Großmutter verwandte mehrere Tage darauf, Tik-Tik das Binden und Lösen von Knoten beizubringen, und dann gab sie ihm einen zweiten Lendenschurz.

»Wenn der schmutzig wird, muss Tik-Tik ihn essen«, ermahnte ihn Großmutter. »Tik-Tik muss auch lernen, sich außerhalb Wohnsiedlung zu erleichtern und nicht auf dem Hausboden oder dem Weg.«

Diesmal nahm er die Warnung ernst, und als er schließlich begriff, dass die Drohung, er müsse seine Scheiße essen, scherzhaft gemeint war, ein Witz, hatte er sich bereits umgewöhnt.

»Glückwunsch«, sagte sie. »Jetzt ist Tik-Tik kein kleines Kind mehr. Tik-Tik ist jetzt ein Junge und wird lernen, was es heißt, ein Junge zu sein.«

3.2

Ziemlich plötzlich, so schien es, begann Tik-Tik die Umgebung zu entdecken. Als er seine Sinne benutzte, stellte er fest, dass die neue Erde vom Ende des Nachmittags bis zur Mitte des Abends unangenehm heiß war. Vor Sonnenaufgang war es unangenehm kalt. Wenn es regnete, war es unangenehm feucht, und wenn Wind wehte, unangenehm staubig. Die meiste Zeit über aber war die neue Erde sehr angenehm, und er konnte sich im Schatten ins Gras legen und den Vögeln und Mücken zuhören.

Jetzt wurde ihm auch klar, dass die alte Erde kein angenehmer Ort gewesen war: heiß und kalt und staubig und morastig und voller Dornen. Manchmal kehrte er im Schlaf dorthin zurück, doch Vogelrufe hörte er nur selten und sah kaum Menschen, wenngleich er irgendwo in der Nähe murmelnde Stimmen zu hören meinte.

»Die Erde hält ein paar Jahre durch«, erklärte ihm Großmutter. »Dann sterben Pflanzen, und Tiere suchen sich neue Erde. Und Menschen auch.«

Tik-Tik fragte sich, wann es mit der neuen Erde so weit wäre. Er konnte es sich nicht vorstellen. Auf der neuen Erde gab es nicht weit von der Siedlung gelegen einen Fluss, und stellenweise war die Uferböschung hoch und mit Weiden und Himbeersträuchern bewachsen, sodass es schwierig war, ans Wasser heranzukommen und zu trinken. An anderen Stellen war das Ufer flach, und man konnte mühelos trinken. Hier fand er Frösche und tötete sie manchmal mit Steinen und brachte sie mit nach Hause, damit Mutter oder Großmutter sie kochen konnten. Seine eigene Nahrung!

Er aß auch die Himbeeren und andere Sachen, die zu erkennen Großmutter ihm beibrachte. Und schon bald lernte er von den anderen Jungen ebenso viel, wie er von Großmutter gelernt hatte. Dieses Gras schmeckt süß! Dieses Blatt ist sauer! Diese Blume ist bitter! Diese Larve (die sich eines Tages irgendwie in einen Käfer verwandeln wird) schmeckt wie Fleisch, und wenn man alles gleichzeitig in den Mund steckt, ist das wie eine ganze Mahlzeit.

Er lernte, vor Schlangen zu flüchten und vor zuschnappenden Schildkröten wegzuspringen, auf Bäume zu klettern und mit einem Stock nach Yamswurzeln zu graben. Er lernte, mit den anderen Jungen zu ringen – zunächst spielerisch, doch dann mit immer mehr Einsatz, um herauszufinden, wer der Stärkste war. Sie fanden auch heraus, wer der Schnellste, Geschickteste oder Vernünftigste war, und auch wenn Tik-Tik sich dessen nicht bewusst war, verwandelte er seinen Körper und seinen Geist nach und nach in Werkzeuge, die den Aufgaben gerecht werden würden, die sich ihm stellten.

Er lernte, *nicht* mit Mädchen zu ringen, denn das war verboten und brachte *immer* Ärger mit sich. Einmal versuchte er, !Ey-!Ey mit der flachen Hand auf den Unterleib zu klatschen, und wurde deswegen verprügelt. Doch das hatte keine großen Folgen; die meiste Zeit über waren die Mädchen eine Lärmquelle im Hintergrund, die man am besten nicht beachtete.

Wenn er die Ohren spitzte, hörte er die Frauen sagen: »Für Flusspferde und Krokodile ist der Fluss zu klein. Es ist gut, dass wir Wasser holen können, ohne Angst haben zu müssen.« Und die Männer hörte er sagen: »Das Wild ist hier klein, aber die Tiere sind dumm und leicht zu fangen. Und sie locken keine Löwen an! Es ist gut, dass wir durchs Gebüsch streifen können, ohne Angst haben zu müssen.« Und die Mädchen hörte er sagen: »Hier blühen immer wunderschöne Blumen, und es gibt Kohle und Ocker, mit denen wir uns das Gesicht bemalen können.« Und die Großmütter sagten: »Die Perlensteine sind weich! Wir können Löcher hineinbohren, ohne dass wir abrutschen und uns in die Hände schneiden!« Und die Großväter (von denen es nur zwei in der Wohnsiedlung gab) sagten: »Wenn die großen Vögel schlafen, kann ich sie mit Steinen erlegen. Als würde man Früchte pflücken!«

Und als er die Stummen Leute grunzen hörte und gestikulieren sah, begriff er, dass auch sie Gründe hatten, die neue Erde zu mögen. Hier war das Leben ruhiger und einfach, und es gab weniger Streit. Das bedeutete, dass es weniger zu bereden gab und deshalb auch weniger Unterschiede zwischen den Stummen und den Sprechenden Leuten.

Und auf diese Weise lernte Tik-Tik (wenn auch nur indirekt), einen guten Ort von einem schlechten zu unterscheiden, und er begriff, dass er an einem sehr guten Ort lebte. Im Schlaf kehrte er nur noch selten zur alten Erde zurück, sondern blieb auf dieser, rangelte mit anderen Jungen und aß Larven.

»Ist das hier bester Ort?«, fragte er eines Tages seine Großmutter.

»Das ist er«, antwortete sie. »Ich habe schon an vielen Orten gelebt, und dieser hier ist bester.«

Harv tauchte für einen Moment auf, benommen und verwirrt. Die Erinnerungen und Erfahrungen aus dieser Zeit fühlten sich vage, bruchstückhaft und unvollständig an. Zunächst führte er dies auf beschädigte Daten zurück – vielleicht verlor er allmählich den Kontakt zu dem transkraniellen magnetischen Signal, je weiter sein Bewusstsein in der Zeit zurückwanderte. Er wusste nicht, in welcher Zeit er sich befand, doch er spürte, dass sie weiter in der Vergangenheit lag als das Königreich oder Nog La. Aber konnten Quantom-Daten überhaupt beschädigt werden? Wenn ja, musste es sich entweder um eine Überlagerung aller möglichen Zustände handeln, oder sie waren alle in den Zustand minimaler Energie übergegangen. Was praktisch einer Reihe von zwei Milliarden Nullen entsprochen hätte.

Vielleicht rührte die Verwirrung ja daher, dass er am Bewusstsein eines Kindes Anteil hatte. Andererseits änderte sich nicht viel, als Tik-Tik älter wurde. Vielleicht nahmen diese Menschen ihr Leben tatsächlich als eine Art Traum wahr, und die Vorstellung von Zeit und Raum war noch nicht vollständig entwickelt. Tik-Tik hatte keinen Ehrgeiz, keine Pläne und machte sich kaum jemals detaillierte Gedanken über die Zukunft.

Und die Sprache! Tik-Tik – beziehungsweise Harv – war mehrmals in unbändiges Gelächter ausgebrochen, denn wenn die Menschen sprachen, hörten sie sich ungeachtet ihres Geschlechts oder ihrer Stellung an wie Kleinkinder. Ihr Vokabular baute auf etwa hundert Wortstämmen auf, die munter gedehnt, vermischt und gestutzt wurden, um kompliziertere Sachverhalte auszudrücken. Und obwohl die Sprache über zahlreiche Laute verfügte – Schnalzen, Grunzen, Ploppgeräusche und Pfiffe, was sich manchmal wie Vogelgesang anhörte –, bestanden die Worte hauptsächlich aus aneinandergereihten Konsonant-Vokal-Paaren. Das Wort für Mutter lautete tatsächlich Mama! Vater war Pfo-Pfo, Wasser hörte sich an wie Gluck-

Gluck,- und die meisten Nahrungsmittel waren eine Variante von Gu-Gu oder Nom-Nom.

Auch die Grammatik war kleinkindhaft. Es gab fast so gut wie keine Artikel oder Pronomen, wenngleich sie manchmal durch Gesten beigesteuert wurden, zum Beispiel durch wiederholtes Zeigen auf eine Person anstelle einer Wiederholung des Namens. Allerdings wurden Worte zum Zweck der Betonung oder Pluralbildung wiederholt oder lauter ausgesprochen. Einige Worte wie Mmm waren universell einsetzbar und konnten je nach Tonfall und Kontext alles Mögliche bedeuten. Zusammen mit dem kleinen Bestand an standardisierten Gesten hatten die Sprechenden Menschen diese Kommunikationsmittel mit den Stummen gemeinsam.

Und doch waren die Stummen erstaunlicherweise nicht dumm. Mit ihren geschickten Händen und ihrer ausdrucksstarken Mimik waren sie zwar nicht den Sprechenden Menschen, aber doch den Trollen von Nog La mindestens ebenbürtig. Es war schwer zu sagen, was mit ihnen nicht stimmte.

Tik-Tik lernte auch zu jagen. Zunächst erlegte er mit Steinen Frösche und Käfer, dann mit Würfen wie beim Baseball zunehmend Vögel und Eichhörnchen. Und dann machte er sich einen Speer (kaum mehr als ein angespitzter Stock) und verbrachte Stunden, Tage und Wochen damit, Kaninchen zu jagen. Seine Würfe trafen nur selten das Ziel und durchbohrten es noch seltener. Er machte kein einziges Mal Beute, und schließlich fragte er enttäuscht einen der Großväter um Rat.

»Wieso spießt Tik-Tik keine Kaninchen auf?«

Worauf der Großvater unwirsch antwortete: »Mit diesem Ding? Holzspitzen taugen zum Stochern, nicht zum Werfen.«

»Warum?«

»Holz ist zu leicht und zu stumpf. Junge braucht scharfen Stein am Ende. Außerdem ist Stock krumm. Stock muss ganz gerade sein.«

»Mmm.«

»Mmm? Glaubt Junge, Junge ist klug? Zeig, wie Junge wirft.«

Tik-Tik hob folgsam den Arm und schleuderte den Speer, so wie man einen schweren Stein wirft.

»Mmm«, sagte Großvater. »Stell Füße so.« Mit großer Anstrengung und viel Aufhebens richtete er sich auf, stellte einen Fuß vor und den anderen weiter zurück als zuvor Tik-Tik. »Halte Hand so.« Er knickte ein bisschen in der Hüfte ein, seine schlaffen Armmuskeln spannten sich an und wölbten sich. »Halte den Arm so.« Er zog den Arm zurück und nach unten, die Hand auf Ohrhöhe. »Jetzt *wirf!*«, sagte er und ließ die Hand vorschnellen. Schneller, als Tik-Tik dem alten Mann zugetraut hätte.

Tik-Tik versuchte die Bewegung nachzuahmen, doch der Speer machte nur einen kleinen Satz durch die Luft, wie ein Frosch.

»Nein«, sagte Großvater gackernd und schüttelte den Kopf.

Der Laut klang wie Ts-ts *– so ähnlich, wie Harv sich manchmal äußerte, ohne dass er das als Wort betrachtet hätte.*

»Nicht damit. Besorg dir langen, geraden Stock und guten Stein für Spitze.«

Grummelnd verbrachte Tik-Tik die nächsten Tage damit, nach einem geeigneten Speerholz zu suchen. Die Erde war grün und flach, darauf wuchsen Büsche und Bäume. Tik-Tik wusste, dass es gefährlich werden würde, wenn Löwen in der Nähe waren. Am besten, man sah die Löwen schon von Weitem. Doch die einzigen Raubtiere auf dieser Erde waren Schakale – so klein, dass sie höchstens für Kleinkinder eine Gefahr darstellten, und die durften sich nicht von den Erwachsenen entfernen. Tik-Tik wusste, dass die Schakale einen beißen konnten, wenn man ihnen zu nahe kam, doch eigentlich waren sie scheu und ließen ihn gar nicht erst in ihre Nähe, und deshalb streifte er allein umher, ohne Angst und ohne dass sich jemand um ihn ängstigte.

Bei seiner Suche nach einem Speer wurde Tik-Tik klar, dass es verschiedene Bäume auf der Erde gab. Manche trugen Äpfel, Feigen, Eicheln oder Mongongonüsse, und zwar niemals zwei verschiedene Sorten Früchte gleichzeitig. Die Mongongobäume waren dünn und brachen leicht. Die Apfel- und Feigenbäume waren schief und krumm. Die Eichelbäume hatten gerade, harte Äste. Andere Bäume hatten überhaupt keine Früchte und auch keinen Namen, doch jeder hatte seine eigenen Blätter, und er lernte, dass manche bessere Stöcke hatten als andere, doch am Ende kam er zu dem Schluss, dass die Eichelbäume die besten waren.

Er versuchte, grüne Stöcke vom Baum abzubrechen, doch sie splitterten und zerrissen, anstatt säuberlich zu brechen. Er versuchte, im Umkreis der Bäume abgestorbenes Holz zu sammeln, doch es war zu leicht und brach schnell. Schließlich kam er zu dem Schluss, dass erst kürzlich abgestorbene Äste, die noch am lebenden Baum hingen, am besten geeignet waren. Er fand einen solchen Stock, der so groß und so gerade war wie er, brach ihn an beiden Enden säuberlich ab und rieb ihn an einem Stein glatt.

Dann suchte er sich einen zweiten Stein und schlug sie gegeneinander, um den einen zur Speerspitze zu formen.

Solche Speerspitzen hatte er schon viele gesehen und nahm an, dass die Herstellung leicht war. Die Steine aber brachen nicht. In einem hellen Moment suchte er sich einen weicheren Stein und schlug damit auf den härteren. Diesmal brach der weichere Stein – endlich. Allerdings zerkrümelte er am Rand zu Staub, anstatt eine scharfe Kante auszubilden.

Enttäuscht ging er zu Großvater zurück, zeigte ihm die Steine und fragte: »Warum kann Tik-Tik keine Speerspitzen machen?«

Großvater lachte. »Mit diesen Steinen? Junge kann Vater von Jungem bitten, mit ihm guten Stein suchen.«

»Mann im Haus ist nicht Tik-Tiks Vater.«

»Mmm. Junge kann Stiefvater bitten, guten Stein suchen.«

Das gefiel Tik-Tik nicht.

Großvater mochte er auch nicht besonders, aber Großvater hatte ihm wenigstens noch nie wehgetan. Großvater war kein Ersatz für seinen richtigen Vater und machte nicht wett, dass man ihn von seiner Schwester und seinen Cousins und Freunden fortgebracht hatte.

»Hilft *Großvater* Tik-Tik Stein suchen?«, fragte er so schüchtern, dass es ihn selbst verwunderte.

Großvater lachte ein wenig, dann schniefte er und machte »Mmmm. Großvater versteht. Viele Jungen mögen Stiefvater nicht. Aber Großvater ist alt; der Wind weht nicht mehr in seinen Bauch und aus dem Bauch heraus. Glaubt Tik-Tik, Großvater bleibt hier in Siedlung bei Säuglingen und Großmüttern, weil es ihm gefällt?«

Der alte Mann wandte den Blick ab, dann sah er wieder Tik-Tik an und sagte: »Großvater war wie du. Großvater war Junge. Junge war kräftig und schnell. Großvater wurde !En-!En genannt. Jetzt sitzt Großvater im Staub.«

Diese Worte machten keinen Eindruck auf Tik-Tik und berührten ihn nicht. Alte Leute redeten halt so daher, so wie die Sonne Licht abgab und der Fluss Wasser. Seine Antwort war ein Vorwurf: »Tik-Tiks Stiefvater kann nichts beibringen. Tik-Tiks Stiefvater ist stumm.«

»Mmm«, sagte Großvater, überlegte und nickte. »Großvater versteht auch das. Aber Stumme können Junge Werfen beibringen. Stein Suchen. Stein Formen. Großvater kennt Tik-Tiks Stiefvater. Ist guter Mann.«

»Nein«, sagte Tik-Tik, obwohl er sich nicht sicher war, was er eigentlich verneinte. Dass Stiefvater ein guter Mann war? Dass Stiefvater ihm etwas beibringen konnte?

Das aber machte Großvater zornig. Er sagte: »Dann frag anderen Jungen oder Vater von anderem Jungen. Großvater kann dir nicht helfen. Großvater hat genug zu tun mit Sitzen im Staub.«

Und damit war die Unterhaltung anscheinend beendet.

Noch unzufriedener als zuvor wartete Tik-Tik in der Siedlung darauf, dass die Männer von ihrer Beschäftigung heimkehrten.

Das waren die Worte, die sich in Harvs Bewusstsein formten – Entsprechungen der Worte, die Tik-Tik gebrauchte, um seine Gedanken auszudrücken. Die wörtliche Wiedergabe sah in etwa so aus: »Warte Ort Haus-Bau-Bau Mann Mann kommt heim nach Arbeit«, und wenngleich Harv sich keinen Reim darauf hätte machen können, erschien es Tik-Tik grammatikalisch korrekt und verständlich.

Die Häuser der Wohnsiedlung waren größer als die Häuser von Nog La und nicht kuppelförmig, sondern rechteckige Tunnel aus hohen, mit Jute verflochtenen Stöcken und bedeckt mit Stroh anstelle von Tierhäuten, wenngleich Tierhäute für die

Türen an den offenen Enden verwendet wurden. Durch eine große Öffnung in der Mitte zog der Rauch ab. Die ganze Konstruktion wurde von Reibung und Spucke zusammengehalten und machte auf Harv nicht den Eindruck, als würde sie einen Sturm überstehen. Beim ersten kräftigen Windstoß würde sie auf die Kochfeuer stürzen. Ein heftiger Regen würde das Stroh von den Stöcken waschen, und die Jutestricke würden sich vollsaugen und reißen.

In diesem Gebiet (irgendwo im Osten Afrikas vielleicht?) aber herrschte mildes Wetter, weshalb man widerstandsfähigere Siedlungen offenbar als Verschwendung von Zeit und Materialien betrachtete. Tagsüber waren diese Menschen geschäftig, abends waren sie faul und geil; die Pflege der Behausungen hatte bei ihnen keinen großen Stellenwert.

Interessanterweise waren die Abstände ähnlich wie in der Sonnenaufgangsburg, und das galt auch für den festgetrampelten Boden. Doch hier gab es keine Mauer und kein Gefühl von Gefahr oder äußerer Bedrohung. Tik-Tik betrachtete das Haus seines Stiefvaters nicht als Zuhause, *sondern eher als einen Ort, wo er schlief und Sachen lagerte und gekochte Mahlzeiten verzehrte, falls er zufällig im richtigen Moment anwesend war.*

Hier gab es keine erkennbaren Jahreszeiten – bloß Tage mit Sonne und Tage mit leichtem Regen –, und deshalb übernahm Tik-Tik wie ein Kind auf ewigem Urlaub nicht viel Verantwortung und erwartete auch nicht viel von den Älteren. Seinen Stiefvater um etwas bitten zu müssen, das war ein unbekannter Zustand für ihn, der ihn mit großem Unwillen erfüllte.

Als Stiefvater endlich auftauchte, pfeifend, eine Schnur mit Kaninchen über der einen Schulter und einen richtigen, ausgewachsenen Speer auf der anderen, stürmte Tik-Tik auf ihn zu, so wie ein Schakal einen Löwen anspringt.

»Stiefvater! Tik-Tik braucht Stein für Speerspitzen! Stiefvater muss Tik-Tik helfen guten Stein suchen!«

Stiefvater hörte sich das an, dann brach er in Gelächter aus. »Mu, mu, mu!«, sagte er, offenbar bemüht, Tik-Tiks Stimme zu imitieren. Er lachte erneut, dann hob er die Hand und sagte »Mmm« in einem Ton, der so viel bedeutete wie: »Beruhig dich, Sohn.« Mit Gesten deutete er essen, schlafen, aufwachen und *ganz zum Schluss* nach draußen gehen an, um mit Tik-Tik einen Stein zu suchen.

»Nein«, widersprach Tik-Tik.

»Neiiiin«, äffte Stiefvater ihn nach. »Jeeetzt!«

»Bleib zum Essen hier«, sagte Großmutter, die mit finsterem Blick aus dem Haus trat. Sie drohte Tik-Tik mit dem Finger und setzte hinzu: »Tik-Tik isst nicht genug richtige Nahrung. Tik-Tik isst Käfer und Äpfel, harte, ungekochte Yamswurzeln und kalte Sachen, die übrig sind. Tik-Tik fällt ins Bett, sobald die Sonne untergegangen ist. Tik-Tik hört sich nicht Geschichten am Lagerfeuer an, und deshalb ist Tik-Tik weniger vernünftig als die Stummen.«

»Tik-Tik hat zu tun«, sagte Tik-Tik.

»Tik-Tik wird tun, was man Tik-Tik sagt«, sagte Großmutter mit ungewohnter Entschiedenheit.

»Wo ist Mutter?«, fragte Tik-Tik, da er glaubte, sie würde ihn vielleicht unterstützen.

»Mutter arbeitet noch«, antwortete Großmutter. »Die reifsten Mongongonüsse sind weit entfernt, und Mutter sammelt einen ganzen Korb voll, damit Großmutter Kaninchenfleisch braten kann, damit Tik-Tik sich den Bauch mit etwas füllen kann, das nicht zappelt.«

Tik-Tik wollte widersprechen, und zwar so gut wie allem,

was sie gesagt hatte, doch Stiefvater grinste, hielt die Tür auf und winkte Tik-Tik ins Haus.

»Rrrreden«, sagte er.

3.3

Das Essen war richtig gut, und als sie alle ums Feuer im Staub saßen, forderte man Tik-Tik auf, Mutter dafür zu danken, dass sie die Nüsse gesammelt hatte, und Stiefvater, weil er die Kaninchen gefangen hatte, und Großmutter, weil sie die Nüsse in die Kaninchen getan und auf drei Drehspießen in der richtigen Höhe über dem Feuer gebraten hatte, sodass sie genau so schmeckten, wie Tik-Tik es gern hatte.

Tik-Tik aß seinen Anteil und noch mehr. »Mutter wird dick«, sagte er hinterher, als er bemerkte, dass der Bauch seiner Mutter über den Lendenschurz quoll.

»Mutter hat Kind in sich«, sagte Großmutter.

»Stiefvater hat mir Kind *gemacht*«, sagte Mutter, worauf alle außer Tik-Tik lachten.

Ohne aufzustehen, machte Stiefvater mit Händen und Hüften eine Bewegung, die Tik-Tik nicht verstand, aber Mutter und Großmutter zu noch lauterem Gelächter anregte.

Worauf Großmutter sagte: »Die neue Erde ist gut. Viele Kinder werden Weg hierher finden.«

»Ja!«, sagte Stiefvater in einem Ton, den Tik-Tik nicht deuten konnte. Wieder lachten die Frauen.

Das ärgerte Tik-Tik sehr, denn die Vorstellung, dass es einen Unterschied zwischen ihm und den Erwachsenen der Siedlung gab, gefiel ihm nicht. Wenn sie über Dinge sprachen, die er nicht verstand – wenn ein *Stummer* über Dinge sprach, die er nicht verstand –, dann wollte er wenigstens mitlachen.

»Was?«, fragte er. Und in schärferem Ton: »*Was?*«

Was zu weiterem Gelächter führte.

Schließlich suchte die Großmutter seinen Blick, schnalzte mit der Zunge und sagte: »Jungen in diesem Alter interessieren sich nicht für kleine Kinder oder dafür, woher sie kommen. Aber junge Männer *sehr*, wie Tik-Tik schon bald herausfinden wird.«

»Tik-Tik *ist* junger Mann«, widersprach er, obwohl er sich anhörte wie ein kleiner Junge.

Das führte zu weiteren Scherzen; einige verstand Tik-Tik, andere nicht. Schließlich sagte er ungeduldig zu Großmutter: »Tik-Tik wartet auf Geschichten, Großmutter sagt, Tik-Tik ist abends zu müde für Geschichten, aber Tik-Tik ist hier.«

»Mmm«, sagte Großmutter. »Vielleicht kann Mutter uns von ihrem Tag erzählen.«

Mutter stimmte zu und begann danneine so furchtbar langweilige Geschichte zu erzählen, dass das Zuhören Tik-Tik richtig wehtat. Mutter ging hierhin, Mutter ging dorthin. Mutter setzte den Korb ab. Mutter sah einen Vogel. Bla-bla-bla.

Als sie endlich fertig war, sagte er: »Ich fühle mich vernünftig. Danke für Unterweisung. Und erzählt Stiefvater uns jetzt Geschichte von Stiefvaters Tag?«

»Benimm dich«, sagte Mutter scharf.

Tik-Tik aber ließ nicht locker: »Warum hat Mutter sich

mit Stummem zusammengetan? Stummer kann nicht unterweisen. Stummer kann keine Geschichten erzählen.«

»Stiefvater kann singen«, sagte Großmutter und nickte aufmunternd.

Und so begann Stiefvater ein Lied zu singen, das aus nur zwei Worten bestand: »Liebe, Einklang. Liebe, Liebe, Liebe, Einklang.« Er brachte die Worte nur mühsam hervor, und doch wiederholte er sie immer wieder in ansteigendem und abfallendem Ton und legte so viel Gefühl hinein, wie ein Mensch es nur vermochte. Zunächst ärgerte sich Tik-Tik – er konnte Stiefvaters Gesang nicht ausstehen! –, doch dann stellte er fest, dass die Musik ihn besänftigte, und als Mutter und Großmutter in die Hände zu klatschen begannen, schloss er sich ihnen nach kurzem Zögern an. Und als das Lied zu Ende war, fiel ihm keine grobe Bemerkung ein.

»Wichtige Worte«, sagte Großmutter.

»Nicht viele«, sagte Tik-Tik, der sich wieder ein wenig auf seinen Zorn besann. Dann fragte er in ernsthafterem Ton: »Warum ist Stiefvater stumm? Was stimmt mit Stiefvater nicht?«

Diese Frage hatte er sich noch nie gestellt, doch auf einmal kam sie ihm sehr wichtig vor. Hatte Stiefvater früher einmal sprechen gekonnt? Hatte er die Sprache verloren, so wie ein Mann eine Speerklinge verliert, oder hatte er die Worte zerbrochen, so wie jemand ein mit Wasser gefülltes Straußenei zerbricht?

»Alles stimmt mit ihm«, sagte Mutter. »Stumme werden stumm geboren.«

»Mmm. Aber woher kommen sie?«

Großmutter schnalzte mit der Zunge. »Tik-Tik, fast alle Menschen sind stumm. Es gibt nur sehr wenige Sprechende Menschen.«

»Mmm«, sagte Tik-Tik. »Und woher kommen Sprechende Menschen?«

Großmutter schnalzte wieder mit der Zunge. »Das weiß Tik-Tik nicht? Alle Sprechenden Menschen sind Jungen und Mädchen von Sprechender Frau, der Großmutter von Großmutters Mutter. Sprechende Frau war anders als die Stummen. Sprechende Frau konnte singen wie Vögel und die Gedanken aussprechen, die in ihr wohnten. Alle Menschen konnten die Gedanken von Sprechender Frau verstehen, obwohl sie nicht mit ihr sprechen konnten. Sprechende Frau war einsam.

Sprechende Frau wanderte oft allein umher, obwohl es auf der Erde Schlangen gab. Sprechende Frau aß oft Früchte unbekannter Bäume und forderte Skorpione heraus, sie zu stechen. Sprechende Frau sprach zur Sonne und sang zum Mond. Sie hoffte auf Antworten, die sie nie bekam. Sprechende Frau blieb einsam.

Um ihr leeres Herz zu füllen, füllte Sprechende Frau den Bauch von Sprechender Frau. Sprechende Frau wälzte sich mit vielen Männern im Staub, die nicht sprechen konnten, und brachte viele Jungen und Mädchen zur Welt. Aber Jungen und Mädchen von Sprechender Frau konnten sprechen! Sprechende Frau brachte Jungen und Mädchen alle Worte bei, und manche Jungen und Mädchen kannten andere Worte und brachten sie Sprechender Frau bei, und endlich wurde gesprochen auf der Erde, und Sprechende Frau war nicht mehr einsam.

Aber Sprechende Frau wanderte noch immer allein durch die Wildnis, sprach mit Tieren und suchte nach Tieren, die ihr antworten konnten. An einem Tag sprach Sprechende Frau mit den Affen und wurde gekratzt. An einem anderen Tag sprach sie mit Schlangen und wurde gebissen.

Sprechende Frau stolperte nach Hause. Sprechende Frau erzählte, was passiert war. Sprechende Frau starb inmitten der Jungen und Mädchen von Sprechender Frau.

Jungen und Mädchen wurden Männer und Frauen, aber auch Brüder und Schwestern. Weiß Tik-Tik das? Brüder und Schwestern wälzen sich nicht zusammen im Staub und heiraten nicht. Und so wälzten sich Sprechende Männer und Sprechende Frauen mit Stummen und heirateten Stumme und brachten mehr Jungen und Mädchen hervor, und einige von ihnen konnten nur schlecht sprechen und einige konnten gut sprechen, und dies waren die Sprechenden Menschen. Und wenn Sprechende Menschen andere Sprechende Menschen heirateten, konnten ihre Jungen und Mädchen sprechen, und wenn Sprechende Menschen Stumme heirateten, konnten ihre Jungen und Mädchen auch sprechen.

Sprechende Menschen teilen Gedanken, Tik-Tik, das können Stumme nicht. Das bedeutet, dass alle Menschen wissen können, was ein Mensch weiß. Das hat Sprechende Menschen vernünftig und klug gemacht. Jetzt kann man sie nicht mehr so leicht schlagen oder täuschen. Das hat Sprechende Menschen schön gemacht! Ein Sprechender Mann kann sich mit vielen Stummen Frauen wälzen und viele neue Sprechende Menschen machen.

Und so wurden Sprechende Menschen immer mehr, bis die Erde erschöpft war und die Siedlung sich teilte und in verschiedene Richtungen wanderte. Seitdem teilen Sprechende Menschen sich immer wieder und bewohnen jetzt viele Erden. Aber wenn Tik-Tik viele Tage in eine Richtung geht, wird Tik-Tik nur Stumme vorfinden.«

»Und Stumme werden sich mit Tik-Tik im Staub wälzen wollen«, sagte Mutter kichernd.

Stiefvater machte Geräusche und gestikulierte, und Mutter und Großmutter lachten.

Als sie mit Lachen fertig waren, sagte Großmutter: »Alle Sprechenden Menschen haben die Wahl: Sprechende Person heiraten oder Stumme. Oder sich mit vielen Stummen wälzen, viele Male.«

»Manche machen beides«, sagte Mutter. Und nach langer Pause setzte sie hinzu: »Deshalb haben Vater und Mutter sich getrennt.«

Am nächsten Morgen erwachte Tik-Tik früh und ließ Stiefvater nicht aus den Augen, bis er sicher war, dass Stiefvater nicht ohne ihn auf die Jagd gehen würde. Als Stiefvater erwachte, sagte Tik-Tik:

»Stiefvater! Hilf Tik-Tik, gute Steine finden!«

»Mmm.«

»Wird Stiefvater helfen?«

Stiefvater nickte.

»Wird Stiefvater *jetzt* helfen?«

Stiefvater seufzte, funkelte ihn an, rollte mit den Augen und sagte ein einzelnes Wort: »Nein.« Mit Gesten deutete er essen an, dann setzte er sich auf und machte sich über ein paar kalte Essensreste und ein Straußenei mit Wasser her.

»Wird Stiefvater *jetzt* helfen?«, fragte Tik-Tik, als Stiefvater fertig war mit Essen und Trinken.

Stiefvater schüttelte den Kopf und deutete Sich-Strecken, Gehen und Sich-Erleichtern an. Tik-Tik stöhnte genervt.

So ging es eine Weile weiter; Stiefvater wollte sehen, wie die Sonne über den Büschen aufging. Stiefvater wollte Ränder und Spitze von Stiefvaters Speerklinge überprüfen und sich vergewissern, dass sie scharf waren. Schließlich begriff

Tik-Tik, dass Stiefvater die Ausreden ausgingen und dass er ihn einfach nur neckte.

»Es reicht«, sagte Tik-Tik. »Bitte.«

Und dann endlich brachen sie auf in unbekannte Erde. Tik-Tik wurde klar, dass dies das erste Mal war, dass er mit einem Erwachsenen arbeiten ging, seit er ein sehr kleiner Junge gewesen war. Leider war der Erwachsene zufällig sein Stiefvater, aber wenigstens würde Tik-Tik seine Steine bekommen.

Zu seiner Überraschung schlugen sie eine Richtung ein, in die Tik-Tik nur selten ging: weg vom Fluss. In der Ferne lagen ein paar flache Hügel, und dorthin wollte Stiefvater anscheinend. Tik-Tik hatte Würmer im Bauch, denn so weit entfernte er sich normalerweise nicht vom Fluss, der Siedlung und allem Vertrauten. Er bekam Durst, doch als er sich bei Stiefvater beklagte, hob Stiefvater einen Kiesel vom Boden auf und steckte ihn sich in den Mund.

»Mmm?«, sagte er und zeigte auf Tik-Tik.

Unsicher hob Tik-Tik einen Kiesel auf, streifte den Staub ab und schob ihn sich in den Mund.

»Nng«, sagte Stiefvater, öffnete den Mund und zeigte Tik-Tik, wo sich der Stein befand: unter der Zunge. Tik-Tik tat es ihm nach und stellte zu seiner Überraschung fest, dass sein Durst gestillt war. Stiefvater nickte zufrieden.

Die zweite Überraschung war, dass die Erde hier nicht leer war. Er hatte geglaubt, sie würden allein durch Gras, Gebüsch und Bäume wandern, doch stattdessen begegneten sie Männern und Frauen, die ihren eigenen Beschäftigungen nachgingen: Zwergziegen jagen, Feuerholz sammeln, Yamswurzeln ausgraben, Mongongonüsse gegeneinanderschlagen. Sie winkten oder grüßten Stiefvater und Tik-Tik, als sie an ihnen vorbeikamen. Nicht viel anders als die

Kinder, die am Rand der Siedlung spielten! War das Arbeit? War das erwachsen sein? Auf einmal kam ihm das gar nicht mehr so unvorstellbar oder so fern vor.

Die dritte Überraschung war, dass Tik-Tik einige der Leute nicht kannte und noch nie gesehen hatte.

»Wer ist das? Wer ist das?«, fragte er Stiefvater mehrmals.

Aber Stiefvater konnte nicht antworten; er zuckte bloß mit den Schultern und krächzte: »Andere Leute.«

Die Fremden aber wurden häufiger, je weiter sie sich von der Siedlung entfernten, und schließlich kam Tik-Tik der Gedanke, sie könnten zu Vater und Schwester gehören und zu den Freunden aus seiner Kindheit, an die er sich kaum noch erinnerte. Und als er Stiefvater fragte, nickte der.

»Gibt es hier andere Siedlung?«

Wieder nickte Stiefvater und zeigte. Dort.

Aufgeregt: »Können wir sie besuchen?«

Stiefvater schüttelte den Kopf: »Beschäftigt.«

Tik-Tik wusste nicht, was Stiefvater damit meinte. Waren *sie* beschäftigt? War Vater beschäftigt? Wahrscheinlich beide. Die Antwort gefiel ihm nicht, aber heute wollte er wirklich Steine suchen.

»Können wir sie ein andermal besuchen?«

Stiefvater nickte. Und das war die größte Überraschung des Tages: dass zumindest einige der anderen Erden und Siedlungen an einem Tag zu Fuß erreichbar waren. Tik-Tik hatte immer geglaubt, seine Siedlung sei von den anderen isoliert und sein Vater und !Ibi seien für immer verschwunden und die Leute seiner Siedlung die einzigen Leute, die er jemals kennen würde. Aber Großmutter hatte auch gesagt, es gebe andere Sprechende Menschen und wenn Tik-Tik nur weit genug laufe, werde er nur noch Stumme antreffen.

Das passte zusammen, und auf einmal kam er sich dumm vor, weil er nicht schon eher daran gedacht hatte. Und er beschloss, dass er, wenn er ein Mann wäre, weit umherstreifen und so viele Menschen und Erden und Siedlungen wie möglich besuchen würde.

Sie erreichten die Hügel, und dort half Stiefvater Tik-Tik, drei verschiedene Arten von Steinen zu suchen. Es dauerte lange, und Tik-Tik wurde trotz des Kiesels in seinem Mund sehr durstig. Stiefvater pflückte für ihn Äpfel und Birnen, doch sie enthielten nicht genug Feuchtigkeit, deshalb gingen sie nicht auf geradem Weg zurück zur Siedlung, sondern suchten stattdessen ein Wasserloch auf. Das Wasser war schlammig und roch schlecht, aber Stiefvater trank trotzdem. Tik-Tik hatte nicht gewusst, dass es auch schmutziges Wasser gab, doch er war so durstig, dass er ebenfalls davon trank.

Auf dem Rückweg taten ihm die Füße weh, und die Steine waren eine schwere Last, und Stiefvater wirkte erst unzufrieden, dann zornig und schließlich ein wenig ängstlich.

»Rorrr«, ahmte er den Ruf eines Löwen nach. Er zeigte auf die Sonne und deutete mit Gesten an, sich unter dem Staub zu begraben.

Da bekam auch Tik-Tik Angst. Das war eine weitere Überraschung: dass Löwen und andere gefährliche Tiere in Tagesmarschweite von der Siedlung lebten. Aber wie groß war das sichere Gebiet? Wie viele Löwen gab es auf der Erde, und wie viele davon konnten Tik-Tik den Rückweg zur Siedlung abschneiden? Sich dies vorzustellen fiel ihm schwer; ihm fehlten die Worte, um es zu beschreiben.

Die Sonne sank immer tiefer, glitt hinter die Baumspitzen und dann hinter die Büsche, und die Tageshelligkeit machte der Dämmerung Platz. Tik-Tik war häufig in der Dämmerung draußen, jedoch (wurde ihm jetzt klar) immer nur eine kurze Strecke von der Siedlung entfernt. Nie so weit wie jetzt. Und nie in Erwartung von etwas Unbekanntem.

Stiefvater sog witternd die Luft ein und drängte ihn, schneller zu gehen. Tik-Tik gehorchte, ohne zu klagen, doch das, was Stiefvater roch, ging nicht weg. Und dann roch Tik-Tik es auch: ein Geruch wie von Urin, wie von Schakalen, Blut und dem Fleisch eines frisch gehäuteten Kaninchens. Ein Geruch, der keinem anderen Geruch glich, den er kannte.

Er hörte ein leises Grollen, und als er sich umdrehte, sah er in einiger Entfernung ein Tier. Es war viel größer als ein Schakal, und es näherte sich ihm und Stiefvater so anmutig und kraftvoll, wie Tik-Tik es noch nie gesehen hatte. Und auch diesmal wieder konnte er seine Gedanken nicht in Worte fassen, was alles noch erschreckender machte. War das ein Löwe?

Stiefvater stellte sich vor Tik-Tik, schwang den Speer und machte laute Geräusche. Das Tier hielt inne, als würde es nachdenken. Offenbar wog es die Vorzüge eines Angriffs auf den Mann und den Jungen gegen das Risiko ab, vom Speer durchbohrt zu werden. Es verstand anscheinend, dass der Kampf gefährlich wäre, obwohl es so stark war. Klüger wäre es gewesen, das Tier hätte Stiefvater angesprungen, als er ihm den Rücken zuwandte, doch dafür war es zu spät, und deshalb wog es mit kühlem Verstand und Geduld seine Chancen ab.

All das sah Tik-Tik in den Augen des Tieres und deutete es mit einer Art von starrem, wortlosem Entsetzen. Schließlich aber beschloss der Löwe, sich eine einfachere Mahlzeit zu suchen, und verschwand im Gebüsch.

»War das ein Löwe?«, fragte Tik-Tik mit bebender Stimme.

»Ja«, antwortete Stiefvater.

Sie gingen zurück zur Siedlung, ohne sich über den Vorfall zu unterhalten, doch inzwischen war es fast dunkel, und Tik-Tik hatte gelernt, Respekt vor der Dunkelheit und auch dem Tag zu haben, und er glaubte, dass er sich nie wieder ganz sicher fühlen würde.

Endlich so etwas wie langfristige Planung! Tik-Tik machte sich Sorgen um die Zukunft und tagträumte gleichzeitig davon, und wenngleich Tik-Tik sich dessen nicht bewusst war, spürte Harv bei ihm doch die ersten Regungen der Pubertät. Irgendwoher wusste er, dass Tik-Tik ein großer Reisender werden und seine Gene mit vielen Frauen teilen würde.

Trotz dieser Entwicklungen war Harv unzufrieden mit Tik-Tik und dessen Volk. Irgendwie schienen sie festzustecken. Hatten sie wirklich erst vor Kurzem, vor ein paar Generationen, die gesprochene Sprache erfunden? Oder komplexe *Sprache?*

Aber vielleicht war »erfunden« das falsche Wort. Hatte die »Sprechende Frau« eine machtvolle neue Kulturtechnik entwickelt oder von einem mutierten Gen profitiert, das eine bestimmte Entwicklung des Gehirns in Gang gesetzt hatte? Manches deutete auf Letzteres hin, denn warum hätten die Stummen sonst nicht ebenfalls sprechen lernen können? Aber war es wirklich so einfach? Konnte etwas so Komplexes wie die Sprache von einem einzelnen Gen herrühren, das sich innerhalb einer bestimmten Population ausbreitete?

Jedenfalls waren die Sprechenden Menschen den Stummen mit ihrem stotternden Baby-Talk um Lichtjahre voraus; sie ent-

wickelten bereits eine Kultur und eine Geschichte, was zuvor unmöglich gewesen war. Würde die explosive Zunahme an Wortkompetenz all die Werkzeuge und Bräuche der zukünftigen Menschen in aller Welt hervorbringen? Waren dies die Urgroßeltern von allen? *Sie hatten jedenfalls eine gewisse Ähnlichkeit mit den Bewohnern von Nog La, waren allerdings etwas kleiner, dünner und hatten eine rötlichere Haut.*

Und doch wirkte der Baby-Talk schrecklich beschränkt. Diese Ursprache förderte das Denken nicht nur, sondern kam ihm häufig auch in die Quere. Die Begegnung mit dem Löwen hatte Tik-Tik paralysiert, und zwar teilweise deshalb, weil er sie gedanklich nicht hatte einordnen können. Er hatte eine ausgeprägte Neigung zum Selbstgespräch, doch es fehlte ihm an Vokabular und Grammatik.

Während er am Rande der Pubertät taumelte, war sein Bewusstsein in vielerlei Hinsicht das eines Kleinkinds. Er konnte nur bis fünf zählen, und Harv hatte häufig den Eindruck, dass er das, wofür er kein Wort hatte, entweder nicht wahrnahm oder nicht sah. Und das galt für viele Dinge! Außerdem machte er kaum einen Unterschied zwischen Traum- und Wachleben und verstand nicht, dass in seiner Welt alles irgendwie mit allem verbunden war. Tik-Tik und die anderen Sprechenden Menschen wandelten umher wie in einer drogeninduzierten Trance oder wie Figuren eines Comics, bei dem viele Stellen der Realität verschwommen dargestellt oder ganz leer geblieben waren.

In dieser Hinsicht wirkten Stiefvater und die anderen Stummen weiterentwickelt im Vergleich mit den Sprechenden Menschen: Sie waren wacher, anmutiger, ruhten mehr in sich und in ihrer Umgebung. Wenn sie etwas nicht mit einer Geste, einem Grunzen oder einem einzelnen Wort ausdrücken konnten, fassten sie es auch nicht in Begriffe. Sie ließen sich von den

Erfahrungen und Empfindungen einfach durchströmen und reagierten angemessen darauf.

Deshalb war es kein Wunder, dass die beiden Gruppen sich bereitwillig miteinander paarten: die komplementären Vorzüge von Hirn und Muskelkraft, von Geschichtenerzählen und der Vitalität des Alpha-Zustands waren beide auf ihre Weise äußerst reizvoll. Wenn die Sprechenden Menschen irgendwie magisch waren, dann waren die Stummen animalisch. Oder die einen waren das Yin und die anderen das Yang. Oder linke und rechte Gehirnhälfte. So viele Metaphern passten darauf!

Harv wusste sehr gut, dass beim Cro-Magnon-Menschen ein paar tausend Generationen später an Orten wie Nog La beide Aspekte miteinander verschmolzen sein würden. Vermutlich hatte das gar nicht so lange gedauert. Wie lange dauerte es, bis eine rudimentäre Handelssprache zu einer lokalen Pidginsprache wurde und sich daraus eine eigenständige differenzierte Sprache mit klaren Regeln und Ausnahmen entwickelte? Drei Generationen? Fünf?

Dabei stand natürlich die Kenntnis realer Sprachen im Hintergrund und wirkte auf den Prozess ein. Für die Sprechenden Menschen war es sicherlich schwerer, denn sie konnten auf keine anderen sprachlichen Traditionen zurückgreifen als auf die grammatiklosen Rufe und Zeichen der Stummen. Aber war es tausend *Mal schwerer? Oder nur zehn Mal schwerer? Würde diese vernebelte, bruchstückhafte Traumzeit weitere hundert Jahre währen? Harv wusste es nicht. Im Moment aber waren die Stummen und die Sprechenden das, was sie waren, und sie lebten ihr Leben mit komplementären Stärken und Schwächen.*

»Du würdest gut daran tun, in der Nähe deines Stiefvaters zu bleiben«, dachte Harv, an Tik-Tik gerichtet. Dann lächelte er und formulierte seinen Ratschlag um. »Stiefvater sehr vernünftig. Tik-Tik folgen.«

3.4

Tik-Tik aber schenkte Harv ebenso wenig Gehör wie allen anderen. Er ging wieder zu Großvater, um ungeduldig und unter lautem Klagen zu lernen, wie man Speerspitzen anfertigte. Stiefvater hatte für ihn größere Brocken Feuerstein, Hornstein und Quarz gesucht, und Großvater brachte ihm bei, sie mit einem Steinhammer, einem Stanzer oder Meißel aus Holz, einem Handschuh aus Leder und viel Geduld zu bearbeiten. Die Speerspitzen dieser Leute waren gleichseitige Dreiecke – ganz anders als die länglichen blattförmigen Klingen von Nog La. Sie waren auch nicht besonders schwer, doch wenn man die eine Seite in das gespaltene Ende eines geraden, schweren Stocks klemmte und mit Sehnen umwickelte, veränderten sich die Aerodynamik und der Schwerpunkt, sodass man den Stock mit der Spitze voran mit ausreichender Treffsicherheit werfen konnte.

Großvater zeigte Tik-Tik auch, wie man Messer und Schaber herstellte, und schließlich, sozusagen als Abschlussdiplom, wie man einen Faustkeil anfertigte.

»Die sind nicht gut für die Jagd«, sagte Großvater, »aber man kann mit einem Faustkeil Holz, Knochen und Fleisch viel einfacher hacken als mit einem gewöhnlichen Stein.«

Und so kam es, dass Tik-Tik auf einmal ebenso gut ausgerüstet war wie jeder Mann und jede Frau in der Siedlung. Deshalb kam er sich wichtig vor, und die anderen Jungen seines Alters wurden neidisch. Bald darauf führten viele Väter ihre Söhne in die Hügel, wo sie nach Rohmaterial suchten, und Großvater – der schnell ermüdete und nicht viel Zeit aufbringen konnte – unterrichtete nun in Gruppen.

Um sich nicht ausstechen zu lassen, begann Tik-Tik ernsthaft zu jagen. Er hätte sich von einem Erwachsenen über die Besonderheiten dieser Tätigkeit unterrichten lassen können, doch er zog es vor, alles auf die harte Tour zu lernen, mittels Versuch und Irrtum. Und auf seine hartnäckige Art entwickelte er seine eigenen einzigartigen Tricks und Praktiken, die er irgendwann an andere weitergeben würde. Kaninchen zu erlegen fiel ihm nicht leicht, doch nach einiger Zeit brachte er große Vögel und Zwergziegen nach Hause.

Dabei entfernte er sich immer weiter von der Siedlung. Je weiter er kam, desto mehr nahm er sich vor Löwen in Acht, doch er übte seinen Mut, indem er Skorpione, Schlangen und schließlich Schakale jagte und erlegte und als Trophäen heimbrachte. Obwohl Tik-Tik nicht der Stärkste, der Schnellste oder der Klügste war, stand er bald im Ruf, der stürmischste aller Jungen zu sein – ein Titel, der ihm ausgesprochen gelegen kam.

Um sich ihrerseits nicht ausstechen zu lassen, hatten die Mädchen in Tik-Tiks Alter begonnen, am Rand der Siedlung ihre eigenen kleinen Häuser zu errichten. Harv betrachtete sie als Spielhäuser, doch den Mädchen war es ernst, und sie versuchten einander gegenseitig zu übertreffen, indem sie immer größere Behausungen bauten und die Außenwände mit Laub, Blumen und Kaninchenfellen schmückten.

Eines der Mädchen mit Namen !Ey-!Ey lud Tik-Tik eines

Tages in ihr Haus ein. Tik-Tik hatte seit Längerem nicht mehr an Mädchen gedacht; sie waren weder gut noch schlecht, so wie die Bäume, die keine Früchte trugen und nicht für die Herstellung von Speeren taugten, weder gut noch schlecht waren. Sie existierten einfach auf der Erde als Gegenstände, die man sah und denen man auswich; manchmal nutzte man vielleicht ihren Schatten, doch ansonsten beachtete man sie nicht.

An diesem Tag aber regte sich etwas unter Tik-Tiks Lendenschurz, und aus Gründen, die er nicht hätte erklären oder beschreiben können, bückte er sich bereitwillig und kroch in !Ey-!Eys kleine Behausung.

»Gefällt das Tik-Tik?«, fragte sie, breitete die Arme aus und zeigte auf die Innenwände des Hauses, die mit getrockneten weißen Blüten geschmückt waren.

»Mmm«, sagte Tik-Tik unverbindlich. Er hatte keine Meinung zu Häusern oder Blumen. Als !Ey-!Ey jedoch die Arme ausbreitete, wurde sein Blick von ihren Brüsten angezogen. Früher waren dies kleine braune Punkte auf ihrer Brust gewesen, nicht unterscheidbar von denen eines Jungen, doch nun standen sie ein wenig vor, beinahe wie die einer Frau. Wann war das passiert? Wieder regte sich etwas unter seinem Lendentuch. Da er kein Wort für das Gefühl hatte, achtete er nicht darauf, doch sein Körper reagierte trotzdem.

!Ey-!Ey schien das zu bemerken und krümmte sich schüchtern zusammen, bedeckte die Brüste mit dem einen Arm und das Lendentuch mit dem anderen.

»Kocht Tik-Tiks Blut?«, fragte sie misstrauisch.

»Nein«, antwortete Tik-Tik. Die Frage ärgerte ihn. Er wusste nicht, was der Ausdruck bedeuten sollte, und er hatte auch nicht mit einem unvernünftigen Mädchen hier sein wollen. »Warum hat !Ey-!Ey Blumen auf die Wände getan?«

Die Frage wunderte sie anscheinend. »Blumen sind schön. Warum bringt Tik-Tik tote Schlangen heim?«

»Schlangen sind gefährlich«, antwortete Tik-Tik. Als ihm klar wurde, dass die Unterhaltung nicht vernünftiger werden würde, sagte er: »Tik-Tik will nicht hierbleiben. Tik-Tik will heute jagen.«

»Mmm«, sagte !Ey-!Ey.

»Tik-Tik jagt gut.«

»Mmm.«

»Tik-Tik geht jetzt.«

Er richtete sich auf und ging.

In den nächsten Tagen stellte er jedoch fest, dass die anderen Mädchen auf ihn zeigten und kicherten, wenn er vorbeikam. Das irritierte ihn, doch er war sich nicht sicher, was ihn daran ärgerte. Es war verboten, ein Mädchen zu schlagen oder mit ihm zu ringen, und er wusste nicht, was er ihnen sagen sollte, damit sie damit aufhörten.

Schließlich ging er verärgert zu !Ey-!Eys kleinem Haus, um sie zur Rede zu stellen. Er hatte gesehen, dass sie hineingegangen war, deshalb folgte er ihr und riss die kleine Tür aus Kaninchenfell auf.

Erschreckt bedeckte !Ey-!Ey Brüste und Lendentuch mit den Armen.

»Warum lachen Mädchen über Tik-Tik?«, wollte er wissen.

Nach kurzem Überlegen antwortete sie: »Mädchen wissen, Tik-Tik war hier. Mädchen wissen, Tik-Tik hat !Ey-!Eys Körper angeguckt.«

Tik-Tik spürte, wie seine Mundwinkel und die Mitte der Stirn nach unten gezogen wurden. »Woher wissen das Mädchen?«

»!Ey-!Ey hat es ihnen gesagt.«

»Warum hat !Ey-!Ey es ihnen gesagt?«

»Mmm. Mmm. !Ey-!Ey weiß nicht. !Ey-!Ey wollte jemandem erzählen.«

Tik-Tik dachte darüber nach. Er sah eigentlich keinen Grund, irgendjemandem irgendetwas zu erzählen, es sei denn, es hatte mit Jagen, Speeren, Schlangen, Löwen oder weiten Wegstrecken zu tun. Und weshalb Mädchen darüber reden sollten, dass jemand ihren Körper anguckte, konnte er sich überhaupt nicht vorstellen. Das war nicht vernünftig.

»Warum bedeckt !Ey-!Ey !Ey-!Eys Brüste und Lendentuch?«, fragte er schließlich.

»Mmm. Mmm. !Ey-!Ey weiß nicht.«

»Mach das nicht.«

»Was?«

»!Ey-!Ey hat Tik-Tik gehört. !Ey-!Ey soll nicht !Ey-!Eys Brüste und Lendentuch bedecken.«

Er wartete ab, ob sie die Arme bewegen würde. Langsam tat sie es, hatte den Blick aber niedergeschlagen.

»Warum will Tik-Tik !Ey-!Eys Körper sehen?«, fragte sie leise.

»Mmm. Tik-Tik weiß nicht.«

»Kocht Tik-Tiks Blut?«

»Nein«, antwortete er. Doch er streckte die Arme aus und berührte sie. Er betastete ihren Hals, ihre Brüste, ihre Hüfte, ihre Beine.

Sie schnappte nach Luft und dann stöhnte sie, und dann wich sie zurück und sagte: »Vorsichtig. !Ey-!Ey wollte lange Tik-Tik in ihrem Haus haben. Jetzt ist Tik-Tik da, und !Ey-!Eys Bauch gibt keine Ruhe.«

Eher neugierig als begehrlich berührte er sie erneut und ertastete den Knoten, der ihr Lendentuch festhielt. Mit den Fingern löste er den Knoten. Er schob ihr die Lippen entgegen, um sie zu küssen.

»!Ey-!Eys Blut kocht«, flüsterte sie und tastete nach seinem Knoten.

Sie blieben eine ganze Weile im kleinen Haus, und von da an machte Tik-Tik es sich zur Gewohnheit, es jeden Morgen und jeden Abend aufzusuchen. Er hatte keinen Erwachsenen deswegen um Rat gefragt, doch anscheinend wusste er, was zu tun war, und was er nicht wusste, das wusste anscheinend !Ey-!Ey. Und was beide nicht wussten, fanden sie mittels Versuch und Irrtum heraus.

Die anderen Mädchen lachten und zeigten, doch das war Tik-Tik jetzt egal. Andere Mädchen waren unvernünftig. Andere Mädchen wollten auch einen Jungen im Haus, und eine nach der anderen erfüllten sie sich den Wunsch.

Das sprach sich in der Siedlung herum. Eines Tages fragte Großmutter Tik-Tik: »Macht Tik-Tik etwas mit !Ey-!Ey, was Tik-Tik nicht tun sollte? Tik-Tik ist zu jung, um sich mit Mädchen zu wälzen. !Ey-!Ey ist zu jung, um sich mit Jungen zu wälzen.«

»Tik-Tik macht gar nichts«, erwiderte er. Es scherte ihn nicht, was Großmutter dachte. Es scherte ihn nicht, was irgendjemand dachte.

Und als Tik-Tik eines Tages endlich ein Kaninchen erlegte, sagte !Ey-!Ey: »!Ey-!Ey mag Kaninchen. Tik-Tik soll Feuer machen und das Kaninchen für !Ey-!Ey braten.«

Damit kannte Tik-Tik sich noch nicht aus, und deshalb ging er zu Großvater und fragte ihn so leise und verstohlen, wie er es vermochte, wie man Feuer machte. Tik-Tik kannte das Ende des Vorgangs: Mutter rieb zwei Stöcke aneinander, bis eine Flamme entstand, doch die Stöcke waren ganz unterschiedlich geformt, und er wusste nicht, wie man sie herstellte.

Großvater brachte ihm bei, einen guten, trockenen Stock zu suchen und ihn in der Mitte mit dem Faustkeil zu spalten, mit dem Messer zu bearbeiten und die Späne auf einen kleinen Haufen zu legen. Großvater brachte ihm bei, einen kleineren trockenen Stock zu suchen, ihn mit dem Messer am Ende abzuflachen und zu einer Art Speermesser zu formen. Dann sollte er den großen Stock in den Staub stecken, ihn mit dem kleineren Stock reiben, bis er zu rauchen begann, die rauchende Asche auf die Holzspäne häufen und vorsichtig pusten, bis sie Feuer fingen.

Bei Großvater wirkte das alles ganz einfach, und es wurmte Tik-Tik sehr, dass er nicht einfach losmarschieren und es nachahmen konnte. Stattdessen sah er Großvater tagelang dabei zu, und dann dauerte es noch ein paar Tage, bis ihm das Feuermachen bei jedem Versuch gelang.

Schon bald aber stellte er Feuerstöcke für !Ey-!Ey her und zeigte ihr, wie man sie benutzte, und er brachte ihr Kaninchen, und die anderen Jungen und Mädchen wurden blass vor Neid. Wieder wurde Großvater von Bittstellern belagert. Doch dann auf einmal starb Großvater und wurde im Staub begraben, ein ganzes Stück von der Siedlung entfernt, und die Jungen mussten nun ihre eigenen Mütter und Väter um Hilfe bitten. Sie wandten sich auch an Tik-Tik, doch Tik-Tik wollte ihnen nicht helfen. Weshalb hätte er das tun sollen?

Dann brachte Mutter eines Tages einen kleinen Jungen zur Welt. Er schrie die ganze Zeit, und Mutter gurrte ständig und machte viel Aufhebens um ihn, während Tik-Tik leer ausging, sodass er schließlich dauerhaft in !Ey-!Eys kleines Haus umzog. Sie tat das Gleiche, und eine Zeit lang lebten Tik-Tik und !Ey-!Ey beinahe wie ein verheiratetes Paar zusammen.

Bald aber begannen sie zu streiten. Wenn Tik-Tik sie anfassen wollte, schob sie seine Hand weg, anstatt sich mit ihm zu wälzen, und sagte: »Tik-Tik soll !Ey-!Ey lieber von Tik-Tiks Tag erzählen.« Oder sie erzählte Tik-Tik von *ihrem* Tag, und das war noch langweiliger als Mutters Geschichten, denn anscheinend ging !Ey-!Ey niemals irgendwohin, sondern entfernte sich höchstens ein paar Schritte von der Siedlung.

Tik-Tik beklagte sich über dies und jenes und verlangte von ihr, sich mit ihm zu wälzen, und wenn sie sich weigerte oder mit einer neuen langweiligen Geschichte anfing, schrie er sie an oder sie ihn, und dann stritten sie sich wieder. »!Ey-!Ey sollte stumm sein!«, sagte er mehr als einmal zu ihr. »Tik-Tik würde !Ey-!Ey lieben, wenn sie stumm wäre!« Und sie sagte: »Tik-Tik *ist* stumm! Tik-Tik redet nicht, schreit nur. Tik-Tik will immer nur jagen oder anfassen und sich wälzen und essen und furzen und schlafen.«

Es wurde so schlimm, dass Tik-Tik wieder im Haus seiner Mutter schlief, auch wenn er dort so wenig Zeit wie möglich verbrachte. Stattdessen wanderte er umher. Er sammelte in den Hügeln Steine zum Behauen und Speerholz von den Bäumen, und manchmal jagte er Affen und Schweine an einem sehr großen Wasserloch. Unterwegs begegnete er vielen Menschen, Sprechenden und Stummen. Er begegnete auch vielen *Frauen*, und wenn er ihnen sagte, sie hätten schöne Augen oder glatte Beine oder ihnen vorsang, fühlten sich viele zu ihm hingezogen und wälzten sich mit ihm an Ort und Stelle im Staub, oder sie luden ihn in ihr Haus oder Spielhaus ein, wo er manchmal tagelang blieb, bis er weiterzog. Auf vielen Erden und in vielen Siedlungen war er nicht nur bekannt als leidenschaftlicher Jäger, sondern galt als einer, der sich mit ihren Frauen wälzte und nie danach fragte, ob sie verheiratet waren oder jemanden liebten. Dem es egal war, ob sie älter oder jünger waren als er oder wie sie aussahen.

Bei einem seiner seltenen Aufenthalte zu Hause schenkte Großmutter ihm eine Halskette mit dem hellsten blauen Stein, den er je gesehen hatte.

»Tik-Tik ist jetzt wohl Mann«, sagte sie. »Großmutter findet, Tik-Tik ist zu jung, um Mann zu sein, aber andere Frauen sehen das anscheinend anders.«

»Ja«, sagte er.

Ziemlich selbstgefällig, fand Harv.

»Männer tragen Schmuck«, sagte sie, legte ihm die Kette um den Hals und verknotete den Lederriemen im Nacken. Dann: »Die Perle ist weich. Geh vorsichtig damit um, sonst bekommt sie Risse und fällt ab. Auch der Riemen kann reißen, der Knoten kann sich lösen. Wenn Tik-Tik Mann ist, muss Tik-Tik auf solche Dinge achten. Tik-Tik sollte auch Tik-Tiks Lendenschurz mit rotem Ocker oder schwarzer Kohle färben oder mit grünem Gras einreiben.«

»Tik-Tik wird das tun«, sagte er, denn ihm wurde klar, dass er lieber einen Lendenschurz für Männer als einen für Jungen tragen wollte. »Und Tik-Tik wird gut darauf achten.« Er betastete die Perle und hatte Empfindungen, die er nicht in Worte fassen konnte.

Draußen in der Welt aber behandelte er die Perle dennoch grob und dachte nicht daran, wenn er auf Bäume kletterte, durchs Gebüsch streifte oder sich auf Schaufeln und Stanzen aufstützte.

Er war immer länger unterwegs, und irgendwann entdeckte er ganz von allein die Siedlung, in der sein Vater und seine Schwester lebten. Beide sahen anders aus, als er sie in Erinnerung hatte. Vater war mit einer Stummen Frau verheiratet, und inzwischen kannte auch Tik-Tik deren Reiz. Vater und Stumme Frau hatten aber keine gemeinsamen Kinder, und Vaters Haut war schrumpelig, und er war träge geworden. Er sah aus wie ein Großvater und bewegte sich auch so.

Auch Tik-Tiks Schwester !Ibi hatte sich verändert. Sie war kein Mädchen mehr, sondern eine Frau und lebte mit einem Sprechenden Mann zusammen, der anscheinend niemals still war, nicht einmal im Schlaf. Sie waren nicht verheiratet, hatten aber ein kleines Mädchen und einen Jungen, und das Mädchen und der Junge waren auch niemals still, und Tik-Tik hielt es bei ihnen nicht aus.

Dies alles machte Tik-Tik sehr traurig, denn die Familie, an die er sich erinnerte, gab es nicht mehr, und die, die es gab, wollte er nicht oder wusste nichts damit anzufangen. Er besuchte sie viele Male, dann beschloss er, damit aufzuhören, denn die Besuche machten ihn nicht glücklich. Und ging es im Leben nicht darum, glücklich zu sein?

Und so wanderte er weiter umher und wälzte sich mit möglichst vielen Frauen im Staub. Das machte ihn glücklich. Oder jedenfalls *glaubte* er, dass es ihn glücklich machte, bis er eines Tages !Ey-!Ey vor einem Apfelbaum stehen sah, mit einem Gesichtsausdruck, den Harv als *nachdenklich* beschrieben hätte.

»Warum steht !Ey-!Ey vor dem Baum?«, fragte Tik-Tik.

Sie schaute hoch, sah ihn und wandte sich abweisend ab. »Warum kümmert es Tik-Tik, was !Ey-!Ey tut?«

Tik-Tik betrachtete den Baum und bemerkte die Schlange.

»Fass Baum nicht an«, sagte er. »Schlangen sind gefährlich.«

»!Ey-!Ey schert sich nicht um Gefahr. !Ey-!Ey will Äpfel.«

»Fass Baum nicht an!«

!Ey-!Ey aber trat vor, streckte die Hand aus und pflückte einen Apfel von einem der unteren Zweige, nicht weit vom Kopf der Schlange entfernt.

»!Ey-!Ey hört nicht auf Tik-Tik«, sagte sie und biss in den Apfel.

Das verwunderte Tik-Tik. Er war fertig mit !Ey-!Ey und hatte sich anderen Frauen zugewandt. Vielen anderen Frauen. Und Tik-Tik wusste von mindestens einem anderen Mann, dem !Ey-!Ey sich zugewandt hatte. Als *das* passiert war, hatten die Mädchen auf ihn gezeigt und gekichert!

»Was ist los?«, fragte er.

»Nichts«, sagte sie, biss herzhaft in den Apfel und warf den Rest auf den Boden.

»Ist !Ey-!Ey nicht glücklich mit Cort?«

»Es geht Tik-Tik nichts an, ob !Ey-!Ey glücklich ist.«

Er verstummte. Anscheinend war sie ihm immer noch böse. Er wusste, dass er ihr wehgetan hatte, aber weshalb litt sie noch immer? Tik-Tik war weg. Tik-Tik fasste sie nicht mehr an, stritt sich nicht mehr und schlief und furzte nicht mehr in ihrer Gegenwart.

»*Bitte* fass den Baum nicht an«, wiederholte er und ging auf sie zu.

»Keinen Schritt weiter«, sagte sie. »!Ey-!Ey ist nicht glücklich mit Cort. !Ey-!Ey ist nicht glücklich mit Mik. !Ey-!Ey ist mit *niemandem* glücklich. !Ey-!Ey ist vor allem mit Tik-Tik nicht glücklich.«

Sie langte nach einem weiteren Apfel und wurde von der Schlange gebissen. Sie zog die Hand zurück, doch es war bereits zu spät.

»Nicht!«, schrie Tik-Tik sie an.

»Siehst du?«, sagte sie und hielt die Hand hoch. Zwei Blutstropfen zeichneten sich darauf ab.

»Handlungen haben Folgen«, sagte !Ey-!Ey und brach im Staub zusammen.

Tik-Tik musste seinen Speer und das Bündel mit dem Messer, dem Faustkeil und dem Straußenei zurücklassen, damit er !Ey-!Ey zur Siedlung tragen konnte.

»Warum trägt Tik-Tik !Ey-!Ey?«, fragte sie nach einer Weile.

»Weil Tik-Tik nicht will, dass !Ey-!Ey stirbt«, antwortete er.

Worauf sie sagte: »Ob !Ey-!Ey stirbt, hat nichts damit zu tun, dass !Ey-!Ey irgendwohin getragen wird.«

Tik-Tiks Bauch gab keine Ruhe. Tik-Tiks Stirn wurde nicht trocken. Es wehte ein schwacher Wind über die Erde, der ein wenig Staub aufwirbelte. Tik-Tik blinzelte, konnte sich aber nicht die Augen reiben. Tränen liefen ihm über die Wangen.

Irgendwann sagte sie: »!Ey-!Ey hat nicht erwartet, dass es so wehtut.«

»Niemand weiß, wie sehr Schlangenbisse wehtun«, sagte Tik-Tik mit sanfter Stimme. »Erst dann, wenn sie gebissen werden.«

Etwas später sagte sie: »!Ey-!Ey hat geglaubt, !Ey-!Ey hätte mehr Zeit. !Ey-!Ey hat geglaubt, !Ey-!Ey könnte nach Hause laufen und einschlafen.«

Worauf Tik-Tik erwiderte: »!Ey-!Ey sollte ihre Kraft aufsparen. !Ey-!Ey kann in Tik-Tiks Armen schlafen.«

»Mmm. Mehr hat !Ey-!Ey nicht gewollt.«

Es war ein weiter Weg zurück zur Siedlung, und sie legten ihn schweigend zurück.

3.5

Anschließend war für Tik-Tik nichts mehr wie vorher. Obwohl !Ey-!Eys Eltern und Schwestern ihm keine Schuld an dem Vorfall gaben, fühlte er sich dennoch schuldig.

»!Ey-!Eys Bauch war traurig«, sagten sie. »!Ey-!Ey hatte schon Traurigkeit in sich, bevor Tik-Tik !Ey-!Ey angefasst hat. Als Tik-Tik fortging, wurde sie noch trauriger, aber das ist nicht Tik-Tiks Schuld.«

Er aber entgegnete: »Tik-Tik hat !Ey-Ey schlecht behandelt. Tik-Tik hat viele Menschen schlecht behandelt, und Handlungen haben Folgen.«

Und das konnten sie nicht abstreiten. Das konnten sie nicht so einfach abtun. Im Geiste gaben sie Tik-Tik eine Mitschuld. Die Schuld, die er sich gab, wog jedoch schwerer. Er dachte lange und gründlich nach über das, was !Ey-!Ey zu ihm gesagt hatte: dass er nicht redete, sondern nur herumschrie. Dass er wegen dem, was er mit seiner Stimme anderen Leuten antat, ebenso gut stumm sein könnte. Hätte er sie mit Worten retten können? Hatte er sie mit seiner Berührung irgendwie zum Untergang verdammt?

Und er fragte sich: Warum vermisste er sie jetzt? *Jetzt*, da sie fort war, im Staub begraben? Warum regte sich *jetzt* die Liebe in ihm, nach der sie sich so verzweifelt gesehnt hatte, als sie noch lebte? Konnte ein Mann eine Frau lieben, die nicht mehr da war? Er blieb lange in Mutters Haus, ohne zu reden. Und dann, als er wieder hervorkam, baute er sich ein eigenes Haus – ein richtiges Haus – und redete noch immer nicht. Und dann suchte er Speer, Messer, Faustkeil und Straußenei, und als er sie nicht mehr fand, sorgte er für Ersatz.

Er suchte Steine in den Hügeln, suchte bei den Bäumen nach Holz und im Gebüsch nach Bälgen und Fäden. Er fertigte einen Faustkeil mit Holzgriff an, ein Messer mit einem Holzgriff und einen Speer mit großer Steinspitze, und er nähte Lederscheiden, damit er sich nicht an den scharfen Klingen verletzte. Er verwendete viele Tage auf die Herstellung der Werkzeuge und bekam dafür viel Lob, denn in gewisser Weise waren dies die besten Werkzeuge, welche die Sprechenden Menschen je gesehen hatten, und sie wurden von vielen nachgemacht.

Das Straußenei bereitete jedoch die meiste Mühe, und er musste viele Tage umherstreifen, bis er ein Nest fand. Als er es gefunden hatte, vertrieb er zunächst die Mutter, dann wählte er die Eier mit der dicksten Schale aus und brachte sie einer Frau in einer nahe gelegenen Siedlung, die es besonders gut verstand, runde Löcher in frische Eier zu bohren und das klebrige Zeug herauszuholen. Dann ging er zu einer anderen Frau, die sich besonders gut auf die Herstellung von Holzkorken verstand, mit denen man ein wassergefülltes Ei verschließen konnte. Er ging zu einer dritten Frau, die sich besonders gut auf die Herstellung von Tragebeuteln mit einer Schlaufe verstand, durch die man den Speerschaft schieben konnte.

Mit diesen Frauen wälzte er sich nicht im Staub und auch nicht mit den anderen Frauen, denen er auf diesen

Wanderungen begegnete, nicht einmal dann, wenn sie ihn ansprachen. Manchmal nannten sie ihn beim Namen, denn sein Gesicht, seine Perlenhalskette und sein rot-schwarzer Lendenschurz waren inzwischen bekannt. Doch er näherte sich den Frauen nicht, die ihm zuriefen, sondern sagte nur: »Handlungen haben Folgen. Tik-Tik möchte in dieser Sache nichts unternehmen. Tik-Tik wünscht allen einen schönen Tag.«

Er lebte allein in dem Haus, das er sich gebaut hatte, und irgendwann wurde ihm einsam, und er verspürte den Wunsch zu reden. Deshalb besuchte er die Häuser seiner Nachbarn, brachte ihnen Kaninchen und Zwergziegen, Vögel und sogar Schakale mit. Und abends setzte er sich zu ihnen ans Feuer, lauschte den Geschichten und versuchte irgendwann, zum ersten Mal seine eigene Geschichte zu erzählen, die Geschichte von Vater und Mutter, Stiefvater, Großmutter und auch Großvater, der ihm beigebracht hatte, Steine zu bearbeiten, und dann gestorben war.

Und dann begann sein rastloser Bauch sich nach einer anderen Art von Reise zu sehnen, und obwohl diese Erde noch lange nicht erschöpft war und es keinen Grund gab, weiterzuziehen oder die Bevölkerung aufzuteilen, sagte er: »Tik-Tik will eine neue Erde suchen und eine neue Siedlung errichten. Tik-Tik hat hier viele Fehler gemacht. Tik-Tik hat *überall* Fehler gemacht. Tik Tik glaubt, dass Tik-Tik nicht unter Menschen leben sollte, denen er wehgetan hat, und will mit jetzigem Wissen neu anfangen und es besser machen.«

Zunächst trafen seine Worte auf keine große Resonanz, denn Tik-Tik war bekannt als ein Mann mit wechselhaften Vorlieben und Stimmungen. Tik-Tik aber ließ nicht locker, und mit der Zeit wurde den Menschen klar, dass er es ernst meinte. Sie begriffen, dass er sie fragte, ob jemand mit ihm gehen und mit jetzigem Wissen ein neues Leben beginnen wolle.

Als Erstes schloss sich ihm eine Stumme Frau an, die sich als Kind mit dem zweifachen Klicklaut angefreundet hatte, der »Komm her« bedeutete, und die glaubte, dies sei ihr Name. Ihr Geburtsname war Maya, doch sie konnte ihn kaum aussprechen, und niemand nannte sie so. Deshalb hieß sie Komm Her, was bei anderen Leuten häufig Gelächter hervorrief.

»Komm Her, komm her«, sagte sie, und sie verstand den Scherz und stimmte in ihr Gelächter ein.

Der Zweite war ein Sprechender Junge an der Schwelle zur Mannbarkeit, dessen Vater fortgegangen und dessen Mutter gestorben war. »Hier ist keine Familie mehr«, sagte er. »Die Erinnerungen sind schlecht. Es gibt keinen Grund hierzubleiben.«

Die Dritte war eine Sprechende Frau, die mitten in einer unglücklichen Scheidung steckte. Sie sagte: »Dow-Dow glaubt, ihm gehört Frau so wie Speer oder Faustkeil. Niemand besitzt. Niemand gehört.«

Als Nächstes meldete sich ein Kindheitsfreund von Tik-Tik, ein Junge, der einmal der stärkste in der ganzen Siedlung gewesen war. Auch heute noch war er einer der stärksten Männer.

Anschließend meldeten sich viele, und eines Tages brachen sie alle auf und wanderten zu einer viele Tagesreisen entfernten Erde, die an einem Wasserloch lag.

Das Leben dort war nicht einfach: Flusspferde und Krokodile machten das Wasser unsicher, und Antilopen (die sich gut jagen ließen und ausgezeichnet schmeckten) lockten manchmal Hyänen an, die sie töten oder vertreiben mussten. Dort gab es Mongongobäume, aber keine Äpfel und Feigen mehr, und es regnete seltener, sodass es auch weniger Yamswurzeln zum Ausgraben gab und weniger Gras für die Dächer. Die Menschen beklagten sich häufig bei Tik-Tik, als wäre er verantwortlich für das Wetter, und manchmal äußerten welche den Wunsch, in die alte Siedlung zurückzukehren.

»Niemand hält euch hier«, sagte Tik-Tik zu ihnen. »Aber nach Hause zurückzukehren ist nicht so, wie ihr glaubt. Euer Zuhause ist nicht mehr derselbe Ort. Menschen ziehen weg, sterben, heiraten und bringen Kinder zur Welt. Menschen *verändern* sich. Wie sollte das Zuhause da gleich bleiben? Zuhause wird in Geschichten am Feuer erzählt. Zuhause ist hier.« Er legte die Hand auf den Bauch, von dem die Sprechenden Menschen glaubten, darin wohne das Bewusstsein und die Seele, denn so nahmen sie es wahr.

Als sie sich in der Siedlung eingewöhnt hatten, heirateten Tik-Tik und Komm Her mit einer schlichten Zeremonie, und mit der Zeit gebar sie ihm mehrere Söhne, und er stellte fest, dass er noch immer Liebe – so viel Liebe! – für lebende Menschen empfinden konnte.

In der neuen Siedlung hatte jede Familie ihr eigenes Haus, doch es gab auch ein großes Haus, in dem sie sich jeden Abend trafen, um zu essen, zu singen und Geschichten zu erzählen. Und hier erzählte Tik-Tik nicht nur seine eigene Geschichte, sondern auch die von Sprechender Frau. Und weil sein Bauch nie so ganz über !Ey-!Ey hinweggekommen war, erzählte er häufig auch deren Geschichte. Und jetzt, da er endlich seine Stimme gefunden hatte, wurde er bekannt als großer Geschichtenerzähler, so wie er zuvor als großer Werkzeugmacher bekannt geworden war und davor als großer Frauenliebhaber und davor als stürmischster aller Jungen. Und er erzählte die Geschichten beider Frauen so fesselnd, dass sie später miteinander verschmolzen, bis nahezu alle Fakten verloren gegangen waren, sodass die Menschen sich nur erinnerten, dass eine Frau, die ihrer aller Mutter war, auch die Erste gewesen war, die gesprochen hatte, und dass eine Schlange in einem Apfelbaum sie gebissen hatte. Und dass ein Mann sie nicht hatte schützen können, obwohl er sie auf seine unvollkommene Weise und aus der Ferne geliebt hatte.

Universität von Colorado, Technikzentrum
Boulder, Colorado
– Gegenwart

Als Harv schlief oder krampfte oder was auch immer in der Notaufnahme vor sich ging, hielt Tara Patels Hand. Sie waren sich im Lauf des Experiments doch ein Stück nähergekommen. Jetzt waren sie im Wartezimmer und saßen auf unbequemen Plastikstühlen mit unbequemen Holzlehnen, und überall lagen Zeitschriften herum.

»Ich bin sicher, er wird wieder gesund«, sagte Patel ohne jede Grundlage.

»Ich weiß«, sagte sie ebenso unbegründet.

Seine Hand fühlte sich gut an, und obwohl sie sich nicht dazu bringen konnte, sie loszulassen, war sie sich doch bewusst, dass es ihm lächerlich vorkommen musste. Sie war ein wandelndes Klischee, eine Postdoktorandin, die sich in ihren älteren Professor verliebt hatte. Wollte sie jetzt das Klischee abrunden, indem sie mit Jungen in ihrem Alter flirtete? *Aiyo*, Amerika hatte wirklich eine Närrin aus ihr gemacht.

Patel war der Sohn von Pächtern eines Senfbauernhofs im ländlichen Madhya Pradesh, der landumschlossenen Mitte Indiens. Er war Hindu, sprach aber Urdu. Wahrscheinlich stammte er von der Sudra-Kaste ab und hatte oberflächlich betrachtet wenig gemeinsam mit einem Mädchen vom Lande aus Chennai. Dass ihr Elternhaus über einen

Swimmingpool und drei Hausangestellte verfügt hatte, machte sie zwar lediglich zu einer Vertreterin der Mittelklasse, doch es war trotzdem eine andere Welt gewesen. Sie hatte keine Ahnung, wie Patel an die CU gefunden hatte oder wie sein Studium und alles andere bezahlt worden war. Und das zählte auch nicht, denn hier in Boulder war er ein Akademiker, eine Art Brahmane im Larvenstadium, der sich mit wegweisender Forschung beschäftigte. Hier in Boulder waren sie beide einfach nur Inder – alle Unterschiede wurden in diesem einen Wort komprimiert und aufgehoben, als stammten sie beide aus derselben Kleinstadt.

»Dieser Tag wird über den Rest unseres Lebens entscheiden«, sagte sie zu ihm.

»Nobelpreis«, sagte er und drückte ihr die Hand.

»Vielleicht. Aber es wird hart werden. Niemand wird ihm glauben.«

»Mmm. Glaubst du ihm?«

»Ich weiß nicht«, sagte sie. »Du?«

»Ja, allerdings. Ich kenne das Gerät in- und auswendig. Ich weiß, wie es funktioniert, und ich habe immer gedacht, dass Harv seine Fähigkeit, Informationen direkt an den Hippocampus zu übermitteln, unterschätzt. Das ist das Gleiche, als würde man sich erinnern. Er hat mich eingestellt, weil ich Quantenmechanik *und* Neuroanatomie studiere, aber er stellt mir nur selten Fragen.«

»Mmm.«

Auf seine bedächtige Art sagte Patel: »Er ist ausgesprochen impulsiv, Tara, aber seine Theorie ist stichhaltig. Das war sie schon immer. Glaubst du etwa, ich würde mein Leben ruinieren, indem ich mich an einen Verrückten kette? Bei ihm promovieren die Studenten viel schneller als bei vielen anderen Professoren; davon könnte ich mich nicht mehr erholen. Bloß drei wilde Jahre, und dann den Doktor in Verrücktheit machen. Nein, danke.

Das Problem dabei ist, jemanden zu finden, der bereit ist, die Ergebnisse zu bestätigen. Ich muss zugeben, das ist kein vielversprechender Anfang. Das Publizieren ist keine große Sache; wenn wir das Material in mehrere Artikel aufteilen, mildern wir ein bisschen den Schock. Das würde es den Leuten leichter machen, das alles zu akzeptieren. Ja, das Y-Chromosom ist ein Quantenspeicher. Ja, sein Inhalt lässt sich auslesen. Ja, sein Inhalt lässt sich mit etwas Aufwand auf ein menschliches Gehirn übertragen. *Dann* rücken wir mit den Einzelheiten heraus, mit Manu und all dem. Das ist machbar. Bei einigen Artikeln dürfen wir bestimmt sogar als Hauptautoren auftreten. Darauf wird er bestehen.

Aber die Wiederholung ist eine andere Sache, Tara. Offenbar können wir nicht jemandem ein ganzes Quantom ins Gehirn knallen. Wir müssen einen Weg finden, es in verdauliche Einzelteile aufzuspalten, und selbst das ist heikel, wenn man bedenkt, was vorgefallen ist. Wenn ich über die Verschränkungen nachdenke, dann bezweifle ich, dass jemand jemals die gleichen Ergebnisse erzielen wird. Es wird sich niemand finden, der das untermauern kann, verstehst du? Selbst wenn zwei Forscher die gleiche Abstammungslinie aufweisen, wird die Wellenfunktion jeweils an verschiedenen Zeitpunkten zusammenbrechen.«

»In Vergangenheit und Gegenwart?«

»Jetzt liegen sie beide in der Vergangenheit, aber ja. Der hyperdimensionale Raum kann sie nur durch … na ja, im Grunde nur durch ein Wurmloch verbinden. Ein Höhlenmensch ist mit einem Forscher verbunden, und das war's dann. Es ist bloß schade, dass *diese* Erinnerungen an jemanden geraten sind, der nicht darauf vorbereitet war, sie zu bewerten. Daran habe ich nicht gedacht. Wir hätten das Experiment ganz anders aufziehen sollen.«

Tara bemühte sich, das zu verstehen. Sie ließ Patels Hand los und rieb sich die Augen. Es war fast Mittag, und sie war bereits todmüde.

»Dann ist es also wahr?«, fragte sie.

»Meiner Meinung nach, ja.«

Nach kurzer Pause sagte sie: »Das macht das, was jetzt kommt, nicht einfacher.«

»Nein, natürlich nicht. Aber ich habe einen verrückten Onkel, und was der sagt, klingt weniger vernünftig. Harvs Schilderungen sind in sich schlüssig, und wir verfügen über die erforderliche Mathematik und Biologie, um sie zu untermauern.«

»Wir müssen auch die Archäologie einbeziehen«, sagte sie. »Jemand muss sich die Artikel ansehen und sagen, wo wir nach Bestätigungen suchen sollen.«

»Ja, nach allem, was unsere Ereignisse stützt. Als Isaac Newton seine Gravitationstheorie veröffentlicht hat, verfasste er ein ganzes Buch, das auf alle möglichen Einwände einging.«

»Hmm.«

Eine Weile schwiegen sie. Schließlich fasste sie ihre Befürchtungen in Worte. »Die Krampfanfälle dauern immer länger.«

»Im Moment scheint es so.«

»Das ist bestimmt nicht gut für ihn.«

»Ja, aber die Behandlung hat früh eingesetzt. Ich glaube sie geben ihm Beruhigungsmittel. Bei den Gehirnscans wird eine Entzündung in der Region des Hippocampus sichtbar werden, da das Gehirn versucht, sich neu zu vernetzen, aber die Schwester hat gesagt, er würde Kortikosteroide bekommen. Deshalb sollte sich sein Zustand bald bessern.«

Schließlich tauchte eine dunkelhaarige Krankenschwester auf und sagte: »Er ist wieder bei Bewusstsein und fragt nach Ihnen.«

»Ach, Gott sei Dank. Wie geht es ihm?«

»Er ist desorientiert«, antwortete die Schwester.

»Ist das normal?«

»Das könnte so sein, aber das soll Ihnen besser die Ärztin erklären.«

Sie traten durch die Doppeltür, bogen um eine Ecke und schoben einen Vorhang beiseite. Eine junge Ärztin stand neben dem Krankenbett. Sie war hellhäutig, hatte braunes Haar und blassgrüne Augen. Über dem himmelblauen Pullover trug sie einen weißen Kittel mit dem aufgestickten Namen Dr. Steph. Die Deckenbeleuchtung war ausgeschaltet.

»Es hat sich angehört wie Kleinkindersprache«, sagte Harv gerade. »Die Entstehung der Sprache. Ich glaube, das war tatsächlich Eden.«

»Fünf Milligramm Diazepam«, sagte die Ärztin zur Krankenschwester.

»Wie geht es ihm?«, fragte Tara, ohne auf Harvs Gebrabbel einzugehen.

Die Ärztin schüttelte ihr die Hand und sagte: »Hi. Ja, er befindet sich im postiktalen Stadium, wie wir sagen, typisch nach einem Krampfanfall. Er zeigt Anzeichen von Verwirrung und Erschöpfung und hat uns gebeten, die Beleuchtung auszuschalten. Das ist alles relativ normal. Diese Phase dauert für gewöhnlich weniger als dreißig Minuten, kann aber bei ausgedehnten atonischen Krampfanfällen auch länger dauern. Ungewöhnlich ist, dass er die meiste Zeit über REM-Aktivität zeigt, als ob er träumte. Das ist normalerweise nicht der Fall.«

»Und was bedeutet das?«

Die Ärztin breitete die Arme aus. »Das wüsste ich auch gern. Das Gehirn ist schon ein seltsames Organ.«

»Aber er hat nach uns gefragt?«

»Ja, er hat lichte Momente.«

»Wird er wieder gesund?«

Die Ärztin knipste ein warmherziges, professionelles Lächeln an. »Wir tun, was wir können. Ich habe ein Rezept für ein Antikonvulsivum ausgestellt, das können Sie in der Apotheke an der Westseite des Gebäudes einlösen. Es könnte Tage, aber auch ein paar Wochen dauern, bis das Mittel wirksam ist, aber es sollte weitere Attacken unterbinden, bei minimalen Nebenwirkungen. In der Zwischenzeit wird er Beruhigungsmittel einnehmen, die ich ebenfalls auf das Rezept geschrieben habe.«

Das Lächeln verflüchtigte sich, und sie fragte: »Was ist eigentlich passiert? Es gibt keine Anzeichen für ein Trauma, und er wurde auch noch nie wegen Anfällen behandelt.«

Der hinter Tara stehende Patel antwortete: »Er ist Professor für Elektrotechnik und hat mit einem TMS-Gerät ein Experiment am Hippocampus durchgeführt. Er hat versucht, ihm Erinnerungen einzupflanzen.«

»Hmm. Wow. Also, *das* ist besorgniserregend. Aber es passt zu unseren Untersuchungsergebnissen: mikroskopische Läsionen in der Hippocampusregion. Wissen Sie, wie hoch die Feldstärke war?«

»Vier Tesla.«

»Autsch. Das ist ziemlich viel.«

»Das braucht man aber, um ins Zentrum vorzudringen«, sagte Patel. »Bis dorthin, wo die Erinnerungen gebildet werden.«

Doktor Steph ließ sich das einen Moment lang durch den Kopf gehen. Schließlich fragte sie: »Ist es ihm gelungen?«

»Wir glauben, ja.«

»Der Adam des Y-Chromosoms war ein Spieler«, sagte Harv und nickte. »Er hatte es wirklich drauf.«

»Haben Sie eine Ahnung, wovon er da spricht?«, fragte die Ärztin. »Steht das in Verbindung mit Ihrer Forschung?«

»Wir glauben, ja«, antwortete Patel. »Es wird eine Weile dauern, uns Gewissheit zu verschaffen.«

»Implantierte Erinnerungen?«

»So scheint es.«

»Hmm. Hmm. Ich wusste gar nicht, dass das möglich ist. Ich meine, stimmt das wirklich? Irgendwie passt das nicht zu den Symptomen.« Während sie redete, hatte sie die meiste Zeit über Harv angesehen, doch nun fasste sie Patel in den Blick und sagte: »Sir, ich muss Sie leider bitten, die Forschung auszusetzen. Bei Arbeitsunfällen, und darum geht es hier wohl, sind wir verpflichtet, die Polizei zu benachrichtigen.«

»Selbstverständlich«, sagte Patel. »Wir werden von der NSF finanziert, deshalb werden wir auch die benachrichtigen müssen. Das gilt für jedes unerwünschte Vorkommnis.«

Schließlich sagte Tara: »Würden Sie uns bitte für einen Moment alleinlassen?« Sie zeigte auf eine Lücke im Vorhang. Dann setzte sie sich neben Harv auf einen Stuhl, der genauso aussah wie die im Wartezimmer, und ergriff seine Hand.

»Wie fühlst du dich, Schatz?« So hatte sie ihn noch nie genannt.

»Ich wandere umher«, sagte er und erwiderte ihren Blick. »Ich habe gesehen, wie eine Frau einen Apfel gegessen hat, zu der Zeit, als die Sprache entstand. Ich glaube, das war die mitochondriale Eva.«

Behutsam sagte sie: »Die mitochondriale Eva und der Adam des Y-Chromosoms sind etwa hunderttausend Jahre voneinander getrennt.«

»Meinetwegen. In dem Garten war eine Schlange. Was brauchen wir denn noch?«

»Schon gut, Schatz, schon gut.« Sie hatte das Gefühl, nicht mehr zwischen Fakten, Spekulation und Unfug unterscheiden zu können.

»Tara, was ist, wenn unsere Legenden alle wahr sind? Ich bin Trollen begegnet und habe das Gerippe eines Drachen gesehen. Ich habe die Sintflut erlebt und das vorsintflutliche Zeitalter. Ich habe vor der Flut die Stimme Gottes vernommen. Die Menschen lernten gerade, in ganzen Sätzen zu sprechen. Das gaben sie an ihre Kinder weiter, wie eine Mutation.«

Tara schauderte, denn die komplexe Sprache hatte tatsächlich mit einer Mutation begonnen, mit einem Gen, das als FOXP2 bezeichnet wurde. Unter anderem steuerte es die Entwicklung des linken Schläfenlappens, in dem die Sprachzentren lokalisiert waren. Implantierte man Mäusen die menschliche Form des Gens, konnten sie singen wie Vögel.

»Die Geburt unserer Spezies«, sagte er.

Und das stimmte auch nicht; je nach Definition war der Homo sapiens drei oder vier Mal so alt. Doch sie wusste, was er meinte, und fürchtete (ja, *fürchtete*), dass er recht haben könnte.

»Möchtest du etwas aufschreiben?«, fragte sie.

»Wie wär's mit einer Sprachaufzeichnung?«

Folgsam holte sie das Handy hervor, öffnete die Rekorder-App und legte es auf den Nachttisch.

Und dann erzählte er eine Geschichte, die zu detailreich, zu sprunghaft, zu hirnzersprengend schlüssig war, um sie als Traum, Halluzination oder spontane Erfindung abtun zu können. Wenn das ein Schwindel war, hatte er ihn jahrelang vorbereitet. Und Patel war sein Komplize. Aber das Gerät und die NSF-Förderung waren real. Die Anfälle waren real, und die Gehirnentzündung an genau der richtigen Stelle war real, und deshalb ließ Ockhams Skalpell ihr nicht viel Spielraum. Es ließ sich nicht leugnen.

Zeitreise.

Zeitreise, die die Wanderung eines Y-Chromosoms an verschiedene Orte in aller Welt widerspiegelte, während sein Genom von einer Generation an die nächste weitergegeben wurde. Das bedeutete, dass *Tara* von jetzt an die Expertin sein und große Teile der Geschichte klarstellen würde. Die Paläogenetik musste die Ordnung vorgeben, sonst würde alles auseinanderfallen! Diese Arbeit versprach herausfordernd zu werden, zurückhaltend formuliert. Sie hatte keine Zeit gehabt, sich die Details von Harvs letztem Anfall zu vergegenwärtigen, doch wenn er behauptete, ein Neandertaler gewesen zu sein, dann würde das Puzzle auf keinen Fall aufgehen. Bei lebenden Menschen oder in ausgegrabenen Skeletten des Homo sapiens waren noch nie Y-Chromosomen der Neandertaler gefunden worden. Die Haplogruppen der Neandertaler kamen in der heutigen Welt nicht vor. Harv gehörte zur Gruppe D-M174 – ganz eindeutig eine moderne Haplogruppe.

Doch es klang eher so, als stammten seine Erinnerungen von einem der europäischen Frühmenschen, die zur gleichen Zeit gelebt hatten – EEMHs wurden sie auf dem Campus genannt, die Abkürzung für European Early Modern Humans. Harv hatte vom Cro-Magnon-Menschen gesprochen, ein populärer Begriff, der aber keinen formellen taxonomischen Status hatte, weil er sich auf eine einzelne Grabungsstätte in Frankreich bezog. Aber okay, der EEMH-Überträger war immer noch problematisch, denn dies bedeutete, dass Harvs Abstammungslinie väterlicherseits über Afrika (worüber er gerade redete) nach Zentralasien führte, wo die entscheidenden Mutationen der Haplogruppe aufgetreten waren, und dann wieder zurück nach Europa und anschließend nach Indien oder Pakistan und wieder zurück nach Europa. Selbst für sie klang das absurd, denn damals waren die Menschen einfach nicht so weit herumgekommen. Und wenn einige doch weit gereist waren, war deren genetische Signatur von der großen ortsfesten Mehrheit überdeckt worden.

Harv hatte auch nie erwähnt, dass er sich in einer seiner Visionen deplatziert gefühlt habe. Er war kein Cro-Magnon-Mensch im vedischen Indien und kein dunkelhäutiger Inder in Schottland gewesen. Der Mythos rassebedingter Phänotypen war in genetischer Hinsicht vollständig diskreditiert worden, doch trotzdem mussten die Wanderbewegungen starke Auswirkungen auf die Entwicklung von Harvs Familie und ihre Vermischung mit den Einheimischen gehabt haben, denen sie begegnet war.

Sie versuchte, nicht daran zu denken, was dies für sie persönlich bedeutete, denn nicht an etwas zu denken war einfach. Sehr einfach. War sie bloß eine weitere Eroberung in einer langen Reihe genetisch bedingter xenophiler Eroberungen? Und wenn ja, was folgte daraus?

Als Harvs Bericht versandete, sagte sie: »Das ist ja eine

tolle Geschichte. Hast du eine Vermutung, wo sie sich zugetragen hat?«

»Nein«, antwortete er. »Und ich weiß auch nicht wann. Irgendwo in Afrika, vor langer Zeit. Oder vielleicht im Mittleren Osten. Gab es dort Strauße?«

Sie seufzte. »Weißt du, es wäre gut, wenn du ein paar dieser Lücken hättest auffüllen können. Wie wär's, wenn du jeweils um tausend Jahre in die Vergangenheit zurückgehen würdest? Oder zehntausend? Dann hätte ich Anhaltspunkte, die ich weiterverfolgen könnte.«

»Tut mir leid«, sagte er. »Ich glaube, das schafft mein Gehirn nicht.«

»Ja«, pflichtete sie ihm bei und sackte in sich zusammen. »Wir sind uns nicht mal sicher, ob wir *damit* klarkommen.«

»Es gibt zahllose Dinge, die wir hätten besser machen können«, räumte er ein.

Sie drückten sich gegenseitig die Hand und wandten den Blick ab.

»Ich war bei dir, Harv.«

»Mmm«, brummte er, offenbar unsicher, was er sagen sollte.

Eine Weile schwiegen sie, bis sie schließlich fragte: »Was bedeutet das, was glaubst du?«

»Es gab keine Höhlenmenschen«, antwortete er so rasch, als habe er auf die Frage gewartet. Als probe er bereits die Antworten. »Nicht wie allgemein angenommen. Nicht so.«

»Nein, nein, was bedeutet das für *uns*?«

Er zuckte mit den Schultern. »Für dich und mich ändert sich nichts. Es sei denn, du willst das.«

»Nicht für *uns beide*. Für dich, mich und Patel.«

»Oh. Also, ich schätze, es liegt Arbeit vor uns. Eine Menge Arbeit, und das nicht nur in einem guten Sinn.«

»Wir brauchen einen Anwalt«, sagte sie.

»Wir brauchen eine Menge Dinge. Es wird drunter und drüber gehen.«

»Es geht bereits drunter und drüber«, sagte sie und spürte wieder Tränen auf ihren Wangen. Sie schaltete die Rekorder-App aus. »Wir sind eine Menge Risiken eingegangen. Auch das wird rauskommen.«

»Ich weiß.«

»Das fällt auf uns alle zurück.«

»Ich weiß.«

»Es ärgert mich, zugelassen zu haben, dass ihr so ... schlampig gearbeitet habt. Ich weiß, manchmal ist der Fortschritt schmutzig, aber das sieht richtig *mies* aus.«

»Das weiß ich auch. Es tut mir leid, dass das solche Auswirkungen auf dich hat.«

Sie saßen noch eine Weile im schummrigen Licht beieinander, ohne zu sprechen, im Hintergrund das Piepen und die Stimmen und das Getriebe der Notaufnahme. Es roch nach Putzmittel und Bohnerwachs, nach Plastikbeuteln, Schläuchen, Waschbecken und langsam ausgasenden Armaturen. Ein wenig so wie ein neues Auto, dachte sie.

Da die Unterhaltung stockte, wandte Taras Zorn sich nach innen. Harv war nur vier Zentimeter größer als sie, und mit seiner hellen Haut, dem schwarzen Haar und den dunkelbraunen Augen wirkte er bestenfalls unscheinbar. Bei der Arbeit trug er T-Shirt und Sneakers und einen Rucksack auf der einen Schulter wie ein halb so alter Mann. Das einzig Bemerkenswerte an seinem Äußeren war die dämliche pinkfarbene Tönung seiner Brille. Wieso war sie ihm dermaßen verfallen? Wie sollte sie das anderen Leuten so erklären, dass sie es nachvollziehen konnten?

Und doch fühlte sie sich so entspannt wie eh und je,

wenn ihr Kopf auf seiner Schulter ruhte. In seiner Gesellschaft kam sie sich *cool* vor, und das war eigenartig, denn selbst wenn er soff und dampfte und zu schnell fuhr, wirkte er wie ein Depp. Aber so war das eben bei sehr klugen Leuten: Was man an der Oberfläche sah, waren die Kräuselungen und Reflektionen, die nichts über die Tiefe verrieten – die Sonnenstrahlen, die einen Schatz erstrahlen ließen.

Nach einer Weile streckte Patel den Kopf durch eine Lücke im Vorhang. »Boss, ich rede jetzt mit der Polizei. Ist das in Ordnung?«

»Nur zu. Wenn du fertig bist, schick sie ruhig zu mir. Falls ich wach bin.«

Tara seufzte. »Falls du *wach* bist? Herrgott, Harv.« Dann: »Wie fühlst du dich?«

»Ich habe Kopfschmerzen«, sagte er.

»Ich auch, glaube ich«, sagte sie.

»Ich lade dich zum Essen ein, wenn das vorbei ist«, sagte er. »Wo immer du willst. Bei diesem Thailänder oder woanders.«

Das klang erst mal gut, doch dann überlegte sie und sagte: »Es ist also noch nicht vorbei?«

Er zögerte einen Moment, als horchte er in sich hinein, dann schüttelte er den Kopf.

Das klang entmutigend. »Ist ein neuer Anfall im Anmarsch?«

»Hm, ja.«

Und das warf alle möglichen Fragen auf: Woher wusste er das? Was ging in ihm vor? Wieso war das so, und weshalb hörte es nicht auf?

»Haben wir dich *zerstört*, Harv?«

Die Frage versetzte ihm eine Art Schock. *Hatten* sie?

Würde er? Hilflos zuckte er mit den Schultern und sagte: »Keine Ahnung. Ich hoffe nicht.«

Die Freundin in ihr wusste nicht, was sie damit anfangen sollte, deshalb ließ sie die Wissenschaftlerin fragen: »Wie fühlt sich das an?«

»Es ist eine Art Druck, der sich hinter den Augen aufbaut.«

»Die Kopfschmerzen werden stärker?«

»Nein«, antwortete er, »der Kopfschmerz ist davon losgelöst. Es ist eher so, als würde ich gestoßen. Oder gezogen. Das ist wie Schwerkraft. Wie eine große Sinuswelle, die an- und abschwillt und im Moment gerade wieder stärker wird. Diesmal aber baut sie sich langsamer auf.«

Auf einmal fühlte sich seine Hand kalt und feucht an. Schweißperlen bildeten sich auf seiner Stirn. Sie versuchte sich vorzustellen, was in ihm vorging, doch alles, was sie vor sich sah, waren Comicblitze, die seinen Kopf durchzuckten und immer lauter und heller wurden.

»Ach Gott, Harv«, murmelte sie und drückte ihm die Hand. »Bleib bei mir.«

»Es fühlt sich anders an.« Auf einmal klang er benommen. »Vielleicht kommt das von den Medikamenten. Diesmal ist es anders.«

Der Alarm setzte wieder ein.

»Das wird übel werden«, sagte er ruhig. »Ich habe das Gefühl zu fallen.«

Die Erinnerungen an die Sprechenden Menschen, die schon im Moment des Erlebens nicht besonders klar gewesen waren, verflüchtigten sich aus Harvs Bewusstsein, und er spürte, wie er in der Zeit immer weiter zurückrutschte. Der Strom der Geschichte aber fühlte sich nachgiebig an, wie Schlick, und es fiel ihm schwer, sich irgendwo zu verankern. Bilder blitzten auf – zahllose Bilder! –, von Leben an einem Strand, Leben im Wald, Leben in der Savanne. Von Menschen, die bei Tag oder im Mondschein oder in der Dämmerung aktiv waren. Die Menschheitsgeschichte verlief eindeutig nicht linear, sondern war ein rastloses Umherwandern, eine endlose Anpassung an immer neue Probleme und Lebensbedingungen.

Ohne Sprache mangelte es Harvs Bewusstsein jedoch an einem Anknüpfungspunkt. Empfindungen von Liebe, Lust, Freude und Angst durchströmten ihn, blieben aber nicht haften, und deshalb hatte er das Gefühl, durch die Zeit zu fallen und nirgendwo Halt zu finden. Und jetzt nahm Harv auch seine eigene Angst wahr, denn das sollte nicht passieren. Über diesen Vorgang und dessen Auswirkungen auf sein Gehirn oder seine Seele (falls etwas Derartiges existierte) oder die subtilen Quantenzustände, die seine eigenen Erinnerungen definierten, war nicht das Geringste bekannt. Letztere hatten sich mit ähnlich komplexen Zuständen anderer Zeiten und Orte verschränkt, aber was wäre, wenn der Verschränkungsmechanismus zusammengebrochen war, einen Sättigungspunkt erreicht hatte oder dekohärent geworden war?

Immer schneller und schneller blitzten Bilder auf und erloschen. Und da waren noch andere Empfindungen: Hitze und Kälte. Regen und Wind. Tausend unterschiedliche Arten von Schmerz. Als stürzte er tatsächlich ab, hatte er das Bedürfnis zu schreien. Vielleicht glaubte er auch zu schreien, aber reichte die Luft in seiner Lunge für weitere dreißigtausend Jahre? Oder eine Million?

Seine Sicht verengte sich auf einen grauen Tunnel, der an den Rändern schwarz wurde und zu einem Lichtpunkt zusammenschrumpfte, der schließlich vollständig erlosch. Falls er geschrien hatte, hörte er damit auf, denn er glaubte, er sei tot oder befinde sich in einem noch schlimmeren Zustand, ohne jede Aussicht auf Rettung.

Und dann auf einmal fanden seine Erinnerungen etwas, woran sie sich festhalten konnten – etwas Großes –, und einhergehend mit einem Summen-Knirschen-Dröhnen kollabierte er zu etwas in so weiter Ferne, dass sein Bewusstsein – sein Bewusstsein, das Bewusstsein eines Chrononautenwissenschaftlers – den zeitlichen Abstand nicht ermessen konnte. Und dann schlug er die Augen auf.

TEIL VIER

—

DIE REISE

4.1

Das Wasser funkelte und blendete ein Wesen namens Ba. Ba blinzelte und grunzte, denn er verspürte sengenden Schmerz, Druck und Benommenheit, die einem dumpfen Pochen Platz machten. Ba schloss die Augen, paddelte mit den Füßen und wandte sich im Wasser von der tief stehenden Sonne ab. Dann schlug er die Augen wieder auf und fühlte sich besser.

Einen Moment lang meinte Ba, er sei gegen etwas gestoßen oder eine Welle habe das Floß umgeworfen, auf dem er bäuchlings lag, mit vorne herabbaumelnden Armen. Aber nein, es gab kaum Wellen, das Floß lag stabil im Wasser. Jetzt, da die Sonne hinter ihm stand, entdeckte er beinahe in Reichweite einen *wundervollen* Fisch. Er kam zur Besinnung, hob den rechten Arm und spießte den Fisch mit dem Fischspeer auf, obwohl das Wasser ihm vorgaukelte, der Speer habe einen Knick.

So wird das gemacht!, dachte er. Ba war gut in dem, was er tat, und darauf bildete er sich manchmal etwas ein.

Er setzte sich auf, zog den zappelnden Fisch aus dem Wasser, klatschte ihn aufs Floß, nahm den regenbogenförmigen Faustkeil und schlug auf den Kopfansatz des Fisches. Das Zappeln hörte auf, bald darauf war er tot.

Manchmal hatte Ba Mitleid mit den Fischen, die er fing; offenbar wollten sie nicht aufgespießt, mit dem Faustkeil totgeschlagen und gegessen werden. Doch das wollten andere Lebewesen auch nicht, und sein Stamm musste überleben. Das war schon der dritte große Fisch an diesem Nachmittag, und bald würde die Sonne untergehen, und der andere Mann und die Frau, die heute fischten, hatten jeweils einen großen Fisch gefangen und waren dann heimgekehrt. Es würde ausreichend zu essen geben, deshalb sollte vielleicht auch Ba jetzt heimkehren und die Fische einen weiteren Tag in Ruhe ihr Fischleben genießen lassen.

Er blickte zum Strand und musterte abschätzend die Brandung, durch die er das Floß hindurchmanövrieren musste. Die Höhe und Stärke der Wellen waren von hier draußen nicht immer gut einzuschätzen, doch im Moment sah es schlecht aus, und so hörte es sich auch an. Trotzdem band er die drei Fische mit einem Jutestrick zusammen, dann befestigte er den Strick an einem der Baumstämme. Er hatte in der Brandung schon mehr als eine Mahlzeit verloren, das sollte ihm nicht noch einmal passieren. Als er bereit war, schob er Speer und Faustkeil unter sich und paddelte mit den Armen, bis er Richtung Land sah, dann machte er mit den Beinen Schwimmbewegungen.

Sein Floß war eine Miniaturausgabe von etwas, das Huckleberry Finn vielleicht wiedererkannt hätte: acht miteinander vertäute Baumstämme, jeder so dick wie Bas Oberarm und auf etwa zwei Drittel seiner Körpergröße gekürzt. Stabilisiert wurden sie an der Unterseite durch zwei kreuzförmig angeordnete Balken. Ba konnte natürlich weder sprechen noch zählen (jedenfalls nicht weiter als bis drei), und konnte mit seinem Wunderwerk des Floßbaus keine kulturellen Vergleiche anstellen. Doch Kaa, seine

Vaterfigur, hatte ihn gut angelernt, und deshalb bekam der Stamm auch weiterhin genug Fisch zu essen, obwohl Kaa eines Tages auf Fischtour verschwunden war. Nicht einmal sein Leichnam war an den Strand gespült worden.

Alles war Nahrung für irgendwen.

Ba schwamm und paddelte und schwamm, bis er von den Brandungswellen emporgehoben wurde. Da umklammerte er fest die Ränder des Floßes und machte noch ein paar Schwimmbewegungen mit den Beinen, bis sich unter ihm eine Welle aufbaute und ihn nach vorne schob.

Und als die Welle sich immer höher türmte, sich sein Gesicht dem Wasser entgegenneigte und seine Füße dem Himmel, erinnerte Ba sich einen kurzen Moment lang an Manuah auf seinem Schilfboot. Er liebte das – die Angst, die Freude und die Gewalt der Wellen. Und die Geschwindigkeit! So schnell, wie ein Mensch laufen konnte, und noch schneller! Er war gut darin, doch es war nicht einfach, und es kam immer wieder vor, dass er abgeworfen wurde. Und dann, als ihm klar wurde, dass diese Welle größer war, als er zunächst gemeint hatte, gewann die Angst die Oberhand. Gleich darauf war sie so hoch, wie das Floß lang war, und dann so hoch, wie Ba groß war, und dann war sie ein blaugrüner Kanal, durch den der rote Sonnenschein fiel.

Und dann brach sie und stürzte auf ihn herab, und er hatte vergessen, mit den Beinen zu steuern, deshalb drehte sich das Floß seitwärts und überschlug sich in einem Durcheinander von Wasser und Schaum, nassem Sand, glatten Steinen und Muscheln, die so scharf waren wie ein Faustkeil. Und dann zog sich das Wasser zurück, und Ba saß auf dem nassen Hintern inmitten eines Durcheinanders von Fischen, Stricken, Werkzeugen und gründlich zerkleinerten Baumstämmen.

Ba war nackt und mit drahtigem schwarzem Haar bedeckt. Er glich aber weniger einem Schimpansen als vielmehr einem mit Haaren ausstaffierten Filmschauspieler. Das Haar auf seinen Schultern und im oberen Rückenbereich war ebenso dicht wie das auf seinem Kopf, doch er hatte die rundlichen unbehaarten Hinterbacken eines Menschen, und deshalb kitzelte das Wasser seinen Genitalbereich, als es ins Meer zurückfloss. Er konnte das Gefühl jedoch nur kurz genießen, denn da rollte auch schon die nächste Welle heran, die jeden Moment brechen würde. Sie war noch höher als die vorige – eine richtige Problemwelle –, deshalb sammelte er so viel wie möglich ein, richtete sich auf und lief den Strand hoch, lachend wie ein betrunkener Seemann.

Also, dachte er, *das hat Spaß gemacht.*

Er konnte von Glück sagen, dass er sich nicht mit dem Fischspeer aufgespießt hatte, aber das ganze Leben beruhte auf Glück. So lange, bis es ausblieb. Immerhin hatte er den Speer, drei Fische und etwa die Hälfte des Floßes gerettet. Den Rest würde er später einsammeln, wenn er wieder zu Atem gekommen war. Die Wellen liefen an den Strand, nicht ins Meer hinaus, deshalb würde das Meer das Holz nicht verschlucken. Bedauerlicherweise hatte er den Faustkeil verloren, das war übel. Er würde ein, zwei Tage brauchen, um einen neuen anzufertigen.

Doch anstatt weiterzugehen, beobachtete er das flammende Schauspiel des Sonnenuntergangs. Nachdem es am Nachmittag geregnet hatte, war die Luft jetzt klar, und die Sonne leuchtete hell durch die Wolken hindurch, die aussahen wie Ziegen, Schlangen und Büsche. Und rechts vom Sonnenuntergang sah er in der Ferne Land.

Ah!

Er sah die Hügel und Strände nicht zum ersten Mal, doch auch jetzt wieder staunte er darüber. Was war dort drüben? Gab es dort Tiere? Essbare Pflanzen? Der Farbe der Hügel nach zu schließen, waren einige aus nacktem Fels, andere waren mit Bäumen bedeckt, doch mehr wusste er nicht. Und nicht zum ersten Mal fragte er sich, ob das ferne Land vielleicht gar nicht so fern war. Wäre das Meer fest gewesen, hätte er im Laufe des Vormittags dorthin gehen können. Ba konnte schwimmen, doch er ahnte, dass diese Fortbewegungsweise langsamer war als das Gehen und viel ermüdender und dass er ertrinken würde, wenn die Strecke zu weit war. Kurze Distanzen zu schwimmen war anstrengend; lange Distanzen konnte man damit nicht zurücklegen.

Deshalb bevorzugte er im Wasser ein Floß, obwohl das noch langsamer war. Der Zweck eines Floßes bestand nicht darin, irgendwohin zu gelangen, sondern hinter die Brandung zu schwimmen, wo die großen Fische waren. Und seine Sachen bei sich zu behalten.

Plötzlich aber fragte er sich: Könnte man mit einem Floß irgendwohin schwimmen? Vielleicht bräuchte er dazu ein größeres Floß, das ihn vollständig tragen konnte. Manchmal stieß Ba auf einen richtig großen Fisch, der versuchte, ihn mitsamt dem Floß zu fressen. Bislang hatte er alle erfolgreich abgewehrt – manchmal mit kräftigen Tritten. Manchmal, indem er sie mit dem Faustkeil auf den Rücken schlug. Das mochten sie nicht! Doch er war kein Narr; wenn er im Wasser war und große Flossen sah, paddelte er schnurstracks an den Strand. Wenn er am Strand war und große Flossen sah, verzichtete er aufs Fischen und ging Eier, Vögel oder Honig suchen. Auf dem Meer aber könnte er nicht ausweichen.

Wäre es auf einem großen Floß für ihn sicher? Könnte er

Arme und Beine aus dem Wasser ziehen und warten, bis die Gefahr vorbei war? Er könnte auf dem Floß sogar schlafen, wenn die Fahrt länger dauerte. Er könnte Proviant mitnehmen. Aber der Durst wäre ein Problem; das Meerwasser konnte man aus irgendeinem Grund nicht trinken. Jedes Mal, wenn er es versuchte oder es versehentlich schluckte, wurde er krank. Aber wenn er Melonen oder Beeren mitnähme, käme er vielleicht einen Tag lang ohne zu trinken aus.

Ich wäre gern wie Christopher Kolumbus, dachte er. Moment mal, *was*?

Die Gedanken zerstoben. Vielleicht hatte er heute zu viel Sonne abbekommen, jedenfalls war es an der Zeit, nach Hause zu gehen und seinem Stamm die Fische zu bringen. Kopfschüttelnd legte er seine Sachen oberhalb der Hochwasserlinie ab, dann ging er zurück zum Wasser und sammelte die Überreste des Floßes auf.

Der Verlust des Faustkeils war ärgerlich, und er würde sich unweigerlich einen neuen machen müssen. Ohne Faustkeil wäre er aufgeschmissen.

4.2

Als das Sonnenlicht verblasste und die Dämmerung kam, kehrte Ba zum Lager zurück und legte die Fische neben dem Feuer ab. Mar, seine Lieblingsfrau, umarmte und küsste ihn, als er die anderen Sachen auf einen Haufen warf.

»Mmm?«, fragte sie.

»Mmm«, antwortete er und teilte mit ihr seine Verärgerung über den Verlust des Faustkeils.

»Mmm?«, wiederholte sie fragend.

Er tat so, als würde er Holz hacken, dann blickte er seine leeren Hände an und mimte Überraschung. Er legte die Hand an die Stirn, als schütze er die Augen vor der Sonne, blickte hierhin und dorthin und zuckte schließlich mit den Schultern.

Mar lachte.

»Ha-ha«, ahmte er sie nach.

Sie umarmte ihn wieder, als wollte sie sagen: *Ist schon gut, Schatz*. Dann setzte sie sich neben ihn an die Feuergrube, nahm eine kleine Klinge in die Hand und begann, den Fisch zu schuppen und auszunehmen.

»Mmm?«, fragte sie und zeigte aufs Feuer.

»Mmm«, sagte er. *Ja, ich sammle Holz.* Anders als viele andere Angehörige ihres Stamms konnten Ba und Mar

Feuer machen. Das war eines der vielen Dinge, die Kaa sie gelehrt hatte. Allerdings war es zeitaufwendig und ermüdend; man musste ein Feuernest aus verdorrtem Gras machen, es mit Kleinholz füllen, sich glatte Stöcke in der passenden Größe suchen und sie im Nest heftig aneinander reiben, ohne dass sie wegrutschten und das Nest zerstörten. Hatte man alles richtig gemacht, entzündete sich das Nest, und man konnte anfangen, Stöcke hineinzutun, bis man ein richtiges Feuer hatte. Leichter war es, das Feuer ständig in Gang zu halten, und so hielt es der Stamm auch meistens. Im Moment war nur noch ein wenig Glut übrig, so groß wie Bas Handfläche, doch mit ein wenig Mühe ließe sich das Feuer wieder entfachen.

»Ba!«, sagte eine andere Frau mit Namen Wangenschnalze. Sie hielt Yamswurzeln in den Händen.

»Mmm!«, sagte ein Junge namens Knaller.

Und auf einmal kam aus Gebüsch und Unkraut der ganze Stamm zum Vorschein, viele Menschen. Ein älterer Mann namens Guh war darunter, der taumelnd eine ausgeweidete Gazelle auf den Schultern trug, die er wie auch immer erlegt hatte.

»Naah!«, prahlte Guh und warf den Kadaver vor Mar auf den Boden, als wäre sie dafür zuständig. Dann fasste er Wangenschnalze um die Taille, zog sie an sich und küsste sie gewaltsam. Guh war groß und stark, und das spielte er auch gern aus. Abgesehen vom Jagen tat er nichts, und er konnte auch kein Floß bauen oder Feuer machen. Weshalb hätte er das tun sollen, wenn klügere, verlässlichere Leute das für ihn erledigten?

Wangenschnalze wand sich in seiner Umarmung und versuchte (wenn auch nicht besonders energisch), sich ihm zu entziehen. Guh rammelte ständig mit allen möglichen

Frauen, für gewöhnlich in aller Öffentlichkeit. Aber an wen wandten sich die Frauen, wenn Guh unterwegs war, um Steine auf Tiere zu werfen? Ba war nicht aller Frauen Liebling, doch er kam zurecht, und das war ihm genug. Wie viele Frauen brauchte ein Mann?

»Niiih«, sagte er ein wenig spöttisch zu Guh. Er zeigte auf die drei großen Fische, die fast so nahrhaft waren wie die Gazelle.

»Mmm?«, sagte Guh, dann ließ er Wangenschnalze los und versetzte Ba einen leichten Stoß gegen die Brust. Nicht fest genug, um einen Streit auszulösen, aber doch kraftvoll genug, um Ba deutlich zu machen, dass er jederzeit in der Lage war, ihn niederzuschlagen. Obendrein schnappte er sich einen Holzbalken – das Querstück von der vorderen Unterseite –, zerbrach ihn über dem Knie und warf die beiden Teile verächtlich ins Feuer. Siehst du?

Dann breitete Guh, was typisch für ihn war, beide Arme aus und bot Ba die Gelegenheit, ihn zu umarmen. Seufzend trat Ba vor und nahm das Angebot an. Er war nicht stolz darauf, aber verdammt, es war einfacher, als ständig zu kämpfen und zu unterliegen. Guh würde er es später heimzahlen, entweder indem er mit Wangenschnalze rammelte oder auf andere Weise.

Von Guhs Geruch – Schweiß, Blut, Sex und Haar –, drehte sich Ba der Magen um. Allerdings musste er zugeben, dass Guhs kräftige Arme auch etwas Beruhigendes hatten. Arschloch hin oder her, Guh war ein guter Nahrungslieferant und Verteidiger, und alle Raubtiere fürchteten die Menschen – sogar die kleinen Kinder –, weil Guh ihnen immer wieder deutlich gemacht hatte, was ein gut gezielter Stein mit ihren Knochen und ihrem Bauch anrichten konnte. Menschen waren gefährlich!

»Mmm?«, sagte Guh fragend. *Unterwirfst du dich meiner Großartigkeit?*

»Mmm«, bestätigte Ba widerstrebend.

Zufriedengestellt ließ Guh ihn los.

»Rrr«, machte Ba und zeigte auf die Überreste des Floßes.

Guh lächelte nur, zuckte mit den Schultern (*he, so was kommt vor*) und ließ sich neben der Feuergrube auf den Hintern plumpsen.

Damit war alles gesagt, und Ba machte sich daran, Feuerholz zu sammeln, während Mar die Fische ausnahm und Wangenschnalze die Yamswurzeln zwischen zwei Steinen zerdrückte, damit sie schneller gar wurden. Andere Männer und Frauen und auch ein paar Kinder gingen unterschiedlichen Tätigkeiten nach, sodass im Lager behagliche Geschäftigkeit herrschte. Los Säugling – derzeit der einzige Säugling des Stamms – schrie kurz und verstummte, als sie ihm die Brust gab.

Die Welt war in Ordnung.

Bis auf Bas verschwundenen Faustkeil und seine Tagträume von Meeresreisen. War das verrückt oder dumm? Würde er sich einfach nur umbringen oder verschwinden, so wie Kaa? Als er das Feuer entfachte, den Frauen beim Kochen half und dann versuchte, sein Essen hinunterzuschlingen, ohne sich die Finger oder den Schlund zu verbrennen, während er beobachtete, wie die funkelnden Sterne aufgingen, und die erste kühle Abendbrise wahrnahm, die übers Land wehte, während er mit einem Stock im Feuer stocherte und den anderen Leuten zusah, die einzeln oder paarweise von der Feuersglut abrückten, um zu schlafen oder zu rammeln … machte Ba sich Gedanken. Könnte er es schaffen? Könnte er das Land jenseits des

Wassers tatsächlich erreichen? Was würde er dort vorfinden?

Eine von Bas offiziellen Aufgaben bestand darin, das Feuer bei Anbruch der Nacht zu löschen und die Glut zu hüten, während die anderen schliefen, und als er dies tat, dachte er an die Gegenstände, die er würde herstellen müssen, wenn er eine solche Reise unternehmen wollte, und auch wenn es ihm nicht bewusst war, stellte dies die schwierigste Unternehmung dar, die je ein Mensch auf Erden erwogen hatte. Irgendwann nickte er ein, ohne es zu merken, und träumte, er sei wieder auf Fischfang, und die kühlen grünen Hügel seien jedes Mal, wenn er aufsah, ein Stück näher gerückt und ragten ein bisschen höher auf.

Am Morgen trödelte er eine Weile herum, und als die anderen das Lager verließen, um ihren Aufgaben und Hobbys nachzugehen, paarte er sich mit Wangenschnalze, wie er es sich vorgenommen hatte. Und weil Mar ein bisschen eifersüchtig wirkte, paarte er sich auch mit ihr, und dann trödelte er weiter herum, bis die Morgensonne über das Gebüsch wanderte und der Schatten rar wurde. Dann machte er sich an die Arbeit.

Vor allem brauchte er einen neuen Faustkeil, der für Bas Leute die Entsprechung eines Schuppens voller Werkzeug war. In den Hügeln hinter dem Lager gab es den Feuerstein, der ihm gefiel, deshalb ging er dorthin und wählte ein Stück aus, das aus dem Gestein hervorragte. Er nahm einen schwereren Stein und schlug damit ein paarmal auf den Vorsprung, bis er abbrach und vor seinen Füßen landete. Dann sammelte er mit einer Mischung aus Überdruss und Handwerkerstolz ein paar geeignete Steine vom Boden auf, setzte sich, räumte einen Arbeitsbereich frei und machte sich daran, den Feuerstein zu behauen.

Ba war an den Sonnenschein gut angepasst; wegen seiner Körperbehaarung und der ledrig braunen Haut bekam er keinen Sonnenbrand und überhitzte sich auch nicht. Zwar schwitzte er ein wenig und bekam allmählich Durst, maß dem aber keine große Bedeutung bei. Ba kam häufig den ganzen Tag lang ohne zu trinken aus und ließ Mund und Kehle austrocknen, ohne dass es ihm unangenehm war. Er wusste, wo es Wasser gab, wenn er es wirklich brauchte, doch im Moment war er beschäftigt.

Bevor er mit dem Behauen des neuen Faustkeils weit gekommen war, geschah allerdings etwas Seltsames: Der Stein spaltete sich an einer Seite, ein Stück platzte davon ab, und darunter kam etwas zum Vorschein ...

Eine Muschel?

Nein, keine Muschel. Es war ein Stein – ein *Feuerstein, um genau zu sein* –, doch er war geformt wie eine kleine Spirale, genau wie das Gehäuse einer Meeresschnecke oder ein Nautilus oder irgendein anderes der zahllosen Weichtiere, die er gefangen, gegart und gegessen hatte. Es sah tatsächlich so aus, als sei das Lebewesen vor einer Gefahr geflüchtet, sei aus dem Wasser gekrochen und dann, mit seiner Lage unzufrieden, bis in die Hügel gewandert, um sich schließlich im massiven Fels zu verstecken. War das möglich? Ba hatte etwas Derartiges noch nie gesehen, doch jetzt hielt er das Wesen in Händen.

Er überlegte, was er damit tun sollte. Den Stein wegwerfen? Ihn als Schmuck behalten? (Diese Vorstellung war für ihn sehr verschwommen, denn seine Leute lebten nicht in Häusern und trugen keinen Schmuck. Was also hätte er damit schmücken sollen?) Er beschnupperte ihn, doch er roch weder nach Fisch noch nach Salz. Was immer das war, es war vor langer Zeit gestorben. Schließlich beschloss er, den Faustkeil aus dem Rest des Gesteinsbrockens zu formen.

Die Arbeit ging ihm rasch von der Hand – das war ein guter Stein, und er hielt sich ordentlich ran. Er würde den Faustkeil brauchen, um Bäume zu fällen, Baumstämme zu behauen und Jutepflanzen und grüne Zweige für ein Flechtnest zu schneiden. Nester waren nicht für vieles nütze, doch wenn man ein geflochtenes Nest mit Steinen beschwerte und in die Salzmarsch stellte, konnte man Jutepflanzen ein paar Tage lang darin aufbewahren, bis die Stängel sich auflösten und nur die Fasern zurückblieben, die man anschließend rollen und zu einer Schnur verflechten konnte. Ein Fischerfloß zu bauen dauerte viele Tage, und ein übergroßes *Reisefloß* zu bauen, würde noch viel länger dauern.

Als er fertig war, hatte er wohl das erste Kunstwerk erschaffen. Die kleine Spirale saß unmittelbar unter dem Handgriff und über der Schneide, deshalb würde sie zu sehen sein, wenn der Faustkeil in Gebrauch wäre. Und es war ein guter Keil geworden! Kaa hatte ihn gut angelernt, und dieser hier passte perfekt in seine Hand, hatte scharfe Schneiden und ein spitzes, aber stabiles Ende. Stolzer hätte er nicht sein können.

Als er sein Werk lange genug bewundert hatte, ging er zurück zum Lager, löschte seinen Durst am Fluss, erleichterte sich im Gebüsch und wartete darauf, dass die anderen zurückkehrten.

»Mmm?«, sagte er, als sie einer nach dem anderen eintrafen, und versuchte ihnen die Axt und vor allem die kleine Muschel im Griff zu zeigen. »Mmm? Mmm?«

Die anderen beguckten den Faustkeil mit verwirrter

Miene und zuckten mit den Schultern. *Und? Und?* Entweder sie verstanden nicht, was sie da sahen, oder wussten nicht, was sie davon halten sollten, oder aber sie hatten keinen Sinn für die Symmetrie und Form. Vielleicht begriffen sie auch, was er ihnen zeigen wollte, doch es war ihnen egal.

Als Mar schließlich eintraf, zeigte er auch ihr den Faustkeil, und sie machte *Oh* und *Ah*. Deshalb war sie auch sein Liebling: Sie verstand sich darauf, Gegenstände herzustellen, und wusste die Dinge zu würdigen, die andere machten. Sie war viel präsenter als Wangenschnalze.

Als jedoch Guh auftauchte und sah, dass Mar und Ba den Faustkeil betrachteten, musste er sich gleich in den Mittelpunkt stellen. Deshalb zwängte er sich zwischen sie und sah auf den Faustkeil nieder.

»Rrr«, sagte Ba und zog ihn weg, da er fürchtete, Guh könnte etwas damit anstellen. Ihn zerbrechen? Ins Meer werfen? Ihm den Faustkeil wegnehmen? Guh aber fasste ihn beim Arm, und als Ba sich ihm entziehen wollte, packte er fester zu und *verdrehte* den Arm. »Ah!«, rief Ba. »Ah! Ah!«

Er schaffte es, sich zu befreien, und dann, ehe er überhaupt wusste, was er da tat, holte er mit dem Faustkeil aus, als drohte er Guh, ihn damit zu schlagen. Das erschreckte Guh und Mar und mehrere andere Leute, die in der Nähe waren; das war ein krasser Regelverstoß.

»Mmm?«, machte Guh verwirrt. *Ganz ruhig, Bruder, was soll das? Ich wollte mir das Ding bloß mal ansehen.*

Beschämt, aber auch besorgt öffnete Ba die Hand und ließ den Faustkeil von Guh begutachten. Guh blickte blinzelnd darauf nieder, und offenbar verstand er nicht, dass der Faustkeil mit der Muschel im Griff etwas Besonderes war – etwas höchst Ungewöhnliches.

»Mmm«, sagte er, noch immer verwirrt.

Da ihm nichts Besseres einfiel, ließ Ba den Faustkeil in den Staub fallen, breitete die Arme aus und bot Guh eine Umarmung an. Guh ging darauf ein, trat einen Schritt vor und legte die Arme um Ba. Er roch wie sämtliche Übel, die Ba jemals zugestoßen waren.

4.3

Bas Stamm lebte auf einer nordwärts weisenden Halbinsel, und deshalb ging die Sonne über dem Wasser auf und versank auch darin, und insofern er überhaupt je darüber nachgedacht hatte, hielt er die Sonne für ein großes Feuer, das abends vom Meer gelöscht wurde, damit es dunkel werden konnte. Oder etwas in der Art. Jedenfalls stieg sechzehn Tage nach der Zerstörung seines Fischerfloßes (nicht, dass Ba zählen konnte oder Wert darauf gelegt hätte, selbst wenn er es gekonnt hätte) die Sonne über dem Meer auf, das die Straße von Gibraltar sein musste, am Westrand des Mittelmeers.

»Ba?«, rief Mar. Sie führte Guh bei der Hand zum Strand, wo Ba Vorräte auf sein brandneues Reisefloß lud.

In einem in der Mitte des Decks befestigten Weidennest stapelte Ba Melonen, die ihm nicht nur als Nahrungs-, sondern auch als Wasservorrat dienen sollten. Außerdem verstaute er darin seinen wunderschönen Faustkeil, um damit bei Bedarf zu zerkleinern, zu zerhacken und zu zerquetschen. Und ein paar Steinscheiben für die feineren Arbeiten des Zerteilens und Abschabens. Die Oberseite des Korbs hatte er mit einem Gewirr von Schnüren verschlossen, das an ein Spinnennetz erinnerte. Außer dem Korb, der mit

Schnüren gesichert war, hatte er noch zwei Fischspeere und zwei Baumstämme dabei, zwei Drittel so lang wie die Stämme, aus denen das Floß gebaut war, und jeweils mit Schnüren umwickelt, die doppelt so lang waren, wie er mit ausgebreiteten Arme fassen konnte. Flöße neigten dazu, gerade dann auseinanderzufallen, wenn man es am wenigsten erwartete, und es erschien ihm ratsam, Ersatzmaterial mitzunehmen, damit er einfache Reparaturen ausführen konnte.

»Ba?«, fragte Guh, offenbar erschrocken über das, was Ba vorhatte. Noch niemand hatte etwas Derartiges getan, und Guh wusste nicht, was er davon halten sollte.

»Mar«, sagte Ba und nickte seiner Lieblingsfrau zu. »Guh«, sagte er und nickte dem Mann zu, den er am wenigsten mochte. Dann zuckte er mit den Schultern. *Was kann ich für euch tun?*

»Mmm?«, sagte Guh. Er hielt einen angespitzten Stock in der Hand, zeigte damit aufs Floß und hob die Brauen. »Mmm? Mmm?« *Erklär mir das.*

Seit zwei Wochen begegnete Guh ihm mit immer stärkerer Verachtung, denn Bas Ausbeute an Fischen war gleich null, und er verwandte immer mehr Zeit auf diese unerklärliche Beschäftigung. Weidennester? Riesenflöße? Lange, schnurumwickelte Stäbe, die weder zum Fischen noch zum Jagen taugten? Jetzt aber war alles fertig und wirkte durchdacht. Guhs Verachtung hatte Verwirrung und einer vagen, unbestimmten Furcht Platz gemacht.

»Iiih«, tat Guh sein Unbehagen kund.

»Ba?«, wiederholte Mar. »Ba? Mmm?«

Da auch Ba das Bedürfnis verspürte, sich zu erklären, zeigte er auf sich und sagte seinen Namen. Dann zeigte er zu den fernen Hügeln jenseits des Wassers und sagte:

»Uungh. Uungh.« Schließlich deutete er wieder auf sich, dann aufs Floß und erneut auf die fernen Hügel. Er machte Wellenbewegungen mit der Hand.

»Uuungh.«

Mar verstand sofort, was er meinte, und machte ein entsetztes Gesicht. Sie schüttelte den Kopf. »Ba, iiih.«

Ba fragte sich tatsächlich, ob er in diesem Moment Zeuge der Geburt einer primitiven Form von Sprache wurde. Vielleicht hatten die Menschen noch nie ein so kompliziertes Gesprächsthema gehabt, doch da der DNA offenbar bestimmte Laute und Gesten eingeschrieben waren, war es kein großer Schritt, sie miteinander zu verbinden. *Nein, Ba, das gefällt mir nicht.*

Ba aber zuckte nur mit den Schultern, nickte und zeigte wieder zu den Hügeln. »Was soll ich sagen? Ja, ich fahre.«

Unzufrieden mit der Antwort, wandte Mar sich an Guh und sagte: »Mmm? Guh, mmm?« Sie fasste ihn bei der Hand und zerrte ihn zu Ba.

Guh aber war verwirrt und verschreckt. Offenbar hatte er begriffen, was Ba vorhatte, verstand aber nicht, weshalb er das tat, und wollte nichts damit zu tun haben. Er entzog Mar seine Hand, wich mit allen Anzeichen von höhnischem Missfallen zurück, zeigte auf das Floß und sagte: »Iiiih.« Dann drehte er sich um und ging mit einer abschätzigen Handbewegung davon. *Mach was du willst. Na los, hau ab. Bring dich meinetwegen um. Ich seh mir das nicht an.*

Jetzt war Mar ganz auf sich allein gestellt, und deshalb fasste sie Ba bei der Hand und sagte: »Ba. Ba. Ba.«

Auch sie begriff, was er plante, verstand aber anscheinend nicht, dass er vorhatte zurückzukehren. Ba versuchte, ihr dies mit Gesten klarzumachen, doch es gelang ihm nicht. Sie verstand einfach nicht, was er meinte.

(Ba wusste irgendwie, dass die Hände, Körper, Emotionen, Mimik und Körpersprache seiner Leute fast schon menschlich waren, denn ihr Gehirn war größer und komplexer als das der Gorillas, Schimpansen und Orang-Utans, die in der Gegenwart die Zeichensprache erlernt hatten. Ba hatte solche Tiere nie gesehen, konnte sie sich aber vorstellen. Diese Zeichensprache aber hatte der Homo sapiens erfunden und vermittelt – seltsame, unbehaarte, kindliche Menschen mit hoher, flacher Stirn, schmalem Unterkiefer, Haut von der Farbe von Fischfleisch und Augen wie der Himmel, das Meer oder das Laub. Bas Gehirn konnte sich sogar so etwas wie Worte vorstellen, eine Art Mentalesisch, in dem er dachte, doch es fehlten die Vernetzungen, die diese mentalen Symbole systematisch mit den Lauten und Gesten verbunden hätten, die er hervorbrachte. Er konnte nicht spontan komplexe Worte oder Zeichen erfinden, um sich mit Mar zu verständigen, und einen Moment lang schmerzte ihn dies.)

Behutsam entzog Ba Mar seine Hand, dann überprüfte er dreifach die Knoten, die sein Floß zusammenhielten. Sie machten einen guten Eindruck.

Also blieb ihm nichts weiter zu tun, als aufzubrechen, und das tat er auch. Er ließ sich auf die Knie nieder, legte die Hände zwischen die behauenen und abgerundeten Enden der Baumstämme und *schooob* das Floß über den Strand, über die scharfen Muschelreste und die runden Meereskiesel, vorbei an Haufen von Seetang und Treibholz, bis hinunter zum Wasser. Geschützt von seiner braunen Körperbehaarung – gar nicht so verschieden von der eines heutigen Menschen, aber doch ziemlich dicht –, spürte er zwar die Unebenheiten am Boden, störte sich aber nicht daran.

Bevor das Floß zu schwimmen begann, hielt er inne, wich ein wenig zurück und richtete sich auf. Er streifte sich den Sand von den Knien, näherte sich der untröstlichen Mar, umarmte sie und streifte zum Zeichen der Versöhnung mit seinen Lippen an den ihren.

»Ba...«, sagte sie, doch ehe sie die Arme um ihn schlingen und ihn zurückhalten konnte, drehte er sie um, drückte ihren Oberkörper nach vorn und streifte mit seinem schlaffen Glied an ihrem Unterleib, eine symbolische Paarung – bei seinem Stamm die Entsprechung eines romantischen Kusses. Mehr konnte er nicht tun. Mehr konnte er nicht ausdrücken.

Und dann wandte er sich ab und schob das Floß vor, bis ihm das Wasser an die Knie reichte, dann bis zum Nabel und schließlich bis zur Hüfte. Nun erst warf er sich aufs Floß, wobei ihn seine Behaarung vor den spitzen Stammenden schützte. Mit strampelnden Beinen brachte er das Floß durch die Brandungszone. Als erfahrener Bauchsurfer einer Kultur, die das Meer wertschätzte, hatte er ein gutes Timing, sodass die eine Welle vor ihm brach anstatt über ihm und er das Floß lediglich durch den brodelnden Schaum bugsieren musste, und dann lag die Brandung hinter ihm und vor ihm das offene Meer.

Eine wagemutige Seereise – ebenso folgenreich wie ein von Raketen angetriebener Flug zum Mond – hatte begonnen.

Ba war seit zweieinhalb Tagen reisefertig gewesen, hatte jedoch auf den passenden Moment gewartet, einen Morgen mit nur wenigen Wolken, schwacher Brandung, einsetzender Ebbe und leichtem Rückenwind, der nicht stark genug war, um hohe Wellen aufzutürmen. Er konnte diese

Dinge nicht benennen und ging eher intuitiv als analytisch vor. Der heutige Tag fühlte sich einfach richtig an.

Das Floß knarrte und knackte unter ihm, da die Baumstämme sich verlagerten, doch die Knoten hielten stand, und das Gebilde bewegte sich wie ein zusammenhängender Körper. Er strampelte und strampelte und schaute sich hin und wieder zum Strand um, wo Mar ihm trübselig nachsah. Er war bereits weiter vom Strand entfernt als je zuvor (weiter als jeder andere bisher), und obwohl er auf Probleme gefasst war (selbst der Homo erectus war mit dem Konzept der Entropie vertraut), wunderte er sich doch, als das Wasser kälter wurde und das Floß sich plötzlich nicht nur nach Nordosten bewegte. Die Wirkung war zunächst klein, doch Mar schrumpfte eindeutig schneller, als es hätte der Fall sein dürfen, und wanderte nicht ganz in die erwartete Richtung aus. Er kompensierte dies, indem er einen diagonalen Kurs steuerte und direkt auf die Hügel am anderen Ufer zuhielt, denn es war zu erkennen, dass das Meer beiderseits der Zielregion weiter wurde und sich seine Reise zu verlängern drohte.

Und da verspürte er den ersten Anflug von Furcht. Nicht die theoretische Furcht vor einer noch nie da gewesenen Unternehmung, sondern die konkrete Furcht vor einer realen Gefahr von unbekanntem Ausmaß. Er reagierte darauf, indem er energischer strampelte, was anscheinend auch Wirkung zeigte.

Das nächste Problem war der auffrischende Wind. Er war nicht mehr so mild und wehte nicht mehr ganz aus der richtigen Richtung. Die Kronen der sanften Wellen wurden abgerissen und in Schaum und Gischt verwandelt. Die flogen Ba in die Augen. Es brannte, und er musste heftig blinzeln. Zu Anfang waren die Wellen kaum eine Handbreit hoch gewesen, doch nun hätten sie ihm bis zum Schienbein gereicht. Zwar wusste er, wie er die Wellen ansteuern musste, doch der Kraftaufwand wurde immer größer. Und ob es am Wind lag oder daran, dass das Meer hier draußen kabbeliger war, jedenfalls hatte er den Eindruck, dass er immer schneller nach Osten getrieben wurde.

Er bekam Herzklopfen und konnte nicht sagen, ob Erschöpfung oder Furcht die Ursache war. Obendrein wurden seine Beine, sein Herz und seine Lunge allmählich müde.

Wie die meisten Angehörigen seines Stamms hielt er sich für einen guten Schwimmer, was bedeutete, dass er mit einem Speer in der Hand eine Weile Wasser treten und ohne Fischspeer eine kurze Strecke weit schwimmen und ein Gutteil des Tages über die Position eines Fischerfloßes hinter der Brandungslinie halten konnte, ohne von den tückischen Gezeiten und Strömungen abgetrieben zu werden. Außerdem konnte er von morgens bis abends laufen und fand sogar Vergnügen an einer längeren Wanderung und den Entdeckungen, die sie mit sich brachte. Und er konnte rennen! Er war schneller als die Hälfte seiner Stammesangehörigen und konnte sprinten, bis sie erschöpft zurückblieben. Dieses Dauerschwimmen aber war neu für ihn; es fühlte sich an, als liefe er mit einer schweren Last auf den Armen richtig schnell durch einen Morast, ohne jemals anzuhalten. Es war seltsam und eigentümlich anstrengend.

Trotzdem machte er sichtlich Fortschritte. Vom Strand, von dem er aufgebrochen war, hatte er sich bereits so weit entfernt, dass er nicht mehr erkennen konnte, ob Mar noch dort stand. Er genehmigte sich eine kleine Ruhepause, dann machte er weiter, und bald darauf legte er eine längere Pause ein, zog sich aufs Floß und hackte mit dem

Faustkeil eine Melone auf. Er hatte noch nicht viel davon gegessen, als er von der Abdrift beunruhigt wurde.

Erschöpft und erfüllt von neuer Angst, wälzte er sich wieder ins Wasser. Dabei erlebte einen Moment wahren Grauens, als er spürte, wie das Floß von ihm forttrieb, und ihm wurde klar, dass er ohne dessen Auftrieb fern von seinem Stamm untergehen und ertrinken würde. Er strampelte mit den Beinen und paddelte heftig mit den Armen, näherte sich dem Floß, packte es mit beiden Händen und zog den Oberkörper hinauf. Diesen Fehler würde er nicht noch einmal machen!

Er fühlte sich erschöpft, doch es blieb ihm nichts anderes übrig, als weiter zu strampeln. Die Sonne stieg höher am Himmel, es wurde heiß. Normalerweise wäre dies für Ba kein Problem gewesen, doch der Wind hatte sich gelegt, und trotz des kalten Wassers, das seine Beine, seinen Hintern und seine Genitalien umströmte, hatte er das Gefühl, ihm würden Kopf, Schultern und Rücken gebraten. Immer wieder bespritzte er sich mit kaltem Wasser, was jedoch nur vorübergehend Erleichterung brachte.

Irgendwann begann die Sonne zu sinken, und weil er nach Osten abgetrieben wurde und dies dadurch ausglich, dass er das Floß nach Nordwesten steuerte, schien sie ihm direkt ins linke Auge. Er versuchte, beide Augen für eine Weile zu schließen, doch er kam gleich vom Kurs ab, und als er nur das linke zukniff, fühlte er sich müder als zuvor. Also musste er auch dies aushalten und sich blinzelnd und zwinkernd übers Meer bewegen.

Und doch war das andere Ufer jetzt näher als das, von dem er aufgebrochen war. Er hatte mehr als die Hälfte der Strecke geschafft! Sehr viel mehr!

Durstig geworden, kletterte er wieder aufs Floß und verzehrte die Melone, die im Sonnenschein inzwischen warm geworden und teilweise ausgetrocknet war. Von der Gischt, die darauf gespritzt war, schmeckte sie leicht salzig. Noch nie hatte er etwas so Schmackhaftes gegessen. Er aß sogar noch eine zweite Melone, und dann überprüfte er noch einmal die Knoten.

Der einzige Knoten, den er kannte – der einzige Knoten auf der ganzen Welt – war das, was zukünftige Generationen als Altweiberknoten bezeichnen würden. Und wie die zukünftigen Generationen würden bestätigen können, neigte der Altweiberknoten dazu, sich von selbst zu lösen. Außerdem würden sie wissen, dass vollgesogene Juteschnüre nicht besonders haltbar waren. Zumal dann nicht, wenn sie von Hand gezwirbelt waren! Ba wusste dies auch, und deshalb hatte er jede Schnur mehrfach verknotet, sie um einen Baumstamm gewickelt und wiederum mehrfach verknotet, sie um einen anderen Baumstamm gewickelt und so weiter. Außerdem hatte er zur Sicherheit doppelt so viel Schnur verwendet wie für ein gewöhnliches Fischerfloß, und doch hatte er Grund zur Sorge. Zum Glück hielt das Floß einstweilen noch.

Er knapste sich noch ein bisschen kostbare Zeit ab, wickelte ein Stück Schnur von einer der Spindeln, schnitt es mit einem Steinsplitter ab und band damit seine linke Hand an einen der Baumstämme. Der Schreck, haltlos im Meer zu schwimmen, saß ihm in den Knochen, doch mit dieser Vorsichtsmaßnahme konnte er verhindern, dass es sich wiederholte. Schließlich schob er sich wieder ins Wasser und strampelte müde der Küste entgegen.

Irgendwann vernahm er Klickgeräusche, und dann tauchte ein Schwarm Fliegender Fische (oder Vogelfische, wie er sie manchmal nannte) auf, und im nächsten Moment sprangen ringsumher die grauen, mannsgroßen, glatthäutigen Fische aus dem Wasser. Sie wiesen eine gewisse Ähnlichkeit mit den menschenfressenden Fischen aus, die vermutlich Kaa getötet hatten, doch ihr Schwanz und ihr Gesicht waren anders, und wenn sie sich für einen Moment aus dem Wasser lösten, sah es beinahe so aus, als ob sie lächelten oder sogar lachten.

Als sie verschwunden waren, tauchten kurz darauf Seemöwen auf, in all ihrer schreienden, krächzenden Pracht. Einige schnappten sich Fische aus dem Wasser – offenbar Nachzügler, die vom Schwarm getrennt worden waren, als ein größerer Fisch sie angegriffen hatte –, und einige setzten sich aufs Floß, als habe Ba es ihretwegen hierhergebracht.

Eine landete unmittelbar vor Bas Gesicht, wendete den Kopf hin und her und beäugte ihn neugierig. Bas Leute aßen Seemöwen, wenn sie hungrig waren, betrachteten die Vögel aber vor allem als lästig, denn sie störten die Fischer und kackten alles voll. Ba versuchte, den Vogel vom Floß zu verscheuchen, doch er hüpfte einfach ein Stück zurück, gesellte sich zu seinen Kumpanen an der anderen Seite und beäugte Ba, als überlege er, wen er da vor sich hatte und weshalb er so weit vom Ufer entfernt war.

»Nnng!«, sagte er zu den Vögeln. Die ließen sich nicht stören und gluckten und krächzten weiter vor sich hin, deshalb entschied er, sie ebenfalls zu ignorieren. Das Ufer kam immer näher, und er konnte bereits einzelne Bäume und Büsche erkennen. Überwiegend war es felsig, doch er hielt auf einen Sandstreifen zu, an dem er bequem würde anlanden können, und als er den Kurs änderte, sah er auch die hellen spiralförmigen Muscheln, die unmittelbar hinter der Brandungslinie im Sand lagen.

Mit einer letzten Anstrengung strampelte er sich dem unbekannten Strand entgegen, erreichte den Außenrand der Brandungszone und steuerte das Floß dann in eine passende Welle, die ihn mit sich tragen würde, ohne über ihm zu brechen. Und dann auf einmal berührte er mit den Füßen den nassen Sand unter der Welle, und dann schleiften seine Knie über den Boden, und die Vögel flogen lärmend davon, und dann kroch er über den Boden und schob das Floß auf den Strand, und dann war er auf den Beinen und eilte nach vorn, packte die vollgekackte doppelte Schnur und zog und zog, bis er sich hinter dem Streifen aus Tang und Treibholz befand, der die Hochwasserlinie markierte. Dort stand ein großer Baum mit Wedeln, unmittelbar am Rand der grasbewachsenen Sanddünen, und mit letzter Kraft zog er das Floß in dessen Schatten.

Dann brach er zusammen, wälzte sich auf den Rücken, blickte zum Himmel auf und rief: »Wuuuuuuh!«

Er hatte es geschafft. Er hatte das Meer überquert und unbekanntes Land erreicht. Eigentlich war es jetzt an der Zeit, aufzustehen und die Gegend zu erkunden, doch er konnte sich nicht mehr bewegen.

4.4

Ba ruhte sich aus und schlief ein wenig, während der Meereswind über ihn hinwegwehte, den einen Arm aufs Floß gelegt, den anderen aufs Gesicht, um das Sonnenlicht abzuschirmen. Er war erhitzt, verschwitzt und mit Sand bedeckt, und sein Schlaf war zunächst einmal fiebrig, bis Wind und Schatten ihn schließlich abkühlten. Dann aber tauchte die Sonne hinter dem Baum auf, und er erwachte schnaubend.

Er setzte sich auf und schaute sich um: Es ging auf den Abend zu – schon bald würde die Sonne die Wolken in Brand setzen.

Ihm wurde bewusst, dass er sehr hungrig und noch sehr viel durstiger war, deshalb nahm er eine Melone aus dem Weidennest und biss in die Schale, saugte Saft und Fruchtfleisch auf, schluckte beides und biss erneut ab. Aufgrund der Beschaffenheit von Bas Stimmbändern war ein Verschlucken so gut wie ausgeschlossen, deshalb stopfte er sich den größten Teil der Melone in den Mund und schlang alles hinunter.

Als er fertig war, nahm er eine zweite Melone und verzehrte auch sie, und dann nahm er sich auch noch die dritte und letzte vor. Erst dann richtete er sich schwankend auf. Auf den Beinen zu stehen, das fühlte sich an, als versuchte er auf zwei Grashalmen zu balancieren; sie drohten nachzugeben und unter ihm einzuknicken. Er hatte den Eindruck, der Boden schlingere und schwanke. Doch er war mit der Landkrankheit vertraut, deshalb zwang er sich, die Beine rhythmisch zu bewegen, und nach und nach gewöhnte er sich wieder ans Land.

Jenseits des Wassers sah er den Ort, von dem er gekommen war. Den Ort, an dem er sein ganzes Leben verbracht hatte. Den Ort, wo Mar und Guh und Wangenschnalze immer noch ihren normalen Beschäftigungen nachgingen. Dachten sie an ihn? Fragten sie sich, ob er die Überfahrt geschafft hatte? Ob er umgekommen war? Der Ort wirkte nicht ungewöhnlich; genau genommen ähnelte er *diesem* Ort, den Ba fast täglich jenseits des Wassers gesehen hatte.

Der Strand war ziemlich klein und wurde von scharfen Felsgraten eingefasst, die bis ans Wasser reichten. In der Mitte ging er in grasbewachsene Sanddünen über, dahinter befand sich eine hüfthohe Sandklippe. Seufzend kletterte Ba über die Dünen und auf die Klippe und kroch aufs Gras hinauf.

»Aaauglhh!«, sagte jemand. Ba schaute hoch und sah, dass er von behaarten Menschen umringt war.

»Maaahh!«, erwiderte er, wich zurück und fiel zu seinem Schreck rücklings eine Sanddüne hinunter. Er richtete sich so anmutig, wie es ihm möglich war, wieder auf, ging zu seinem Floß, bückte sich, nahm die Fischspeere in die Hand und wandte sich wieder den Menschen zu.

Bas Leute trafen bisweilen auf Fremde, und er hatte genug Erfahrung, um vorsichtig zu sein. Fremde wollten einen manchmal von einer guten Stelle zum Fischen oder einem Lagerplatz vertreiben. Manchmal wollten sie sich mit den Frauen paaren, ob sie einverstanden waren oder nicht. Manchmal schubsten sie einen herum und machten Sachen kaputt.

Es kam auch vor, dass Fremde ausgesprochen freundlich waren und ihre Nahrung und ihre Gerätschaften mit einem teilten. Handelte es sich um Frauen, wollten sie sich manchmal nur mit neuen Partnern paaren. Handelte es sich um Männer, suchten auch sie neue Partnerinnen auf die höfliche Art, oder sie waren einfach nur auf der Durchreise. Erkundeten die Umgebung, stets auf der Suche nach guten Orten. Ba aber hatte gelernt, vorsichtig zu sein und von derartigen Begegnungen nichts Gutes zu erwarten.

»Maawrgh!«, rief er und schwenkte vor sich in weitem Bogen den Speer, um eine Grenze zu ziehen.

Vorsichtig lugten mehrere Köpfe über die Klippe. Zwei Frauen und ein Mann.

»Mmm?«, sagte einer von ihnen.

Und dann kamen sie von der Klippe herunter, gingen langsam über die Düne und machten beschwichtigende Handbewegungen. *Immer mit der Ruhe, Freund. Wir wollten dich nicht erschrecken.*

Diese Gesten würden auch noch in einer Million Jahren gebräuchlich sein, und so wurde Ba auf einmal klar, dass diese Leute ihn entdeckt hatten, als er noch geschlafen hatte. Daraufhin hatten sie sich respektvoll zurückgezogen und darauf gewartet, dass er aufwachte.

Eine der Frauen hielt ein halb fertiges Weidennest in der Hand. Sie deutete auf ihre Brust und sagte: »Nga.« Sie wiederholte die Geste und den Laut.

Ba, der sich allmählich beruhigte, stellte sich auf die gleiche Weise vor.

»Mmm?«, sagte Nga und zeigte auf Bas Floß. So etwas

hatte sie anscheinend noch nie gesehen, und sie wollte wissen, was es damit auf sich hatte.

Ba überlegte angestrengt und zeigte auf sich, auf die Hügel und Strände jenseits des Meeres und aufs Floß, dann breitete er die Arme aus. *Ich komme von dort drüben und bin mit dem Floß hergekommen.*

Nga dachte darüber nach, dann zeigte sie zum anderen Ufer.

»Ba?«

»Mmm«, bestätigte er.

»Mmm«, sagte sie und überlegte. »Mmm.«

»Joh«, sagte der Mann und zeigte auf sich.

»Lih«, sagte die andere Frau mit der gleichen Geste.

Jetzt kannten sie einander mit Namen. Ba warf verlegen den Fischspeer beiseite. Er hätte ihn bei einer Auseinandersetzung ebenso wenig verwendet wie Guh seine Jagdsteine. Damit konnte man jemandem furchtbare Verletzungen zufügen! Allerdings hatte er festgestellt, dass man Gegner damit besser einschüchtern konnte als mit einem Faustkeil oder mit den Fäusten.

»Uuuh«, sagte er zu Nga, Joh und Lih. *Tut mir leid.*

»Mmm«, sagte Nga; seine Entschuldigung war damit angenommen. Sie bedeutete ihm, ihr zu folgen. »Mmm?«

»Uuh«, sagte er unsicher. Er war hergekommen, um sich umzuschauen, und eigentlich hatte er damit rechnen müssen, dass hier Menschen lebten. Was hatte er erwartet – unbewohntes Land, das darauf wartete, dass er allein dort fischte und lagerte?

Schließlich zuckte er mit den Schultern und nickte. *Ja, gut. Ihr scheint nette Leute zu sein.* Zwar ließ er die Fischspeere zurück, ging aber seinen Faustkeil holen, denn für einen Homo erectus war es – zumal unter Fremden – peinlich, ohne Faustkeil herumzulaufen. Damit hätte er signalisiert, dass er nicht arbeiten und niemandem helfen wollte.

»Ooh«, sagte Lih, als sie den Faustkeil sah. Dann: »Mmm?« *Darf ich mir den mal näher ansehen?*

»Mmm«, sagte Ba.

Sie betrachtete die spiralförmige kleine Muschel, gab anerkennende Laute von sich und winkte dann Nga und Joh zu sich heran, um auch ihnen die Muschel zu zeigen. Sie waren ziemlich beeindruckt, was für Ba nach der Gleichgültigkeit seiner eigenen Leute eine Wohltat war. Der Keil war etwas *Besonderes*, und es tat ihm gut, unter Menschen zu sein, die dafür Verständnis zeigten.

Als sie sein Schmuckstück ausgiebig betrachtet hatten, geleiteten sie Ba über die Düne und die Klippe. Dahinter lag hübsches Grasland mit Bäumen. Sie kletterten über ein paar Felsen und kamen an einem etwas größeren, ziemlich gut versteckten Strand vorbei. Ba sah einen Mann und eine Frau, die im hüfttiefen Wasser einer kleinen Bucht oder Lagune fischten. Die Fische waren groß und recht langsam, und das Wasser war klar, das konnte Ba von seiner Position aus erkennen. Das sah viel einfacher aus, als mit dem Floß hinter der Brandungszone zu fischen, machte aber bestimmt weniger Spaß.

Interessanterweise waren die Fischspeere dieser Leute etwa so lang wie Bas Speere – etwas länger als ein Arm –, aber nicht so gerade. Vielleicht kannten sie nicht die Stellen, an denen gutes Holz zu finden war, nämlich im Schatten, wo die jungen Schösslinge gerade nach oben wuchsen und nur wenige Äste ausbildeten. Ba hatte immer geglaubt, einzeln für sich stehende Schösslinge seien einsam und breiteten ihre Blätter nach außen anstatt nach oben, in der blinden Hoffnung, einen anderen Baum zu berühren. Aber stattdessen wuchsen die, die eng beieinanderstanden, gerade und schnell in die Höhe, als wetteiferten sie miteinander.

Die Fischspeere hatten auch vier Zacken und nicht bloß zwei. Ba konnte nicht so weit zählen, doch er begriff den Unterschied zwischen einem am Ende einmal und einem zweimal gespaltenen Stock. Das erschien ihm sinnvoll, denn jeder Zacken erhöhte die Chance, einen Fisch aufzuspießen. Die Zacken waren hier auch schartig (oder mit *Widerhaken* versehen, wie ihm auf einmal klar wurde), was es dem verletzten Fisch erschweren würde, sich von der Spitze zu lösen und zu fliehen. *Ba* brauchte natürlich keine solche Hilfe, aber das waren doch gute Ideen, die er nach Hause mitnehmen könnte.

Andererseits waren die Speere anscheinend weder mit Schnur umwickelt noch feuergehärtet, deshalb würden sie nicht lange halten. Ein falscher Stoß, und das ganze Ding würde in zwei Teile zerbrechen. Oder in vier! Wie viel Zeit verwendeten diese Fischer wohl aufs Schneiden und Spalten von frischem Holz? Au weia!

Die Fischer, ganz auf ihre Tätigkeit konzentriert, schauten nicht hoch, und Nga führte Ba und die anderen am Strand entlang, einen weiteren Hügel hinauf und in eine kleine Mulde, durch die ein Bach hindurchfloss, der sich über Steine und Kies ins Meer ergoss. Dort war ein weiterer Mann – ein kleiner, untersetzter Mann mit Glatze und grauem Haar auf den Schultern und an den Schläfen.

»Orr!«, rief Nga. Der Mann schaute hoch und sah Ba, wirkte aber nicht sonderlich überrascht.

»Ba«, stellte sie ihn vor und zeigte in Bas Richtung.

»Mmm«, sagte Orr ohne besonderes Interesse.

Nga hielt inne, hielt die Hände hoch und gestikulierte.

Dann zeigte sie übers Wasser, zu den Hügeln und Stränden, von denen Ba gekommen war, und wiederholte seinen Namen.

Orr zuckte mit den Schultern und schüttelte den Kopf. Er hatte sie nicht verstanden. Nga wirkte enttäuscht. Sie fand es wirklich interessant, dass Ba das Wasser mit einem großen Floß überquert hatte, konnte es aber nicht mitteilen. Nicht ohne das Floß vorweisen zu können. Konnten diese Leute überhaupt Flöße bauen?

»Oh!«, sagte Nga, als wäre ihr eine Idee gekommen. Behutsam fasste sie Ba beim Handgelenk und hob mit seinem Einverständnis die Hand mit dem Faustkeil an. »Mmm? Mmm?«

Sie zeigte auf die kleine Muschel.

Orr kniff die Augen zusammen.

»Mmm«, sagte er, als er die Muschel bemerkte, und nickte. »Mmm.« Er hielt seinen eigenen Faustkeil hoch, der aus einem bunten Stein gemacht war. Jaspis oder Achat oder ein anderes Quarzgestein, dachte Ba. Er hatte solche Steine schon gesehen, aber wer hätte gedacht, dass man daraus einen Faustkeil machen konnte?

»Mmm?«, sagte Ba und streckte die Hand aus.

Ba und Orr tauschten ihre Faustkeile. Das war interessant, denn alle Faustkeile, die Ba je gesehen hatte, wiesen eine ziemlich scharfe Spitze auf. Orrs Keil hingegen endete mit einer gebogenen *Kante*. Faustkeile waren in Bas Vorstellung etwas Besonderes, und er wäre nie auf die Idee gekommen, an ihrem Design auch nur das Geringste zu ändern. Doch er erkannte auf den ersten Blick, dass die abgerundete Spitze bei bestimmten Anwendungen wie dem Köpfen von Fischen oder dem Entrinden von Baumstämmen vorteilhaft wäre, während es beispielsweise schwieriger wäre, damit Löcher in Gazellenknochen zu schlagen, um ans Mark heranzukommen. Das tat Ba allerdings nur selten, denn derartige Arbeiten überließ er lieber Mar oder Wangenschnalze. Und die verlängerte Spitze eignete sich vermutlich sehr viel besser zum Fällen von Bäumen und zum Lösen der Fasern aus einer Jutepflanze, was Ba ziemlich häufig tat.

Wie war Orr auf diese Form gekommen? War der Grund der gleiche wie bei Ba, der ein größeres Floß gebaut hatte, weil er es brauchte und es im Geiste vor sich gesehen hatte?

Ba tagträumte einen Moment lang und stellte sich vor, wie es wäre, wenn Menschen ihre Gedanken miteinander austauschen könnten. Nicht bloß mit Grunzen, Zeigen, Mimik und Lächeln, auch nicht durch praktische Demonstrationen, wie man etwas tat oder herstellte, sondern komplexe Gedanken wie der Wunsch, Mar würde bald Kinder bekommen, oder dass er mit der Haut gebratenen Fisch mochte, wenn er außen kross und innen weich und flockig war. Wenn zwei Menschen ihre Gedanken miteinander teilen könnten, würden sie sich erzählen, *warum* und *wo* und *wie* etwas passiert war oder getan wurde. *Das* wäre doch mal interessant!

Doch es war ein flüchtiger, vager Gedanke. Bas Fähigkeit, über Vergangenheit und Zukunft nachzudenken, war nach dem Maßstab der Primaten eindrucksvoll, doch mit abstrakten Vorstellungen hatte er große Mühe, und deshalb bewunderte er im nächsten Moment nur noch die Farbe des Faustkeils und wie er sich in der Hand anfühlte.

»Mmm?«, sagte Orr und breitete die Arme aus. Sollen wir uns umarmen? Lass uns Faustkeil-Kumpel sein!

Ba willigte ein, und sie umarmten sich.

»Aah!«, sagte Nga und breitete ihrerseits die Arme aus, wobei sie ihre nackten Brüste präsentierte, die aus ihrer behaarten Brust hervortraten. Sie wirkte eifersüchtig, denn *sie* hatte Ba gefunden, und deshalb sollte *sie* ihn auch umarmen.

Und so umarmte Ba erst sie und dann Joh und Lih. Dann umarmten sich Joh, Lih und Orr gegenseitig, und dann umarmte Nga alle anderen und schließlich wieder Ba. Dann küsste sie ihn, wandte sich um und präsentierte ihm ihr Hinterteil.

»Mmm?«

Ba lachte. *Das* war ja schnell gegangen.

»Mmm«, sagte er zustimmend, dann nickte er Lih zu. *Mit dir paare ich mich auch, wenn du magst.*

Lih fand das anscheinend komisch, und im nächsten Moment lachten alle. *Seht mal an! Alle wollen sich mit dem neuen Mann paaren!*

Schließlich beruhigten sich alle wieder, und Nga bedeutete Ba, ihr zu folgen. Sie zwängten sich an Orr vorbei und gingen in die Mulde hinunter, wo mehrere Kinder spielten. Der Stamm hatte am Bachufer ein kleines Lager errichtet und um eine Feuergrube herum geflochtene Schilfmatten ausgelegt. Auch das hatte Ba noch nie gesehen, begriff aber augenblicklich den Nutzen: Dank der Matten wurde das Fell im Schlaf nicht feucht und schmutzig. Hmm. Und obwohl Ba nicht zählen konnte, erkannte er anhand der Anzahl der Matten, dass diese Gruppe viel kleiner war als seine eigene. Vielleicht waren die Frauen deshalb so erpicht darauf, sich zu paaren; die Armen hatten *Langeweile*.

Während die Sonne unterging und der ganze Himmel sich rot färbte, tat Ba, was er konnte.

Oh ja.

Und dann kehrten die beiden Fischer mit dem Abendessen zurück, und da das Feuer erloschen war, nahm Ba zuvorkommenderweise zwei trockene Stöcke in die Hand und fragte: »Mmm?« *Darf ich für euch Feuer machen?*

Sie willigten ein, und Orr schälte mit einem Steinsplitter Holzstreifen von einem Stock und baute ein Feuernest, während Nga Feuerholz sammelte und Joh am Strand nach Treibholz suchte. Und wie versprochen, rieb Ba die Stöcke aneinander. Im Feuermachen war er ziemlich gut, und wenngleich er keine genaue Vorstellung von Zeit hatte, bugsierte er innerhalb von zwei Minuten etwas Glut in das Feuernest, und das war gar nicht schlecht.

Und als die Sterne aufgingen, aßen alle gemeinsam Fisch und lausten sich gegenseitig, furzten und lachten und trommelten sich auf die Schenkel, und kein Homo sapiens hat je an einer besseren Party teilgenommen.

4.5

Am Morgen erwachte Ba früh, trank aus dem Bach und wartete darauf, dass die anderen sich regten. Als sie es taten, fragte er sie, wo es hier Melonen gebe. Er deutete mit den Händen etwas Rundes an und tat so, als beiße er herzhaft hinein.

»Mmm!«, sagte Nga. Sie zeigte und fragte Ba mit Gesten, ob er wolle, dass sie ihm die Stelle zeige, wo die Melonen wuchsen.

»Mmm«, willigte er ein. Er hatte Spaß mit ihr, machte sich aber Sorgen wegen Mar. Sie hatte so *traurig* ausgesehen, als er aufgebrochen war, und er hätte ihr gern mitgeteilt, dass er am Leben und wohlauf war. Leider musste er zurückkehren, um ihr das zu sagen. Bei dem Gedanken protestierten seine Beine – sie schmerzten nach der gestrigen Anstrengung und waren müde –, doch ein Mann musste tun, was er tun musste.

Und deshalb brauchte er Melonen.

Für alle Fälle ging er zurück zum Floß und nahm die Fischspeere mit. Er wusste nicht, ob es hier in der Gegend gefährliche Tiere gab, und obwohl ein Speer nicht unbedingt besser zur Verteidigung taugte als ein Faustkeil oder ein angespitzter Stock oder ein gewöhnlicher Stein, den man vom Boden aufsammelte, *wirkte* er doch abschreckender, vielleicht auch auf ein Tier.

Nga begleitete ihn, und auf dem körnigen Sand neben dem Floß paarten sie sich erneut, bevor sie loszogen, um Melonen zu sammeln. Wie sich herausstellte, war es nicht weit: Sie wuchsen auf einer sonnenbeschienenen Lichtung, ein Stück bachaufwärts vom Lager. Allerdings sahen sie so eigenartig aus, dass Ba sie nicht gleich erkannte; sie waren kleiner als die, welche er kannte, und hatten keine glatte grüne Schale, sondern eine raue, sandfarbene, welche die gleiche Farbe wie der steinige Boden hatte. Als sie seine Skepsis bemerkte, nahm Nga ihm den Faustkeil – Orrs Faustkeil! – ab und schnitt eine Melone von der Ranke ab. Dann teilte sie sie in zwei Hälften und reichte die eine Ba. Die Melone hatte gelbes Fruchtfleisch und schwarze Kerne anstelle von rotem Fruchtfleisch und weißen Kernen, doch als er hineinbiss, stellte sich heraus, dass sie süßer war und anders schmeckte als jede andere Frucht, die er kannte.

»Mmm«, sagte er lächelnd und nickte.

Nga schnitt weitere Melonen ab, die sie gemeinsam zum Floß trugen. Von Nga beobachtet, befestigte er das Spinnennetz aus Schnüren über dem Weidennest und sicherte damit seinen Proviant und Wasservorrat.

»Mmm«, sagte er noch einmal und bedankte sich für ihre Hilfe.

Sie beäugte neugierig die Schnüre. Ba begriff, dass sie dergleichen noch nie gesehen hatte. Wussten diese Leute etwa nicht, wie man sie herstellte? Sonderlich überraschend wäre das nicht, denn Kaa hatte als Einziger in Bas Stamm diese Kunst beherrscht und sie weitergegeben, und die Einzigen, die sie wirklich erlernt hatten, waren Ba und Mar gewesen. Ihm wurde klar, dass es wohl viele Dinge gab, die im Laufe der Generationen erfunden und vergessen und von Fremden neu gelernt wurden. Wissen und Nichtwissen aller Art breiteten sich in der Population des Homo erectus vermutlich in Wellen aus, wobei nur sehr wenige Individuen wahre Innovationen hervorbrachten.

Individuen wie Ba? War Ba *der allererste Mensch*, der je daran gedacht hatte, übers Meer zu reisen? Dieser Gedanke war interessant, aber schwierig, und er verweilte nur einen flüchtigen Moment lang dabei.

Und gleich darauf stellte sich ein weiterer flüchtiger Gedanke ein: wie *friedlich* diese Leute doch waren. Selbst wenn sie kämpften und um ihr Leben fürchteten, wurden sie nicht von Angst und Sorge belastet. Wenn dies die ersten Primaten mit einem Sinn für Vergangenheit und Zukunft waren, verwandten sie nicht viel Energie darauf.

War es im Laufe der Entwicklung zu einem furchtbaren Fehler gekommen? Hatte die Menschheit *dies* gegen sinnlose Konflikte eingetauscht, die Milliarden Menschen das Leben gekostet hatten? Gegen Quantencomputer und Single-Malt-Whisky und schmutzige Scheidungen? Ba fand alles, was er zum Leben brauchte, auf ein paar Quadratkilometern in Küstennähe. War diese Reise ein Fehler gewesen? War sie der erste Schritt auf einer viel weiteren, viel seltsameren Reise mit unbekanntem Ziel?

Dieser Gedanke haftete nun tatsächlich nicht lange in seinem Kopf, und er schüttelte ihn so mühelos ab, wie er eine Spinne vom Arm schnipste.

Und dann war es Zeit aufzubrechen.

Sich der technologischen Unzulänglichkeiten von Ngas Stamm bewusst, reichte Ba ihr den Fischspeer. Vielleicht würde sie oder jemand anderer aus ihrer Familie das Design ja kopieren. Dafür aber benötigte sie auch Schnur. Deshalb überließ er ihr eine seiner Schnurspindeln. Die Schnur war schwerer zu kopieren, doch Kaa hatte Ba mehrmals gezeigt, wie man Schnur herstellte. Mit Salzwasser getränkte Jutefasern eigneten sich dafür am besten, doch es klappte auch mit fast allen anderen Pflanzen, sogar mit ganz gewöhnlichem Gras. Das Flechten und Spleißen der Fasern war nicht viel schwerer, als ein Feuernest zu bauen, und er hoffte, dass Nga mit der Vorlage von selbst darauf kommen würde.

Außerdem würde Ba bald zurückkehren und nach ihr sehen. Jetzt, da er wusste, dass die Überfahrt möglich war, gab es keinen Grund, sie nicht zu wiederholen – vielleicht sogar häufiger.

»Mmm?«, fragte sie.

»Mmm«, bestätigte er und nickte.

Bei Bas Leuten war es nicht üblich, sich zu verabschieden, deshalb ging er nicht zurück zu seinen neuen Freunden. Nga allerdings umarmte er und küsste sie freundschaftlich auf die Lippen. Sie legte die Arme um ihn, erwiderte den Kuss und klopfte ihm auf den Hintern, als er sich vorbeugte, um das Floß ins Wasser zu schieben.

Am Rand des Wassers hielt er einen Moment inne und wusch den Faustkeil und seine Hände, die klebrig waren von Melonensaft. Und dann ging es wieder los.

Diesmal aber hatte er sich keine großen Gedanken um Wind und Gezeiten gemacht. Abgelenkt durch Nga und ein bisschen übermütig wegen der Erfolge vom Vortag, ging er einfach ins Meer hinaus, bugsierte das Floß durch die Brandung, schob den Oberkörper hinauf, strampelte mit den Beinen energisch gegen den Wind und die einlaufende Flut an. Das Wasser war kälter und die östliche Strömung stärker als zuvor. Zunächst war ihm dies gar nicht bewusst, und als er es gewahr wurde, merkte er auch, dass seine Beine schmerzten und noch immer müde waren.

Zur Mitte des Vormittags stellte er fest, dass er nicht weit gekommen war. Das hinter ihm befindliche Land war nicht so stark geschrumpft wie erwartet, und das Land vor ihm lag in der Ferne im Dunst. Zunächst strampelte er heftiger, doch das hielt er nicht lange durch. Als ihn die Kräfte verließen, bekam er Angst. Was wäre, wenn er nicht zurückkäme? Als er zum Land blickte, konnte er nicht einmal sagen, auf welchen Strand er zuhalten sollte, und wenn die Strömung ihn noch weiter trug, musste er *sehr weit* schwimmen, um überhaupt Land zu erreichen.

Frustriert kletterte er aufs Floß, um sich auszuruhen und rasch eine Melone zu essen. Die salzige Meeresluft fühlte sich kalt an, und er begriff, dass ihm der Wind entgegenwehte, deshalb legte er sich instinktiv flach aufs Floß und wartete, bis er sich bereit fühlte, wieder ins Wasser einzutauchen.

Dann aber entdeckte er eine Flosse: ein graues Dreieck, das in großem Abstand zweimal das Floß umkreiste und dann in Spiralen näher kam. Ba war sich nur undeutlich bewusst, dass auch Tiere über ein Bewusstsein verfügten, doch er verstand sehr wohl, dass dieser Fisch hungrig war und das Floß mit seinem Passagier inspizierte, weil er sich eine Mahlzeit erhoffte.

Als er sich vorbeugte, machte er im Wasser verschwommen dessen Umriss aus. Der Fisch war viel zu groß, um ihn zu erlegen und zu essen, aber auch zu klein, als dass er das Floß hätte verschlucken können. Vielleicht hatte er es ja auf Ba abgesehen? Er roch bestimmt noch nach den Innereien und dem Blut der Fische, die er gestern Abend verzehrt hatte, und vielleicht hatte er im Wasser ja eine Geruchsfährte aus metallisch schmeckendem Hämoglobin ausgebracht, der der Hai gefolgt war. Jedenfalls war er groß genug, um Ba tödlich zu verletzen, und das hieß, er konnte erst dann wieder ins Wasser gehen, wenn diese Bedrohung beseitigt worden war.

Er streckte den Arm aus und versuchte, seinen verbliebenen Speer in die Rückenflosse zu bohren. Doch der Hai war zu weit entfernt, er kam nicht an ihn heran. Dann versuchte er, ihn mit der Schnurspindel und dem Ersatzholz zu treffen, und das funktionierte etwas besser, denn mit dem Holz hatte er eine größere Reichweite. Die Enden des Stamms aber waren abgerundet, sodass er den Hai lediglich ein wenig ärgern konnte.

Nach angestrengtem Nachdenken verband er die Spindel mit dem Speer, überprüfte zweifach und dreifach die Knoten und bohrte den Speer in die Rückenflosse und die davor befindlichen empfindlichen Kiemen. Das funktionierte, und der Hai zog sich verwirrt zurück.

Bald darauf aber kehrte er zurück, und Ba musste kräftiger zustoßen, um die gleiche Reaktion zu erzielen. Der Hai kam immer wieder, bis Ba merkte, dass aus den Kiemen Blut austrat. Er stach immer fester zu, beugte sich immer weiter aufs Wasser hinaus. Und dann geschah das Undenkbare: Die Spindel entglitt ihm, als der Hai sich losriss, und fiel, noch immer mit dem Speer verbunden, ins Meer. Er wollte danach greifen, doch sie trieb ab, und ihr hinterherzuspringen kam nicht infrage.

Zum Glück zog der Hai sich außer Sichtweite zurück. Ba hatte keine Ahnung, wie tief das Meer hier war, doch der Hai hatte bestimmt Platz genug, um sich zu verstecken und dem Floß in der Tiefe zu folgen. Es wurde Mittag, und etwa zwanzig Minuten später überwog die Angst, abgetrieben zu werden, die Angst, gefressen zu werden.

Schließlich ließ er sich wieder ins Wasser hinab und begann zu strampeln. Der Wind hatte sich inzwischen gelegt, und er schaffte es, aus dem Gebiet herauszukommen, und, so hoffte er jedenfalls, den Hai und dessen Freunde und seine Familie, die ihm möglicherweise folgten, abzuhängen. Die Angst verlieh ihm neue Kräfte, und er erreichte die Mitte zwischen den Stränden, ohne zu ermüden, und dann machte er einfach weiter.

Allerdings zeigte sich nun ein weiteres Problem: Bei dem ganzen Stechen und Stoßen hatte sich die Verschnürung des Floßes gelockert, das sich nun unter ihm bewegte, wenn Wellen darunter hinwegliefen. Das war gar nicht gut. Es bedeutete, dass sich mindestens einer der Querbalken gelöst hatte, sodass das Gebilde nicht länger versteift und stabilisiert wurde. Mit einem besorgten Seufzer kletterte er wieder aufs Floß und tat, was er konnte, suchte nach losen Stricken und führte sie wieder um die Baumstämme herum. Normalerweise tat er das auf dem Trockenen, wo er gut sehen konnte, und drehte das Floß mehrfach um. Die gleiche Arbeit blindlings auszuführen, im Nassen und inmitten der Meereswogen, war völlig neu für ihn. Einer der Stricke riss, als er daran zog, riss erneut, als er ihn zu spleißen versuchte, und trieb, getragen von der Strömung, fort vom Floß.

Schließlich blieb ihm nichts anderes übrig, als einen der äußeren Baumstämme zu opfern und aufs Deck zu ziehen. Die dadurch frei werdenden Stricke nutzte er dazu, den Rest des Floßes zu verstärken. Den vorderen Stabilisierungsbalken hatte er verloren, und während das hintere Ende fest genug war, um sich daran festzuhalten, war der vordere

Teil des Floßes lose und beweglich. Die Balken spreizten sich auf wie die Finger einer Hand.

Seufzend ließ er sich ins Wasser hinab und strampelte weiter. Sein Körper brannte von nervöser Energie. Er musste so schnell wie möglich Land erreichen, doch je energischer er strampelte, desto lockerer wurde anscheinend die Verschnürung!

Im Laufe des Nachmittags musste er mehrmals aufs Floß klettern und die Stricke anziehen, bis er schließlich die letzte Melone verzehrte und das Nest, in dem er sie aufbewahrt hatte, über Bord warf. Die Sicherungsschnüre verwendete er dafür, die Vorderseite des Floßes zusammenzuhalten. Er sparte nur so viel Schnur auf, um Orrs Faustkeil zu sichern. Anschließend ging es besser.

Doch während die Hügel und Strände allmählich näher kamen, musste er gegen die Strömung ankämpfen, und ihm wurde klar, dass er es bis Sonnenuntergang nicht an Land schaffen würde. Das löste neue Ängste bei ihm aus, denn das nächtliche Meer war voller geheimnisvoller Lichter und Geräusche, und schleimige Wesen drohten einen zu umschlingen, zu packen und zu beißen. Von Bas Stamm ging niemand bei Nacht schwimmen.

Eine Weile trieb die Furcht ihn an, und dann beflügelte ihn die Erkenntnis, dass er es *fast* geschafft hatte. Hier und da stiegen kleine Rauchfahnen auf, offenbar lebten dort Menschen! Dann aber setzte die Sonne die Wolken in Brand, und das Licht fiel durch die Lücken am Himmel, und die weite blaue Wasserfläche färbte sich gelb, orange, rot und schließlich purpurn.

Dunkelheit und Erschöpfung brachen fast gleichzeitig über ihn herein. Er hörte auf zu strampeln. Er atmete schwer, und dann fragte er sich, was er tun sollte. Seine

Beine fühlten sich an wie flabbrige Schnüre. Bis zur Brandungszone war es noch weit, und in der Dunkelheit konnte er auch nicht mehr den Unterschied zwischen Strand und Felsen erkennen. Würde er an einem Riff zerschmettert werden, wenn er es bis ans Ufer schaffte?

Er überlegte ernsthaft, ob er sich aufs Floß ziehen, die Nacht darauf verbringen und sich in der Strömung treiben lassen sollte. Dann drohte ihm zwar der Tod, aber die Vorstellung war dennoch verlockend.

Doch er war seinem Ziel so nah! Er musterte die Uferlinie und machte zu seiner Überraschung einen orangefarbenen Lichtpunkt aus. Ein Lagerfeuer? Etwas, auf das er zuhalten konnte? Er wusste nicht, wie groß es war oder wie weit entfernt, doch es gab ihm neue Hoffnung, und deshalb begann er wieder zu strampeln und ignorierte seine schmerzenden Muskeln, sein klopfendes Herz.

Und er strampelte länger, als er für möglich gehalten hatte, und dann machte er weiter, bis er einzelne brennende Holzscheite ausmachen konnte. Jemand hatte einen qualmenden Kegel aus jungen Baumschösslingen errichtet, und tatsächlich bemerkte er am Strand eine Gestalt, die ein weiteres Stück Holz in den Kegel schob und dann in der Dunkelheit verschwand.

Der Anblick setzte frische Kräfte frei, und er strampelte kraftvoll und stetig, bis er die Brandungszone erreicht hatte. Er schaffte es sogar noch, den richtigen Zeitpunkt abzupassen und sich von einer Welle an den Strand tragen zu lassen.

Als die Welle sich kräuselte und brach, löste sich das Vorderteil des Floßes gänzlich auf, doch das machte nichts, denn Ba berührte mit den Füßen den Sandboden. Er stand bis zur Brust im Wasser, in dem ruhigen Moment zwischen dem Brechen zweier Wellen, und riss Orrs Faustkeil an sich, durchtrennte damit die Schnur und stolperte nach vorn, bis ihm das Wasser zur Hüfte reichte und schließlich nur noch bis zu den Knien. Und dann zog das Meer sich zurück, floss unter ihm ab, und er war an Land und ließ das erste seegängige Wasserfahrzeug, das sich in Treibholz verwandeln würde, hinter sich zurück.

Die Gestalt war wieder aufgetaucht und schob einen weiteren Schössling ins Feuer, und jetzt sah Ba, dass es sich um eine Frau handelte. Es war Mar! Und dann entdeckte Mar Ba und lief mit offenen Armen auf ihn zu, gurrend vor Überraschung und Freude, und sie umarmten sich am Strand, während hinter ihnen die Wellen brachen und über den Sand leckten.

Mar küsste und drückte ihn und präsentierte ihm freudig ihr Hinterteil, und obwohl Ba kaum noch stehen konnte, geschweige denn sich paaren, konnte er sich doch aufrecht halten, indem er sich auf sie stützte, in der Wärme des Leuchtfeuers, das sie entzündet hatte, um ihn nach Hause zu leiten.

Foothills Hospital
Boulder, Colorado
– Gegenwart

Der Anfall dauerte über eine Stunde, der Ärztin zufolge kein gutes Zeichen in Anbetracht der hoch dosierten Medikamente, die Harv bekommen hatte. Sie ersetzte den Infusionsbeutel, der mit »Ausgewogene Salzlösung« beschriftet war, durch Ringer-Laktat-Lösung und injizierte Carbamazepin. Als er allmählich wieder zu sich kam, gab sie ihm noch *neun Gramm* Fosphenytoin.

»Mehr bekommt er nicht«, sagte die Ärztin.

»Mir geht's gut«, sagte Harv ziemlich unvermittelt.

Er sah schlecht aus. Er hatte sich in Seitenlage zusammengekrümmt, seine Augen waren geschlossen.

»Harv?«, sagte Tara.

»Ja. Ich bin da.«

»Kannst du die Augen aufmachen?«

»Nein. Noch nicht. Das Licht tut mir weh.«

»Das Licht ist ausgeschaltet«, sagte sie.

»Trotzdem.«

Sie ergriff seine Hand und saß still neben ihm, bis er blinzelte und sie ansah.

»Hey«, sagte er mit sanfter Stimme. »Wie fühlst du dich?«

Sie lachte auf. »Das fragst du *mich*?«

Darüber musste er lächeln, und er schloss wieder die Augen.

»Was ist passiert?«, fragte sie.

»Ich habe Boote erfunden«, antwortete er. »Vor *langer* Zeit. Und ich bin mir ziemlich sicher, dass ich Europa entdeckt habe.«

Sie schnaubte bedrückt. »Damit könnten wir mehr anfangen, wenn du nicht bis zur Halskrause mit Psychopharmaka vollgestopft wärst.«

»Tut mir leid.«

»Ich mache mir solche Sorgen um dich.«

»Ich weiß. Danke. Ich bin froh, dass du hier bist.«

Doktor Steph sagte: »Ich lasse ihn auf die Intensivstation bringen. Dort muss er ein paar Tage bleiben, denn der nächste Anfall könnte lebensbedrohlich sein.«

»Ich glaube, es ist vorbei«, sagte Harv.

Die Ärztin hielt inne, streifte sich das Haar hinter die Schultern, beugte sich vor, leuchtete Harv mit einem Stift in die Augen und zog die Lider mit den Fingern hoch.

»Ihre Pupillen sehen besser aus«, sagte sie. »Auch das EEG. Wie kommen Sie darauf, dass es vorbei sein könnte? Sagen Sie mir, wie Sie sich fühlen.«

»Anders«, antwortete er. »Ruhiger. Da war eine Art inwendiges Summen, das mir gar nicht bewusst war, aber jetzt hat es aufgehört. Auch die Kopfschmerzen lassen nach. Ich glaube, ich habe das Ende der Fahnenstange erreicht. Weiter zurück reicht das Quantom nicht.«

Als die Ärztin ihn verständnislos ansah, fügte er hinzu: »Es gibt keine weiteren eingespeisten Erinnerungen zu bearbeiten.«

Steph blickte Tara an. »Ergibt das für Sie Sinn?«

»Ja.«

»Sie haben den Eindruck, er ist bei klarem Verstand?«

»Ja.«

»Also, das ist ein gutes Zeichen, in Anbetracht der hohen Medikation. Er ist noch nicht über den Berg, aber ich werde mal das Fosphenytoin absetzen und sehen, was passiert.« Dann fügte sie mit Blick auf Harv hinzu: »Aber ich verlege Sie trotzdem. Auch wenn Ihre Anfälle vorbei sein sollten, sind doch weitere unterstützende Maßnahmen erforderlich. Ihre Neuronen wurden starkem Stress ausgesetzt, und sie werden absterben, wenn wir nichts unternehmen.«

»Hmm«, machte er beschämt.

»Wird er wieder gesund?«, fragte Tara.

»Für eine Prognose ist es noch zu früh«, erwiderte Steph entschieden. »Aber er sieht besser aus als bei der Einlieferung.«

»Ich fühle mich wie eine Million Dollar«, sagte Harv mit schwacher Stimme. »Als hätte ich den Nobelpreis schon bekommen.«

Er blieb noch drei Tage im Krankenhaus, und entlassen wurde er mit der Auflage, weder Auto zu fahren noch den Rasen zu mähen und keine technischen Geräte zu bedienen. Die Polizei befragte alle Beteiligten und inspizierte in Patels Gegenwart flüchtig das Labor. Als feststand, dass keine Verbrechen verübt worden waren, übergaben sie die Angelegenheit der Occupational Health and Safety Administration, der Behörde für Sicherheit am Arbeitsplatz. Die OSHA fand natürlich zahlreiche Sicherheitsverstöße (ungesicherte Kabel, mehrere Stolperfallen, Notausschalter aktiviert, Notausschalter nicht an die Stromversorgung angeschlossen, Verletzung durch Magnetfeld) und verhängte eine Strafe von zehntausend Dollar, verbunden mit der Anweisung, die Mängel binnen eines Monats zu beheben und bis dahin die Geräte nicht wieder in Betrieb zu nehmen.

Sie probierte es auch mit »Betrieb eines TMS-Geräts ohne zugelassenen Techniker«, doch der Punkt war nur in einem Entwurf der Vorschriften aufgeführt und musste fallengelassen werden.

»Ich zahle das aus meiner Tasche«, sagte Harv. »Die Universität trifft keine Schuld.«

»Mmm«, machte der Vertreter der OSHA. Und halb im Scherz: »Ich nehme kein Bargeld an. Übrigens habe ich nicht alle Laborgeräte abgestellt, weil ich nichts beschädigen wollte. Sie sollten jemanden hinschicken, der den Rest ausschaltet.«

»Bist du fit genug?«, fragte Tara.

»Klar«, antwortete Harv. »Wenn du fährst.«

Und so fuhr sie mit ihm zum Campus, stellte den Wagen ab, ging mit ihm zum Institut und hinunter in den Keller. Im dunklen Flur legte er ihr die Hand ins Kreuz, und sie lehnte sich an ihn. Dann küssten sie sich zum ersten Mal seit Tagen richtig.

»Wow«, sagte er. »Das hat mir gefehlt.«

»Mir auch.«

Er schloss die Tür auf, schaltete das Licht an und trat über lose Kabel hinweg zur Steuerkonsole, beugte sich vor und gab die Befehle für die Abschaltsequenz ein.

»So«, sagte er. »Was für eine Woche, meinst du nicht auch?«

»Ja«, sagte sie. »Aber eins kapiere ich noch immer nicht. Statistisch betrachtet sollte Manu ein Y-Chromosom der Haplogruppe F gehabt haben, das damals in Indien weit verbreitet war. Sein Genom rührt zu neunzig Prozent von Eurasiern und indigenen Amerikanern her, mit einer Beimischung australischer Aborigines. Aber er kann nicht von einem Cro-Magnon-Menschen in Europa abstammen. Das wäre die Haplogruppe I oder RI. Und *deine* Haplogruppe ist D-M174, was dich zu einem Tibeter macht. Oder einem Ainu aus Sibirien oder dem Norden Japans. Oder einem Andamanen. Die andamanischen Inselbewohner haben einen eigenen Sintflutmythos, genau wie die Ainu. Aber sie sind *nicht* mit den modernen Menschen aus Europa verwandt. Jedenfalls nicht besonders eng.«

Er arbeitete sich zu ihr vor, zeigte auf das Gehäuse des NMR-Scanners und nickte. »Ja, gut, aber wer sagt denn, dass das Chromosom ortsfest ist? Offenbar stammt es von einer langen Reihe von Abenteurern ab. Ich muss sagen, ich bin stolz, Teil ihres Vermächtnisses zu sein.«

»Das ist tatsächlich beeindruckend«, räumte sie ein. »Und die Haplogruppe D-M174 kommt vereinzelt auch in Indien und Osteuropa vor. Also, vielleicht hast du recht. Wenn dein Stammbaum weiter zurückreichen würde als nur bis nach Schottland, wären wir ein bisschen schlauer.«

In diesem Moment wurde Tara klar, dass sie und Harv dazu bestimmt waren, sich zu trennen. Nicht heute; sie wollte nicht die vielleicht wichtigste Woche in ihrer beider Leben ruinieren. Auch nicht nächste Woche. Mann, sie war noch nicht fertig damit, ihn zu *ficken* oder sich beim Einschlafen an ihn zu kuscheln und seine Hand auf ihrer Hüfte zu spüren. Vielleicht nicht einmal mehr in diesem Jahrzehnt.

Aber irgendwann wollte sie Kinder haben, und sie wollte nicht, dass *dieses Chromosom* an sie weitergegeben wurde. Und das bedeutete, dass all die Leidenschaft und das Drama eine wundervolle Sommeraffäre gewesen waren, aber nicht von Dauer sein würden. Und vielleicht war das ja auch gut so. Vielleicht konnte ein braves Hindumädchen aus Chennai sich dies verzeihen.

»Ich liebe dich, weißt du«, sagte er mit sanfter Stimme. Er berührte ihre Lippen mit beiden Händen.

»Ich weiß«, antwortete sie. »Ich liebe dich auch.«

»Wir sind zusammen durch die Zeit gereist.«

»Ja, so war es wohl. Ich glaube, das stimmt.«

»Vielleicht bekommen wir tatsächlich den Nobelpreis.«

»Könnte sein.«

Jetzt, da die Abschaltsequenz aktiviert war, erloschen die grünen Statusleuchten eine nach der anderen. Harv schaltete die Deckenbeleuchtung aus, schloss die Tür und sagte: »Weißt du, diese Technologie ist äußerst vielversprechend, und es ist noch ein weiter Weg. Vielleicht schaut uns ja im Moment gerade jemand aus der Zukunft zu.«

»Oh. Das hoffe ich«, sagte sie und küsste ihn leidenschaftlich. »Dann wollen wir ihnen auch was bieten.«

Postskriptum

In den Jahrzehnten nach Harvs historischer Reise versuchten nur wenige Forscher, sein Experiment zu wiederholen, und keiner war dabei unzweideutig erfolgreich. Allerdings gab es auch keine genetischen, linguistischen, kulturellen, archäologischen oder quantenmechanischen Belege, die seine Behauptungen widerlegt hätten, und fast jedes Jahr ergaben sich neue Erkenntnisse, die sie stützten. Sein Y-Chromosom (das der Haplogruppe D-M174) ist vermutlich das am gründlichsten untersuchte der Humangenetik, und seine Wanderungen stehen im Einklang mit den Bevölkerungsgruppen, die auch heute noch an diesen Orten zu finden sind.

Aus diesen Gründen schwenkte die wissenschaftliche Meinung allmählich von allgemeiner Ungläubigkeit zu der Ansicht um, dass die Vergangenheit mehr oder weniger so verlaufen ist, wie Leonel es behauptete. Seine Berichte von nachträglicher Einflussnahme hingegen sind nach wie vor umstritten und wohl auch nicht falsifizierbar, wenngleich man ihm zugestehen muss, dass die Gesetze der Physik solche zeitweiligen Wechselwirkungen zulassen (wenn auch nur widerwillig).

Die Zeit wird erweisen, ob das menschliche Genom durch Leonels Experimente durcheinandergewürfelt wurde, oder ob das Band bei jedem Leseakt neu gestartet werden muss. Oder, wie viele spekuliert haben, ob das Y-Chromosom nur einer von vielen Quantenspeichern in unserer kollektiven Abstammungslinie ist. Und sollten diese Zeilen von Menschen oder Homini der fernen Zukunft gelesen werden, möchte ich Ihnen sagen, dass wir Ihnen aufrichtig dankbar sind für Ihre Aufmerksamkeit, die es uns erlaubt, erneut zu leben, und sei es nur für kurze Zeit und in den Augen von Wesen, von denen wir nur träumen können. Adieu.

Anmerkungen Teil Eins: Die Sintflut

Der neolithische Kometeneinschlag hat tatsächlich stattgefunden, wie auch die dauerhafte (wenngleich nur allmählich einsetzende) Überflutung der Küste im Gefolge des Abschmelzens der Polkappen zum Ende der Eiszeit. Es gibt keinen Beleg dafür, dass diese beiden Ereignisse sich überschnitten, doch wenn die Mythen von Manu und Noah auf realen Ereignissen fußen, ist es nicht nur zu massiven und raschen Überschwemmungen gekommen, sondern es hat zuvor auch Warnungen gegeben. Wenn der Wasserspiegel bereits im Steigen begriffen war, muss der Kometeneinschlag besonders verheerend gewesen sein, deshalb passt das im Roman geschilderte Szenario zu beiden Legenden und den bekannten Fakten.

Der Kometeneinschlag: Aus erzählerischen Gründen habe ich angenommen, dass der Einschlag 7000 Kilometer nordwestlich von Der Stadt stattfand – nah genug, um katastrophale Folgen zu zeitigen, aber nicht in unmittelbarer Nähe –, und zwar um sechs Uhr abends. Druckwellen breiten sich im Gestein mit einer Geschwindigkeit von 5000 m/s aus, deshalb ist die erste nach dreiundzwanzig Minuten eingetroffen. Die Ausbreitungsgeschwindigkeit von Scherwellen im Gestein beträgt ungefähr 3000 m/s, deshalb sollte die zweite, heftigere Erschütterung sechzehn Minuten nach der ersten aufgetreten sein. Die einzige Route für die Ausbreitung von Stoßwellen im Wasser führt um Afrika herum, was einer Entfernung von etwa 27.000 Kilometern entspricht. Da die Schallgeschwindigkeit im Wasser 1550 m/s beträgt, sollten nach 4,8 Stunden oder kurz vor Mitternacht eine Reihe von reflektierten und gebrochenen Druckwellen eingetroffen sein.

Die größte Gefahr droht in einem solchen Fall natürlich von Tsunamis. Dies sind Querwellen, und die erste sollte etwa vierunddreißig Stunden nach dem Einschlag eingetroffen sein, gefolgt von zahlreichen reflektierten und gebrochenen Sekundärwellen im Laufe der darauffolgenden Stunden. Die Ausbreitung von Druckwellen im Boden und im Wasser löst wahrscheinlich zahlreiche unterseeische Erdrutsche und Tsunamis aus, mit denen zu jeder Zeit zu rechnen ist. In der vorliegenden Geschichte erreicht der erste Tsunami die Stadt zwölf Stunden nach dem Einschlag. In heutiger Zeit wurde von Tsunami-Wellen von bis zu dreißig Metern Höhe berichtet, und anders als gewöhnliche Meereswellen weisen sie eine Wellenlänge von bis zu hundert Kilometern auf. Das heißt, anstatt am Ufer zu brechen und sich wieder zurückzuziehen, wandern sie landeinwärts und legen dabei erhebliche Strecken zurück.

Irgendwann müssen diese Wassermassen wieder ins Meer zurückfließen, doch da weitere Wellen eintreffen, bevor die erste sich zurückziehen kann, können die Überschwemmungen mehr als zehn Meter Höhe erreichen und Hunderte von Kilometern landeinwärts reichen.

Für jeden, der nur ein paar Tagesreisen von der Küste entfernt lebt, ist dies gewissermaßen das Ende der Welt.

Worte und Namen: Die Sprache des Königreichs (auch »Die Sprache« genannt) ist ein Amalgam aus Protoindoeuropäisch und anderen alten Sprachen, wobei ich mich bemüht habe, den Klang an Worte anzupassen, die später in der Geschichte aufgetaucht sind. Im Alten Testament wird Noahs Boot als *Arche* bezeichnet, was vom lateinischen Wort für Truhe oder Gefäß herrührt. In der Tora wird sie *tevat* genannt. Ein Sanskrit-Wort für Floß lautet *tarka*, und das für Boot ist *tari*. Fasst man das alles zusammen, erweist sich *tavitarka* meiner Ansicht nach für erzählerische Zwecke als durchaus plausibler Vorläufer.

Die drei Söhne des Noah heißen Shem, Ham und Jafet, während die drei Söhne Manus Sharma, Charma und Yapeti heißen. Hier habe ich sie Sharama, Hamurma und Jyaphethti genannt. Manus Frau heißt Saturupa, während Noahs Frau Namnah beziehungsweise Emzara genannt wird; der Name Emzananti passt nicht zwangsläufig dazu, hat aber einen schönen Klang.

Entsprechungen von Noah gibt es in zahlreichen Mythen, in denen er beispielsweise Ziusudra, Utnapishtim und Fuhi heißt. Manus Geschichte im hinduistischen Rigveda ist anscheinend der älteste dieser Mythen, doch es gibt viele Noah ähnliche Helden mit ähnlichen Namen, darunter der hawaiianische Nu-u, der arabische Nuh und die Chinesin Nüwa, die alle vermutlich den gleichen Ursprung haben. Daher habe ich mich entschieden, diese Namen mit Manu zu verschmelzen, und herausgekommen ist Manuah. Ja, ich weiß, das klingt wie *manure*, Englisch für *Dünger*, doch ich finde, es kommt dem realen Namen einer realen Person nahe, und ich wollte es nicht weiter verfälschen. In diesem Buch kommen Dutzende solcher Rekonstruktionen vor, darunter Ortsnamen, Eigennamen und einzelne Vokabeln, aber ehrlich gesagt sind meine Aufzeichnungen ein einziges Durcheinander, und ein paar davon habe ich während der Arbeit verworfen. Ich schätze jedoch, Sie haben verstanden, worum es mir geht.

Indem ich die Stadt Die Stadt nenne, beziehe ich mich auf die sumerische Stadt Ur (die als die erste Stadt überhaupt angesehen wird), von der das heutige Wort »urban« abgeleitet ist. Desgleichen impliziert der Name Königreich, dass es sich um das weltweit erste Königreich handelt, zumindest in dem Sinn, wie wir es verstehen.

Die akkadische Sage von Atra-Hasis ist alt genug und weist so viele Bezüge zu den Geschichten von Noah und Manuah auf, dass ich deren Protagonisten als Manuahs Bruder eingeführt und mehrere Details übernommen habe. Vermutlich habe ich da eine Menge falsch gemacht, aber wenn all diese Mythen auf eine einzelne Geschichte zurückgehen, die älter ist als der Rigveda, dann könnte sie in ihren Grundzügen auch dem gleichen, was ich hier zusammengeschrieben habe.

Königreich und Die Stadt: Ja, es gibt an der Küste des indischen Subkontinents wirklich zwei untergegangene Städte mit Gebäuden in Megalithbauweise, die jeweils eine Fläche von Zehntausenden Quadratkilometern umfassen und beweisen, dass die Zivilisation wesentlich älter ist, als wir im Geschichtsunterricht gelernt haben. Wer sich dafür interessiert, sollte die ausgezeichneten Bücher *Flooded Kingdoms of the Ice Age* und *Magicians of the Gods* (dt. *Die Magier der Götter*) von Graham Hancock lesen.

Heute wird angenommen, dass diese Städte vor 9500 Jahren (9,5 ka = Kilojahre) zerstört wurden, was nicht mit dem Zeitpunkt des Kometeneinschlags zusammenfällt, der vor 13 kya stattgefunden hat, und auch nicht mit dem Ende der Eiszeit vor 12 bis 15 kya. Ich bekenne mich des Gebrauchs der schriftstellerischen Freiheit schuldig, aber haben sich wirklich *zwei* Katastrophen ereignet, die jeweils eine weltweite Überflutung auslösen konnten, während zwei Städte in einer dritten, bislang noch unbelegten Katastrophe untergegangen sind? Das alles kommt mir ein bisschen verdächtig vor in Anbetracht der Mythen, die lediglich eine Sintflut von globalen Ausmaßen erwähnen.

Außerdem liegen die untergegangenen Städte vor der Nordwestküste Indiens, mehr als 400 Kilometer östlich des mutmaßlichen Verlaufs des Saraswati-Flusses in Pakistan. Sie liegen im Golf von Khambat, 40 Kilometer von der heutigen Küste entfernt, und diese Küstenlinie hat sich im Laufe der vergangenen 13.000 Jahre erheblich gewandelt; der Wasserspiegel lag damals mindestens 120 Meter tiefer. Der Golf von Khambat ist durch das flache Gebiet der Indus-Ganges-Ebene vom Indus getrennt, von der jetzt Teile überflutet sind, und es ist bekannt, dass sich das Bett großer Flüsse wie des Mississippi im Laufe der Zeit verlagert. Deshalb halte ich es für plausibel, dass die Deltas des Indus und des Saraswati vor der großen Flut weiter im Südosten lagen und erheblich breiter waren als heute.

Jedenfalls werden die meisten großen Städte in der Nähe größerer Flüsse errichtet und nicht irgendwo im Niemandsland, und so viel wir wissen, gibt es dort, wo die beiden Flüsse heute ins Meer münden, keine untergegangenen Städte. Auch hier wieder könnte man die Abweichung von anerkannten wissenschaftlichen Theorien der schriftstellerischen Freiheit zuschreiben, doch wenn der Rigveda nicht ganz unrecht hat, könnte ich mit meiner Zeitachse und meinen geografischen Annahmen richtigliegen.

Astronomie in der fernen Vergangenheit: Erstaunlicherweise gibt es in den Veden tatsächlich Hinweise auf die Lichtgeschwindigkeit, die 2202 Yojanas pro halbe Nimisha betragen soll. Wie man sie errechnet hat, ist unbekannt, doch aus der Umrechnung der Einheiten ergibt sich eine Abweichung von nur zwei Prozent vom tatsächlichen Wert. Zum Zeitpunkt der Niederschrift dieses Textes war eine Analyse unter der Internetadresse http://nirmukta.net/Thread-Speed-of-light-in-Vedas-can-you-prove-it-wrong zu finden. Weblinks haben mitunter keine große Lebensdauer, doch bei Archive.org sollte man eine Kopie finden können, und die Grundlagen dürften über die ein oder andere Suchmaschine auffindbar sein.

Die erste neuzeitliche Messung der Lichtgeschwindigkeit wurde vom dänischen Astronomen Ole Römer im Jahr 1676 vorgenommen, auf der Grundlage von Beobachtungen der Jupitermonde, deren Verdunkelungsdauer abhängig vom Abstand zwischen Jupiter und Erde variierte. Anders ausgedrückt, beruhte diese Messung nicht nur auf Teleskopbeobachtungen, sondern auch auf der genauen Bestimmung der Entfernungen der Himmelskörper sowie der Umlaufbahnen des Jupiters *und* dessen Monden! Gibt es eine einfachere Methode, die Lichtgeschwindigkeit zu messen, ausschließlich mit den Werkzeugen, die in der fernen Vergangenheit verfügbar waren? Wenn ja, müssen wir sie noch wiederentdecken. Die einfachste Erklärung ist, dass die Protohindus der Vergangenheit über Teleskope verfügten, Entfernungen mittels Triangulation bestimmen konnten und die Keplerschen Gesetze kannten. Unglaublich? Ja. Aber anscheinend wahr.

Die Zeiteinheiten der Menschen der Vedenzeit reichten von Mikrosekunden bis zu Gigajahren, die Entfernungseinheiten von Angström bis zu astronomischen Einheiten, deshalb habe ich die wissenschaftlichen Errungenschaften ihrer Gesellschaft möglicherweise etwas unterschätzt. Mutmaßungen, wonach diese Erkenntnisse von Aliens auf Erdbesuch stammten, lehne ich jedoch ab. Die Menschen des Altertums hatte die gleichen Gehirne wie wir, und wir wissen, dass sie ein reges Interesse an Astronomie hatten. In den Veden findet sich kein Hinweis auf die Schallgeschwindigkeit, dabei lässt sie sich viel einfacher messen, und deshalb glaube ich, dass auch sie ihnen bekannt war.

Boote: Die betreffenden Details stammen größtenteils vom aktuellen (und sehr alten) Sport des Drachenbootrennens, das in meiner landumschlossenen Heimatstadt Denver, Colorado, erstaunlich beliebt ist. Wahre Enthusiasten werden feststellen, dass ich einige der grundlegenden Kommandos verändert habe, vielleicht damit sie besser in das Umfeld der damaligen Menschen passen. Schilfboote, wie ich sie beschrieben habe, wurden auf der ganzen Welt gebaut und beruhten möglicherweise auf Kenntnissen, die vor der Morgendämmerung der Zivilisation weitergegeben wurden. Wie man den Rumpf mit Pech imprägniert, wird im Atra-Hasis-Mythos beschrieben, woraus sich (wenn die Legende stimmt) ergibt, dass die Technik in der vorsintflutlichen Welt bereits bekannt war.

Anmerkungen Teil Zwei: Die Monster

Die Trolle: Der Neandertaler war etwas kleiner als der mit ihnen verwandte Cro-Magnon-Mensch oder die europäischen modernen Frühmenschen, doch er war muskulöser, hatte ein robusteres Skelett und einen größeren, schwereren Schädel. Beim unbewaffneten Kampf Mann gegen Mann hätte ein Cro-Magnon-Mensch ohne Aikido-Ausbildung keine Chance gegen einen Neandertaler gehabt, hätte aber sicherlich vor ihm weglaufen können. Neandertaler waren trotz ihres größeren Gehirns etwas weniger intelligent, und sie hatten wulstige Augenbrauen, ein grobes Kinn und eine fliehende Stirn. Sie waren ausgeprägte Fleischesser und fingen und verzehrten wohl auch hin und wieder den ein oder anderen modernen Frühmenschen.

Obwohl sie in der Populärkultur eher affenähnlich dargestellt werden, verfügten sie nicht nur über Bekleidung aus zugeschnittenen Tierhäuten und Speere mit Steinspitzen, sondern auch über Zelte, Musikinstrumente und ausgemalte Höhlen; und sie schmückten sich mit Perlenhalsketten. Da sie im eiszeitlichen Europa lebten, hatten sie vermutlich blasse Haut und waren wie die heutigen Norweger anfällig für Sonnenbrand. Das heißt nicht, dass sie nachtaktiv gewesen wären, doch wenn sie wussten, was gut für sie war, mieden sie vermutlich die pralle Sonne.

Früher wurde angenommen, die Haarfarbe Rot sei durch

den Kontakt mit Neandertalern auf den Homo sapiens übergegangen, doch das wurde inzwischen widerlegt. Allerdings verfügten die Neandertaler über verschiedene mit der Haar- und Augenfarbe verknüpfte Gene, und deren Bandbreite war vermutlich ebenso groß wie die der heutigen Europäer. Und aus den gleichen Gründen, aus denen sie wahrscheinlich helle Haut hatten, besaßen sie wohl auch eigene Gene für blondes, brünettes und rotes Haar und für helle Augen. Und ja, auch der Homo sapiens verfügt über ein lipochromes Pigment, das eine gelbe Augeniris hervorbringt, wenngleich sie eher selten ist. Es gibt keinerlei Beleg dafür, dass die Neandertaler spitz zulaufende Ohren hatten; das habe ich erfunden. Allerdings gibt es auch keinen Beleg für das Gegenteil, und es stünde jedenfalls im Einklang mit vielen unserer Mythen. Spitze Ohren treten bei uns manchmal aufgrund einer Zufallsmutation oder in Folge von Schönheitsoperationen auf. Auch bei Primaten sind sie nichts Ungewöhnliches, deshalb ist das keine besonders gewagte Spekulation.

Rekonstruktionen des Kehlkopfs der Neandertaler lassen darauf schließen, dass die anatomischen Voraussetzungen für Sprache gegeben waren, aber ihre Stimme war vermutlich laut, schrill, nasal und rau und ähnelte möglicherweise der Stimme der männlichen Darsteller von Monty Python, wenn sie sich als Frauen gaben. Interessierte Leser finden ein Beispiel dafür unter https://www.youtube.com/watch?v=o589CAU73UM oder indem sie nach »Neandertaler hohe Stimme Theorie« suchen. Obwohl sie über die beiden wesentlichen Mutationen des FOXP2-Sprachgens verfügten, die Menschen von anderen Großaffen und Hominiden unterscheiden, handelte es sich um eine etwas andere Version als die, die bei den heutigen Menschen zu finden ist.

Außerdem gab es Unterschiede bei anderen Genen, die mit FOXP2 wechselwirken, und vielleicht unterschied sich der Grad der Genexpression. Heute vertreten viele Forscher die Ansicht, der Homo neanderthalensis habe über die gleichen Sprachfähigkeiten verfügt wie der Homo sapiens, doch das lässt sich nicht beweisen, und als Technologe neige ich dazu, dies zu bezweifeln. Hätten sie sich miteinander besprechen können und über mündliche Überlieferungen verfügt, wäre ihre Entwicklung schneller vonstatten gegangen. Ich als Laie vermute eher, dass sie aufgrund einer Kombination kultureller und biologischer Faktoren zwar einzelne Worte kannten, aber keine komplexe Grammatik.

Auch ohne spitz zulaufende Ohren macht dies alles sie zu einem Ebenbild von Trollen, Ogern und Kobolden, wie die europäische Mythologie sie kennt, und das kann eigentlich kein Zufall sein. Auch wenn die Neandertaler in Kino und Fernsehen als hässliche Rohlinge dargestellt werden, müssen ihre Frauen und zumal die Kinder graziler gewesen sein. Eine Bildsuche nach »schöne Neandertaler« führt zu Gesichtsrekonstruktionen, die zwar nicht unbedingt dem heutigen Menschen gleichen, aber doch eine sanftere Seite dieser Spezies offenbaren und vielleicht ein Hinweis darauf sind, dass unsere beiden Spezies sich hin und wieder gepaart haben. Vielleicht ist dies ja der Ursprung unserer Elfen, Gnome, Feen und Zwerge?

Ich hatte keinesfalls die Absicht, die Neandertaler herabzuwürdigen oder anzudeuten, sie seien in irgendeiner Hinsicht Untermenschen. Tatsächlich gehörten sie zu den klügsten Vertretern der menschlichen Gattung, konnten sich mit uns kreuzen und hatten ähnliche Gedanken und Gefühle wie wir. Sie bestatteten ihre Toten zusammen mit Blumen und Grabbeigaben und wetteiferten viele Tausend

Jahre lang mit ihren Konkurrenten um die Vorherrschaft in Europa. Wir sollten uns nicht allzu viel darauf einbilden; Dr. Jill Shapiro von der Columbia University zufolge reichte über einen solchen Zeitrahmen hinweg ein Vorteil von zwei Prozent bei der Überlebensrate aus, um eine andere Population von der Landkarte zu tilgen. Wir Menschen aber lieben unsere Unterschiede und haben die bedauerliche Neigung, uns gegenseitig herunterzumachen, und *das* ist der Grund, weshalb Argurs Leute ihre Nachbarn als Monster betrachten. Die Ansichten einer Figur in einem Buch spiegelt nicht notwendigerweise die des Autors wider.

Die Menschen: Der Cro-Magnon-Mensch entspricht in anatomischer und genetischer Hinsicht dem modernen Menschen, war aber etwas größer und hatte ein größeres Gehirn. Wie Einwanderer aus Ostafrika hatten sie vermutlich hellbraune Haut und schwarzes Haar und brachten eine Kultur mit, die wesentlich komplexer war als die der Neandertaler. Genauer formuliert: Argurs Leute gehörten der Gravettien-Kultur an, die über Stricke, Netze, Töpferwaren und Zäune verfügte und eine Vorliebe hatte für Tierfiguren aus Ton und üppige Venus-Figuren. Und das sind nur die Dinge, die bis in unsere Zeit überdauert haben; von den Stricken, Netzen und Textilien wissen wir nur deshalb, weil wir entsprechende Abdrücke auf Tonscherben gefunden haben. Alles, was aus Leder, Korbgeflecht, Holz, Wolle oder Pflanzenfasern gefertigt wurde, ist längst verrottet.

Das Tal von Nog La ähnelt der Ausgrabungsstätte Dolní Vêstonice in Tschechien. Dort gibt es keine Hinweise auf Holzburgen, doch es wurden Zäune aus Knochen gefunden, die darauf hindeuten, dass dergleichen durchaus innerhalb der technologischen und erfinderischen Möglichkeiten der Gravettien-Kultur lag. Die Ritter von Ell sind komplett erfunden, doch in Dolní Vêstonice war offenbar eine organisierte Population beheimatet, die wildes Getreide erntete und es zu Mehl verarbeitete. In einer solchen Gesellschaft könnte es auch eine Kaste von Teilzeitkriegern gegeben haben. Es gibt auch keine Hinweise auf Bier, aber mal ehrlich: Diese Leute hatten Getreide, Töpferwaren, Wasser und reichlich Zeit. Zählen Sie eins und eins zusammen.

Die Lederschleuder aus diesem Buch wird *Atlatl* oder Speerschleuder genannt und tauchte in Europa vor etwa 21.000 Jahren (21 kya) auf, und auch dafür gibt es in der Gravettien-Kultur keine direkten Belege. Die Technik soll in Europa allerdings seit 30 kya in Gebrauch gewesen sein (siehe *Science and Technolgy in World History: an Introduction* von James Edward McCellan), bis sie allmählich von Pfeil und Bogen verdrängt wurde. Wenn sie aus Wolle gefertigt waren, werden wir keine Spuren davon finden, deshalb ist die Annahme tragbar. Es gibt Hinweise darauf, dass die Gravettiener um diese Zeit herum auch erste Hunde domestizierten. Alles in allem haben die Gravettiener anscheinend mehr mit den späteren neolithischen Bauern gemeinsam als mit den gängigen Vorstellungen von Höhlenmenschen, woraus folgt, dass die Wurzeln der Zivilisation viel weiter zurückreichen, als wir angenommen haben.

Die Archäologie liefert auffälligerweise keine Hinweise auf größere Konflikte zwischen Neandertalern und den europäischen modernen Frühmenschen, die mindestens 5400 Jahre lang mit ihnen in Europa zusammenlebten. Vor 5400 Jahren gab es die Pyramiden noch nicht. Ägypten war kaum zivilisiert, und die sumerischen Städte Ur, Uruk und Eridu waren die weltweit fortschrittlichsten Siedlungen.

Das ist ein großer Zeitraum, und wenn unsere beiden Spezies ähnlich lange koexistiert haben, müssen sie einander sehr gut gekannt haben. In Anbetracht der physischen Überlegenheit der einen Gruppe und der technologischen Überlegenheit der anderen lässt sich vermuten, dass beide Seiten vor größeren Auseinandersetzungen, abgesehen von gelegentlichen Geplänkeln, Überfällen, Vergewaltigung, Mord oder Entführung, zurückschreckten.

Man geht zudem davon aus, dass die Neandertaler außer in Spanien vor spätestens 39 kya ausgestorben sind, woraus folgt, dass die mit ihnen zusammenlebenden Menschen *keine* Gravettiener waren. Die Gravettien-Kultur entstand erst vor ungefähr 33 kya, und die Siedlung von Dolní Vêstonice, auf der diese Geschichte basiert, ist auf 26 kya datiert. Das Fehlen von Hinweisen aber ist kein Beweis für das Nichtvorhandensein, deshalb nehme ich aus erzählerischen Gründen an, dass es schon vor 30 kya vergleichbare Siedlungen des Cro-Magnon-Menschen gab und dass die vom Aussterben bedrohte »Spezies« der Trolle bis dahin und möglicherweise sogar länger überdauert hat, in voneinander isolierten Siedlungen, deren Überreste noch nicht entdeckt wurden. Unwahrscheinlich? Fragen Sie die Zwergmammuts der Wrangelinsel in Russland, die bis etwa 3700 v. Chr. überlebt haben – achthundert Jahre länger als im übrigen Eurasien (lt. anderen Quellen sogar bis 1500 v. Chr.).

Wir sollten auch nicht vergessen, dass die heutigen Europäer weder Cro-Magnon-Menschen noch Neandertaler sind, sondern eine Mischform (oder Subspezies) beider Spezies, die weitere 30 bis 40 Kilojahre Evolution hinter sich gebracht und Gene von anderen Orten und insbesondere Indien integriert hat. Die Sprache von Nog La basiert ganz entfernt auf dem Baskischen, das nicht zu den indoeuropäischen Sprachen gehört und möglicherweise Spuren der Sprache des Cro-Magnon-Menschen bewahrt hat.

Die Monster: Das Boolis (benannt nach der Lieblingskatze meiner Frau und mit einer vergleichbaren Persönlichkeit ausgestattet) ist ein Elasmotherium, auch Sibirisches Einhorn genannt – eine stämmige, nashornähnliche Spezies, die vor 29 kya ausgestorben sein soll. Die Schädel dieser Tiere weisen zwischen den Augen einen großen Hornsockel auf, und wenngleich die Hörner aus Keratin (wie auch Haar) bestanden und nicht erhalten sind, kann sich wohl jeder vorstellen, wie sie ausgesehen haben mögen. In spekulativen Illustrationen wird das Horn für gewöhnlich lang und spitz dargestellt, doch der Techniker in mir hält das für unwahrscheinlich, denn es würde den Kopf aus dem Gleichgewicht bringen und eine unnötige Menge Energie verbrauchen. Ich vermute, dass die Hörner eher keulenförmig oder hammerartig waren: kurz, gedrungen und relativ stumpf. Das schließt jedoch nicht aus, dass jüngere Boolisse schmaler und leichter waren und spitzere Hörner hatten – vergleichbar dem des mythischen Kirin Asiens oder dem des europäischen Einhorns –, bis das Horn nach Art der Baumringe allmählich breiter wurde. Einigen Berichten zufolge soll das Elasmotherium als stark gefährdete Spezies in China, der Mongolei und Sibirien bis in historische Zeit überlebt haben, doch in diesen Zeugnissen wird das Einhorn eher als hirschähnlich und nicht als rinderähnlich beschrieben. Also wer weiß.

Was die Drachenknochen angeht ... in ihren Büchern *The First Fossile Hunters* und *Fossil Legends of the First Americans* weist Adrienne Mayor nach, dass Fossilien in der Vergangenheit gut bekannt waren und dass »primitive« Völker häufig zutreffende Annahmen zu ihrem Ursprung und Alter machten. Später neigten höher entwickelte Gesellschaften dazu, die Knochenfunde in ihre Mythologie einzugliedern (die Griechen nannten sie Heldengebeine), deshalb sind deren paläontologische Kenntnisse eher als schlechter zu bewerten. Mayor zufolge sind mythische Wesen wie der Greifvogel in Wirklichkeit zutreffende Beschreibungen gut erhaltener Fossilien.

Anmerkungen Teil Drei:
Der Garten Eden

In den Zweitausenderjahren, als ich Wissenschafts- und Technikkorrespondent des Sci-Fi Channel (später in Syfy umbenannt) war, verfasste ich drei populärwissenschaftliche Essays, aus denen diese Geschichte hervorging: »*In Zungen sprechen, Baby*«, »*Die Außenbezirke von Eden*« und »*Adam und Eva und Lara und Fox*«.

Im ersten Essay bekräftigte ich die Aussagen der beiden anderen, wonach (a) die Grammatik aller Pidginsprachen überall auf der Welt die gleiche ist, (b) Babysprache überall auf der Welt gleich ist und (c) daraus folgt, dass es eine Grundprogrammierung der Sprachzentren in unserem Gehirn gibt. Anders formuliert: Es könnte sein, dass wir noch immer die Spuren einer *angeborenen* Sprache in uns tragen.

Ausgestorbene alte Sprachen wie das Protoindoeuropäisch wurden rekonstruiert, indem man sich anhand der davon abgeleiteten Sprachen rückwärts vorgearbeitet hat, und noch ältere Sprachen wurden rekonstruiert, indem man die Ähnlichkeiten zwischen den Protosprachen untersuchte. Je weiter man in die Vergangenheit zurückgeht, desto ungenauer wird der Prozess, doch das hat die Forscher nicht davon abgehalten, eine »Ursprache« oder ein »Protomenschlich« zu rekonstruieren, die hypothetische Ursprungssprache des Menschen. Ein interessanter Hinweis findet sich in der 1997 in NOVA erschienenen Episode

»*Auf der Suche nach der ersten Sprache*« und eine aktuellere Zusammenfassung unter der Internetadresse https://en.wikipedia.org/wiki/Proto-Human_language. Wenn diese umstrittenen Rekonstruktionen irgendeinen Wert besitzen, dann bedeutet der Name Tik-Tik etwas Ähnliches wie Finger. Auch das Wort puta, Vulgärausdruck für Vagina, kommt heute in jeder Sprachgruppe weltweit vor und ist vielleicht ein Substantiv der Ursprache, das über Zehn- oder sogar Hunderttausende Jahre hinweg in Gebrauch geblieben ist.

Damals war jedoch mein Eindruck, dass der Rekonstruktionsprozess zwar faszinierend und nützlich ist, dass dabei aber eine ziemlich naheliegende Idee übersehen wird, nämlich dass die Ursprache vermutlich ein säuglingshaftes Vokabular mit einer Pidgingrammatik vereint. Außerdem erinnere ich mich, in einer anderen Dokumentarsendung, deren Titel mir entfallen ist, gehört zu haben, dass statistisch betrachtet das Wort für Mutter in unseren sechstausend Sprachen zu häufig ein »M« enthält, als dass es sich um einen Zufall handeln könnte, während das Wort für Vater häufig ein »P« oder »F« enthält. Deshalb benutze ich Mama und Pfo-pfo als ursprachliche Ausdrücke für Mutter und Vater.

In »*Adam und Eva und Lara und Fox*« diskutiere ich das plötzliche Auftauchen der Mutation des Sprachgens FOXP2, das die Entwicklung bestimmter Basisstrukturen in der linken Gehirnhälfte steuert und die Entstehung von komplexer Sprache ermöglicht hat. Bis vor Kurzem glaubte man, dies sei vor nicht allzu langer Zeit geschehen – vor 50.000 bis 100.000 Jahren –, doch inzwischen hat man den Zeitpunkt auf mindestens 300 kya zurückverlegt. Allerdings existiert FOXP2 nicht in einem Vakuum, sondern wechselwirkt auf komplexe Weise mit vielen anderen Genen. Mäuse mit einem genetisch manipulierten FOXP2-Gen können beispielsweise singen wie Vögel, aber keine Worte wiederholen wie etwa ein Papagei. Und archäologische Funde zeigen, dass die Menschheit vor etwa 50 kya plus/minus ein paar Tausend Jahre einen technologischen Entwicklungssprung getan hat, während es gleichzeitig zu vermehrten Wanderungsbewegungen kam, obwohl keine Veränderungen der Anatomie oder des Gehirnvolumens festzustellen sind. Ich bin nicht der Einzige, der glaubt, dass dies ein eindeutiger Beleg für eine Art Sprachrevolution ist. Vielleicht für einer Veränderung der Genexpression?

Als der Artikel verfasst wurde, glaubte man, der Adam des Y-Chromosoms habe plus/minus ein paar Tausend Jahre vor 59 kya gelebt. Eine weitere unwahrscheinliche Koinzidenz in unserer zwei Millionen Jahre währenden Geschichte! Seitdem wurden ältere Haplogruppen des Y-Chromosoms identifiziert, die Adams Geburtsdatum 200 bis 300 kya in die Vergangenheit verschieben, doch dies alles bedeutet, dass die *meisten* Menschen von einer adamähnlichen Person abstammen, die zu der Zeit lebte, als komplexe neue Techniken entwickelt wurden. Für unsere Zwecke ist das mehr als ausreichend.

Jedenfalls wird die aktuelle Ausprägung von FOXP2 in unserem Genom streng konserviert, und revertante Formen werden selektiert. Die Mutation scheint sich in der afrikanischen Population schnell verbreitet zu haben, deshalb scheint mir, dass es irgendwann in unserer Geschichte von einem kleinen Stamm *sehr beliebter Menschen* verbreitet worden sein muss. Vielleicht habe ich den Zeitpunkt falsch datiert, aber wenn wir es 300 kya zurückdatieren bis zu den gemeinsamen Vorfahren von Homo sapiens und Homo neanderthalensis, könnte sich eine ähnliche Geschichte wie diese zugetragen haben.

Die in diesem Buch geschilderte Kultur der Sprechenden Menschen orientiert sich an den afrikanischen Khoisan, heute eine vom Aussterben bedrohte Population, die in der Vergangenheit aber über den ganzen Kontinent verbreitet war, bis die Bantu sprechenden Bauern sie verdrängten. Aus verschiedenen linguistischen und genetischen Gründen nimmt man an, dass die Khoisan die Vorfahren aller (oder fast aller) nichtafrikanischen Menschen sind, deshalb ist es logisch, Adam bei ihnen, beziehungsweise ihren damaligen Vorläufern zu verorten. Die Sprache der Khoisan ist tonal wie Mandarin und beinhaltet zahlreiche Klick- und Schnalzlaute, die außerhalb Afrikas nicht vorkommen, was wahrscheinlich darauf hindeutet, dass auch die Ursprache diese Merkmale aufgewiesen hat.

Im letzten Essay, *»Die Außenbezirke von Eden«*, habe ich ausgeführt, dass die sozialen und sexuellen Praktiken der Khoisan erstaunliche Parallelen zu heutigen Vorstädten aufweisen, weshalb sie vielleicht beziehungsfreudiger sind als andere Völker mit anderen Praktiken. Und deshalb habe ich Begriffe wie Wohnsiedlung und Arbeitsweg verwendet.

Bei der Niederschrift dieses Buches habe ich mich dafür entschieden, den Modellen für eine »vorprogrammierte« Sprache zu folgen, und ich bin ungeachtet der Worte, die sie tatsächlich verwendet haben, davon ausgegangen, dass die Sprechenden Menschen (die es *in irgendeiner Form* gegeben haben muss) eine tonale Sprache voller afrikanischer Klicklaute sprechen, deren Grammatik der Pidginsprache und deren Wortkonstruktion der Säuglingssprache ähnelt. Jedem, der diese Hypothese widerlegt, gebe ich gerne ein Bier aus.

Anmerkungen Teil Vier: Die Reise

Identifizierung der Spezies: Ist Ba ein Homo erectus? Manche Archäologen würden ihn vielleicht als Homo ergaster einordnen, während andere die Ansicht vertreten, Homo ergaster und Homo erectus seien regionale Varianten derselben Spezies. Der Einfachheit halber habe ich Letzteres angenommen, wenngleich für die Geschichte nur von Bedeutung ist, dass der Homo erectus besser bekannt ist. Über die sexuellen Praktiken dieser Spezies weiß man nicht viel, doch ich habe versucht, sie etwa in der Mitte zwischen Bonobos und Jäger-und-Sammler-Gesellschaften des anatomisch modernen Menschen einzuordnen. Dass es bei der Begegnung eines Mannes mit einem fremden Stamm nicht zu Gewalttätigkeiten und sexueller Eifersucht kommt – dass stattdessen die Spannung durch Sex entschärft wird –, mag uns seltsam erscheinen, ist aber auch bei Bonobos zu beobachten.

Kunst bei Hominiden? In England wurde ein 500.000 Jahre alter Faustkeil eines Homo erectus mit einer im Handgriff symmetrisch angeordneten fossilen Muschel gefunden. Das Fossil (das im Feuerstein eingeschlossen war) diente entweder als Schmuck oder hatte eine andere spezielle Bedeutung, weshalb der Faustkeil sorgfältig aus dem Gestein herausgehauen wurde. Ich habe mir die schriftstellerische

Freiheit herausgenommen, mindestens 500.000 Jahre zuvor einen gleichartigen Feuerstein in Marokko (und dann Spanien) zu platzieren, doch wenn man bedenkt, wie langsam sich die Technik damals entwickelte, ist das kein großer Zeitraum. Weitere Faustkeile mit weniger spektakulären fossilen Einschlüssen wurden auch an anderen Orten gefunden, darunter auch Faustkeile aus gestreiftem Jaspis, und einige davon wurden anscheinend von Hand verziert. Bas Faustkeil ist zwar nicht typisch, liegt aber innerhalb der Bandbreite verzierter Werkzeuge, die der Homo erectus hergestellt hat.

Seefahrt: Inzwischen gilt als erwiesen, dass die indonesische Insel Flores vor etwa 800.000 Jahren vom Homo erectus besiedelt wurde und dass er mit einem Boot eine Strecke von bis zu 100 Kilometern dorthin zurücklegen musste. (Später entwickelten sich diese Menschen zu »Hobbits«, doch das ist eine ganz andere Geschichte.) Die Hinweise auf Meeresreisen im Mittelmeer zur gleichen Zeit sind anfechtbarer, doch vor 1,4 Millionen Jahren lebten Gruppen des Homo erectus in Spanien und Marokko (damals wahrscheinlich nur etwa zehn Kilometer voneinander entfernt) und waren anatomisch ebenso tüchtig wie die Abenteurer von Flores. Deshalb könnten sie zu der Überfahrt durchaus in der Lage gewesen sein. Heutige Schwimmer schaffen die Durchquerung der 16 Kilometer breiten Meerenge in etwa viereinhalb Stunden, deshalb erscheint die Annahme, dass Ba ein Floß in 180 Prozent der Zeit über 60 Prozent der Strecke befördert hat, nicht unvernünftig.

Ist es möglich, ohne komplexe Sprache das Meer zu überqueren? Ich sehe keinen Grund, der dagegen spräche; ein primitives Floß ist weit weniger kompliziert als ein

Vogelnest. Allerdings setzt es voraus, dass der Homo erectus Baumstämme auf gleiche Größe bringen und sie fest miteinander verbinden konnte. Ein *Coracle* hingegen ist ein Ein-Mann-Fischerboot und auf der ganzen Welt zu finden. Es besteht aus einem großen, kreisförmigen Korb, abgedichtet mit Stoff, Tierhaut, Harz und Pech. Ich vermute, dass auch große Blätter verwendet wurden, zumal die des Gummibaums oder anderer saftiger Bäume. Möglicherweise ist es einfacher herzustellen als ein Floß, da man ohne Knoten und Schnur auskommt. Allerdings wäre es bei einer Meeresüberquerung weitaus gefährlicher, denn so ein Coracle ist ziemlich kippelig. Außerdem hat es keinen eigenen Auftrieb, deshalb hängen seine Schwimmeigenschaften von der Fähigkeit des Benutzers ab, es dicht zu halten und eindringendes Wasser auszuschöpfen. Ein Coracle kann auch nicht mehr als ein oder zwei Personen tragen – kaum ausreichend, um eine Kolonie zu gründen oder auf Handelsexpedition zu gehen.

Einer der interessantesten Momente der Vorgeschichte ist für mich die *erste* Meeresüberquerung in einem Boot. Vermutlich wurde sie von einem Homo erectus vollbracht, einem Fischer, der die Straße von Gibraltar überquert hat. Es könnte auch eine Fischerin gewesen sein, doch in allen Kulturen werden gefährliche Taten meistens von Testosteron befeuert.

Anmerkungen zur Rahmengeschichte

Die Verbreitung der Haplogruppen des Y-Chromosoms ist Gegenstand intensiver Forschung, und Harvs Chromosom – der Haplogruppe D-M174 – wäre sicherlich ungewöhnlich bei einem hellhäutigen Europäer. D-M174 ist nur in drei kleinen Populationen weit verbreitet: bei den Tibetern, den braunhäutigen Andamanen am Indischen Ozean und den hellhäutigen Ainu oder Jomon aus Japan und Sibirien (von denen ebenfalls untergegangene Siedlungen aus vorsintflutlicher Zeit zu finden sind.) D-M174 ist jedoch im heutigen Indien weit verbreitet und wurde vereinzelt auch in Zentralasien gefunden sowie in Populationen aus Osteuropa. Wenn es ein Abenteurerchromosom gibt, das alle Punkte in diesem Buch miteinander verbindet, ist es sicherlich dieses.

Der Jargon zum Quantenrechner ist größtenteils authentisch, wenngleich die Vorstellung, dass das Y-Chromosom ein Quantenrechner oder Datenspeicher sei, eine durch keinerlei Fakten gestützte erzählerische Erfindung ist. Tut mir leid.

Was mich an den vier Geschichten über »Zeitreise« besonders interessiert, ist die Vorstellung, dass diese Ereignisse sich so oder so ähnlich tatsächlich zugetragen haben müssen. Die Handlung und die Charaktere mögen erfunden sein, doch sämtliche Belege – genetische, linguistische, kulturelle und archäologische – deuten darauf hin, dass sich die Wendepunkte in unserer kollektiven Geschichte tatsächlich ereignet haben. Die Menschen der Eiszeit haben tatsächlich große megalithische Siedlungen errichtet, und dann endete die Eiszeit, und Millionen Quadratkilometer unbewohntes Land wurden überflutet. Der Cro-Magnon-Mensch und die Neandertaler lebten wirklich zur gleichen Zeit und vermischten sich in Europa, und die Interaktionen müssen manchmal so ähnlich abgelaufen sein wie in unseren überlieferten Märchen. Das FOXP2-Gen, das die neuronale Entwicklung steuert – das sogenannte Sprachgen – gab es wirklich, verbreitete sich rasch in der Population des Homo sapiens und verwandelte schlaue Hominiden in eine Gesellschaft von Barden und Lehrern, Historikern und Schwarzsehern.

Können bedeutsame Erzählungen, zwar verstümmelt, aber größtenteils intakt, über Zehntausende von Jahren weitergegeben werden? Die Beschreibungen des verschwundenen Saraswati-Flusses im Rigveda deuten darauf hin, dass bestimmte Details mindestens sechstausend Jahre überdauern können, während einige mündliche Überlieferungen der Aborigines geologische Ereignisse und Merkmale beschreiben, die mindestens *zehntausend* Jahre zurückliegen. Komplexe Sprache gibt es erst seit einem Zeitraum, der fünf oder sechs Mal so lang ist, folglich kann es keine älteren mündlichen Überlieferungen geben. Ist die Vorstellung, dass unsere ältesten Legenden authentische Details enthalten, wirklich so abwegig? Wenn dies aber zutrifft, sollten wir alldem, angefangen von den skandinavischen Trollen, über die Traumzeit der Aborigines bis zum Garten Eden ein gewisses Maß an Glaubwürdigkeit zusprechen. Vielleicht geht es bei der Rekonstruktion der faktischen Vergangenheit vor allem darum, die alten Legenden mit überprüfbaren wissenschaftlichen Fakten in Beziehung zu setzen. Je mehr ich über diese Zeiten, Orte und Menschen nachgedacht habe, desto *zwangsläufiger* kamen mir die Geschichten vor, und es ist mir eine große Freude, sie mit Ihnen, verehrte LeserInnen, zu teilen.

Dank

Dieses Buch enthält bestimmt zahlreiche Fehler, und ich weiß, dass ich an einigen Stellen den Expertenrat bewusst in den Wind geschlagen habe, wofür man nicht die Experten verantwortlich machen sollte. Okay? Jetzt, da dies geklärt ist, möchte ich danken: Dr. Jill Shapiro von der Columbia University für Ihre Hinweise zur Evolution des Menschen; Graham Hancock für Informationen zu alten Zivilisationen; Evangeline Jennifer Hover McCarthy für Informationen über das Frausein; Linda Nagata und Sean Stewart, weil sie mich auf Logikfehler und Brüche in der Erzählweise hingewiesen haben; dem History Channel und dem Discovery Channel für viele ausgezeichnete und inspirierende Dokumentationen; dem starken amerikanischen Verlagswesen, das meine Bücherregale mit einer Unmenge an obskurem Wissen füllt; und dem Internet, das dafür sorgt, dass alles, was man wissen kann, nur ein paar Tastenanschläge entfernt ist. Entworfen habe ich die Geschichte 2004, deshalb möchte ich meinem damaligen Selbst für die detaillierte Zusammenfassung danken und Toni Weisskopf dafür, dass er sie dreizehn Jahre später quasi unbesehen gekauft hat. Genau genommen war ein ganzer Planet von Menschen nötig, um das Buch zu schreiben, also danke ich auch dem ganzen Planeten. Ihr alle seid fantastisch.